A URNA SAGRADA

CB131636

BOB HOSTETLER

A URNA SAGRADA

Tradução de
Celina Cavalcante Falck-Cook

EDITORA RECORD
RIO DE JANEIRO • SÃO PAULO
2015

CIP-BRASIL. CATALOGAÇÃO NA FONTE
SINDICATO NACIONAL DOS EDITORES DE LIVROS, RJ

Hostetler, Bob-
H824c A urna sagrada / Bob Hostetler; tradução de Celina Cavalcante Falck-Cook. – 1. ed. – Rio de Janeiro: Record, 2015.

Tradução de: The Bone Box
ISBN 978-85-01-08752-2

1. Ficção americana. I. Falck-Cook, Celina Cavalcante. II. Título.

14-08761 CDD: 813
CDU: 821.111(73)-3

TÍTULO ORIGINAL EM INGLÊS:
The Bone Box

Copyright da tradução © 2014, Editora Record
Copyright © 2008 by Bob Hostetler
Publicado mediante acordo com Howard Books, uma divisão da Simon & Schuster, Inc.

Texto revisado segundo o novo Acordo Ortográfico da Língua Portuguesa.

Todos os direitos reservados. Proibida a reprodução, no todo ou em parte, através de quaisquer meios.
Os direitos morais do autor foram assegurados.

Editoração eletrônica: Abreu's System

Direitos exclusivos de publicação em língua portuguesa somente para o Brasil
adquiridos pela
EDITORA RECORD LTDA.
Rua Argentina, 171 — Rio de Janeiro, RJ — 20921-380 — Tel.: 2585-2000,
que se reserva a propriedade literária desta tradução.

Impresso no Brasil

ISBN 978-85-01-08752-2

EDITORA AFILIADA

Seja um leitor preferencial Record.
Cadastre-se e receba informações sobre nossos lançamentos e nossas promoções.

Atendimento e venda direta ao leitor:
mdireto@record.com.br ou (21) 2585-2002.

Dedico esta obra à
incomparável
ROBIN

AGRADECIMENTOS

Obrigado a Dave Lambert e a todos os excelentes funcionários da Howard Books por acreditarem neste livro, tornando-o melhor a cada etapa do processo e por ter sido um enorme prazer trabalhar com vocês.

Agradeço a Lissa Halls Johnson, por editar o original com tanta erudição e precisão. Você melhorou muito esta obra e me salvou de passar vergonha... e, apesar disso, ainda somos amigos!

Obrigado a Steve Laube, da Agência Literária Steve Laube, por sua defesa bastante competente deste projeto, como sempre.

Sou grato ao Dr. Steve Weiner, do Instituto Weizmann de Ciências de Israel, pelas respostas sempre muito gentis às minhas perguntas e pela indispensável orientação. Sou também grato a Daniel-Ben-Natan, vice-presidente do setor de desenvolvimento e relações internacionais do Museu de Israel em Jerusalém, e ao Dr. Edwin M. Yamauchi da Universidade de Miami (Ohio) pela orientação no início da preparação deste livro.

Agradeço à minha família eclesial da Igreja Comunitária Cobblestone, e ao time da liderança por crer não só no meu ministério pastoral como também no meu ministério autoral.

Obrigado à minha filha, Aubrey, pelas sugestões e correções, que contribuíram incrivelmente para melhorar a qualidade e a autenticidade do livro.

E agradeço também à adorável Robin, minha esposa, que continua a acreditar em mim, apesar de todas as contraindicações.

PRÓLOGO

Talpiot, sul de Jerusalém

O operador da escavadeira puxou as alavancas idênticas com as mãos, como se apenas com a força dos braços musculosos e cabeludos pudesse fazer a máquina recuar, afastando-a da beirada do buraco.

Fez uma análise, correndo os olhos pelo terreno, enquanto a escavadeira descia de ré uma suave rampa. O tom pastel do pôr do sol brilhava sobre a antiga cidade a oeste, enquanto a poeira levantada pela máquina se depositava no chão. Por fim, chegou ao que julgava ser uma distância segura. Então desligou o motor, desceu, e caminhou cuidadosamente para a frente, feito um urso de circo que tenta se equilibrar em cima de uma bola. Chegou até a beira do buraco que tinha surgido no chão debaixo da máquina, instantes atrás, olhou para dentro dele e assobiou.

Fez um sinal para os outros operários da equipe, chamando-os em hebraico. Os homens escavavam para construir um novo parque de diversões na Floresta da Paz, ao sul de Jerusalém, projetado para o lazer dos residentes e turistas que vinham aos magotes até o *tayelet* — ou passeio — que se estendia por 800 metros e proporcionava uma vista ampla da Cidade Antiga e do deserto da Judeia. O empreendimento tinha suscitado controvérsia entre judeus e árabes, porém, por razões diferentes, que iam desde a destruição de uma área verde até a perturbação do delicado equilíbrio entre as populações árabe e israelense do lugar.

Os trabalhadores largaram as ferramentas e se dirigiram para onde estava o operador da escavadeira. Ele apontou para o buraco aberto no chão.

Os homens se inclinaram para a frente e olharam para o buraco a seus pés. Mesmo com a luz do dia já mortiça, eles enxergaram duas urnas de pedra, lacradas, no meio do chão de pedra. Pedaços de outras urnas jaziam quebrados e espalhados dentro do buraco. Levantando a cabeça, eles se entreolharam. Tinham acabado de descobrir uma antiga caverna funerária.

"Porque não miramos as coisas que se veem,
mas sim as que não se veem."

SÃO PAULO APÓSTOLO

1

Tel Mareshah, 50 quilômetros a sudoeste de Jerusalém

Rand Bullock tropeçou ao sair da barraca no sítio arqueológico e parou em meio à escuridão que antecedia o amanhecer. Em uma das mãos ele segurava uma bolsa de viagem com roupas amarrotadas, e na outra, a maleta do seu laptop.

Olhou o acampamento escuro ao redor. Mareshah era espetacular, um complexo arqueológico no centro do Shephelah, a região de Israel entre a planície costeira e as montanhas da Judeia central. Era também uma espécie de vitrine de civilizações antigas, desde as fortificações israelitas dos séculos VIII a VI a.C. até as cavernas feitas para abrigar rebeldes judeus durante a Segunda Revolta Judaica contra Roma, cerca de 132 a 135 d.C. Os assentamentos helênicos do século III a.C. eram um verdadeiro labirinto subterrâneo formado por grutas e passagens, incluindo prensas de extração de azeite, pombais, templos e túmulos. Era um local incrivelmente bem preservado, além de fascinante. Graças à reputação e à perícia de Yigal Havner, era um dos sítios arqueológicos com a mão de obra mais especializada e a melhor equipe com a qual Rand já havia trabalhado.

Já muito antes dos filmes de *Indiana Jones*, qualquer um que pensasse saber alguma coisa sobre arqueologia só "sabia" bobagens. Até mesmo a mulher e a filha de Rand tinham feito algumas brincadeiras sobre a profissão, dizendo que ele "cavava buracos para procurar ossos de dinossauros". No entanto, Rand, como a maioria dos arqueólogos, nunca havia desenterrado um osso de dinossauro sequer; só tinha visto esses animais em museus que visitara com a família. Muitos também imaginavam que a arqueologia era uma profissão glamourosa e emocionante: abrir sepulcros antigos, descobrir tesouros enterrados, escapar de perigosas armadilhas e, por fim, tornar-se rico e famoso. A verdade estava longe disso. O trabalho do arqueólogo costuma ser tedioso, e a maioria raramente encontra algo espetacular. Grande parte desses profissionais tem o prazer de acrescentar, nem que seja um ínfimo detalhe, para aprofundar o conhecimento do mundo sobre as civilizações passadas e, normalmente, os "tesouros" que eles descobrem são valiosos somente pelo que revelam sobre os povos que os deixaram para a posteridade. Como Yigal Havner gostava de dizer: "Não é a descoberta que importa, mas sim, o que se *decifra* a partir dela."

Rand deixou escapar um profundo suspiro e ficou observando o vapor de sua respiração se dissolver no ar antes de abaixar a cabeça e ir até o carro, estacionado a alguns metros da barraca. Jogou as roupas e o laptop no banco do passageiro e, apesar de o espaço ser pequeno para seu 1,82m, conseguiu se ajeitar lá dentro. Levou a mão à chave, que estava na ignição.

— Hum?... — resmungou. Tirou as mãos do volante e procurou algo no chão do carro. Depois esticou o pescoço para olhar a coluna de direção. — Sei que as deixei aqui.

Virou-se meio sem jeito e apalpou o assento de trás, mas nada encontrou. De repente, virou-se para a frente de novo. Semicerrou os olhos, para olhar algo através do para-brisa... e deixou escapar um gemido.

Tinha entrado no carro errado. O seu Fiat 500 branco e empoeirado, de modelo e cor diferentes do que ele agora ocupava, estava a vários metros de distância, envolto pelo nevoeiro pré-matinal.

— Vivo fazendo isso — disse. Pegou o laptop e a bolsa, um em cada mão, e contorceu-se para sair do carro enquanto balançava a cabeça.

Estava assim fazia meses, desde a morte da esposa. Sua vida e a carreira tinham desmoronado, e ele não conseguia se recuperar. Tinha passado os primeiros dias e semanas depois do enterro da esposa num estupor, como se sofresse de uma anestesia emocional e mental. Tinha praticamente abandonado seu bem financiado sítio na ilha de Creta (e com ele, estava certo, sua carreira também), achando que devia ficar em casa pelo bem da filha, Tracy, que iria se formar no ensino médio sem a presença da mãe. Porém, a imensa distância que parecia separá-lo da filha tinha se tornado simplesmente maior nas semanas seguintes ao sepultamento, e Rand só conseguia preencher esse vazio bebendo, chorando e dormindo uma média de 12 horas por dia... até seu amigo, Yigal Havner, telefonar convidando-o para participar da escavação no sítio de Mareshah.

Ele havia aceitado, mas mesmo assim, não tinha sido capaz de pensar com mais clareza. Aquilo era mais do que pesar, ele sabia. A morte de Joy tinha deixado em sua vida um buraco do tamanho de uma cratera. Embora ele tivesse se descuidado do casamento e da família durante anos, viajando pelo mundo de um sítio arqueológico para outro, Joy nunca o havia deixado na mão, o único relacionamento significativo que já tivera — o único que teria na vida. E agora, além de ter que se recuperar daquela perda arrasadora, percebia as inúmeras deficiências em sua vida, centenas de vazios, centenas de ânsias por amor, amizade e relações... e ele simplesmente não fazia a mínima ideia de como preencher essas necessidades.

Foi até o carro, abriu a porta e jogou as coisas lá dentro. Porém, desta vez, não entrou. Passou a mão pelos curtos cabelos castanhos e coçou a nuca. "Acabe logo com isso", disse para si. Deixou a porta do carro aberta e foi até a fileira de barracas, encontrando o velho amigo exatamente onde esperava: sozinho, sentado à mesa, sob um toldo, diante de uma pilha de papéis e anotações.

Enquanto Rand se aproximava, Havner mal levantou a cabeça para ver quem era e o cumprimentou:

— *Shalom!* — O arqueólogo calvo estava só de camiseta e cuecas samba-canção, apesar do frio ainda presente no ar matinal.

— Estou de partida — disse Rand.

Havner olhou dos papéis para o rosto de Rand, sem demonstrar surpresa, somente tristeza. Não disse nada.

— Quero poupá-lo do constrangimento de me pedir para ir embora — disse Rand.

— Estou planejando mandar você embora? — perguntou Havner.

— Se não estiver, devia. — Fez uma pausa e acrescentou: — Sou grato por tudo que fez por mim. Mas nós dois sabemos que não estou fazendo nada aqui.

Havner abriu a boca, mas Rand adivinhou sua objeção:

— Você não demonstrou impaciência nem decepção, e por isso também sou grato. Sempre foi bondoso, mas não pode continuar me aturando, pois não tem que pagar por... pelo que estou passando.

Havner levantou-se, contornou a mesa e se aproximou de Rand.

— Eu... Eu não sei o que dizer. — Apertou o cotovelo de Rand com a mão direita e franziu o cenho, como se estivesse escolhendo cuidadosamente as palavras. — Acho que devia ter lhe perguntado primeiro.

— Perguntado o quê a mim? — indagou Rand.

— É que descobri isso somente ontem à noite, e não quis perturbar o seu... sono.

Meu porre, é o que quer dizer, pensou Rand, mas apenas falou:

— O que descobriu?

— Sabe como são as coisas em Jerusalém. Todos os canteiros de obras, por menores que sejam, acabam virando sítio arqueológico. — Deu de ombros. — Estavam preparando um terreno para construir um parque aquático em Jerusalém e acabaram causando um desmoronamento. Precisam que alguém vá lá avaliar a descoberta e fazer a escavação.

Os dois entreolharam-se durante alguns instantes.

Havner continuou:

— Poderia fazer o favor de ir até lá para mim?

Continuou falando sobre o assunto, mas, enquanto falava, parte da névoa que envolvia a mente meio adormecida de Rand dissipou-se, e ele abriu a boca devagar, esforçando-se para combinar os pensamentos com as palavras:

— Isso — declarou, interrompendo Havner —, isso não seria um favor que estou lhe prestando, é você que está me ajudando, não é?

Os olhos de Havner faiscaram:

— Agora há pouco você me agradeceu por tudo o que fiz por você. Se é verdade, então pode demonstrar sua gratidão fazendo isso — declarou fitando os olhos de Rand, na expectativa, e apertando seu cotovelo com mais força ainda. — O que quer que encontre em Jerusalém, será uma boa oportunidade para você, creio eu. Um começo. Uma chance... de recuperar... sim, recuperar uma parte de tudo o que perdeu.

Rand lançou um olhar de desafio ao seu mentor por alguns instantes.

— O local é Talpiot — disse Havner, baixinho. — Você deve procurar o sargento-mor Sharon.

Um momento depois, um leve sorriso apareceu no rosto de Rand.

— Sharon — repetiu, agarrando o ombro de Havner. — Yigal, que fria é essa em que está me metendo?

O famoso arqueólogo deu um abraço em seu alto amigo americano e apenas disse:

— *Shalom*.

2

Aeroporto Internacional O'Hare, Chicago

Tracy Bullock estava com a amiga Rochelle no terminal lotado.

— Não posso acreditar que você vai mesmo embora — disse Rochelle.

Um grupo grande de judeus chassídicos se encontrava bem atrás delas, falando em voz alta e rapidamente, numa língua que nenhuma das moças entendia. Tracy esperava para mostrar o cartão de embarque e a identidade para a funcionária do aeroporto, que a deixaria passar para a longa fila que levava aos postos de segurança e em seguida aos portões de embarque.

A filha de 19 anos de Rand Bullock tentou sorrir, apesar das lágrimas. Ela e Rochelle haviam sido colegas de alojamento em Rothan, uma faculdade particular perto de Chicago. Haviam se tornado quase inseparáveis desde que se conheceram, no dia de orientação dos calouros, na primeira semana de aulas.

— Você deveria pelo menos *tentar* entrar com um recurso contra a sua expulsão — insistiu Rochelle. — Talvez eles mudassem de ideia.

— De jeito nenhum — respondeu Tracy.

— A Heather Underwood pegou só condicional e foi ela quem *comprou* a cerveja.

— Sim, porque o papaizinho dela passou um papo no reitor.

— Então, fale com o *seu* pai — implorou Rochelle. — Peça a *ele* para falar com o reitor.

— Ah, mas claro, até já imagino o que ele vai dizer quando atender o telefone: "Tracy? Que Tracy?"

— Ai, Tracy, por favor — insistiu Rochelle.

— Por favor, coisa nenhuma — contestou Tracy, sentindo os olhos arderem de frustração e raiva. — Por que ele deveria ter tempo para mim agora? Quando o meu time de *softball* disputou o campeonato estadual, ele estava na Grécia. Na noite da minha formatura do ensino médio ele estava em Creta.

— Mas Tracy...

— Na noite em que *minha mãe morreu,* ele estava... — Sua voz tremeu. — Nem mesmo sei onde ele estava.

— Ele é *arqueólogo* — murmurou Rochelle, desenhando com o dedo indicador pequenos círculos nas costas de Tracy.

— Eu sei — disse Tracy. — Acredite, eu sei disso. E isso é tudo o que ele é. Não é grande coisa como pai.

— Então por que você vai lá?

Tracy enxugou os olhos molhados de lágrimas com as costas da mão, para a espessa camada de rímel não escorrer, e respondeu:

— Não tenho mais para onde ir.

Ambas olharam para a fila. Tracy seria a próxima. Ela fez sinal para quem estava atrás passar à frente, e as pessoas rapidamente começaram a contorná-la.

Os olhos de Rochelle se encheram de lágrimas, e ela desabafou:

— Estou mesmo muito preocupada. Você, viajando sozinha assim, para tão longe, e seu pai nem mesmo sabe que você está indo.

— Ele só ia me dizer para não ir — respondeu Tracy, ficando com os olhos avermelhados.

— Vou sentir saudades suas, menina. Promete que você vai se cuidar — declarou Rochelle dando um abraço apertado na amiga.

Tracy deu um suspiro profundo ao retribuir o abraço de Rochelle, tentando sem sucesso disfarçar o choro.

— Prometo — disse, mas sentiu vontade de dizer que estava com muito medo. No entanto, não falou mais nada, dando as costas à amiga para reassumir o lugar na fila e mostrar o cartão de embarque e a identidade ao pessoal da segurança.

3

Baka, sul de Jerusalém

Uma teia de linhas finas se formou na janela do carro, próxima ao rosto de Randall Bullock, quando o vidro se rachou. Sobressaltado, ele bateu com a cabeça na junção entre o teto e o para-brisa.

Ele deixou escapar um palavrão e, num reflexo, soltou o volante, que apertava com força, levando a mão direita até a testa. Sentiu algo molhado e quente na raiz dos cabelos, depois abaixou a mão e ergueu-a diante do rosto, olhando fixamente para o sangue nas pontas dos dedos. Balançando a cabeça, enxugou o sangue na calça de brim e depois tornou a agarrar o volante.

Tinha partido de Tel Mareshah fazia mais de uma hora, seguido a rodovia 35 leste, depois dobrado e tomado a 60 no sentido norte, na direção de Jerusalém. Apenas alguns instantes atrás, tinha fechado a janela, ao se aproximar de uma multidão de manifestantes palestinos ao longo da estrada, que gritavam, empurravam uns aos outros e agitavam os punhos no ar. Não havia como fazer retorno naquela rodovia estreita, e se ele não houvesse levantado o vidro antes, a pedra que o quebrara poderia ter fraturado seu crânio. Randall começou a temer que logo, logo, coisa pior acabasse acontecendo.

Tornou a dizer um palavrão, dessa vez incluindo o nome de Yigal Havner:

— Você bem que podia ter me prevenido — queixou-se ao amigo ausente — de que eu podia me deparar com essa zona de guerra!

Naturalmente, o conflito entre israelenses e palestinos não era novidade, mas, como a maioria dos ocidentais, até mesmo caras viajados como ele, Randall conhecia apenas por alto os problemas que pareciam alimentar a hostilidade entre judeus e árabes naquela área. Embora essa rivalidade já durasse milênios, o conflito moderno havia começado depois da Segunda Guerra Mundial, quando imigrantes judeus começaram a chegar aos montes à região.

Em 1947, a ONU havia tentado dividir aquelas terras, criando Estados para judeus e árabes, mas estes últimos recusaram e a guerra começou. Os judeus fundaram o Estado de Israel em 1948 e travaram uma guerra decisiva pela independência, que terminou com um armistício entre Israel, Egito, Jordânia, Líbano e Síria, na primeira metade de 1949... que resultou em quase um milhão de refugiados árabes. Novas guerras irromperam em 1956, 1967, 1973 e 1982, além de uma ofensiva terrorista permanente contra Israel, empregando ataques repentinos e homens-bomba, e dando origem às represálias israelenses contra palestinos.

Como a maioria dos visitantes de Israel, Rand ficava frequentemente impressionado com os inúmeros contrastes e contradições lá existentes. Os noticiários americanos apresentavam Israel como uma verdadeira zona de guerra, no entanto, a maior parte do país parecia pelo menos tão segura e protegida quanto a sua casa em Ohio. As divisões entre judeus e árabes já duravam milhares de anos, e ainda persistiam em questões como água, empregos e terras, mas ele pôde constatar que eles trabalhavam, faziam compras e comiam lado a lado. A vida e os negócios em Israel, na maior parte do tempo, decorriam sem incidentes; contudo, sempre era um tanto chocante ver soldados armados dentro de ônibus e seguranças fortemente munidos em todas as lojas e empresas particulares, exceto nas menores. Em termos gerais, Rand sabia que se podia esperar uma "normalidade anormal" ao se viver ou viajar em Israel.

Continuou dirigindo o carro vagarosamente ao longo da rua esburacada, passando pela multidão furiosa, esperando ver algum sinal de seu destino. Desejava com fervor abrir as janelas, mas obviamente era mais seguro mantê-las fechadas. Gotas de suor escorriam de suas sobrancelhas até o nariz, à medida que a luz solar ia aquecendo o ar dentro do veículo, tornando-o abafado. Grandes círculos de suor se formaram na camisa azul de algodão; ele a sacudiu na esperança de abanar o peito, mas o pano já estava encharcado e grudento demais. Randall umedeceu os lábios com a língua.

Então, de repente, a multidão pareceu mudar de alvo... voltando a atenção para ele. Horrorizado, Randall viu os manifestantes se aproximarem. Alguém apontou para ele, e na mesma hora o carro ficou cercado, impedindo-o de prosseguir. Manifestantes comprimiram-se contra o veículo, de todos os lados, batendo no teto e nas laterais, gritando como se ele fosse o responsável pelo milenar conflito árabe-israelense.

— Ah, não — murmurou. — Essa não. Por favor...

Sentiu um nó no estômago, de tanto medo, enquanto a turba começava a balançar o carro de um lado para o outro. Randall repetiu a prece várias vezes, quando o motor morreu. A multidão tornava-se cada vez mais compacta de todos os lados, até que ele ficou imaginando se seria possível aquela massa humana amassar o carro só com a pressão exercida. Levantou os braços e pôs as mãos contra o teto, como se tentasse preservar a estrutura do automóvel apenas com a força dos músculos.

Rand só enxergava rostos enfurecidos e punhos fechados. Não via céu, nem paisagem, nem prédios. Virou-se para a janela do lado do passageiro e notou o rosto de um menino que não devia ter mais de 14 ou 15 anos, apertado contra o vidro, como uma criança observando o interior de uma loja de brinquedos. Seus olhares se encontraram durante alguns segundos, e o menino parecia estar fazendo uma careta de dor, até que seus olhos se tornaram vidrados e se reviraram.

— Parem! — gritou Rand para a turba, golpeando a janela e gritando para os outros que apertavam o garoto contra o carro. — Vocês estão esmagando a criança! — Apontava para o menino, cujo rosto já havia começado a ficar pálido.

Randall esticou o braço por cima do banco do passageiro e tentou abaixar o vidro da janela, enquanto continuava implorando que a multidão parasse. Cerrou os dentes, decidido, mas a manivela não cedia. Moveu-se no assento para girá-la melhor, mas acabou quebrando-a. Jogou-a no chão e apertou as mãos contra a janela, fazendo uma moldura para o rosto do menino, torcendo para que alguém visse, para que alguém percebesse.

De repente, o som de armas de fogo se misturou ao barulho da multidão, e Rand notou, aliviado, que a pressão da turba em torno do seu veículo parecia ter diminuído. Conforme os manifestantes se espalharam, afastando-se do Fiat, o corpo sem forças do menino escorregou da janela e caiu ao lado do carro.

Rand olhou pelo para-brisa e viu um pelotão de soldados israelenses se aproximando, com as armas apontadas para cima. Os manifestantes estavam se retirando lentamente para o leste, virando-se de vez em quando para atirar pedras nos soldados e xingá-los.

Randall virou-se outra vez para a porta do lado do motorista, destrancou-a e abriu-a, enquanto os soldados se dividiam em dois grupos. Um grupo formou uma linha entre o carro e a multidão que se retirava, enquanto o outro, de três soldados, veio até o lado do passageiro do carro de Rand. Os soldados cercaram o menino, que tinha recobrado os sentidos. Eles gritaram com o garoto, enraivecidos, dando-lhe pontapés e coronhadas de fuzil.

— Não! — gritou Rand, enquanto saía de dentro do carro, desdobrando seu corpo enorme, cambaleante. Correu, contornando a frente do carro, e se jogou entre os três soldados. — Não, parem! Ele é só um menino!

Um dos soldados se virou e ergueu o fuzil, bem alto, como se estivesse se preparando para dar uma coronhada na cabeça de Rand. O arqueólogo estendeu o braço, agarrou a coronha da arma com a mão e arregalou os olhos para o soldado.

— Muito bem — provocou então, em inglês, com a voz tensa, mas calma. — Então bata em nós dois.

Ambos ficaram se entreolhando, sem nada dizer, durante certo tempo, até que Rand soltou a arma.

O soldado se tranquilizou e abaixou o rifle devagar, sem deixar de olhar para Rand.

— Nós salvamos sua vida — disse, com um forte sotaque, indicando o carro de Rand com a cabeça.

— Eu sei — respondeu Rand, ajoelhando-se ao lado do menino, enrodilhado em posição fetal na estrada. O garoto encolheu-se, pois não tinha entendido nenhuma palavra do que Rand dissera. *E eu desconfio que acabo de salvar a dele,* pensou.

4

Voo 106 da El Al

Tracy desembalou um chiclete e o pôs na boca. Depois de uma longa espera, durante a qual todos permaneceram dentro da abafada cabine do imenso avião, o comandante anunciou finalmente, para alegria dos passageiros e da tripulação, que tinham tido licença para decolar.

A poltrona de Tracy ficava no corredor. Uma menininha, que Tracy calculou que deveria ter uns 4 anos, estava inquieta na fileira de assentos do meio, do outro lado do corredor, balançando as perninhas, que mal passavam da beirada da poltrona. Uma mulher, supostamente a mãe, estava sentada do lado direito da menina, ocupada com uma segunda criança, ainda menor, que estava na outra poltrona.

— Quer um? — perguntou Tracy, estendendo o chiclete na direção da menina. — Se mascar chiclete seu ouvido não vai estalar quando o avião decolar.

A menina deu uma boa olhada em Tracy, depois fitou a mãe. Tracy reparou que a mulher tinha voltado a atenção para as duas quando ela falou e dado seu consentimento com um sorriso, balançando a cabeça afirmativamente.

A menina aceitou o chiclete, que enfiou na boca e começou a mastigar vigorosamente. Tracy sorriu, recostou a cabeça na poltrona e fechou os olhos.

Vinte minutos depois, um homem muito gordo que esbarrou em seu cotovelo enquanto seguia para o banheiro no fundo do avião a acordou. Ela abriu os olhos, remexeu-se e pegou uma revista no bolso da poltrona à frente.

Havia duas opções: uma revista da companhia aérea e outra publicação voltada para o público feminino, mais grossa e exalando uma fragrância, chamada *Glamour*. Tracy escolheu esta última.

— O que você está lendo?

Tracy tirou os olhos do artigo "Novos cortes de cabelo que você vai adorar" e viu um cara louro, de 20 e poucos anos, corte de cabelos impecável, apoiado no encosto da poltrona à frente. Tracy fechou a revista e mostrou a capa ao interlocutor.

— *Glamour*, hein? — disse o rapaz do corte impecável. Olhou o rosto dela com atenção, depois olhou mais para baixo com admiração os seios e as pernas cruzadas dela. Ele sorriu e declarou: — Você não precisa ler isso, você é que deveria estar *escrevendo* sobre o assunto.

— Será que eu tenho cara de quem acredita nessa cantada? — questionou ela com altivez.

— Bom... — disse ele, ficando sem graça de repente. — Sabe o que é... quero dizer...

O rapaz de corte impecável se endireitou bem depressa quando uma comissária de bordo, empurrando o carrinho de serviço, bateu nele por trás. Ele balbuciou um pedido de desculpas à comissária, abaixou a cabeça e saiu arrastando os pés pelo corredor, sem dizer mais nada a Tracy.

Ela deu um sorriso irônico e tornou a guardar a revista no bolso atrás da poltrona diante de si. Enquanto isso, notou que a mãe do outro lado do corredor estava dando um lenço de papel à menininha.

— Ponha o chiclete aqui.

A menina sacudiu enfaticamente a cabeça.

Tracy virou-se para assistir àquela cena.

A mãe tornou a repetir a ordem, a menina novamente se recusou. Quando ela falou, os olhos estavam arregalados de ansiedade. Explicou apontando para Tracy:

— Ela disse que se eu não mastigar o chiclete, os meus ouvidos vão estourar!

Tracy e a mãe trocaram olhares surpresos. A moça riu e depois explicou à filha o argumento de Tracy. Com relutância, então, como se não tivesse certeza de estar com os ouvidos a salvo, a menina deu o chiclete para a mãe e depois olhou para Tracy.

— Eu vou visitar o meu pai — murmurou.

Tracy deu um sorriso forçado.

— Você é uma menina de muita sorte — respondeu, voltando imediatamente a olhar para a frente do avião.

5

18 d.C.
Cidade Alta, Jerusalém

Tinha dado certo.

Um soldado romano, emissário do governador, Valério Grato, estava diante dele, aguardando uma resposta. Uma levíssima brisa passava pela graciosa casa de calcário do rico bairro da Cidade Alta de Jerusalém. O dia apenas havia começado, mas o frescor da manhã já se dissipava.

— Diz a Sua Excelência — disse ele, com o rosto inexpressivo — que aceito.

O soldado assentiu, deu as costas ao recém-nomeado sumo sacerdote judeu e partiu. Ele continuou em pé mais um instante, como se estivesse grudado no chão, saboreando o momento. Essa nomeação tinha lhe custado um bom preço. Primeiro, o casamento com uma mulher infeliz, que constantemente lhe dava motivo para considerá-la louca. Depois, a influência do pai dela, que já havia sido sumo sacerdote, tinha lhe valido uma nomeação para a missão diplomática a Roma no ano anterior, para discutir as finanças da província na corte de César. Desde então, tinha subornado de forma habitual e evidente o governador romano, até temer que o dinheiro de sua mulher iria acabar antes que ele obtivesse em troca alguma vantagem.

Porém, todos os esforços e sacrifícios tinham dado certo. Logo ele iria ser investido nas funções de sumo sacerdote, o quarto desde a deposição do sogro, logo depois da chegada de Grato à Judeia, há apenas três anos.

Foi andando até a varanda de sua casa e ergueu o olhar, além da grande copa da oliveira que havia no terreno, fitando a fachada distante e brilhante do Templo, no cume do monte Sião, onde ele havia servido o Deus de Israel durante toda a sua vida adulta como sacerdote, inspecionando e oferecendo sacrifícios diariamente pelos pecados do povo e, ultimamente, supervisionando a tranquila administração do Templo e seus ministérios. Nenhum sacerdote tinha trabalhado mais do que José, filho de Caifás.

— Vai valer a pena — disse para si mesmo. — Em breve, tudo vai valer a pena.

— Então, és agora o sumo sacerdote? — Era a voz de sua mulher.

Ele se virou. Ela estava parada na porta, vestida com uma túnica cara e exalando excesso de perfume.

— Sim, teu pai vai ficar satisfeito.

— Talvez — respondeu ela. — Se fores melhor do que Simão. Ou Eleazar. Ou Ismael. — Um sorriso provocante lhe enrugou o rosto.

Ficaram entreolhando-se, depois ela se virou e voltou para o interior da casa, deixando no ar os nomes dos sacerdotes recentemente depostos. Valério Grato tinha empossado rapidamente Ismael, filho de Fabi, no lugar de Anás, seu pai. No ano seguinte, Ismael também tinha sido deposto e substituído por Eleazar, filho de Anás. Eleazar foi deposto num piscar de olhos, e Simão, filho de Camithus, tinha passado a ser o sumo sacerdote... até aquele dia.

Caifás tornou a entrar em casa e chamou o servo Isaac. Ia começar imediatamente. Não ia perder tempo. Precisava evitar a sorte de seus antecessores.

6

Talpiot, sul de Jerusalém

Rand ficou assistindo enquanto a ambulância disparava pela estrada em direção ao hospital Hadassah, levando o menino palestino ferido e, por um instante, sentiu um nó por dentro, uma dor agora menos frequente, mas ainda assim igualmente amarga.

Por um momento voltou mentalmente a West Chester, Ohio, relembrando uma cena repetida muitas vezes em sua imaginação — na verdade, duas cenas. A primeira era uma sequência em câmera lenta do Camry de sua jovem esposa sendo esmagado por um motorista bêbado que tinha atravessado a estrada e batido no carro de Joy quando ela ia para uma reunião de senhoras da igrejinha que frequentava. Na segunda cena, ela estava sendo levada para o hospital em uma ambulância, gritando desesperadamente o nome do marido. No entanto, as cenas existiam apenas em sua imaginação, porque ele estava bem longe de West Chester na hora do acidente. Estava a muitos milhares de quilômetros de distância e só soube do acidente quando um médico desconhecido conseguiu enfim localizá-lo num sítio arqueológico em Creta. A essa altura, Joy já estava morta fazia quase 24 horas.

Ele conseguiu chegar a tempo de comparecer ao enterro. A viagem de volta para casa tinha sido interminável, a agonia da dor que lhe dilacerava o coração a cada momento de vigília, acrescida da impossibilidade física de chegar lá rapidamente para vê-la, para confirmar em primeira mão que era ela mesma que estava naquele carro, para colocar um ponto final em tudo que ele tinha começado em quase vinte anos de casamento. Quando chegou, depois de 34 horas horríveis em aviões e aeroportos, não estava nem um pouco disposto a ficar ouvindo o tio de Joy, Herbert, um tagarela que veio recebê-lo na esteira de bagagens.

— Onde está Tracy? — perguntou Rand.

Ele havia tentado falar com ela pelo celular, do aeroporto de Atenas, e novamente em Frankfurt e Chicago, porém, só tinha caído na caixa postal. Tinha deixado muitas mensagens, esperando receber uma resposta no celular durante as escalas da interminável viagem da Grécia a Ohio, todavia, ela não havia ligado.

— Ela está muito bem — disse Herbert com um tom de voz animado que, para Rand, pareceu uma total falta de consideração.

— Tentei falar com ela — disse Rand. — Não falo com ela desde... — Sua voz sumiu.

— Você não precisa se preocupar. Tracy passou as duas noites depois do falecimento conosco e tudo está sendo providenciado. A funerária presta um serviço excelente. Embora seja um trabalho que mete medo, não sei o que dá em alguém para decidir entrar nesse ramo, sabe? Acho quem escolhe essa profissão meio mórbido. Claro, aqui mesmo em Cincinnati existe uma faculdade de ciência mortuária, não muito distante da funerária. Passo por lá de vez em quando e vejo sempre um cartaz na frente, grande e bem antigo, informando do que se trata. Talvez alguns pais passem de carro por ali com os filhos que perguntam: "Mamãe, o que é ciência mortuária?" E aí, depois da explicação, o menino pensa: *É isso que eu vou ser quando crescer*. Porém, não consigo deixar de considerar mórbido.

Ele concordava, balançando a cabeça, enquanto Herbert continuava falando, mas o monólogo não penetrava em sua mente transtornada. Randall deixou-o falar até eles apanharem as malas, irem ao estacionamento e saírem do aeroporto na caminhonete de Herbert. Dez minutos depois, atravessaram o rio e, nessa altura, o discurso dele já tinha dado mil e uma voltas, sem dar sinal de terminar.

— E, sabe, toda vez que se tenta telefonar para alguma empresa hoje em dia, a gente tem que ficar escutando uma gravação atrás da outra...

— Quem vai oficiar o enterro? — perguntou Rand. Decidiu que já tinha sido bastante educado, e a única forma de se fazer perguntas ao tio Herbert era interrompendo-o.

— Paul Leeland. Parece bastante bom. Pelo menos ele não tinge o cabelo. Odeio pastores que tingem os cabelos, não me parece certo.

Rand olhou então pela janela e deixou Herbert falar o resto do caminho. Paul Leeland, o pastor da igreja que ele e a esposa frequentavam, era pelo menos uns dez anos mais velho do que Randall e Joy Bullock, mas os três eram bons amigos. Quase desde o primeiro instante em que haviam se conhecido, Paul sempre parecia ser capaz de fitar Rand nos olhos e... enxergar direitinho o que passava por seu coração e sua mente. Rand não sabia se Paul ainda era capaz disso, depois de tantos meses passados. Esperava que não.

Reencontrou-se com a esposa diante do caixão, na funerária, momentos antes do início da cerimônia. O mundo pareceu girar enquanto olhava para o corpo agora sem vida da única mulher que ele havia amado na vida. Ficou muito tempo ali de pé, ao lado do caixão, chorando, tocando as mãos frias dela, passando os dedos pelos cabelos de Joy, parecendo estar colado ao chão, incapaz de sequer pensar em sair de perto dela. Seu *mundo* estava naquele caixão, e nada mais importava, nada mais existia... até que a filha Tracy, de 18 anos, apareceu a seu lado.

Ele se virou, botou o braço em torno dos ombros de Tracy e, imediatamente, sentiu-a se endireitar e enrijecer. Olhou então para seu rosto, saindo do abismo de seu desespero, e ficou chocado com a expressão dela. O que quer que esperasse ver, não era isso: uma máscara. Um muro. Esperou que ela olhasse para ele, mas não olhou. Fitava, impassível, o corpo da mãe no caixão.

Ele nem percebeu a princípio que Paul Leeland foi quem acabou levando os dois para as cadeiras na primeira fila, que a sala lotada tinha presenciado seu encontro com a filha, e também que todos tinham se levantado para cantar, a pedido de Paul. Ele soube disso tudo mais tarde, quando a curta cerimônia terminou e o encarregado do sepultamento, que nada tinha de agente funerário a não ser o terno preto, e mais parecia um duende, chegou perto do caixão e convidou os presentes a "se despedirem".

De pé, Rand esperou que Tracy o acompanhasse até o caixão. Mas ela continuou sentada, sem se mover, olhando para os pés. Baixinho, ele disse seu nome, mas ela balançou a cabeça. Tentou dar-lhe o braço, mas ela o repeliu. Ele ficou ali, de pé, mais alguns instantes, sem saber o que fazer, nem como diminuir a pouca distância que o separava de sua angustiada filha.

Finalmente, afastou-se de Tracy e foi até o caixão, onde continuou velando, calado e choroso. Os outros esperaram de modo paciente e respeitoso, até que Paul pôs o braço ao redor dos ombros de Rand.

— Vamos, Randall — disse. — Eu o acompanho até a limusine.

Rand balançou a cabeça. Quando falou, a voz era fraca:

— Quero ficar aqui — insistiu.

— Eu sei — disse Paul apertando-lhe o ombro de modo compreensivo —, mas outras pessoas também estão esperando para vê-la.

Rand falou, com o olhar ainda fixo no rosto da mulher:

— Há quanto tempo elas estão esperando, Paul? Uns poucos minutos? Levei quase *três dias* para chegar até aqui. Esperei em táxis, barcos, aeroportos, aviões, só para poder vê-la mais uma vez. — Seu rosto então transformou-se, contraindo-se num paroxismo de dor. *E ela não está aqui!*, pensou. *Estou olhando para ela, continuo olhando para ela, não posso suportar deixar de olhar, mas...*

— Eu sei, Rand — disse Leeland —, mas ela não está mais aqui. — Fez uma pausa antes de acrescentar: — Está com Deus.

Rand mudou de expressão, virou-se para Paul, com o rosto duro como pedra e declarou:

— Eu devia lhe dar um tapa na cara.

Olhou para a primeira fileira, viu que a cadeira onde Tracy havia se sentado estava vazia, depois, contornando vagarosamente Paul Leeland, saiu da funerária.

Ele continuou em Ohio depois do enterro, compareceu à formatura de ensino médio de Tracy e fez planos para levá-la até a faculdade no fim do verão. No entanto, sentia-se totalmente isolado dela, como se só ele estivesse sofrendo. Tracy tinha vários bons amigos, o que o deixava feliz, mas sentia-se ridiculamente incapaz de entendê-la, quanto mais de ajudá-la em alguma coisa. Portanto, ao receber o telefonema do amigo Yigal Havner com o convite para trabalhar no sítio de Mareshah, Rand havia aceitado, na esperança de ver tudo com mais clareza depois de voltar à atividade que ele amava, libertando-o de pensamentos e sentimentos desde o enterro... e, para ser sincero, até mesmo antes.

— E isso funcionou mesmo, não? — resmungou, ainda olhando para a ambulância que partia e desaparecia no topo da colina. Passou a palma da mão pelo rosto suado e suspirou, cansado, embora ainda não fosse meio-dia. Voltou para o carro, notando que os soldados israelenses ainda o observavam, cautelosos. Abriu a porta e parou.

Encarou um dos soldados, o mesmo com quem tinha discutido antes.

— Onde fica Talpiot? — indagou, objetivamente.

O soldado virou devagar a cabeça e os ombros. Apontou para uma ladeira próxima.

Rand acompanhou o gesto. No alto da ladeira havia um monte de equipamentos e materiais de construção; e ele conseguiu enxergar várias pessoas andando por ali, envoltas na nuvem de poeira do fim da manhã da Judeia. A estrada entre sua atual posição e seu destino estava lotada, totalmente engarrafada.

Suspirou e examinou o terreno pedregoso que o cercava. Não tinha para onde ir, nada mais a fazer a não ser esperar.

— Podia ser pior — disse, sem sorrir. — Mas não muito.

Despediu-se de seu ex-adversário com um sinal de cabeça, abaixou-se e entrou no carro.

7

18 d.C.
Cidade Alta, Jerusalém

— Sabes, é claro, que Shimon, filho de Hillel, vai presidir até que sejas investido nas tuas funções. — Anás estava reclinado num divã baixo próximo ao genro, Caifás, o recém-nomeado sumo sacerdote. Os dois homens, o corpulento Anás e seu anfitrião, mais jovem e belo, comiam juntos na mesa circular e baixa da elegante sala. O único outro ocupante presente era um servo de pé junto à porta de entrada, a qual dava para um pátio bem arejado.

José, filho de Caifás, assentiu pacientemente e levou uma uva grande aos lábios. Na mesa à frente dos dois havia uma variedade de frutas, hortaliças, molhos e vinho.

— Vão perguntar-te duas coisas.

Caifás ficou mastigando alguns instantes e confirmou:

— Sim, eu sei. Estava presente à investidura dos outros.

— Mesmo assim — insistiu Anás —, é importante a tua resposta.

— Todos no conselho conheceram meu pai e meu avô. Sabem que o nome de nosso ancestral, Zacarias, está registrado nos arquivos de Jeshana, em Zipporim — disse, referindo-se a uma das primeiras reivindicações de sua família ao sumo sacerdócio.

— Também devem perguntar sobre qualquer enfermidade ou impureza.

Caifás assentiu novamente.

— Tenho tido um extremo cuidado, asseguro-vos, de evitar qualquer profanação: "O zelo por Tua casa me consome."

Anás pegou o copo de vinho e disse:

— Não me importo com tua pureza cerimonial, sabes disso. No entanto, não podes assumir uma atitude descuidada frente ao conselho. Tuas respostas devem ser cuidadosas.

O homem mais jovem suspirou e sorriu:

— Não deveis preocupar-vos, meu Pai. Não estou zombando quando digo "o zelo por Tua casa me consome". Sei que quem me tornou sumo sacerdote foi Roma...

— E o pai de tua mulher.

Caifás concordou:

— Sim, e muitos subornos e maquinações também. Porém, não pretendo ser sumo sacerdote apenas aos olhos de Roma. Vou ser sumo sacerdote dos judeus e servirei à minha nação enquanto houver vida em meu peito.

Anás observou atentamente o genro.

— Serás bem-sucedido naquilo em que fracassei?

— Com vossa ajuda, sim.

— Tens grande confiança em tuas habilidades.

— Sim, mas não só em minhas habilidades. Tenho fé em Hashem *e no Escolhido que há de vir.*

Anás riu e declarou:

— Não és o Escolhido.

— Não — admitiu Caifás. — Mas sou sumo sacerdote. E quando a justiça for restabelecida em Israel, Ele virá.

— E como vais fazer isso?

— Aos poucos. Um pouquinho de cada vez. Mas vai começar quando eu for ungido sumo sacerdote diante do Sinédrio.

— Ungido? — O tom de voz de Anás foi de incredulidade.

Caifás concordou lentamente com um aceno de cabeça.

Anás ficou momentaneamente emudecido. Girou o copo que segurava, depois pareceu encontrar palavras.

— Tu... tu te tornas sumo sacerdote mediante a investidura. Nenhum sacerdote foi ungido, desde... desde antes do exílio! Sabes que muitos pensam que essa unção deve ser reservada para Aquele Que Virá, o Messias.

— Agora deve ser assim. A nós cabe restaurar toda justiça — argumentou Caifás com expressão solene.

A boca do homem mais velho abriu-se e fechou-se diversas vezes, como se ele estivesse falando, porém nenhum som saiu. Ele pôs o copo na mesa e sacudiu a cabeça:

— O conselho não vai aprovar! É uma loucura.

— Já falei com a maioria dos integrantes do conselho. Não irão protestar.

— Certamente Shimon e Gamaliel...

— Foram os primeiros com quem falei.

— E os outros?

— Não haverá dissidência, posso vos garantir. Os votos estão praticamente contados.

— Mas... mas quem vai te ungir? Herodes é que não vai! Ele é edomita!

— Não, Herodes não — disse Caifás.

— Então... quem?

Caifás sorriu e respondeu:

— Vós.

8

Talpiot, sul de Jerusalém

Ele estacionou o carro perto de um caminhão de lixo empoeirado e saiu, calculando que já fazia quase uma hora que o menino tinha sido levado na ambulância. Levou novamente a mão à cabeça, tocando a raiz dos cabelos; pelo menos o sangue havia estancado. *Levando tudo em consideração, o dia começou muito mal,* refletiu.

Afastou-se alguns passos do carro, dirigindo-se a uma mulher fardada de short e camisa cáqui, que estava de pé, com os braços cruzados, aparentemente observando a vagarosa movimentação de uma escavadeira perto do topo da colina. Carregava no quadril um cinturão com coldre de revólver.

— Com licença — disse ele.

Ela se virou e o encarou. Rand calculou que devia ter entre 26 e 27 anos. Ele procurou no bolso um pedaço de papel.

— Estou procurando o sargento-mor Sharon — declarou, pronunciando o nome como os israelenses. — Pode me dizer onde ele está?

— Acho que posso ajudá-lo. — O inglês da mulher tinha um ligeiro sotaque. — Por que está procurando o sargento-mor Sharon?

Ele sorriu pacientemente para a bela jovem.

— Sou o Dr. Randall Bullock. Vim assumir a supervisão deste sítio. Portanto, se me mostrar onde ele está, pode voltar e continuar a fazer o que estava fazendo.

— Estávamos esperando o senhor — assentiu, descruzando os braços e botando as mãos na cintura. — Aliás, esperávamos que chegasse mais cedo.

— Ah, sim, mas acontece que quase morri por causa de uma manifestação logo ali embaixo, na rua.

Ela começou a andar e foi até o alto da colina. Rand caminhou a seu lado, sincronizando as passadas com as dela.

— Sim, parece que acabou envolvido em uma situação delicada.

— Não foi tão simples assim — retrucou Rand. — Podiam ter até me linchado.

— Está se sentindo melhor agora? — perguntou ela.

Rand observou-a rapidamente. Não usava maquiagem. O cabelo preto estava preso atrás da cabeça. Os olhos castanho-escuros davam brilho a um rosto elegante, bronzeado sem ser em excesso, e ele, sem saber por que, desconfiou de que, por trás daquele rostinho bonito, ela estivesse achando graça nele. Desviou os olhos ao perguntar:

— O que está havendo?

— O que quer dizer?

— Aquela violência? Aqueles protestos? Aquela multidão que quebrou minha janela e quase matou um menino esmagando-o contra meu carro.

Ela voltou a balançar a cabeça e esticou o braço para apontar para o canteiro de obras que os cercava.

— Estão protestando.

— Eu sei. Mas contra o quê?

— Só sabem protestar — respondeu dando de ombros, como se pouco se importasse.

Chegaram ao lugar do desmoronamento. Sustentada por estacas, uma fita de plástico amarela isolava a área.

— Venha — disse a moça, passando por baixo da fita.

Rand acompanhou-a, alerta como os soldados no momento da revista. Passou a comportar-se de maneira mais atenta, mais observadora, embora a mudança não fosse perceptível. Agachou-se perto da beirada do desabamento, onde a terra tinha deslizado, revelando uma cripta. O sol da manhã banhava a caverna.

Quatro ossários de calcário, ou seja, urnas contendo ossos, encontravam-se no meio da caverna. Duas das urnas tinham sido quebradas, em vários pedaços grandes. As outras duas pareciam intactas, ainda cobertas de terra.

— Como pode ver — disse a mulher —, estamos enfrentando problemas. O órgão responsável pela preservação de antiguidades quer que isso seja resolvido o mais rápido possível.

— Em quanto tempo?

— Numa situação delicada assim, "o mais rápido possível" significa o mais rápido possível — explicou, dando de ombros.

Rand passou as costas de uma das mãos pela testa suada e desviou os olhos da mulher para inspecionar novamente o local.

— Tenho que ter uma ideia do tempo, porque disso dependem todas as decisões que eu possa tomar. Portanto, qual é o prazo? Semanas? Meses?

— Dias — respondeu.

— Você não pode estar falando sério — disse Rand. Sentiu o rosto ficar quente e não era por causa do sol da Judeia. Apontou para a sepultura e declarou: — Está me parecendo um sepulcro judeu, do período do Segundo Templo. Isso por causa dos ossários — disse, referindo-se às pequenas urnas usadas por judeus originalmente, desde o fim do primeiro século, antes do nascimento de Cristo, até cerca de 70 d.C., quando o Segundo Templo foi destruído pelos romanos. Depois que tivesse decorrido tempo suficiente para que a carne se decompusesse, os corpos eram exumados, e os ossos, colocados em um ossário, feito geralmente de calcário e algumas vezes decorado com gravações e inscrições do nome de batismo ou sobrenome do morto. — Parece haver pelo menos quatro deles e possivelmente mais, o que só saberemos quando descermos lá.

— Sim. Eu sei — comentou ela, cruzando os braços sobre o peito. — Mas, infelizmente, não podemos fazer mais nada além disso. Como a maioria das coisas em Israel, esta não é uma situação simples. Como deve saber, cada vez que usamos uma pá em Israel, mexemos com a história. Esta parte de Jerusalém, em particular, está repleta desses sepulcros e milhares destas urnas funerárias foram descobertas. E sei que arqueólogos como o senhor querem escavar cada pedaço de pedra, osso ou cerâmica. Eu compreendo. Porém, não é só isso o que nos preocupa. Nós supervisionamos centenas de escavações como essa por ano aqui em Israel, e constantemente temos que equilibrar as realidades política, religiosa e econômica com a arqueologia. É complicado. Como tudo mais em Israel.

— Vou precisar de uma equipe — argumentou Rand examinando o rosto dela.

— *O senhor* é a equipe — respondeu sorrindo.

— Está brincando — disse ele, sem rodeios.

Ela negou.

— Não é possível. Não há pessoal suficiente, nem tempo disponível.

Ela retribuiu o olhar dele com uma expressão séria, mas compreensiva.

Rand indagou impaciente:

— E quanto ao sargento-mor Sharon, quando ele vai chegar?

— Já chegou — respondeu, estendendo a mão para cumprimentar o arqueólogo. — Sou a sargento-mor Sharon, da polícia de Israel.

Ele piscou algumas vezes e só então notou a divisa de três barras encimada por um ramalhete de folhas de carvalho.

— Você é... você é a sargento-mor Sharon? — disse, enrubescendo. — Eu... Eu sinto muito. Não tinha a menor ideia. Sabe, eu... eu não...

— Esperava que fosse uma mulher?

— Não, não é... não é isso — gaguejou. — Eu só, bem... — Suspirou e parou de tentar se desculpar: — Passei vergonha, não é?

— Não foi o primeiro. Pode não acreditar, mas os israelenses são ainda mais machistas do que os americanos.

Ele abriu a boca para protestar, mas fechou-a rapidamente e, em vez disso, sorriu.

— Vamos recomeçar do princípio, então? — disse Rand, estendendo a mão. — Sargento Sharon — falou, enquanto apertava a mão dela. — Muito prazer em conhecê-la. Meu nome é Rand.

Ela continuou séria.

— Dr. Bullock — disse, pronunciando distintamente cada sílaba. — Sou a sargento-mor Miriam Sharon.

9

Talpiot, sul de Jerusalém

Rand pôs-se a trabalhar imediatamente, descendo até a cripta pelo buraco no teto, enquanto a sargento-mor Sharon aguardava.

Naquele dia quente, o ar fresco da caverna era um alívio muito bem-vindo. Fora esculpida no macio leito de calcário característico das encostas orientais do deserto da Judeia. Uma porção mais baixa do chão, chamada de poço dos espectadores, indicava a entrada original a leste. O poço dos espectadores permitia que os acompanhantes dos sepultamentos ficassem de pé na gruta de teto baixo.

— Loculi — observou Rand, usando o termo arqueológico para os nichos de sepultamento e apontando para três aberturas na parede ocidental da caverna. — Outra indicação de que este é um túmulo judeu.

Os judeus da época de Jesus enterravam os mortos envolvendo-os em camadas de linho e especiarias perfumadas, em um lóculo de 1,82 metro de comprimento por 45 centímetros de altura. Depois fechavam a abertura da cavidade e lacravam o sepulcro com uma rocha maior. Um ano depois, estando o corpo suficientemente decomposto, a família abria o sepulcro e retirava os ossos, que seriam guardados dentro de um ossário. Essas práticas, que começaram de maneira inesperada e terminaram de forma ainda mais abrupta (quando Jerusalém foi destruída no ano 70 d.C., e a maioria dos residentes morreu ou fugiu), eram quase que exclusivas desta região e de suas cercanias. Como resultado, a grande maioria dos ossuários foi descoberta em Jerusalém ou em torno da cidade (alguns foram encontrados na Galileia, para onde muitos judeus fugiram depois da destruição de Jerusalém, porém eram tipicamente feitos de barro em vez de calcário).

Os nichos cavados na parede ocidental pareciam estar vazios. Uma quarta cavidade, ao longo da parede do sul, contudo, continha dois ossários, lado a lado. Olhando para cima, Rand viu que o teto da câmara estava decorado com um desenho grande e rebuscado de uma roseta, esculpida na pedra.

— Que bonito — apreciou ele.

— O senhor chamou? — perguntou Sharon, de pé, olhando atentamente para ele, pelo buraco do teto.

— Não — respondeu. — Estava só falando comigo mesmo. Faço muito isso. Estava dizendo... — Rand se calou quando reparou que ela havia se afastado da abertura e continuou a monologar enquanto examinava o desenho da roseta no teto. — Pode ser uma indicação de riqueza e posição social, levando-se em conta o tamanho da câmara. — Assentiu devagar, refletindo. — É provável que você encontre alguma coisa aqui, Randall. E algo realmente importante.

Inspirou o ar, devagar. As palavras de Yigal Havner, ditas há apenas algumas horas, voltaram-lhe à memória: *O que quer que encontre em Jerusalém, será para você uma boa oportunidade, eu acho. Um começo. Uma chance... de recuperar... sim, recuperar uma parte de tudo o que perdeu.*

— Muito bem, então. Não há tempo de fazer algo muito elaborado. Vou ter que marcar e medir tudo e depois tirar as melhores fotos possíveis. Depois disso, posso começar a limpar os artefatos e removê-los.

Rand trabalhou febrilmente, sem parar, durante as seis horas seguintes, fotografando e fazendo anotações sobre cada detalhe do sítio. Além de fotos da caverna, tiradas de todos os ângulos possíveis, também etiquetou cada artefato — inclusive os menores pedaços de pedra — com um número e uma escala indicando o seu tamanho. Tirou várias fotos de cada artefato e registrou o local e as características de cada item encontrado na caverna em formulários que prendeu numa prancheta. Guardou os itens menores (várias lamparinas de cerâmica, um cântaro de barro para água e uma garrafa pequena que provavelmente era usada para guardar unguentos ou perfumes, bem como inúmeros fragmentos de cerâmica e de calcário) em sacos comuns de papel pequenos e grandes, devidamente etiquetados. Trabalhou rápido, mas com muito cuidado, indo mais devagar ou parando apenas quando necessário.

Com as mãos ocupadas, seu pensamento ia de Talpiot para a escavação de Yigal Havner em Mareshah, e de lá para Cincinnati, onde sua mulher estava enterrada, prosseguindo até Chicago, onde a filha, Tracy, fazia faculdade. Nunca tinha se sentido tão distante da única filha, tão impotente para compreender ou se aproximar dela. Lembrou-se da expressão em seu rosto quando lhe fez uma surpresa, voltando para casa a tempo de vê-la representar a Virgem Maria no auto de Natal da igreja; então com 11 anos, os olhos de Tracy brilharam para ele com quase tanta adoração como costumavam brilhar para Brad Warner, o menino escolhido para o papel de José naquele ano. *É difícil de acreditar,* refletiu, *mas essa deve ter sido a última vez que Tracy olhou para mim daquele jeito.* Aos olhos de Tracy, quando adolescente, Rand parecia não fazer nada direito e, nos semestres que tinha oportunidade de ficar em casa, ele tinha a impressão de que passava o tempo tentando compensar, sem conseguir, a sua mais recente ausência. E cada vez que partia a trabalho sabia que provocava uma nova onda de rancor, a qual seria impossível à filha esquecer quando ele voltasse para casa nas férias seguintes. Foi quando começou a beber. Na verdade, foi quando tudo começou.

Eu devia ter procurado um emprego de professor em algum lugar, pensou. *Devia ter me aproximado de Tracy, faz tempo. Se eu estivesse presente quando tinha 12 e 13 anos, talvez estivesse ao seu lado quando... quando Joy morreu.*

Enquanto trabalhava, começou a refletir que o sepulcro parecia uma metáfora bem apropriada para sua vida e seus relacionamentos. Quando notou que já havia registrado bastantes artefatos, subiu até a superfície. Sharon estava encostada na viatura policial com os braços cruzados sobre o peito.

— Acho que posso começar a retirar o conteúdo da cripta amanhã — informou ele.

Ela concordou.

— Se não tiver nenhum problema — acrescentou —, vou terminar em menos de uma semana.

— Precisa ser mais rápido — respondeu Sharon.

— Infelizmente, acho que não vai dar. Demora muito. Tudo tem que ser removido com muito cuidado. Do jeito que as coisas estão, vou precisar de auxílio para remover os artefatos maiores de dentro da caverna.

— Que tipo de auxílio?

— Alguém que possa suspender e carregar as coisas, sabe.

— Posso ajudá-lo — sugeriu. — Contanto que não precise abandonar meu posto.

— Está bem — disse ele. — Vou ficar muito grato pelo que puder fazer.

Sharon assentiu e virou-se para observar a estrada.

Ele tirou o celular do bolso e digitou o número de Yigal Havner.

— *Shalom* — disse Rand quando a voz do homem mais velho soou do outro lado da linha. — Preciso de um favor seu.

Justamente naquele momento, a sargento se posicionou à sua frente, numa postura que o forçou a interromper a ligação e voltar a atenção para ela.

— Vamos ter problemas — disse Sharon.

10

Tel Aviv

Tracy saiu do avião no Aeroporto Internacional Ben Gurion, em Tel Aviv, e se deparou com uma multidão cacofônica de viajantes recebidos por familiares e amigos que os abraçavam, conversando aos berros e um grupo de mulheres de véu na cabeça, gritando tão alto que lembrava mais o lamúrio de animais ou pássaros. Ficou surpresa ao ver que o terminal parecia muito mais moderno do que o do aeroporto do qual havia partido, em Chicago, e as placas estavam em hebraico, árabe, inglês e, segundo presumiu, francês.

Ela havia se sentido enjoada a bordo do avião, mas não por causa do voo. Sentia um medo intenso desde o momento da partida do Aeroporto Internacional O'Hare, em Chicago. Uma série de terríveis possibilidades lhe passou pela cabeça, de modo que havia começado a imaginar se aquela viagem não teria sido, desde o começo, uma má ideia. Não conhecia ninguém em Israel a não ser o pai, e ele não sabia que ela estava vindo. Não falava nem lia hebraico. E se ela se perdesse? Se alguém roubasse seu dinheiro? O que faria?

— Agora já era, você já está aqui — disse para si mesma, enquanto seguia as placas indicativas até a esteira de bagagem e a alfândega. Ela conseguira chegar sã e salva... pelo menos em parte. Sentiu-se mais aliviada enquanto, educadamente, passava pelos passageiros mais vagarosos que iam para o mesmo destino. Tinha conseguido realmente! Estava em Israel, quase tão distante da Faculdade Rothan quanto desejaria, embora sentisse um pouco de enjoo.
— Só preciso respirar um pouco de ar fresco — murmurou.

Contudo, ao chegar à esteira de bagagens, sobressaltou-se. Uma multidão se amontoava na área com suas malas, e um número maior de passageiros esperava em longas e sinuosas filas que seus passaportes e suas malas fossem conferidos pela alfândega. Ia se passar um bom tempo antes que ela pudesse respirar ar fresco.

Inspirou profundamente, mas arrependeu-se na mesma hora. A mistura dos diferentes odores, humanos e outros, fez com que se sentisse mais indisposta ainda.

11

Cesareia da Palestina 18 d.C.

A viagem havia sido demorada e quente. O novo sumo sacerdote, com um séquito de vinte cavalarianos e uma companhia de oficiais escolhidos a dedo tinham partido de Jerusalém dois dias antes. Passando por Beth-horon na estrada principal leste-oeste, a caminho do mar, eles tinham viajado 32 quilômetros por dia, ficando na primeira noite em Lida e na segunda em Apolônia, na direção da capital de Roma, na costa do Mediterrâneo.

A cidade tinha sido erigida no local de um antigo ancoradouro, que durante muito tempo chamaram de Torre de Strato, em homenagem a um rei de Sídon. Tinha sido conquistada pelo general romano Pompeu, há 81 anos, e desde então deixou de ser judaica. O imperador romano Augusto entregou a cidade a Herodes, o Grande, 48 anos antes, que a renovou totalmente, dando-lhe um novo nome, Cesareia, em homenagem a seu benfeitor, César Augusto. Foi uma das maiores realizações de Herodes, o Grande. A construção do Templo em Jerusalém se arrastou, ano após ano, e continuou ainda muito tempo depois da morte de Herodes, mas a Cesareia da Palestina brilhava como um diamante entre joias muito menos valiosas, as cidades portuárias de Ptolemais ao norte e Jope ao sul.

O contraste entre as ruas suarentas e congestionadas de Jerusalém e o ambiente arejado e amplo da Cesareia não poderia ser mais acentuado. O séquito de Caifás se aproximou pelo sul, com o Grande Mar sempre à vista e a imensa cidade que cobria 66 hectares em direção ao norte, leste e sul. Quando entraram em Cardo Maximus, a larga rua que se estendia a leste do mar, os cascos dos cavalos soavam nas maciças lajes de granito que recobriam a passagem, e longas fileiras de colunas de mármore alinhavam-se em relação às calçadas de mosaico que iam além do que os olhos podem ver.

Passaram por inúmeras lojas, palácios e templos pelo caminho, observando as maiores construções: o hipódromo, o anfiteatro, e — irritantemente — o colossal

Templo de Roma e de Augusto, construído por Herodes, do qual se descortinava uma vista sobranceira da enseada, cercado por uma imponente varanda com colunata. Se algum membro do grupo tivesse duvidado da riqueza, posição ou do paganismo da Cesareia, suas dúvidas já estariam esclarecidas antes mesmo de chegarem ao palácio do governador.

Para Caifás, a esplendorosa beleza da cidade era como uma requintada mortalha envolvendo um cadáver; fosse qual fosse a vestimenta, o fedor da morte e da decadência não podiam ser disfarçados. Longe de ficar impressionado, Caifás ansiava pelo dia em que se cumprissem as palavras do profeta por toda Israel, e aquela cidade, construída à custa de derramamento de sangue e crimes, encher-se-ia do conhecimento da glória do Senhor, tão completamente como as águas cobrem o mar. Esperava também que isso se passasse durante o seu sacerdócio e que a audiência de hoje com o governador começasse a cimentar essa base necessária.

Caifás sabia que estava tentando o impossível. Sabia que Roma corrompia tudo que tocava; exemplo disso era o sogro, Anás. Sabia que ia ter que cooperar com Roma, até mesmo ceder em alguns pontos, e não estava certo se poderia evitar a contaminação, assim como os outros antes dele. Mas estava disposto a tentar. Sabia que, se a justiça fosse restaurada em Israel, o Messias chegaria. Até lá, Roma devia dormir, embalada pelos acalantos cantados por Caifás.

Um servo veio ao encontro da delegação no portão do grande palácio, numa estreita língua de terra que se projetava ao lado do porto artificial da Cesareia. Depois de dar ordens a outros criados para que cuidassem dos cavalos e das bagagens dos viajantes, o servo acompanhou Caifás e sua delegação até o grandioso pátio. À direita deles ficava a sala de audiências do governador, em formato de templo, e adiante o maciço palácio de granito e mármore circundando uma colossal piscina, sombreada por altas palmeiras. Caifás fechou os olhos, sentindo o cheiro da maresia e absorvendo o marulhar das ondas batendo na praia.

— Ele vai nos fazer esperar, claro — disse o rabi Gamaliel, neto do Grande Hillel, referindo-se a Valério Grato, governador romano da Judeia.

— Claro — respondeu Caifás.

Ambos — e os outros com eles, Ismael e Alexandre, o cunhado mais novo de Caifás, Jônatas, todos os membros do Sinédrio — ficaram surpresos, portanto, quando o servo voltou apenas minutos depois.

— O governador vos dá as boas-vindas a Cesareia — disse o homem. Apontou-lhes a porta que levava ao interior do palácio. — Vai receber-vos agora.

Nem Caifás nem os quatro companheiros andaram em direção à porta. Como judeus devotos, não podiam entrar na residência de um gentio, por mais palacial que fosse. Claro que o governador sabia disso; o convite para entrar no palácio tinha a clara intenção de fazer com que o novo sumo sacerdote fizesse a escolha de comprometer-se com as exigências de sua religião ou ofender o homem que o havia escolhido para exercer esse cargo. No entanto, quando Caifás falou, sua voz fluiu como os tecidos longos e sedosos que esvoaçavam dentro do palácio do governador.

— Não queremos perturbar os importantes assuntos de Sua Excelência. Diz-lhe, por favor, que nos contentaremos em apreciar seus jardins até que ele resolva refrescar-se com um passeio.

O servo observou o rosto do sacerdote um momento, antes de concordar com um pequeno gesto de cabeça e desaparecer dentro do prédio.

12

Talpiot, sul de Jerusalém

Rand terminou de falar com Yigal Havner, prometendo voltar a ligar logo, enquanto os motores de quatro carros empoeirados rugiam até pararem na beira da área isolada que demarcava a escavação. As portas dos veículos deram a impressão de abrirem-se simultaneamente e uma procissão de homens, com barbas e chapéus pretos, marchou em direção a Rand Bullock e à sargento-mor Sharon.

Ela gritou para o grupo de mais de 12 membros, cada qual usando um longo casaco preto, a despeito do calor. Os homens pararam perto da fita amarela onde Sharon bloqueava sozinha o caminho para a escavação, porém, os rostos vermelhos e o tom zangado das vozes fizeram com que Rand duvidasse que ela fosse capaz de controlá-los por muito tempo.

Rand se aproximou dela, sem saber se adiantaria caso aquela horda decidisse avançar. Ficou olhando enquanto ela encarava o grupo. Estava plantada bem na frente do suposto líder ou porta-voz, fitando-o, inabalável, enquanto ele esbravejava. O grupo ao redor concordava com suas palavras, balançando as cabeças quase que de modo sincronizado, fazendo com que os cachinhos de cabelo próximos das têmporas dançassem para um lado e para o outro.

Quando o homem finalmente parou de reclamar, Sharon falou em tom baixo e comedido. Rand não conseguiu compreender o que ela disse em hebraico, depois do primeiro "Shalom", contudo, o que quer que tenha sido, pareceu controlar a situação... até ela dar as costas aos homens e dirigir-se à viatura azul e branca.

— *Assur!* — começaram a gritar imediatamente. — *Assur!* É proibido!

Rand conseguiu alcançá-la, andando ao seu lado, enquanto a multidão atrás deles cantarolava em uníssono, tão alto e raivosamente quanto antes.

— O que está acontecendo? — perguntou Rand, enquanto caminhavam. Estava certo de que os homens invadiriam o sítio, passando pela fita amarela a qualquer momento e avançando para cima deles. — Para onde está indo?

— Para a viatura — disse ela, séria.

— Por quê? Para quê? Vai embora?

Ela não respondeu, só abriu a mala do carro e tirou de dentro dele um fuzil.

— Esses homens são da *chevra kadisha* — explicou, fechando o porta-malas. — Uma espécie de sociedade que cuida das práticas adequadas de sepultamento entre os haredi, os judeus mais ortodoxos. Acreditam que é proibido perturbar os mortos. Quando ficam sabendo que um túmulo judeu foi descoberto, protestam violentamente, se necessário até arriscando suas vidas, até que lhes permitam tornar a enterrar os restos mortais e lacrar o túmulo.

— Está brincando. — Rand já tinha ouvido falar daquela sociedade, mas não sabia quase nada sobre ela.

— Não estou, não, a coisa é muito séria.

— Mas eles não podem fazer nada, certo?

— Na verdade, a lei israelense está do lado deles — respondeu Sharon, voltando para perto da multidão. — Segundo a lei, os restos mortais encontrados durante escavações de emergência devem ser devolvidos ao Ministério dos Assuntos Religiosos, para serem enterrados imediatamente.

Ele agarrou o braço dela e perguntou quando os dois pararam de caminhar:

— Dentro de quanto tempo?

— Creio que imediatamente significa na mesma hora — respondeu, soltando lentamente o braço.

— Está tentando me dizer que se quaisquer dos ossários nesse sepulcro contiver ossos, não posso levá-los para um laboratório para fazer testes? — perguntou Rand incrédulo.

— Se houver restos mortais em qualquer parte desse sepulcro, devem ser devolvidos imediatamente para serem sepultados de novo.

— Dentro de quanto tempo?

— Acho que já fez essa pergunta.

— Não pode estar falando sério — insistiu. — Isso aqui é um sepulcro! Claro que deve haver ossos nessa caverna e, constatando-se a presença de ossários, devem ter provavelmente 2 mil anos! E esses ossos muito provavelmente vão nos revelar alguma coisa, talvez algo importante. Não pode esperar que um arqueólogo retire ossos de um túmulo antigo e simplesmente os entregue para um bando de fanáticos de casacos pretos.

Ela respondeu apenas com uma expressão de indiferença refletida em seus olhos castanho-escuros.

— Precisa entender — insistiu Rand — como esses restos mortais podem ser importantes do ponto de vista de um arqueólogo.

— Dr. Bullock — disse ela —, se eu compreendo ou não, não importa, é a lei.

— Inacreditável — disse Rand, passando a mão pelos curtos cabelos castanhos e balançando a cabeça, desanimado.

— Sinto muito, Dr. Bullock. Não quero dificultar ainda mais o seu trabalho.

— Sim, eu sei. Está apenas cumprindo o seu dever. — Suspirou. — Será que pelo menos posso examiná-los no local?

Ela aquiesceu.

— Sim, mas quaisquer restos mortais têm que ser preservados como estão. Não pode haver dano ou modificação neles.

Rand entendeu com isso que datações de carbono-14, entre outras coisas, não seriam permitidas.

— Tem que haver alguém a quem eu possa apelar — insistiu. — Como aquele Ministério dos Assuntos Religiosos do qual você estava falando. Talvez possa conversar com alguém de lá.

Sharon olhou para o grupo de judeus haredi, que continuava gritando e entoando cânticos, na direção da cripta.

— Esse alguém seria o nosso amigo do chapéu preto — disse.

— O quê? Ele é do governo?

Ela sorriu e explicou:

— O Ministério dos Assuntos Religiosos supervisiona as sociedades funerárias em Israel. Há centenas delas. E são pagas pelo governo, por cada corpo de judeu sepultado pela segunda vez.

— Inacreditável — disse Rand.

— Como já disse, Dr. Bullock — disse Sharon, com uma expressão sombria no rosto: — Aqui nada é simples. Nada é fácil.

13

Tel Aviv

— O senhor não está entendendo — disse Tracy ao atendente no balcão da Avis em meio à desorganização do Aeroporto Internacional Ben Gurion. Depois de finalmente conseguir passar pela multidão, pela confusão da área de coleta de bagagens e da alfândega e atravessado o aeroporto mais extenso e moderno já visto, e com muito mais lojas, restaurantes e chafarizes do que um shopping center americano, Tracy se deparou com um mundo extremamente diferente.

O homem do balcão não parava de sorrir.

— É a senhorita que não está entendendo — disse em inglês, com forte sotaque. — Para alugar um carro aqui, precisa ter 25 anos. A senhorita tem... — Olhou para a carteira de motorista de Ohio: — Dezenove?

— Mas... mas não posso alugá-lo no nome do meu pai, ou algo assim?

— Seu pai está aqui? — perguntou o sujeito, ainda sorrindo.

Tracy negou, balançando a cabeça. Aquilo era uma verdadeira loucura. Morava sozinha desde a morte da mãe. Exceto pelo cartão de crédito dado pelo pai para pagar a matrícula da faculdade e os livros, levava uma vida de adulta, com responsabilidades de adulta, e por isso não tinha nem aventado a hipótese de não poder alugar um carro quando chegasse ao seu destino.

Debruçou-se no balcão para falar com o homem, que ainda sorria:

— Será que não tem um jeito do senhor me ajudar? Tenho que chegar em Mareshah hoje.

— Mareshah? — repetiu ele.

Está certo, lembrou Tracy. *Mareshah é o nome do sítio. Provavelmente, ele não sabe onde é.* Procurou algo em sua bolsa a tiracolo.

— Fica perto de um... um kibutz — explicou, puxando um pedaço de papel que mostrou ao homem. — Beit Guvrin.

A fila atrás dela aumentou enquanto ela falava com o homem. Várias pessoas começaram a conversar em hebraico, e o passageiro que estava logo atrás gemeu, dizendo *Yallah*, que Tracy presumiu significar *Anda logo!*

O atendente da Avis pegou um mapa tão rasgado que Tracy pensou que devia ter vindo na bagagem de Moisés durante a travessia do Mar Vermelho. Ele examinou o papel durante alguns instantes e finalmente indicou um ponto a sudoeste de Jerusalém:

— Beit Guvrin.

— Isso mesmo — disse Tracy, reconhecendo o nome para o qual o homem estava apontando. — Como é que eu chego lá?

Ele suspirou bem alto. O sorriso desapareceu de seus lábios e ele deu de ombros:

— De ônibus ou de táxi.

Esticou o pescoço e olhou para o homem na fila atrás de Tracy.

— O próximo.

14

Talpiot, sul de Jerusalém

Rand tornou a digitar o número de Yigal Havner em seu celular. As duas primeiras chamadas não chegaram a se completar, apesar de o sinal aparentemente estar bom. Na terceira, porém, conseguiu.

— *Shalom*.

— Yigal — disse Rand, deixando de lado o costumeiro *Shalom* como resposta. — Preciso de sua ajuda — declarou, dando as costas aos homens de chapéus pretos e à sargento-mor Sharon, que estava com os pés ligeiramente afastados um do outro e as mãos apoiadas no fuzil pendurado nos ombros.

— Espero que seja algo que eu possa fazer — disse Havner a Rand. — Não posso sair daqui agora de jeito nenhum.

— Claro, entendi, mas será que não poderia mandar alguém aqui?

— Também estou com falta de pessoal, Rand. Do que é que precisa? O que encontrou?

Rand suspirou e explicou a situação ao velho amigo, incluindo a presença dos integrantes da *chevra kadisha*.

— Isso não é nada bom — disse Havner. — É horrível, simplesmente horrível, a situação da arqueologia em Israel. E, no entanto, toda vez que eles tentam resolver isso, o parlamento só consegue piorar as coisas. Há muitas facções e...

— Você pode me ajudar? — interrompeu Rand.

— Do que precisa?

— Um guincho, para começar. E um gerador, um par de lanternas para capacete e também seria bom que mandasse andaimes.

— Acho que posso arranjar essas coisas para você — respondeu Havner. — Posso mandar tudo amanhã de manhã bem cedo.

— Ótimo, obrigado! E olhe, sei que você está com pouca gente, mas será que pode pedir à Nadya que fique aqui um ou dois dias?

— Nadya? Encontrou ossos?

— Ainda não sei. Mas pode ser que sim.

— Sinto muito, Randall. Pensei que soubesse que Nadya precisou viajar faz alguns dias. A mãe dela...

— Ah, sim, sei — interrompeu Rand. — Eu sabia. Não há mais ninguém?

— Uma outra osteoarqueóloga?

— Alguém — insistiu Rand. — Qualquer um. Se houver ossos naquela caverna, Yigal, terão que ser analisados no local, quero dizer, dentro da própria gruta.

— Porque, no momento que os trouxer para fora, terão que ser entregues ao pessoal da *chevra kadisha.*

— Parece que sim.

Havner deu um suspiro ruidoso do outro lado da linha e falou:

— Gostaria de poder fazer alguma coisa por você, Randall. Mas fora Nadya, não há ninguém aqui mais competente do que eu ou você.

Rand ficou em silêncio por alguns instantes e desabafou:

— Muito bem. Vou ter que fazer o melhor que puder.

— É sempre bom que pense assim — disse Havner.

Os dois homens ainda trocaram algumas amenidades e depois se despediram com um *Shalom.* Rand pôs o celular no bolso. Virou-se e viu que Sharon olhava para ele. Fez um sinal de cabeça.

— Vou receber mais alguns equipamentos. Mas só amanhã de manhã.

— Está hospedado em algum lugar aqui perto? — indagou a sargento.

— Hospedado? — disse. Custou um pouco para que a pergunta dela fizesse sentido. — Ai... não sei. Isto é, eu... eu nem pensei nisso até agora.

Ela fez que sim com a cabeça.

— E você? — perguntou Rand. — Ficou aqui o dia inteiro. Com certeza vai ter que ir para casa logo.

Ela olhou para os homens da *chevra kadisha.*

— Enquanto falava ao telefone, entrei em contato pelo rádio com o superior de turno para fazer um relatório sobre essa situação. Ele disse para esperar, que alguém virá me substituir durante a noite. — Voltou a olhar para Rand. — Vou esperar, sentada.

Rand assentiu, concordando, ao entender o significado de suas palavras: ela não esperava a substituição prometida ao fim do turno, o que significava que ambos teriam que passar a noite lá. Ele olhou ao redor. Contemplou o canteiro de obras, os prédios do lado oposto da estrada, os meninos jogando bola atrás de uma cerca feita com correntes, a cúpula de uma mesquita ao longe e o sol se pondo mais além. O estádio de futebol de Jerusalém, Teddy Kollek, com capacidade para 20 mil espectadores, ficava a 2 ou 3 quilômetros de distância.

— E aí — disse, afinal, indicando com a cabeça os homens de preto. — Eles vão embora quando anoitece?

Ela balançou a cabeça e declarou:

— Somente alguns. Os outros vão ficar enquanto o senhor estiver aqui.

— E parece que você vai ficar enquanto eles estiverem aqui — atalhou Rand.

— Se eu for embora, não vai conseguir contê-los — comentou, dando de ombros.

— É bom saber. — Ficaram uns momentos em silêncio, até que Rand tornou a falar. — Está com fome?

— Consegui comer ontem — respondeu ela, com um risinho, dando de ombros de novo.

— É. Eu também. Estou morrendo de fome. Será que eles me deixariam passar? Para ir até o carro, quero dizer.

Ela deu um tapinha no fuzil e respondeu:

— Eu poderia convencê-los.

— Bem, então posso ir buscar alguma coisa para nós comermos.

— Eu ia gostar — disse Sharon, com o mesmo sorriso. — Há um lugar chamado New Deli que não fica muito longe daqui. — Seus olhos pareceram acender-se ao dizer isso. — Basta seguir esta rua por dois quarteirões, depois ir para o norte na direção de Efek Refaim. Fica bem ali, no número 44.

— Será que ainda está aberto?

— Bata com força na porta. Diga que tem um pedido de Miri — comentou, rindo.

— Miri?

— Sim. É uma abreviatura de Miriam.

— Miri — repetiu Rand.

O sorriso dela ficou um tanto sarcástico.

— Quero um sanduíche de cordeiro grelhado. E um refrigerante Dr. Pepper.

Rand deu um enorme sorriso e declarou:

— Certo... Miri. Cordeiro grelhado e Dr. Pepper.

15

18 d.C.
Cesareia da Palestina

Valério Grato, procurador romano da Judeia, aproximou-se de Caifás e seus acompanhantes. Sem as túnicas elegantes e o porte aristocrático, poderia passar por um homem comum de meia-idade, atarracado, cujo cabelo já se tornava grisalho. Porém Caifás sabia que ele nada tinha de comum, claro, pois o havia avaliado em encontros anteriores e percebido que ele não aceitava adulações, mas era capaz de se deixar impressionar. Também sabia que o governador se comprazia em exercer o considerável poder, o qual era sujeito apenas à aprovação de Tibério César, o sucessor do imperador Augusto.

Seguido pelo servo que os acompanhantes de Caifás já haviam conhecido, Grato parou no degrau superior da escadaria do palácio. Pareceu contemplar o vasto horizonte do Grande Mar, antes de pousar os olhos nos cinco dignitários judeus diante dele.

— José, filho de Caifás — disse, falando num dialeto grego formal impecável, que atestava sua educação e cultura. — Sejas bem-vindo à Cesareia.

Caifás meneou a cabeça e sorriu serenamente:

— Gentileza vossa, Excelência. Espero que não estejamos interferindo nos vossos importantes assuntos como representante do imperador.

O governador não respondeu diretamente, mas deixou o olhar vagar sobre os rostos dos outros, morenos como os dos nômades em comparação à sua pele clara tipicamente romana.

Caifás entendeu.

— Vossa Excelência, apresento-vos o rabi Gamaliel, filho de Shimon e neto do Grande Hillel.

Gamaliel fez uma ligeira reverência.

— A Torre de Estrato — disse, propositalmente usando a antiga nomenclatura da cidade da Cesareia e omitindo assim o nome do imperador — é verdadeiramente a capital apropriada para sede do governo de Vossa Excelência.

Os olhos de Grato semicerraram-se e os cantos de sua boca tremeram. Caifás achou que o governador havia notado a perícia de Gamaliel, usando — de forma sincera — palavras que poderiam ser interpretadas como um elogio ou um insulto.

— Alexandre, tesoureiro do Templo — prosseguiu Caifás —, e Jônatas, filho de Anás. — Ele viu o brilho de reconhecimento nos olhos do governador e entendeu que Grato não estava somente assinalando Jônatas como o filho do ainda poderoso Anás, mas também como o próprio cunhado de Caifás.

— E por último — continuou Caifás —, Ismael, filho de Fabi, o qual presumo que conheçais.

Grato deixou entrever um susto na expressão, ao ligar o nome ao homem. Ismael tinha sido o primeiro sumo sacerdote que Grato havia nomeado depois de se tornar prefeito, mas que ele tinha substituído em poucos meses, quando Eleazar lhe ofereceu uma atrativa série de subornos.

— Sim — disse Grato, recuperando a compostura rapidamente. Fitando o olhar de seu antigo sumo sacerdote, um homem bem mais velho do que Caifás, falou: — Estou surpreso em ver-vos.

— Agradavelmente surpreso, espero — respondeu Ismael. — É uma honra para mim parabenizar Vossa Excelência por sua sabedoria no momento de escolher o mais recente sumo sacerdote.

Grato piscou ao ouvir a declaração proferida por Ismael, sem saber que Caifás havia sugerido, palavra por palavra.

— Isso veremos — disse. E depois voltou o olhar para Caifás. — O que vos traz à Cesareia?

— Vossa generosidade — disse Caifás. Habilmente retirou de dentro das dobras da roupa um pequeno saco, entregando-o ao governador. Imediatamente, o servo deu um passo à frente e recebeu a oferta que abriu, inspecionou e mostrou a Grato. — Agradeço a Vossa Excelência a confiança que depositou em mim e na minha habilidade para servir o meu povo como sumo sacerdote. Esta é uma pequena expressão da minha constante gratidão... e da de toda a minha família. — A referência à família era proposital; Grato sabia que Anás ainda possuía a maioria dos lucrativos terrenos que vendiam mercadorias e faziam câmbio dentro dos pátios do Templo. A intenção era mostrar a Grato que ele poderia esperar uma comissão periódica pelo negócio, enquanto Caifás continuasse sendo sumo sacerdote.

Grato fez um sinal para o servo, que desapareceu dentro do palácio com o saco.

— Vós e vossa família sois sábios ao demonstrar vossa gratidão — disse o governador a Caifás. — Aproveitais bem vossa visita à Cesareia.

Caifás fingiu não ter escutado essa tentativa do governador de dispensá-los.

— Perdão, Vossa Excelência, mas há mais uma coisa.

— Mais?

— Uma pequena coisa para Vossa Excelência conceder — declarou Caifás. — Desde o tempo de Herodes, quando Vossa Excelência lutou tão valentemente contra Quintílio Varo, as vestimentas do sumo sacerdote têm sido guardadas na Fortaleza Antônia, como sabeis. Quando pedimos as vestimentas para o cerimonial, fazemos um pedido formal ao capitão da guarnição, e o pedido sempre é concedido, claro. Portanto, seria apenas uma pequena mudança, mas um grande encorajamento para a casa de Caifás, e para minha família inteira, se o cuidado e a guarda das vestimentas voltassem a ser confiados às autoridades do Templo.

Grato examinou o rosto de Caifás, como se procurasse mais alguma informação.

— Como estava dizendo — insistiu Caifás —, é uma insignificância para Vossa Excelência.

— Quase indigna de vossa atenção — contribuiu Gamaliel.

— Uma simples ordem assinada por Vossa Excelência é tudo que vos peço — acrescentou Caifás.

Grato hesitou por um momento, depois virou-se e chamou o secretário.

16

Rodovia 1, Israel

Tracy inclinou-se para a frente, sentindo a blusa encharcada de suor descolar-se do encosto do banco traseiro do táxi. A viagem desde o Aeroporto Internacional Ben Gurion, em Tel Aviv, havia começado quente e abafada, tendo recentemente mudado para quente, abafada e poeirenta, quando o carro saiu da moderna rodovia de quatro pistas que se estendia de Tel Aviv até Jerusalém. A nova estrada tinha duas pistas, e, embora também fosse pavimentada, a poeira e a fumaça da caminhonete à frente entravam pelas janelas de trás, com os vidros abertos até a metade, e se misturavam com os vários odores e texturas do interior do veículo.

Ela e o motorista não tinham trocado nenhuma palavra desde que ela havia dito aonde queria ir. Estava sozinha naquela terra estranha, não conhecia nada. Tinha ficado aliviada ao chegar em Israel, mas agora incontáveis temores e apreensões estavam assomando dentro dela, como se fossem bile. Enquanto olhava os vários cenários pelos quais passava (fazendas e campos, centros comerciais, condomínios, monumentos em homenagem a mortos e vitórias de guerra, pastores conduzindo ovelhas, soldados armados esperando em pontos de ônibus), a sensação de isolamento e a vulnerabilidade aumentaram. E se o motorista não tivesse entendido o que ela havia dito? Se não estivessem indo na direção de Beit Guvrin? Ele poderia levá-la para qualquer lugar que quisesse, e ela não saberia a diferença... até que fosse tarde demais. Começou a pensar se devia pedir ao motorista para parar o carro e sair, mas de que isso adiantaria? Ficar sozinha na estrada seria melhor do que no táxi de um estrangeiro desconhecido?

Quando o sol começou a se pôr e o motorista fez outro desvio, Tracy não conseguiu conter lágrimas de pânico. A paisagem tinha se tornado menos verde e mais marrom e cinzenta. A vizinhança estava se tornando cada vez menos populosa, mais remota, e o dia estava terminando, fazendo com que ela começasse a pensar o que faria se escurecesse antes de chegar a seu destino, *se* conseguisse chegar lá. Finalmente o carro chegou a uma ladeira e, não muito distante, ela reconheceu o sítio arqueológico com um aglomerado irregular de barracas em volta do cume achatado do morro, igual a tantos descritos pelo pai.

— É ali! — disse, apontando. — É esse o lugar. — Teve que morder os lábios para não começar a chorar.

O motorista balançou a cabeça e apontou para um ponto mais distante, mais adiante na estrada, falando rapidamente numa língua que ela achou que era árabe.

— Não — disse ela. — É aqui.

Ele apontou e falou mais enfaticamente:

— Beit Guvrin.

— Ah — disse ela, começando a entender. Ele estava apontando para o kibutz. — Sim, lá é Beit Guvrin. Mas eu vou para Tel Mareshah — explicou, indicando o lado. — Me leve para lá, para Tel Mareshah.

O motorista franziu o cenho, como se nunca o tivessem incomodado tanto, mas conduziu o táxi ladeira acima pela estrada de terra até Tel Mareshah.

— Quanto é? — perguntou quando o carro parou.

Ele virou-se para trás e deu uma resposta com um sotaque tão carregado que Tracy não entendeu, até que ele tornou a repetir.

— Duzentos.

— O quê? — indagou Tracy. Achava que tinha entendido errado. — Quanto?

— Duzentos *shekel* — disse ele.

— Ah tá, o dinheiro aqui em Israel — disse Tracy, suspirando aliviada. Abriu a bolsinha. — Quanto é isso em dólares?

O motorista não perdeu tempo em calcular, dando imediatamente a resposta

— Cinquenta dólares americanos.

Cinquenta dólares, pensou Tracy, tristemente. Tirou duas notas de 20 e uma de 10 da bolsa e segurou-as por cima do encardido banco de vinil à frente. O motorista pegou-as sem dizer nada, nem sorrir.

Tracy carregou com esforço a bagagem até o aglomerado de barracas e caminhões que cercava o morro conhecido como Tel Mareshah. Secou o rosto na blusa e aproximou-se da primeira pessoa que viu, uma mulher de pele cor de ébano e maçãs do rosto salientes, sentada no chão debaixo de um toldo, a cabeça apoiada nos braços dobrados sobre os joelhos.

— Olá — disse Tracy, animada. — Estou procurando o Dr. Randall Bullock.

A mulher ergueu os olhos, depois balançou a cabeça devagar, dizendo uma frase numa língua que Tracy não conseguiu reconhecer. Apontou para a base do caminho poeirento antes de voltar à postura anterior.

Tracy hesitou um instante, mas depois começou a andar na direção que a mulher havia apontado. Por fim, chegou ao que parecia ser a barraca-refeitório, onde encontrou dois homens e uma mulher, de bermuda e camiseta, sentados em torno de uma mesa. Deixou as malas caírem na terra e entrou na barraca, onde havia sombra.

O trio ficou olhando fixamente para ela por alguns instantes. Depois, um dos homens se levantou.

— Estou procurando meu pai — disse Tracy, de repente sentindo-se muito acanhada, embora não soubesse por quê. — Dr. Randall Bullock.

O homem que se levantara olhou para os outros, depois deu um passo na direção dela, limpando as palmas das mãos na bermuda.

— Eu sou Yigal Havner — disse, com voz grossa e profunda, apertando a mão dela. — Seu pai é meu amigo.

Tracy sentiu uma onda de alívio e a pele formigar de emoção. Os olhos encheram-se de lágrimas. Ela havia conseguido. Estava a salvo.

— Posso falar com ele?

Novamente ele olhou para os outros e declarou:

— Ele não está mais aqui.

17

18 d.C.
Jerusalém

José bar Caifás saiu da Câmara das Pedras Talhadas, onde se reunia o Sinédrio, no canto sudoeste do imponente conjunto arquitetônico do Templo. Tinha comparecido perante o Grande Sinédrio na sala, respondendo de maneira paciente e apropriada às perguntas do conselho sobre suas qualificações para o cargo de sumo sacerdote. A primeira pergunta, como já esperava, foi sobre sua genealogia; e quando ele respondeu que os nomes de seus ancestrais estavam inscritos nos arquivos de Jeshana e Zipporim, o assunto foi deixado de lado.

A segunda parte do inquérito, todavia, era bastante extensa, como Caifás já sabia. Foram feitas dezenas de perguntas sobre a sua aparência física. Por exemplo, tinha algum membro amputado ou deformado? Era imberbe? O nariz era curto ou comprido demais (uma pergunta para a qual ele estava preparado e que respondeu colocando o dedo mínimo ao longo do nariz, desde a testa até a ponta, para indicar a proporção desejada). Depois dessas perguntas vieram outras: ele havia praticado idolatria? Estava bêbado? Estivera envolvido no enterro de um parente próximo? Estava com o traje completo de sacerdote? Alguma peça dele estava amassada ou suja? E assim por diante.

Finalmente, contudo, o inquérito terminou e todo o conselho ficou de pé e recitou:

— Bendito seja Deus, bendito seja Ele, pois nenhuma desqualificação foi encontrada nos filhos de Aarão. Bendito seja Ele que escolheu Aarão e seus filhos para se apresentarem diante d'Ele e servi-Lo em seu Santíssimo Templo.

Depois os guardas do Templo abriram lenta e solenemente as grandes portas da sala, e Caifás, usando apenas uma túnica simples de linho branco até os tornozelos, saiu ao sol, seguido pelo conselho. Encaminhou-se até a enorme bacia de bronze na Corte dos Israelitas e lavou as mãos, depois subiu os degraus do santuário e ajoelhou-se de frente para a multidão que aguardava. Anás ficou diante dele e, mergu-

lhando um dedo dentro de uma tigela de cobre com óleo perfumado, traçou vagarosamente na testa de Caifás um sinal parecido com a letra grega X. Depois, às costas do sacerdote ajoelhado, ergueu a tigela e despejou o óleo, num longo fio, na cabeça abaixada de Caifás.

Quando o óleo já havia escorrido pelos cabelos de Caifás, pela barba, e por cima da roupa, ele levantou-se. Um a um, os membros do Sinédrio avançaram com as "vestes douradas" dos sumos sacerdotes, assim chamadas porque cada uma delas, ao contrário das usadas por sacerdotes comuns, continham um símbolo de pureza e esplendor. Primeiro, vinha o meil, *um manto azul-escuro (mais curto do que a túnica de linho) orlado de campânulas douradas e borlas azuis, roxas e escarlates que pareciam flores de romã. Depois vinha o éfode, uma veste bordada com fios dourados, roxos, escarlates e azuis. Um terceiro membro do conselho pôs na cabeça de Caifás a mitra, uma espécie de turbante com uma faixa de ouro na qual se viam gravadas as seguintes palavras: "Ao Senhor a Santidade". Finalmente, Shimon, filho de Hillel, avançou e pôs no peito do novo sumo sacerdote o* ziz, *um peitoral dourado com pedras preciosas engastadas, representando as 12 tribos de Israel.*

Quando se levantou, trajando os paramentos sacerdotais comuns e as vestes exclusivas de sumo sacerdote, Caifás se esforçava para conter a emoção. Havia ainda muito a ser feito naquela noite, antes do pôr do sol — sacrifícios a oferecer, preces a recitar, incenso a acender. Mas o momento pelo qual ele há tanto tempo esperava finalmente tinha chegado. Ele era o Cohen Gadol, o ungido, o sumo sacerdote de Israel, da nação santa, do povo de Deus.

Ergueu o olhar, contemplando as resplandecentes paredes brancas do Templo, até o céu claro acima do monte Moriá, a elevação onde o filho de Abraão, Isaac, havia sido poupado do sacrifício, sendo substituído por um cordeiro, onde David tinha desejado construir um Templo, onde se haviam oferecido inúmeros touros, cordeiros e cabras a Adonai. Ficou imaginando o Deus de Abraão, Isaac e Jacó, olhando para baixo, comprazendo-se naquele dia, comprazendo-se com ele.

18

Tel Mareshah

O alívio sentido por Tracy poucos momentos antes sumiu quando, depois de um voo noturno até Tel Aviv, de passar pela esteira de bagagem e pela alfândega com grande esforço e conseguir transporte para o sítio onde ela *pensava* que iria encontrar o pai, descobriu por intermédio de Yigal Havner que sua viagem ainda não tinha terminado.

— Onde está ele? — perguntou.

— Ele partiu hoje cedo para ir a uma escavação em Talpiot, fora de Jerusalém — explicou Havner. — Não fica longe daqui.

Ela começou a chorar, embora não soubesse dizer se as lágrimas eram de medo, decepção, estresse, ou dos efeitos cumulativos de tudo que vinha acontecendo nos últimos dias, desde o tempo em que era uma estudante numa universidade americana, até agora, uma moça de 19 anos, sozinha num país estrangeiro procurando o pai.

Havner conduziu-a até um banco diante de uma das mesas e a mulher lhe trouxe um prato de comida e um copo de água.

— Posso tentar telefonar para o seu pai — disse Havner. — Não faz muito tempo que conversamos.

— Não — pediu Tracy, ainda chorando. — Não, por favor, não telefone. Ele iria se zangar e isso pioraria as coisas.

— Mas com certeza ele vai querer saber onde você está, não?

Ela balançou a cabeça e levou o copo aos lábios com a mão trêmula. Bebeu a água, depois colocou o copo sobre a mesa.

— Não — disse, de olhos baixos. — Ele pensa que eu ainda estou na faculdade. Tenho que falar com ele primeiro. Tenho que explicar umas coisas. Minha situação é... meio complicada.

Havner concordou, vagarosamente, depois ele e a mulher entreolharam-se, preocupados.

— Pode passar a noite aqui — disse ele.

— Durma na minha barraca — ofereceu a mulher.

— De manhã vou mandar alguns equipamentos para seu pai e você pode ir junto — disse Havner.

Ela olhou para cima. Havner e a mulher estavam sorrindo para ela. Tracy suspirou, soltando ainda alguns soluços.

— Eu acho... que vou aceitar.

— Então pode ir logo depois do café da manhã.

Ela aquiesceu.

— Tá.

— Ótimo — disse Havner, levantando-se. — Agora coma e, quando acabar, Rachel vai levá-la até sua barraca.

— Obrigada — disse enxugando o rosto.

— Foi bom conhecer você, Tracy — concluiu Havner. — Seja bem-vinda a Eretz Israel.

19

Talpiot, sul de Jerusalém

Nada se compara ao crepúsculo em Jerusalém. Quando Rand voltou para o local da escavação com comida e bebida da New Deli, o sol já havia se posto e os homens da *chevra kadisha* estavam, evidentemente, ressonando dentro de seus carros. As paredes iluminadas por holofotes e os cintilantes lugares sagrados da Cidade Velha de Jerusalém, onde as lojas fecham à noite, os maciços portões cerram-se, e a calma impera no lugar da poeira e do burburinho diurnos, tremeluziam à distância.

Ele recostou-se no para-brisa de seu Fiat 500 e estendeu as pernas compridas sobre o capô, convidando Miri Sharon a fazer o mesmo. Em seguida, tirou de dentro do saco de papel os sanduíches de cordeiro grelhado e as saladas de tomate e pepino e os dois comeram juntos.

— Conhece um menino chamado Mansour? — perguntou Miriam.

— Mansour? — repetiu Rand. — Não. Por quê?

— Ele perguntou pelo senhor. Enquanto foi pegar os sanduíches.

Ele balançou a cabeça.

— Ele disse o que queria?

Ela deu uma mordida no sanduíche, aparentando não ter pressa. Quando acabou, respondeu:

— Disse que o senhor salvou a vida dele. Queria agradecer ao senhor.

De repente, Rand se lembrou. Contou a ela a história do tumulto naquela manhã e como a multidão tinha esmagado o menino contra o seu carro. Não falou sobre as ameaças dos soldados israelenses, mas apenas que tinham levado o menino para o hospital numa ambulância.

— Ele parecia estar bem — disse Miriam, olhando para ele com interesse.

— Ótimo — disse Rand. — Como ele soube que eu estava aqui?

Ela deu de ombros e terminou a aparente inspeção do rosto dele.

— Ele perguntou pelo americano do carro branco.

— Faz sentido — disse, sorrindo e fez um gesto afirmativo com a cabeça. — Obrigado por me contar. Ainda bem que ele se recuperou.

Tinham acabado de comer, mas continuaram conversando, agora sobre as próprias vidas. Rand era o caçula de dois irmãos; Miri, a filha única dos judeus sefaradis Yakob e Sylvia Sharon, que tinham vindo morar em Israel depois da Guerra da Independência de 1948. Rand foi criado na comunidade rural de Brookville, no Kansas; Miri havia crescido no subúrbio de Ramat-Gan, em Tel Aviv. Rand tinha estudado na Universidade de Chicago e Miri apontou para as luzes da Universidade Hebraica, onde se graduou, no monte Scopus, a nordeste de onde estavam.

Não demorou muito, *aliás, rápido demais*, pensou Rand, embora fosse bastante previsível, para a conversa passar a girar em torno da morte de sua mulher, e ele contou, com a voz entrecortada, sobre ela e a filha, o fracasso como marido e pai e o caminho tortuoso que o havia trazido até Israel e Jerusalém, como um desolado homem de 42 anos.

Miri não disse nada enquanto ele falava e, quando Rand acabou, ele pediu desculpas:

— Sinto muito. Sei que não pediu para ouvir tudo isso.

Ficaram sentados em silêncio por alguns momentos, até Miri recolher as embalagens das refeições e a lata vazia de refrigerante e descer do capô. Ela estendeu a mão, obviamente oferecendo-se para levar o lixo de Rand.

— Não, deixa que eu levo — disse Rand. Ele desceu do carro e pegou o lixo, tocando, assim, a mão de Miriam. Eles se entreolharam e, sem recolher a mão, ele disse: — Sinto ter falado tanto. Gostaria de ter ouvido a sua história também.

Ela rapidamente passou o lixo para as mãos dele.

— As mulheres de seu país não carregam o próprio lixo?

A resposta dela pareceu desnecessariamente sarcástica para ele, até que de repente se lembrou da palavra que os israelenses usavam para denominar os que nasciam lá, como Miri Sharon: *sabra*, o nome de um cacto áspero e cheio de espinhos por fora e doce por dentro. Ele sorriu. Achava que ela era um perfeito *sabra*.

— Boa noite, sargento Sharon — despediu-se Rand.

Ela olhou para ele, sustentando o olhar.

— *Shalom* — respondeu. Depois lhe deu as costas e encaminhou-se para a viatura.

20

Tel Mareshah

Tracy Bullock estava deitada, ainda acordada, num catre estreito. Suas malas estavam alinhadas ao pé da cama, como se fossem sentinelas. Pela respiração de Rachel, sua companheira de barraca, ela já havia adormecido fazia muito tempo. Tracy ficou olhando a lona da barraca velha e enxugou o suor da testa com o punho; o tecido era tão fino que através dele dava para ver várias estrelas brilhantes tremeluzindo no céu.

Ela não estava nada satisfeita diante da perspectiva de pernoitar ali; tinha planejado encontrar-se com o pai naquele dia. Afinal, pensou, depois de alguns cálculos, de manhã ela teria completado mais de 24 horas em Israel, sem ter visto ainda o pai. Porém, contrariando sua natureza, não tinha discutido quando Yigal Havner afirmou que sua viagem tinha terminado, pelo menos por aquela noite. Em vez disso, parabenizou-se pelo que havia conseguido até aquele momento. Tinha viajado sozinha até o outro lado do mundo, tomado um táxi e dado um jeito de localizar o pai apenas por meio do nome de um sítio arqueológico. Achava que poucas moças de 19 anos teriam conseguido fazer isso. Além disso, raciocinou, estava cansada, e uma noite de sono antes de encontrá-lo não seria nada mal.

Só que, deitada naquela barraca, num catre, só de short e uma camiseta larga amarrada logo abaixo do busto, ela não conseguia dormir. Ficou imaginando como seria o encontro com o pai.

— Claro que ele vai ficar feliz de te ver — disse em voz alta. — Ele é seu pai.

As palavras, porém, ecoaram na barraca, parecendo-lhe vazias... Fechou os olhos e tentou imaginar o reencontro entre os dois na manhã seguinte. Ela iria deixar as malas caírem no chão e correr para ele, rindo, e pendurar-se no seu pescoço. Ele ia ficar boquiaberto de surpresa e daria um abraço apertado na filha já crescida, e uma lágrima escorreria por seu rosto, provando como estava exultante.

De repente, pareceu ouvir a voz de sua amiga Rochelle: "Menina, o que você esteve fumando?" Deu um sorriso desanimado. Com certeza, pensou, veria no rosto do pai primeiro o choque, depois aborrecimento. "O que está fazendo aqui?", seria, provavelmente, o que ele lhe diria assim que a visse. Ou então: "Por que não está na faculdade?", ou até: "O que foi que você fez agora?"

Somando tudo, ela chegou à conclusão de que não tinha ideia do que esperar. Francamente, não sabia qual seria a reação dele. Porque, para ser sincera, não conhecia o próprio pai.

21

18 d.C.
Cidade Alta, Jerusalém

— *Viste? — perguntou à mulher, Salomé, que veio encontrá-lo na porta da casa.*

De forma altiva, ela ergueu as sobrancelhas e indagou:

— Vi o quê?

Ele a empurrou e, a passos largos, entrou em seus aposentos particulares, onde cuidadosamente trocou a túnica sacerdotal que ia até os tornozelos por uma toga mais leve e curta. Sabia, sem nem mesmo ter que se virar, que ela o havia seguido e o estava observando. Nem supôs que ela ficaria impressionada ou atraída, embora, para um homem de 32 anos, ele se sentisse orgulhoso do peito largo e da aparência atlética. Entretanto, desde o último aborto, havia mais de dois anos, Salomé não sentia mais desejo por ele.

— Teu marido é agora um sumo sacerdote ungido — disse. — Pensei que gostarias de ver tal honra concedida à tua casa e à tua família.

— Se é que foi honra — disse ela.

Ele se virou e declarou:

— Se foi uma honra? Não te sentes honrada, como mulher do Cohen Gadol, recebendo os 24 privilégios sacerdotais que estão para chegar? A redenção do primogênito? O pão trançado, a chalá? Os primeiros frutos, o bicurim? Não queres partilhar dessas bênçãos?

— Eu já partilho delas como filha de Anás — respondeu, dando de ombros. — Ou será que te esqueceste como te tornaste sumo sacerdote?

Ele enrolou o cordão ao redor da cintura e atou-o, suspirando e balançando a cabeça:

— Não, Salomé, não me esqueci. Como poderia? Tu estás sempre me recordando.

— Não — disse ela, asperamente. — Não deixarei que te esqueças, José bar Caifá! *O que é a casa de Caifás comparada com a de Anás? Não é nada. Tu não*

poderias sequer comprar esta casa sem o dinheiro de meu pai, quanto mais o sumo sacerdócio! E, no entanto, aí estás! Tens a casa, tens o cargo de meu pai, foste até mesmo ungido... e eu não tenho nada!

— Já te disse, mulher, somos ambos jovens. Ainda podemos ter um filho.

Ela olhou para ele durante muito tempo, antes de lhe dar as costas e sair, furiosa. José Caifás a observou partir, sentindo a costumeira tristeza apossar-se dele. Já havia suportado muitas conversas desse tipo com Salomé, até o ponto de saber quais seriam as próximas palavras antes mesmo que ela as proferisse.

Nem sempre tinha sido assim entre José Caifás e Salomé. Quando eram noivos, Salomé parecia sentir atração por José, e ele estava fascinado por ela. Contudo, logo depois de se casarem, começaram os problemas. Salomé só queria ter um filho, como a cunhada Miriam, filha de Shimon e mulher do irmão de Salomé, Jônatas. Porém, toda gravidez terminava em aborto, e a última tinha sido tão dolorosa, física e emocionalmente, que ela havia perdido toda esperança de ter um filho... e, com isso, também havia deixado de lado a pretensão de amar ou respeitar o marido.

Isso magoava Caifás, não somente por também querer muito um filho, mas porque sabia que as palavras de Salomé eram verdadeiras: a casa de Caifás não se comparava à de Anás. E, sem um filho, permaneceria para sempre assim, porque José Caifás não tinha irmãos ou tios. Se Salomé não concebesse, o nome de Caifás morreria com ele.

22

Talpiot, sul de Jerusalém

Rand acordou antes do nascer do sol, com cãibras horríveis nas pernas e costas devido às centenas de posições diferentes experimentadas durante a noite inteira, para tentar dormir dentro do Fiat. Enquanto manobrava seu 1,82 m para passar pela porta do passageiro, como se fosse uma borboleta emergindo do casulo, pressentiu, antes de ter constatado, a presença da sargento-mor Miri Sharon, de pé, com as mãos nos quadris, observando-o.

Com grande esforço, ele endireitou-se, ficou de pé e a cumprimentou:

— Bom dia.

— O senhor não dormiu aí dentro, dormiu? — perguntou ela com um sorriso zombeteiro.

Depois de dar uma olhadela no carro, ele a fitou:

— Como assim? Claro que dormi.

— A noite inteira?

— Sim.

— Por quê?

— Onde mais poderia ter dormido? — respondeu Rand gesticulando.

Ela sorriu ainda mais e encaminhou-se para o próprio carro, pegou um cobertor que estava no chão, perto da entrada da caverna, onde havia passado a noite. Abriu o porta-malas, enrolou a coberta e a guardou.

— Sinto muito. Devia ter oferecido ao senhor um dos meus cobertores.

Ele ficou olhando para ela, sabendo que estava se divertindo à custa dele, mas, por incrível que pareça, não se importou.

Instantes depois, Rand estava na caverna. Tateando na semiobscuridade do amanhecer, fez os preparativos necessários antes da chegada do guincho e do equipamento de iluminação de Tel Mareshah. Subiu e desceu várias vezes a escada, levando bolsas cheias de artefatos menores para o carro. Na terceira vez, quando o sol surgiu acima das montanhas de Moab à distância, notou que os homens de ternos e chapéus pretos tinham acordado e estavam novamente muito zangados. Sharon aproximou-se de Rand no momento em que ele colocava um monte de bolsas ao lado do Fiat.

— Eles insistem para que eu inspecione as bolsas que está trazendo do túmulo. — Seu tom era de desculpas. — Para terem certeza de que não há restos mortais.

Rand concordou, suprimindo um bocejo:

— Claro. Pode fazer o que quiser.

Dois dos quatro ossários no centro do chão da caverna estavam em pedaços. Rand os havia inspecionado no dia anterior e verificado que não tinham desenhos nem marcas, já fazia muito tempo que seus conteúdos tinham sido saqueados.

As outras duas urnas, contudo, permaneciam intactas... e tinha chegado a hora de remover suas tampas e ver o que havia dentro delas.

23

Tel Mareshah

Yigal Havner apresentou Tracy a Carlos, um membro da equipe que era natural da Turquia.

— Carlos conhece tudo aqui muito bem — informou Havner, acenando com a cabeça para o jovem, que parecia apenas alguns anos mais velho do que Tracy e cuja cor bronzeada era fruto dos quatro meses trabalhando sob o sol da Judeia para o renomado arqueólogo. Carlos pegou as viajadas malas de Tracy e colocou-as na parte de trás de um Land Rover sem capota, perto de diversas peças de equipamentos que ela julgou terem mais ou menos a sua idade.

— Ele é bom motorista, provavelmente vai deixá-la no seu destino sã e salva.

— Provavelmente? — repetiu Tracy.

— Ele é turco — confirmou Havner.

Tracy olhou para Carlos e para o velho arqueólogo.

— E o que isso quer dizer?

Carlos sorriu e balançou a cabeça, fazendo os cachos dos cabelos pretos lhe roçarem as orelhas.

— Nada. Absolutamente nada — disse e sentou-se ao volante.

— É melhor se apressarem — disse Havner. Apertou a mão de Tracy e ajudou-a a entrar no Land Rover. — Abir telefonou.

Carlos fez que sim com a cabeça, inclinou-se, deu a partida e o motor começou a roncar. Havner deu um tapinha na lateral do Land Rover e Carlos pisou fundo no acelerador, fazendo as rodas do carro levantarem poeira e pedregulhos do chão de Tel Mareshah, quando o veículo começou a deixar o acampamento.

— Abir? — gritou Tracy, segurando os cabelos com uma das mãos e apoiando-se na porta com a outra. — Quem é Abir?

— Um amigo.

— Não estou entendendo. O que há? Por que temos que nos apressar?

— Por nada.

— Então por que não pode me dizer, se não é nada...

— Você só vai se preocupar, e não há nada com que se preocupar.

— Você só fica dizendo que não é nada e não há nada com que se preocupar, mas cada vez acredito menos quando diz isso! Por que não me diz logo e deixa eu decidir se é para me preocupar ou não?

— Abir é um amigo que tem ligações com o Exército — respondeu Carlos, dando de ombros.

— Sim, e daí? — insistiu ela.

— Ele às vezes nos informa quando vão impedir a passagem pelas barreiras controladas pelos palestinos.

— Sim, e daí? — repetiu ela.

— Daí que nós vamos passar pela zona palestina.

Tracy ficou quieta esperando ele prosseguir.

— Abir diz que a divisa com Belém vai ser fechada em breve.

— Por quê?

— Pode ser que alguém tenha ameaçado mandar um homem-bomba para lá. Ou fazer algum outro tipo de ataque.

— Se é perigoso, não devíamos ir por outro caminho?

— Não exatamente. Tem gente que acha que Israel faz isso só para frustrar os palestinos.

— E o que nós temos com isso, então? — indagou Tracy.

— Temos que chegar lá antes que bloqueiem a estrada — respondeu, tornando a dar de ombros.

— E... se não conseguirmos?

Ele sacudiu a cabeça ligeiramente para trás e para a frente.

— Quer dizer que podemos ficar presos em algum lugar? — perguntou Tracy.

Carlos deu um sorriso atraente e declarou:

— Presos, não. Podemos nos atrasar.

24

Talpiot, sul de Jerusalém

Os ossários no centro da câmara estavam vazios.

Rand tinha removido com todo o cuidado a tampa chanfrada e bem-ajustada das urnas de calcário, examinado o interior e encontrado dentro delas apenas pó e ar.

— Muito bem — disse. — Isso simplifica as coisas. — Claro que sabia que milhares dessas urnas funerárias tinham sido encontradas em Jerusalém e em seus arredores no decorrer dos anos, e a grande maioria não apresentava distinções: nenhuma inscrição, decoração, nem ossos, nada. Ele também sabia que era fácil e barato comprar esses ossários comuns no mercado de antiguidades. Do ponto de vista de um perito arqueólogo, de um comerciante ou por uma perspectiva pessoal, os dois ossários examinados não valiam praticamente nada.

Entretanto, seu treinamento exigia cautela. Os ossários comuns seriam removidos e preservados cuidadosamente. Ficou pensando quanto tempo mais teria que esperar pela chegada da iluminação e do guincho enviados de Mareshah. Não havia realmente um modo seguro de retirar as urnas da caverna sem o equipamento, portanto, Rand voltou a atenção para os dois ossários restantes no lóculo ao longo da parede sul.

Havia deixado o exame desses por último por considerá-los os mais promissores. Eram os únicos ossários do túmulo que haviam permanecido ali, portanto, era possível supor que, por algum motivo, não tinham sido violados por saqueadores, e ainda manteriam o conteúdo original, sendo que ambos ainda possuíam tampas completas e seguras que, aparentemente, não haviam sido deslocadas.

— Aqueles refletores estão fazendo falta — resmungou ele. O sol já estava a pino, a essa altura, mas ainda era muito cedo, e quando as últimas sombras da caverna se dissipassem, já seria quase meio-dia. Ele fez escorregar um dos ossários vagarosamente para fora do nicho e, virando-o ligeiramente para segurá-lo melhor, levantou a urna de vinte quilos e levou-a para o centro do túmulo. Antes mesmo de colocá-la no chão, identificou uma diferença importante que a distinguia das outras, uma gravação em um dos lados maiores.

25

26 d.C.
Cidade Alta, Jerusalém

Caifás gemeu de dor.

— Claro que não é nenhuma surpresa — disse ao rabi Gamaliel.

O neto do Grande Hillel era, de várias formas, um estranho aliado de Caifás. Era fariseu; Caifás, naturalmente, era saduceu. Os fariseus e os saduceus eram os partidos religiosos e políticos dominantes da época e geralmente discordavam um do outro. Os fariseus tinham preservado a vida judaica durante toda a época do Cativeiro, redefinindo o judaísmo como uma religião que se dedicava ao estudo da Torá. Os saduceus tinham restaurado o sistema de sacrifícios, o sacerdócio e a adoração no Templo como os aspectos centrais do judaísmo. Os fariseus reverenciavam as escrituras e as tradições orais dos rabinos. Os saduceus reconheciam como Torá apenas os cinco livros de Moisés. Os fariseus acreditavam em anjos e espíritos e na ressurreição dos mortos, os saduceus negavam tudo isso. De um modo geral, os fariseus eram mais populares, mas os saduceus eram mais poderosos; os fariseus eram virtuosos, e os saduceus, ricos.

Caifás e Gamaliel, embora fossem saduceu e fariseu até os ossos, eram não somente aliados, como também amigos. Ambos aguardavam a chegada do Messias, e cada um esperava entrar em Seu reino com uma liderança honrável. Um precisava do outro. Caifás, o sumo sacerdote, precisava de Gamaliel, que, embora não tivesse ainda 30 anos, já estava sendo chamado de raban, *mesmo com o pai ainda vivo e exercendo liderança no Sinédrio. E Gamaliel certamente precisava do sumo sacerdote como aliado, para que o Sinédrio e a nação de Israel retomassem o caminho da retidão e vissem a glória do Deus de Israel.*

Os dois homens estavam sentados no pátio da opulenta casa de Caifás, à sombra de uma oliveira de copa ampla. Caifás esfregava as têmporas com os dedos indicadores ao declarar:

— Valério Grato vem escrevendo carta após carta ao imperador pedindo para voltar a Roma. Só vem falando nisso nos últimos anos.

Portanto, não foi surpresa quando chegou a Jerusalém a notícia de que Valério Grato, com quem Caifás tinha mantido uma relação de cooperação tão cuidadosa e custosa, tinha sido chamado novamente a Roma e um novo governador fora nomeado. Mas, assim mesmo, as notícias tinham dado ao sumo sacerdote uma fortíssima dor de cabeça, pois ele percebeu que teria que começar tudo de novo com alguém desconhecido.

— Oito anos — lamentou Caifás.

— Acho que deveríamos ser gratos. O mandato dele foi muito mais longo do que o de Rufo ou Marco Ambívulo.

— Sim, mas sabes o quanto trabalhei e quanto gastei para ganhar a confiança de Grato e abrandar a sua cobiça?

— Hummm — disse Gamaliel, com cautela. Ele e Caifás discordavam veementemente quanto ao recurso de se pagar subornos e partilhar a receita com as autoridades romanas. — O que sabes sobre o novo governador?

Caifás respondeu sem levantar a cabeça nem abrir os olhos:

— Dizem que ele pertence a uma famosa família de cavaleiros, como a do prefeito da guarda pretoriana, Sejano. Sua mulher é Cláudia Procla, neta de Augusto e filha de Cláudia, terceira esposa de Tibério.

Gamaliel resmungou:

— Um homem poderoso, devemos supor.

Caifás concordou com um aceno de cabeça e ergueu os dedos, apertando-os contra as órbitas, como se quisesse cegar-se:

— E dizem que ela vem com ele.

— Ela vem para cá? — Dificilmente as mulheres dos altos funcionários trocavam o conforto e os divertimentos de Roma pelo desconforto e o perigo das províncias. — Isso não é comum. Não tenho certeza se isso indica a influência dele junto ao imperador... ou o interesse da mulher por sua carreira. Talvez ambos.

Caifás levantou a cabeça e fitou o amigo com um olhar cansado.

— Gamaliel, meu amigo, acho que devemos nos preparar para trilhar um caminho repleto de obstáculos.

O rabi levantou-se e declarou:

— Então, preciso comprar sandálias novas. — Virou-se para sair, porém parou depois de ter dado alguns passos e olhou para trás. — Qual é o nome do novo governador?

— Pilatos — disse Caifás. — Pôncio Pilatos.

26

Belém

Carlos diminuiu a marcha enquanto se aproximavam do posto de inspeção de Belém.

A curta viagem partindo de Tel Mareshah havia sido tranquila. Quando entraram em Belém, Tracy sorriu para Carlos e disse:

— Isso *não* é o que eu esperava.

— O que você esperava?

Ela cantou então:

— "O little town of Bethlehem, how still we see thee lie."

— Você canta muito bem — elogiou ele.

Ela revirou os olhos.

— Pensei que Belém fosse uma *little town*, uma aldeiazinha, né.

— Acho que tem uma população de cerca de 20 mil habitantes — comentou Carlos sorrindo.

Ela aquiesceu e voltou a olhar pela janela.

— Muitas lojas fechadas...

— Desde que Israel construiu o muro para evitar terroristas, muito menos veículos e turistas entram em Belém, comparando-se a antes — explicou Carlos, franzindo de repente a testa. — Opa.

Tracy desviou a atenção de Carlos para a estrada à frente e viu o que parecia ser uma fila de carros esperando no posto de controle, onde havia soldados e barreiras de metal, e um segundo ponto de checagem depois. Era preciso parar o carro no posto, passar devagar dando a volta por uma barreira de concreto que bloqueava parcialmente a estrada, depois voltar para a pista certa antes de continuar até a segunda barreira.

— O que está acontecendo? — perguntou Tracy.

Carlos observou o movimento à frente durante alguns momentos antes de responder:

— Acho que está tudo bem. — Cinco ou seis soldados carregando rifles tomavam conta do posto. À medida que os carros se aproximavam, dois deles faziam perguntas aos ocupantes do primeiro carro, enquanto outros se aproximavam do segundo e terceiro veículos. Abriam os porta-malas, entravam nos ônibus e pediam aos caminhões para encostarem para serem submetidos a uma inspeção mais cuidadosa. Na maioria dos casos, depois de uma inspeção visual dos ocupantes do carro e de seus conteúdos, os soldados davam permissão para que passassem.

— Parece que não bloquearam a passagem. Os carros estão passando.

— Quanto tempo isso vai levar? — perguntou Tracy.

Ele deu de ombros.

— Não muito. É melhor ficar com o documento de identidade na mão.

— Identidade?

Ele confirmou:

— Sim, o seu visto ou o seu passaporte, sabe.

— Está na minha mala — disse Tracy, fazendo menção de abrir a porta.

— Não! — exclamou Carlos. — Não se mova!

Tracy largou a maçaneta como se tivesse tomado um choque. Ficou olhando para Carlos, assustada. Ele respirou fundo vagarosamente e disse:

— Sinto muito. Não quis assustar você. Os soldados não iam gostar se você saísse do carro e tentasse tirar alguma coisa daí detrás.

— Ah, sim. Entendi. Podiam pensar que eu sou... terrorista, ou algo do gênero.

— Ou algo do gênero — concordou Carlos.

— Então, o que devo fazer?

— Apenas aguarde. Quando o soldado pedir sua identidade, explique que está na sua bagagem e ele irá com você para pegá-la.

Aconteceu exatamente o que Carlos havia previsto, e, momentos depois, ele e Tracy continuaram a viagem pela rodovia 60.

— Ainda falta muito? — perguntou ela.

Ele sorriu e respondeu:

— Só alguns minutos.

27

Talpiot, sul de Jerusalém

Rand precisava desesperadamente de mais iluminação. Colocou o ossário no chão da caverna em um ângulo que permitia que a luz incidisse sobre os caracteres que tinha sentido com os dedos. Ajoelhou e olhou bem de perto a inscrição, enquanto traçava os contornos com o dedo médio da mão direita.

As letras estavam dispostas em duas linhas, escritas de baixo para cima, do lado da urna, em vez de paralelas em relação à tampa, dando a impressão de que a inscrição tinha sido feita depois do posicionamento do ossário no nicho da parede. Quem a fizera teria que ter usado o espaço entre o ossário e a parede, o que Rand considerou possível, dada a posição das letras em relação ao lugar onde o ossário tinha sido posto. A inscrição também indicava que havia sido feita por um destro; se tivesse sido feita em inglês, provavelmente começaria daquele lado de cima para baixo, mas como o hebraico e o aramaico são ambos escritos da direita para a esquerda, o autor da inscrição, provavelmente, havia escrito de baixo para cima.

Contudo, além dessas suposições, Rand não conseguia entender a inscrição. Imediatamente se lembrou da sargento-mor Sharon; se fosse hebraico, ela entenderia. Torceu para que o fato de a inscrição ser rudimentar (que, ao que parecia, tinha sido feita no calcário macio com um prego ou algo similar, com tão pouco cuidado como o de alguém do século XXI anotando um número de telefone ou um endereço de e-mail) não fosse grande obstáculo para a tradução.

Pegou a prancheta e o lápis e fez o que podia, dada a iluminação do túmulo, para copiar os garranchos escritos na lateral do ossário. Depois subiu pela escada, saiu da cripta e, semicerrando os olhos por causa do sol da manhã, espiou ao redor, tentando localizar a policial israelense.

Nesse instante, contudo, um Land Rover preto e empoeirado aproximou-se da barreira feita com a fita amarela que cercava o sítio e parou perto do aglomerado de integrantes da *chevra kadisha* vestidos de preto. Rand reconheceu logo que quem dirigia era Carlos de Tel Mareshah, e acenou para ele, ao mesmo tempo que percebia a aproximação de Sharon.

— É o meu equipamento! — gritou.

Então, a porta do passageiro se abriu e alguém saiu do carro.

28

Talpiot, sul de Jerusalém

Tracy não sabia o que fazer. Tinha visto o pai notar o Land Rover e depois reconhecer aparentemente Carlos, quando o rapaz saiu do veículo. Desejou ficar no carro observando a uma distância segura, mas tomou coragem, agarrou a maçaneta e saiu.

Sabia que iria passar vergonha. Viu o pai voltar os olhos na sua direção, olhar para ela, depois para Carlos e para ela de novo. Tentou dar um sorriso. Disse a si mesma para simplesmente ir até lá e dar-lhe um abraço. No entanto, seus pés não estavam ajudando muito, de maneira que ela pensou seriamente em voltar para dentro do Land Rover.

O pai aproximou-se dela devagar, com uma expressão que Tracy não conseguiu dizer se era de confusão ou... não, tinha certeza de que ele estava confuso. Não sabia, porém, que outra emoção existia. Seria raiva? Ou frustração? Certamente não parecia ser de alegria, amor, nem nada muito positivo.

Ela abriu a boca. Achou que poderia dizer "oi, papai", mas ele falou antes que as palavras pudessem sair de sua boca.

— O que está fazendo aqui? — perguntou.

O tom não era de raiva, mas ela ficou decepcionada mesmo assim.

— Oi, papai — disse, finalmente.

— Eu... eu não estou compreendendo — disse ele. — O que... o que você está fazendo aqui?

Tá bom, entendi o recado, pensou ela. *Você não está exatamente feliz por me ver. Mas não precisa ficar repetindo a mesma coisa.*

— Eu... queria te ver.

— E a faculdade? Como chegou aqui? O que houve?

— Não pode nem dizer que está contente de me ver? — disse Tracy em um tom mais alto. — Será que passou pela sua cabeça me abraçar ou perguntar se estou bem?

— Estou feliz em te ver — protestou Rand. — Verdade. Estou é um pouco surpreso...

— Olha, esquece, tá? Me diz onde posso pôr a bagagem, que eu faço o possível para não te atrapalhar.

— Tracy, quer fazer o favor de prestar atenção no que estou perguntando? — Rand estendeu o braço para ela, mas ela se esquivou, dirigiu-se para o Land Rover e começou a tirar as malas do carro. De repente, Carlos surgiu ao seu lado e perguntou baixinho:

— Posso ajudá-la?

— Não! — gritou Tracy, acrescentando depois, em voz mais branda: — Eu mesma posso fazer isso.

— Gostaria de ajudar — disse Carlos.

— Você provavelmente tem que descarregar os equipamentos, certo? — perguntou Tracy, apoiada na traseira do carro.

— Acho que podia fazer isso também.

Ela pegou duas malas, deixando as duas outras no chão, na traseira do Land Rover.

— Vou voltar para pegar essas — disse a moça.

Carlos fingiu não ter ouvido, pegou as malas e começou a caminhar ao lado dela.

— Você é sempre assim cabeça-dura? — perguntou.

Ela olhou de relance para ele e respondeu:

— Olha só, o sujo falando do mal lavado.

Rand ficou olhando a filha tirar a bagagem do Land Rover, ainda pensando o que ela estaria fazendo ali e como tinha conseguido chegar, ao mesmo tempo compreendendo que esta vinda suscitava uma série de perguntas. Onde ela ia ficar? Por quanto tempo? E como ele iria conseguir terminar a escavação tendo que tomar todas essas decisões?

— Onde devo pôr essas malas? — perguntou Tracy novamente diante dele; Rand não tinha saído do lugar desde as primeiras palavras trocadas com ela.

— Aqui — disse, ainda segurando a prancheta que havia trazido quando saíra da cripta. Ele pegou uma das malas da filha e lhe deu as costas, virando a cabeça para trás para falar com ela, enquanto a conduzia na direção do Fiat.

— Cheguei aqui ontem de manhã, de modo que ainda não tive tempo de pensar em arranjar um quarto. Podemos colocar suas malas no carro e depois conversamos sobre...

— Espera aí — disse ela, parando a poucos metros do carro. — Não tem um lugar onde eu possa ficar?

Ele olhou para ela, para Carlos, para os homens de preto, para a sargento-mor Sharon, que tinha observado o desenrolar do drama de onde estava, em frente aos homens de *chevra kadisha*, e finalmente voltou o olhar para Tracy. *Só uma ou duas crises de cada vez seria bom,* pensou Rand, lembrando-se de repente das palavras de Sharon, que estavam começando a parecer uma profecia: "Aqui nada é simples. Nada é fácil."

29

26 d.C.
Câmara das Pedras Talhadas, Jerusalém

— Silêncio! — Caifás martelou o piso de pedra com o pesado cajado que tinha nas mãos.

Avisado às pressas, o Sinédrio inteiro tinha se reunido no salão situado na extremidade sudoeste do complexo do Templo. Gamaliel estava lá, bem como seu pai, Shimon, o idoso filho do Grande Hillel. Também Jônatas, tornando-se mais influente a cada dia. E além desses, Alexandre, Nicodemos, Ismael, Eleazar.

— É uma abominação! — gritou José de Arimateia.

— Uma desgraça! — berrou outro.

— Uma afronta!

— Uma provocação!

José de Betânia deu um passo à frente e rasgou as vestes do pescoço até a cintura.

— Idolatria! — proclamou; o salão encheu-se novamente de gritos e lamentações.

A maior parte dos homens reunidos no salão sabia que Pôncio Pilatos, o novo governador da Judeia, tinha ordenado que a coorte Augusta substituísse a de Jerusalém durante o inverno. Não havia motivos para se pensar que essa mudança fosse outra coisa senão mera movimentação de tropas. O governador que o antecedeu, Valério Grato, tinha feito periodicamente o revezamento de soldados em toda a província da Judeia com alguma regularidade, acima de tudo para evitar o tédio. Porém, quando as tropas tinham chegado na noite anterior, tinham erigido estandartes novos — que traziam a imagem de Tibério —, colocando-os em torno da Fortaleza Antônia, acima do Templo, ao norte.

Ao amanhecer, os primeiros fiéis do Templo foram saudados pela proeminente imagem do imperador. Uma multidão se formou quase que imediatamente, uma revolta parecia iminente. O ícone do imperador ia contra o mandamento de Deus contra representações de ídolos.

Caifás tornou a bater no chão com o cajado e ergueu a mão. O salão quase se silenciou por completo. Ele fez sinal a Anás, que, lentamente, se levantou de onde estava sentado num banco da primeira fila. Fez-se ainda mais silêncio.

— Anás vai falar — anunciou Caifás.

As primeiras palavras de Anás foram em voz baixa, de forma intencional, Caifás sabia. Já tinha visto o sogro fazer o mesmo muitas vezes.

— Deixai-o falar! — Alguém na fila de trás falou. — Quero ouvir o que Anás está dizendo!

— Embora o Ilustríssimo governador Valério Grato e eu tivéssemos nossas diferenças — começou Anás, causando no salão uma rodada de risadas dos que sabiam da história —, ele acabou compreendendo e respeitando as exigências que nossa fé nos impõe. Ele manteve a coorte Augusta a postos na Torre de Estrato. Este novo governador talvez não tenha se informado tanto assim quanto aos nossos costumes.

— Ou então está querendo provocar uma rebelião! — gritou alguém, incitando o Conselho a novas demonstrações de ira.

— Deixai-o terminar — disse Caifás, levantando a mão. — Deixai que Anás fale.

Anás balançou a cabeça, cansado, para o genro.

— Temos agido bem nesses últimos anos, mantendo os cães fora da casa de Hashem *— disse, causando mais risadas e aprovações com sua referência aos romanos. — Porém, se nos precipitarmos ao tratar deste assunto, os cães virão correndo e rasgarão tudo com suas garras, estraçalharão tudo com seus dentes.*

— Mas não podemos permitir que esses ídolos romanos fiquem onde estão! — protestou Alexandre.

— Não — concordou Caifás. Fez sinal com a cabeça para o sogro, que foi se sentar. — No entanto, Anás está certo. Não devemos provocar o governador. Se ignora a nossa fé ou se quer incitar uma rebelião, o efeito é o mesmo. Não podemos deixar os estandartes lá, mas também não podemos simplesmente removê-los.

— Por que não? — perguntou alguém.

— Porque ele é o governador romano e, ainda por cima, novo. Remover os estandartes agora iria demonstrar fraqueza, e ele não pode parecer fraco. E o próprio motivo pelo qual nós nos opomos a eles, por exibirem a imagem do imperador, é um outro motivo pelo qual ele não pode simplesmente removê-los, porque isso ofenderia Tibério.

— Eles são um insulto a Hashem! *— gritou alguém.*

— Rasguem todos! — berraram vários.

— Vamos à luta! — incitou outro, enquanto gritos semelhantes ecoavam.

— Governantes de Israel, ouvis o que vos digo! Vamos lutar e prevalecer, porém não com espadas e lanças! Vamos lutar com preces. Vamos lutar com a justiça. Vamos lutar com Hashem *do nosso lado.*

30

Talpiot, sul de Jerusalém

Rand esforçou-se por acalmar as perguntas inquietantes e as prioridades que se entrechocavam em sua mente. Lembrou-se de que tinha perdido várias oportunidades de mostrar a Tracy que ela era mais importante do que seu trabalho, e não queria cometer esse erro outra vez. Entretanto, a apenas uns poucos metros de onde se encontravam havia um buraco no chão com artefatos de 2 mil anos, talvez insignificantes, talvez descobertas que fossem abalar o mundo, quem saberia dizer? — para ele, certamente podia significar a diferença entre o fracasso e a ressurreição profissional.

Ele não podia simplesmente largar o que estava fazendo e concentrar-se em Tracy; Sharon tinha deixado claro que o seu tempo era extremamente limitado e não se podia prever o que ela e os integrantes da *chevra kadisha* fariam se ele tirasse um ou dois dias de licença para aproveitar a companhia da filha.

Ele pôs a mala no chão perto do Fiat e a prancheta em cima do carro.

— Tracy — disse, dando um suspiro profundo e pondo-lhe as mãos nos ombros. — Estou no meio de uma tarefa muito importante...

Ela enrijeceu o corpo.

— Não se zangue, só um momento — disse ele. — Estou feliz em ver você. Estou mesmo. E eu... quero... — Sentia que tinha que escolher o que falar com cuidado, porém, Tracy parecia afastar-se a cada palavra, a cada sílaba que dizia. — Vou recomeçar. Cheguei aqui ontem de manhã e fiquei sabendo que tinha somente alguns dias para escavar este sítio. É um túmulo de, provavelmente, 2 mil anos, e estou tentando catalogar, registrar, escavar e fazer todo o resto sozinho, de modo que a única refeição que tive foi ontem à noite, e dormi no carro... ou pelo menos tentei. Não fazia a mínima ideia de que você viria, daí não tive oportunidade de preparar nada, mas posso fazer isso, quero fazer isso, logo que eu...

— Eu fui expulsa — declarou Tracy de supetão.

Rand retirou as mãos dos ombros dela.

— O quê?

Os olhos dela começaram a se encher de lágrimas.

— Foi mesmo muita burrice minha, tá bem? Foi ideia da Jennifer, mas Heather e eu concordamos com ela. — Continuou a falar da festa, da política da faculdade proibindo menores de 21 anos de tomar bebidas alcoólicas e a confusão que começou depois que o evento foi interrompido pela polícia e a notícia chegou à reitoria. — Não fui a única expulsa, mas os pais de todas as outras foram apanhá-las.

— E foi por isso que você veio para cá.

Ela confirmou:

— Como a mamãe... morreu... eu não sabia para onde mais poderia ir.

— Por que não telefonou?

— Não sei — respondeu, enxugando uma lágrima. — Eu sabia que você ia dizer para eu não vir.

— Então — disse ele, falando bem devagar —, você comprou uma passagem de avião e veio para Israel sozinha?

Ela concordou novamente.

— Pus algumas coisas na mala e a maioria dos meus pertences foi para um guarda-móveis fora da universidade.

— E foi para Mareshah.

— Sim. Achei que era lá que você estava.

— Era, até ontem. Como é que chegou lá, vindo do aeroporto?

Ela sorriu, encabulada e explicou:

— Peguei um táxi. Tentei alugar um carro, mas eles não deixaram porque eu tenho apenas 19 anos, portanto, tive que tomar um táxi. Custou 50 dólares.

Ele concordou e ambos ficaram em silêncio por alguns instantes. Carlos ainda estava parado atrás de Tracy, segurando as duas malas, e a sargento-mor Sharon continuava encarando os integrantes da *chevra kadisha*, impassível.

— Então — disse Rand, afinal. — O que você... o que *nós* vamos fazer agora?

— Não sei. Eu não sabia o que mais podia fazer — comentou, dando de ombros.

— Bem — disse Rand, coçando a cabeça. — Não podemos dormir no carro. Cheguei a essa conclusão ontem à noite.

A sargento-mor Sharon voltou-se e veio até perto deles, com o fuzil a tiracolo no ombro direito, o cano virado para o chão.

— Não é da minha conta. Mas tenho uma sugestão.

31

Talpiot, sul de Jerusalém

Todos os olhares se voltaram para Sharon.

— Aquela colina ali — disse ela, apontando para noroeste — se chama Ramat Rachel. Há um kibutz lá, com um hotel muito bom que tem diárias acessíveis.

Rand fez sim com a cabeça e agradeceu pela sugestão.

— Aliás, Tracy, esta é a sargento-mor Sharon, da Polícia Nacional de Israel. Ela está aqui desde antes da minha chegada. — Virando-se para Sharon, acrescentou: — Esta é a minha filha, Tracy.

As duas trocaram um aperto de mão.

— Pode me chamar de Miri — disse Sharon a Tracy.

Rand então apresentou Carlos a Miri e vice-versa, dirigindo-se depois para Carlos:

— Pode ir instalando os equipamentos na cripta enquanto Tracy e eu levamos nossas malas até Ramat Rachel?

Carlos concordou com a cabeça. Rand falou em voz baixa:

— Não deixe ninguém tirar nada da cripta antes de eu voltar.

— Claro. De todo modo, vou levar algum tempo para instalar a iluminação e o guincho. Não vou fazer mais nada até que retorne.

— Ótimo — disse Rand. Apanhou a prancheta em cima do Fiat e virou-a para Miri. — Antes de irmos, pode dizer se reconhece essas letras?

Sharon olhou para a prancheta de Rand e indagou:

— O que é isso?

— São letras. Estão rabiscadas do lado de um dos ossários no túmulo. Acho que é hebraico.

Ela tomou a prancheta das mãos dele.

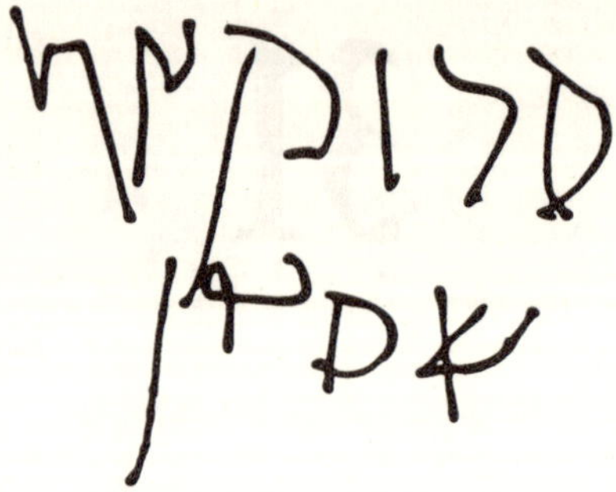

— Não se parecem com o hebraico que eu conheço. — Fez uma pausa. — Não, espere. Acho que essa podia ser um *kuf*... ou um *mem* — disse, referindo-se às letras do alfabeto hebraico. — E isso é provavelmente um *resh*, depois um *yud*, e... — Ela olhou para Rand.

— O que foi? — perguntou o arqueólogo, enquanto Carlos e Tracy também a fitavam.

— Isso é alguma espécie de brincadeira?

— Brincadeira? Não. Por quê?

— Essa inscrição... isso é o que realmente estava em uma das urnas funerárias da caverna?

— Sim, claro — insistiu Rand. — Por quê? Qual é o problema?

— Bem, não posso garantir, mas parece... se for mesmo hebraico... que a primeira linha é o meu nome.

— *Seu* nome? — perguntou Rand. — Do que está falando?

Ela deu de ombros e apontou para as marcas na prancheta:

— Posso não estar certa, mas... essa inscrição é... Não sei como descrever. Infantil. Ou rudimentar, é a melhor palavra.

— Foi... foi escrita do lado de uma urna de calcário, provavelmente com um prego. Não saiu da impressora de um computador.

— Então é possível que seja o nome Miriam. É um nome bastante comum entre os judeus.

— Miriam — repetiu Rand.

— Legal — disse Tracy.

— E as outras letras? — perguntou Rand. — O que formam?

Ela olhou novamente a folha. Depois de algum tempo, franziu o cenho e balançou a cabeça, apontando para os últimos rabiscos na linha de cima da transcrição de Rand.

— Não sei o que é isso. Não faz sentido para mim. — Examinou um pouco mais. — Acho que isso aqui — disse, indicando a primeira letra da linha de baixo — pode ser *shin* e isso pode ser um outro *mem*, mas todo o resto parece apenas... um monte de rabiscos para mim.

— Pode ser outro nome. Isso acontece às vezes com inscrições em túmulos, sabe? Talvez: "Miriam, filha de fulano de tal."

Ela tornou a olhar para a folha, balançando a cabeça.

— Sinto muito — disse, devolvendo a prancheta a Rand.

Ele hesitou, depois a pegou.

— Não, obrigado, você ajudou muito. Antes nem isso eu sabia.

— Se eu pudesse ver a inscrição no ossário — sugeriu ela —, pode ser que fique mais claro.

— É possível — comentou Rand sorrindo.

— Posso examiná-la quando a tirar da cripta.

Estava claro que ela teria que permanecer em seu posto, ele concluiu. Fez um aceno de cabeça, concordando.

— Ainda não abri esse ossário, e ainda há outro no nicho da parede do sul. — Tornou a abaixar a voz. — Se houver qualquer coisa de interesse dentro de um deles, provavelmente vai levar algum tempo antes que eu possa trazê-lo para fora. No entanto, quando o remover, vou deixá-la dar uma olhada na inscrição.

Ela concordou e olhou de relance para os homens da *chevra kadisha*. Vários deles seguravam livros de preces à sua frente e balançavam para a frente e para trás, ritmicamente, como os judeus ortodoxos fazem ao orar.

— A paciência deles não vai durar muito tempo mais — disse ela.

— O que vão fazer?

— Vão me deixar sem saída — respondeu ela.

— Como assim, sem saída?

— Quando se cansarem de esperar, simplesmente vão avançar.

— Avançar? Para onde?

— Para cá. Para o túmulo. Vão avançar na direção do sepulcro e me desafiar a atirar.

— E vai atirar?

Suas lindas feições de repente ficaram severas.

— Eles sabem que um oficial da Polícia Nacional de Israel que atira num judeu ortodoxo que tenta defender a Halachá, as leis judaicas, vai enfrentar graves consequências.

— E o que significa isso?

A expressão dela abrandou-se, transformando-se num sorriso irônico:

— Significa que, quanto mais o senhor demorar, pior a situação vai ficar.

32

26 d.C.
Salão das Pedras Polidas, Jerusalém

— Primeiramente — disse Caifás, aproveitando a atenção de cada homem naquele salão, incluindo o sogro, considerado ainda por muitos o sumo sacerdote do Senhor —, devemos enviar uma missão ao governador para explicar a afronta que causou, nos termos mais diplomáticos possíveis, claro, e ajudá-lo a entender que não estamos simplesmente sendo impertinentes nem caprichosos.

— Quem irá liderar a delegação? — perguntou alguém.

— Caifás, claro! — respondeu outro. — Ele é o sumo sacerdote.

— E se for Anás? — propôs alguém. — Ele devia ir.

— Anás? — indagou outro. — A viagem é longa demais para Anás! Queres matá-lo?

— O raban, *então — disse outro, referindo-se a Gamaliel. — Que tal o* raban*?*

Caifás lançou um olhar significativo para Gamaliel:

— Acho que o raban *seria uma ótima escolha para liderar a delegação.*

— Vai levar dias para a delegação chegar até a Torre de Estrato! — protestou alguém. — O que vai acontecer até lá? Não se pode permitir que as imagens permaneçam onde estão nem mais um minuto sequer!

— O povo não vai admitir isso — avisou Jônatas.

— Está prestes a invadir a fortaleza! — disse um homem da segunda fila. O conselho tinha se acalmado um pouco no início do discurso de Caifás, e todos, com exceção de seis ou sete, estavam agora sentados, embora ele soubesse por experiência que, como a própria nação, eles poderiam se agitar novamente, de um momento para o outro.

— Sim, eu sei — disse Caifás —, porém todos sabemos que fazer isso seria suicídio para eles e para a nação. Portanto, devemos instruir quem ficar em Jerusalém a desviar os olhos quando próximo da fortaleza, e dar aos mais agitados algo para se ocuparem, dando vazão à frustração de maneira construtiva.

— O que entende por "maneira construtiva"?

Caifás sorriu e respondeu:

— Quando a delegação partir amanhã para o palácio de Pôncio Pilatos, já se terá espalhado entre os cidadãos mais irritados o aviso de que um grande número de cidadãos pacíficos ajudaria a persuadir o governador.

— Vais mandar os judeus mais "irritados" e esperar que ajam pacificamente? — retrucou um deles.

— E outros certamente vão unir-se a eles — disse outro. — Sabeis que vão. A multidão vai se tornar cada vez maior à medida que o aviso for se espalhando.

— Certamente — anuiu Caifás. — Contudo a viagem até a Torre de Estrato vai levar vários dias, mais ainda para quem for a pé. Isso deve ser o bastante para que a raiva deles se dissipe.

— E se não se dissipar? — insistiu o homem.

Então, Gamaliel levantou-se e falou pela primeira vez:

— O conselho de Caifás parece-me bom. Pode conseguir a remoção dos estandartes idólatras sem o derramamento de sangue. Mas se isso não acontecer, se a violência for inevitável, não será melhor que ocorra fora da cidade de nosso Deus?

Repentinamente, pela primeira vez naquela manhã, a Câmara das Pedras Talhadas ficou em silêncio, no momento em que os 72 membros do Sinédrio concordaram com a estratégia de Caifás.

33

Ramat Rachel, sul de Jerusalém

— Ela parece bacana — disse Tracy.

Rand desviou o olhar do balcão de recepção no enorme vestíbulo do Hotel Ramat Rachel e olhou em torno de si:

— Sim, o lugar é legal.

— Não estou me referindo a ela — disse Tracy, indicando a recepcionista. — Estou falando daquela policial.

— Ah — exclamou Rand, surpreso.

— Ah, pai, continua, vai — resmungou Tracy, revirando os olhos.

— O que foi?

— Tá bom. Vai fingir que não reparou que ela é gostosa.

— Quem? A sargento-mor Sharon?

— Ai, qual é — respondeu Tracy, sarcasticamente. — Fardada daquele jeito, e com shortinho sensual...

Rand balançou a cabeça enquanto a recepcionista devolvia o cartão de crédito e lhe entregava a chave do quarto.

— Não seja ridícula.

— Tá certo. Deixa para lá.

A caminho do quarto, passaram pela entrada de um grande salão de jantar onde uma longa fila de turistas aguardava para pagar no caixa. Os dois ficaram admirados com a sauna, a academia, as piscinas e a sinagoga oferecidas pelo hotel.

— Preciso voltar rápido — declarou Rand, assim que deixaram as malas no quarto. — Você quer ficar aqui e descansar ou gostaria de voltar para o sítio comigo?

— Você não me quer lá — desabafou Tracy, deixando-se cair sobre uma das camas.

— Por que não? Por que diz isso?

— Eu só iria atrapalhar — respondeu, dando de ombros.

— Tracy, sei que você veio de muito longe e, se precisa descansar, eu compreendo. No entanto, você poderia me ajudar no sítio também.

Ela mordeu o lábio.

— Não sei.

Ele ficou parado na porta, irritado pela hesitação dela. Era sua única filha e, logo no dia anterior, ele tinha desejado achar uma maneira de apagar todos aqueles anos de negligência. No entanto, ela mal chegara de forma inesperada em Israel, e ele já estava se aborrecendo de novo com suas criancices. *Ela tem 19 anos*, procurou recordar-se. Mas age como se tivesse 9. Estava presente na hora em que Sharon explicou que a urgência daquela escavação aumentava a cada momento e, todavia, enrolava para se decidir.

Não era só ela, Rand sabia. Em alguma parte de sua confusa mente, desde a chegada da filha, ele tinha compreendido, ou calculado, que seria só uma questão de tempo antes que ele estragasse novamente tudo e acabasse magoando a única pessoa que lhe restava para amar na vida. Sentia-se acuado. Se ela tivesse chegado 48 horas antes, as coisas poderiam ter sido completamente diferentes. Talvez ele tivesse dado adeus a Mareshah e Yigal Havner para lhe mostrar todos os lugares incríveis de Israel — Masada, o Mar Morto, Bet Shean, o Mar da Galileia, Cesareia, sem mencionar Jerusalém. Poderiam passar uma semana juntos nas estreitas e apinhadas ruas da Cidade Antiga, sem jamais ficarem entediados.

Entretanto, ela não havia chegado 48 horas antes; mas *naquela manhã*. Não dava simplesmente para largar tudo. Já havia prejudicado muito a carreira; não podia enterrá-la de vez, especialmente se houvesse uma oportunidade — e ainda havia — de encontrar alguma coisa importante naquele túmulo. Iria saber logo. E depois disso, podia encerrar o que havia começado. E talvez recuperar um pouco de autorrespeito.

Porém, não podia fazer tudo isso *e* dar à filha a atenção de que ela precisava. Que merecia. Até mesmo pela qual ansiava. Via-se, portanto, num impasse, sem saber se se dedicava aos vivos ou aos mortos.

34

Talpiot, sul de Jerusalém

Quando Tracy e Rand voltaram para o sítio de Talpiot com comida da New Deli para os quatro, Carlos já havia instalado na caverna a iluminação, alimentada por um pequeno gerador. Também tinha colocado no lugar um pequeno andaime, uma plataforma e um guincho, que iria funcionar como elevador, mais do que suficiente para levar as peças maiores e mais pesadas lá de baixo para a superfície.

— Fez isso tudo sozinho? — perguntou Rand, enquanto ele e Tracy desembrulhavam a comida e a repartiam entre eles.

— Não foi difícil — confirmou Carlos, sorrindo e olhando mais para Tracy do que para Rand.

Rand deu-lhe um tapinha nas costas.

— Talvez não, mas o trabalho ficou bem-feito! — Deu uma olhadela para dentro da caverna e depois estalou os dedos.

— Tem alguma coisa errada? — perguntou Carlos.

Rand fez que não com a cabeça e respondeu:

— Não. Acabei de lembrar que devia ter pedido a Yigal uma mesa portátil.

Carlos deu uma corrida, pegou algo dentro do Land Rover e voltou, carregando uma mesa dobrável que segurava por uma alça.

— Uma mesa assim?

— Acho que devia perguntar — declarou Rand com um enorme sorriso — se você tira coelhos de dentro de cartolas.

O sorriso de Carlos desapareceu:

— Não sei o que quer dizer.

— É uma expressão, Carlos — disse Tracy. — Ele quis dizer que você parece um mágico.

— Ah — disse Carlos então, voltando a sorrir. — Eu não sabia.

Rand tornou a dar-lhe palmadinhas nas costas:

— Bem, agora você já sabe. Por que não usamos esta mesa para testar o elevador?

Instantes depois, tinham armado a mesa na caverna bem-iluminada e colocado em cima dela o ossário que Rand havia removido do nicho sul. Na claridade, ele comparou os rabiscos na lateral da urna com a transcrição na prancheta.

— Eu podia ter feito esta linha um pouco mais longa — comentou, indicando um traço vertical na linha inferior da inscrição —, mas, fora isso, acho que fiz uma boa cópia, apesar da luz estar meio fraca no momento.

— Qual o próximo passo? — perguntou Tracy.

Rand deu uma olhadela para a parede sul:

— Acho que vou colocar o outro ossário em cima da mesa, depois veremos.

No momento em que Rand tocou na urna funerária, soube que esta era diferente. Uma vez sobre a mesa, Carlos e Tracy, de perspectivas diferentes, chamaram a atenção para o que estava escrito em dois dos lados do objeto. O ossário continha palavras tanto atrás da urna como em um dos cantos. A frente da caixa exibia um desenho intrincado, duas rosetas dentro de um arranjo retangular de folhas de palmeira, emoldurando dois círculos. A tampa convexa do ossário — a única tampa decorada descoberta por Rand no túmulo — era circundada por uma série de retângulos de moldura dupla.

— Nossa — disse Rand. — Que urna magnífica.

— O que a inscrição dessa aí diz? — indagou Tracy.

Rand balançou a cabeça.

— Não sei. Mas certamente espero descobrir.

Assim que Rand acabou de copiar com o máximo cuidado as inscrições numa nova folha da prancheta, saiu da cripta, seguido por Tracy e Carlos, que visivelmente queriam participar de tudo. Observando com cuidado os homens de casacos pretos, ele mostrou a prancheta a Miri Sharon.

— São inscrições feitas de dois lados de um dos ossários — explicou.

Ela examinou a folha e atalhou:

— Se é hebraico, não é hebraico moderno.

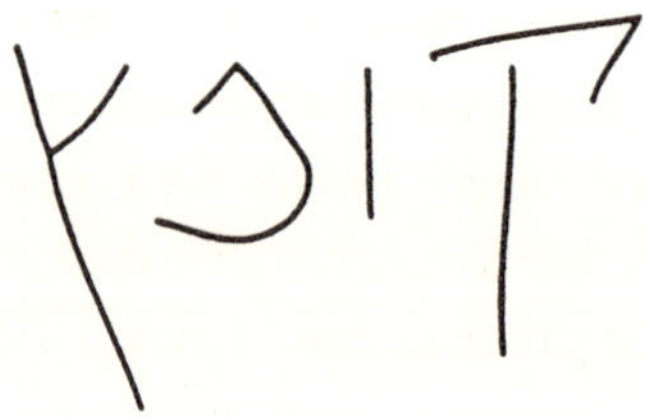

— As únicas letras que me parecem familiares — apontou — são esta aqui, que poderia ser *kaf,* e essa outra, que parece ser *kuf.*

— *Kaf* e *kuf?* — repetiu Rand. — Têm o mesmo som.

Ela deu de ombros e apontou para mais uma letra:

— Suponho que isso poderia ser um *peh.*

— Se forem essas letras — disse Rand com hesitação —, o que parecem dizer?

— Não sei — admitiu.

— Pode adivinhar? Deve ter um nome aí em algum lugar.

Ela suspirou, ainda balançando a cabeça.

— Eu... eu não sei dizer.

— Tudo bem — assentiu o arqueólogo.

— Sinto muito — disse, devolvendo a prancheta a Rand.

Ele tornou a concordar.

— Não, está tudo bem mesmo. Ainda assim, você ajudou e eu, de qualquer forma, teria que pedir uma análise linguística. Estava apenas tentando descobrir logo.

— Já está quase acabando? — perguntou a sargento.

Ele baixou a voz e quase cochichou:

— Tenho os dois últimos ossários para abrir. Tudo depende do que vou encontrar lá dentro.

— Precisa se apressar — disse ela, inclinando ligeiramente a cabeça na direção dos homens da *chevra kadisha.* — Acho que eles estão pedindo reforços.

35

Talpiot, sul de Jerusalém

De volta à caverna, Rand passou dois dedos ao longo dos sulcos profundos das inscrições dos dois ossários.

— Gostaria muito de saber o que essas inscrições querem dizer.

— Eu podia levar os seus desenhos para o Dr. Havner — sugeriu Carlos.

— Ele conhece bem hebraico — comentou Rand.

— E aramaico, e grego...

— De qualquer forma, você já devia estar voltando, certo? Tenho certeza de que Yigal não pretendia me emprestar você, uma vez que ele mesmo também está com uma equipe reduzida.

Carlos olhou para baixo.

— É verdade.

— Está bem, então...

— Espere — disse Tracy. — Tenho uma ideia. Podíamos usar o meu telefone.

— Seu telefone? — perguntou Rand.

Ela tirou um celular do bolso.

— Eu o comprei quando aterrissamos em Tel Aviv. É um aparelho com câmera. Tiramos fotos das inscrições e eu posso enviá-las para o Sr. Havner.

— Ele não precisa ter também um telefone com câmera para recebê-las? — perguntou Rand.

— Sim — confirmou Tracy. — Mas talvez ele tenha. E assim Carlos podia ficar... para ajudar, sabe...

— Vou telefonar para o Dr. Havner — sugeriu Carlos.

Antes que Rand pudesse fazer qualquer objeção, Carlos já tinha subido a escada. Rand olhou para Tracy.

— O que foi? — indagou ela, como se ele a estivesse acusando de alguma coisa. — Estou só tentando ajudar.

Alguns momentos constrangedores se passaram entre eles até que Rand perguntou:

— Você comprou esse telefone em Tel Aviv?

— Comprei. Um cara no avião me disse que, mesmo que meu telefone conseguisse funcionar, seria muito mais barato comprar um aqui, por causa das taxas cobradas por ligações internacionais, acho. Por quê?

— Você quer me dar o número? No caso de precisar falar com você?

— Quer dizer telefonar para mim daqui, do outro lado dessa caverna?

— Não — disse ele, lançando-lhe um olhar de *deixa de ser engraçadinha*. — Você sabe o que eu quis dizer.

— Está bem. Claro — concordou ela, apertando uma série de teclas no telefone. — Aqui está — disse, mostrando ao pai o número, que ele digitou em seguida no próprio aparelho.

Nesse instante, Carlos reapareceu, descendo a escada até a cripta tão rapidamente quanto a havia subido.

— Ele disse que pode receber as fotos e vai tentar ajudar.

— Está bem, então. Mãos à obra! — declarou Rand sorrindo.

Rand e Carlos viraram os ossários, expondo várias faces deles à luz, e Tracy experimentou ângulos e distâncias diferentes. Em seguida, Carlos lhe deu o telefone de Havner e ela digitou os números no seu aparelho.

Depois que Tracy saiu da caverna para conseguir sinal melhor para o envio, Rand perguntou a Carlos:

— O Yigal pediu a você para voltar para Mareshah?

— Não — respondeu Carlos.

— Você pediu para ficar aqui?

— Disse a ele que havia muita coisa a fazer aqui.

— E ele autorizou?

Após uma pausa, Carlos respondeu:

— Ele também mencionou que há muito o que fazer por lá.

Rand hesitou, mas, quando falou, foi incisivo:

— Carlos, você tem ajudado muito e eu agradeço por isso. Porém, não quero me aproveitar da bondade do meu amigo. Ele já fez muito por mim. Emprestou este equipamento, enviou para cá em um de seus veículos, a minha filha e um de seus voluntários. Eu seria muito egoísta se o encorajasse a ficar aqui quando ele está precisando de você lá.

Carlos concordou com um aceno de cabeça e pareceu estar examinando o chão da caverna quando Tracy voltou.

— Mandei as fotos — anunciou ela.

— Ótimo — disse Rand. — Obrigado.

— Tenho que ir agora — disse Carlos.

Rand e Tracy viraram-se de repente para ele.

— O quê? — perguntou Tracy.

— Precisam de mim em Tel Mareshah — respondeu Carlos, enrubescendo.

— Mas — objetou Tracy —, foi por isso que eu... — Franziu o cenho, piscando várias vezes: — Quer dizer, pensei que tivesse sido por isso que nós enviamos as fotos.

Carlos deu um sorriso enigmático para Tracy e estendeu a mão para apertar a de Rand.

— Volto para pegar o equipamento quando vocês tiverem terminado a escavação.

— Claro — disse Rand. — Jamais poderíamos colocá-lo no meu Fiat, não é mesmo? Eu vou... vou dizer à sargento-mor Sharon que você já vai.

— Deixa que eu aviso — disse Tracy.

Num instante os dois já haviam sumido.

36

26 d.C.
Cidade Alta, Jerusalém

Caifás andava de um lado para o outro diante de Gamaliel, sentado embaixo da oliveira que havia no pátio da casa do sumo sacerdote.

— É um bom plano — insistiu Gamaliel.

— Temo que seja perigoso demais — disse Caifás.

— Tu não me pediste nada. Eu me ofereci.

— Sim, mas Gamaliel, meu amigo, se a nação te perdesse, se eu te perdesse, seria uma catástrofe!

— Não é melhor que um morra, ou até mesmo centenas, do que a nação inteira pereça?

— Pode-se raciocinar dessa maneira até certo ponto — sugeriu Caifás, ainda andando de um lado para o outro.

Gamaliel sorriu e acrescentou:

— Sim, suponho que seja verdade. Mas estou disposto a ir. Se é meu destino ser mártir, irei como um carneiro para a tosquia. Estou pronto a cumprir a minha parte. E somente tu podes cumprir a tua.

Um servo jovem com cabelos pretos encaracolados entrou no pátio e ficou esperando que Caifás o notasse.

— A bagagem está arrumada e os cavalos estão prontos — avisou.

— Obrigado, Malco — disse Caifás, acalmando-se. — Onde conseguiste os cavalos?

— Um comerciante os emprestou — respondeu Malco. — São satisfatórios e não chamam a atenção.

— Ótimo. E a bagagem?

— Vossa Excelência não será reconhecida. A menos que vossa dignidade e nobreza o traiam.

Caifás permitiu-se dar um sorriso contido:

— Obrigado, Malco. Partiremos dentro de pouco tempo.

Quando o servo se retirou, Caifás virou-se para o raban*:*

— Nós não conhecemos este homem, este Pilatos. Nós o encontramos apenas há alguns meses. Será que me receberá, ou saudará minha missão diplomática da forma que Hanun, filho de Nahash, recebeu a delegação de David?

Gamaliel suspirou e balançou a cabeça:

— Não há como saber.

— É exatamente isso, meu sábio amigo. Quem sabe se ele vai me ouvir? Ou se poderei chamá-lo à razão? Quem sabe até mesmo se ele é do tipo que dá ouvidos à razão?

Gamaliel levantou-se e colocou as mãos nos ombros de Caifás:

— O Deus de Israel. Ele sabe. E, de uma forma ou de outra, Ele nos comunicará o que sabe.

37

Talpiot, sul de Jerusalém

— Obrigada por me trazer até aqui — disse Tracy a Carlos. Ambos tinham acabado de informar a Miri Sharon que ele ia sair do sítio. Andaram até o Land Rover que Carlos tinha dirigido naquela manhã, vindo de Tel Mareshah.

— Foi muito bom te conhecer — disse Carlos, sorrindo.

— Gostaria que você pudesse ficar e ajudar.

Ele deu de ombros.

— Bem que eu gostaria, mas o Dr. Havner tem perdido funcionários importantes em Tel Mareshah nas últimas semanas, e isso prejudicou bastante o serviço lá. Eu provavelmente já demorei demais aqui.

Entreolharam-se e Tracy de repente ficou sem jeito. Queria continuar conversando, mas não sabia mais o que dizer.

— Talvez eu pudesse dar um pulo aqui no meu dia de folga — sugeriu Carlos, abrindo a porta do Land Rover.

— Ah, seria ótimo! Quando é o seu dia de folga?

— Não sei — respondeu Carlos. — Costuma mudar e eu não sei quando o próximo vai ser. Mas vou perguntar e aí venho te ver... e seu pai, quero dizer. Podia vir e ajudar você e seu pai. — Seu rosto bronzeado enrubesceu-se de repente.

— Seria legal, eu gostaria disso. — Sorrindo, ela afastou do rosto uma mecha de cabelo que o vento havia soprado. — E acho que meu pai também.

Rand estava esperando a volta de Tracy e ficou surpreso com o jeito dela quando descia a escada para dentro da cripta; parecia animada. Ele havia notado um certo interesse mútuo entre ela e Carlos, e pensou que ela ficaria mal-humorada depois que o jovem se fosse. Mas não foi o que aconteceu, de modo que Rand ficou aliviado. Perguntou a ela sobre a despedida de Carlos, e ela deu de ombros, dizendo:

— Tudo bem.

— Você podia me ajudar a remover esta tampa — pediu, indicando o primeiro ossário tirado da parede sul. — Acho que estamos prontos para abri-lo e ver se há alguma coisa dentro.

Ela concordou e enfiou os dedos de ambas mãos debaixo da tampa convexa sobre a urna funerária.

— Vamos levantá-la bem devagar — instruiu Rand —, e depois levá-la para a sua esquerda e colocá-la direto no chão da caverna. Está pronta?

Ela assentiu e, momentos depois, os dois já estavam olhando para o interior da urna. Mentalmente, Rand tinha começado a chamá-la de o "ossário de Miriam".

— Uau — disse Tracy. Depois de uma pausa, acrescentou: — Que coisa mais arrepiante.

A caixa continha ossos.

— Muito bem — disse Rand —, vamos ter que tirar o outro ossário da mesa para que eu possa colocar os ossos sobre ela.

— Vai pegá-los?

Rand sorriu para a filha e fez que sim com a cabeça. Eles colocaram a outra caixa de ossos, ainda coberta e com a tampa intacta, no chão da cripta, e Rand começou a remover cuidadosamente cada osso do invólucro de calcário que os vinha protegendo durante 2 mil anos.

Começou retirando da urna um crânio totalmente intacto. No entanto, quase que imediatamente, franziu o cenho e o virou de lado.

— Alguma coisa errada? — perguntou Tracy.

Ele ergueu o crânio até a altura dos olhos.

— Tem alguma coisa aqui dentro. — Enfiou a mão por baixo da base do crânio e retirou uma moeda. — Tracy, quer fazer o favor de pegar a minha câmera? Eu devia ter pedido a você para começar a registrar assim que retiramos a tampa.

Ele recolocou o crânio onde estava antes, depois pediu a ela para fotografar o interior do ossário. Depois disso, Rand segurou a moeda na palma da mão e Tracy tirou uma foto de cada lado enquanto ele a segurava. De um lado havia um semicírculo de letras romanas debaixo da figura de uma espécie de guarda-chuva e no outro uma figura bem nítida de três ramos de trigo ou cevada.

— E aí, por que a moeda estava dentro do crânio? — perguntou Tracy.

Rand inclinou a cabeça para o lado e confessou:

— Boa pergunta. Não tenho certeza absoluta. Se estivéssemos num sítio do século I na Grécia, em vez de na Judeia, seria óbvio. Era costume grego pôr uma moeda na boca dos mortos para bancar a travessia para o mundo inferior. Os gregos faziam isso como pagamento a Caronte, que era o barqueiro do rio Estige.

— Acho que devia ter prestado mais atenção na aula de mitologia.

— Mas aqui, num túmulo judeu do período do Segundo Templo... Eu não sei. Talvez indique algum costume ligado aos funerais judeus com um toque de paganismo.

Rand colocou a moeda sobre a mesa, depois tornou a retirar o crânio do ossário e revirou-o nas mãos.

— Parece de mulher — disse.

— Como você sabe? — perguntou Tracy.

Ele o segurou com a mão esquerda e apontou com a direita:

— É uma combinação de fatores. — Fez uma pausa, rebobinando um filme mental que o havia feito chegar à dedução anterior. — O tamanho do crânio é um deles; nas mulheres, pode-se dizer que é menor e mais pontudo. A mandíbula, ou maxilar inferior, é outra indicação; as mandíbulas femininas tendem a ser mais arredondadas, enquanto as masculinas são mais angulosas. — Apontou para o osso acima da cavidade dos olhos. — A margem supraorbital — disse, indicando a saliência acima dos olhos — é mais pronunciada nas mulheres, enquanto o arco superciliar — informou, virando o crânio de lado para que Tracy visse a saliência por cima do nariz — se projeta menos do que no dos homens. E, em geral, os dentes e os seios nasais são tipicamente menores... e o crânio como um todo é menor e mais liso nas mulheres do que nos homens. Entre outras coisas. — Ele sorriu.

— Você gosta mesmo de tudo isso, hein — disse Tracy, e não era uma pergunta.

Rand levantou a cabeça e fez um leve dar de ombros.

— Sim. Gosto.

— E é bom nisso, também, né?

Ele respondeu abaixando os olhos na direção do crânio:

— Costumava ser.

Sentiu que ela o estava observando enquanto ele retirava os ossos da urna. Arrumou-os na mesa como se fossem um esqueleto intacto. Antes de acrescentar a pelve, ele a mostrou a Tracy, que continuava a tirar fotos cada vez que um osso era adicionado.

— Esta é uma indicação clara de que este é um esqueleto de mulher. A pelve é muito diferente nelas, porque o bebê tem que sobreviver à passagem através do canal do parto. A abertura inferior da pelve é oval em vez de ser em formato de coração, o arco subpúbico é muito mais largo e a sínfise púbica é mais flexível do que rígida.

Instantes mais tarde, depois de pôr os fêmures na mesa, ele acrescentou que o fêmur das mulheres tende a ser mais curto e ter diâmetro menor do que o dos homens. Enquanto estava colocando as últimas partes do esqueleto na mesa, os ossinhos dos dedos das mãos e dos pés, seu celular vibrou.

— Você consegue receber chamadas aqui embaixo? — perguntou Tracy.

Ele balançou a cabeça.

— Não, mas por algum motivo ele dá sinal quando entra uma mensagem. Continue a tirar as fotos que vou subir para ver de quem é, está bem?

Subiu a escada e imediatamente apertou o número da mensagem de voz no teclado do telefone. Era de Yigal Havner.

"Rand, meu amigo", disse ele, depois de se identificar. "Recebi suas fotos e as imprimi, em preto e branco, mas a resolução ficou ótima. Aliás, até já consegui acabar de fazer uma tradução geral. Por favor, ligue para mim assim que receber esta mensagem. E é bom estar sentado."

38

Talpiot, sul de Jerusalém

— Estou sentado — comunicou Rand a Havner, embora na verdade estivesse encostado no capô do Fiat.

— Só como esclarecimento — disse Havner —, e para eu ter certeza, as fotos que me mandou foram de dois ossários. É isso?

— Sim — disse Rand, sem notar que estava fazendo sim com a cabeça. — Havia uma inscrição de duas linhas numa urna simples e duas inscrições em dois lados de outro ossuário mais elaborado.

— O que você quer dizer por "mais elaborado"?

— Quero dizer que é o exemplo mais belo de entalhe na pedra que eu já vi. — O arqueólogo descreveu os relevos na frente e na tampa do segundo ossário que retirou da parede sul.

— Sei — disse Havner.

— Isso é importante?

— Vou deixar você decidir depois que eu contar o significado das inscrições.

— Sou todo ouvidos — disse Rand.

— As inscrições foram feitas em aramaico — disse Havner.

— Aramaico?

— Sim. Claro que é muito parecido com o hebraico antigo em sua aparência, embora bem diferente do hebraico moderno. Era a língua falada em Israel no início da era cristã.

— Hum... — Rand concordou, pacientemente. Ele sabia disso, claro, mas não queria interromper Havner.

— É uma forma antiga. Século I. Tenho praticamente certeza.

— Muito bem. E o que dizem as inscrições?

— Não sou paleógrafo.

— Claro — disse Rand.

— Minha tradução não deve ser considerada definitiva.

— Claro.

— Porém, acredito que posso afirmar que a primeira inscrição diz: "Miryam berat Shimon", ou "Miriam, filha de Shimon".

— Miryam — repetiu Rand.

— Sim, filha de Shimon.

— Dá para você aguardar um instante, Yigal? — Rand tapou o bocal do telefone e fez sinal para Miri se aproximar. — Você estava certa. O nome que mostrei a você era Miryam.

Ela sorriu.

— Posso pedir um favor a você?

Ela balançou a cabeça afirmativamente.

— Pode pedir a minha filha para me trazer a prancheta?

Miri assentiu e dirigiu-se para a caverna. Rand voltou a encostar o celular no ouvido e prosseguiu:

— Muito bem. Então a primeira inscrição é "Miriam, filha de Shimon".

— Correto.

— E as outras?

— Acho que as outras inscrições parecem ser idênticas.

— Parecem?

— Sim — informou Havner. — Existem diferenças caligráficas nas duas inscrições.

— Elas não são idênticas.

— Acho que as palavras são, mas existem ligeiras irregularidades entre elas.

— Irregularidades — repetiu Rand.

— Devo presumir que essas duas inscrições estavam em lados diferentes do ossário? Pelas fotos que mandou não foi possível dizer porque, claro, o foco era mais na escrita, e o ângulo, fechado demais para que eu pudesse ver o todo. No entanto, será que estou certo em presumir que uma inscrição foi feita numa parte menor do ossário e a outra num lado mais longo? Talvez nas costas?

— Sim, está completamente certo.

— Achei que sim. Isso explicaria as diferenças.

Tracy surgiu da cripta trazendo a prancheta, veio até Rand e a entregou a ele, enquanto Miri voltava para seu posto poucos metros adiante.

— Escreva aí — pediu a Tracy. — Só um minuto, Yigal. Minha filha está aqui fazendo as anotações para mim. — Mudando de tom, acrescentou:

— Escreva aí: "Miriam, filha de Shimon." — Soletrou Shimon para ela. — Tudo bem, Yigal — disse, quando Tracy acabou. — Pode falar.

— Sua filha chegou bem, então.

— Sim. Agradeço muitíssimo. Chegou muito bem. E obrigado por ter enviado Carlos. A propósito, ele já está voltando.

— Esplêndido — respondeu Havner.

— Então, o que diz a inscrição?

— Parece que é um sobrenome. E não é qualquer um.

— É mesmo? — comentou Rand.

— O nome de família me parece ser Qayafa. — Soletrou o nome.

— Qayafa.

— Sim, a inscrição completa, com uma pequena variação de um lado, parece ser "Yehosef bar Qayafa".

— Só um minuto. — Dessa vez Rand pediu que Tracy lhe desse a prancheta e escreveu ele mesmo as palavras, equilibrando o celular entre o ombro e o ouvido. — Yehosef bar Qayafa.

— Isso mesmo — confirmou Havner. — Joseph, filho de... Caifás.

— Caifás — repetiu Rand. — Caifás. Esse nome me parece familiar.

— E é — disse Havner. — É o nome de um sacerdote que o historiador Josefo se refere como "José, que era chamado de Caifás".

— Não sei por que, ainda não estou conseguindo me lembrar do nome.

— Estou certo de que vai se lembrar quando ouvir o que vou te dizer agora — acrescentou Havner. — Caifás não foi um sacerdote qualquer. Foi o sumo sacerdote que presidiu o julgamento de Jesus.

39

Talpiot, sul de Jerusalém

Rand desligou o telefone. O nome de Caifás transportou-o ao passado, anos e anos antes. Claro que ele conhecia as histórias de Jesus sendo julgado pelas autoridades e sentenciado a morrer numa cruz. Foram contadas primeiro pela mãe, supunha, provavelmente antes de Rand entrar para a escola.

Ele havia crescido na pequena comunidade agrícola de Brookville, no Kansas, com uma população de 700 habitantes, fora as vacas, muitas vezes em quantidade maior do que os humanos. A mãe o levava à escola dominical e todo domingo iam a uma igreja caiada, construída de tábuas, com campanário branco. O pai ficava em casa, o que Rand considerava perfeitamente normal, mesmo que os pais das outras crianças suportassem o calor e o longo serviço religioso. Dava a impressão de estar sempre ausente, até mesmo quando estavam no mesmo aposento. Rand não se lembrava de qualquer demonstração de amor nem apoio e ele parecia se sentir bem passando dias e até semanas sem dizer sequer uma frase completa para o filho.

Na adolescência, Rand tinha parado de ir à igreja e, embora amasse a mãe, os pedidos dela e seu olhar suplicante de esperança não fizeram com que mudasse de ideia.

Ele também tinha assistido a alguns cultos religiosos depois de seu casamento, aos 20 anos, com Joy Stevenson, uma colega da Universidade de Kansas. Os velhos hábitos de indiferença e até mesmo de antagonismo contra igrejas e o cristianismo rapidamente voltaram. Quando a jovem esposa confessou ter "renascido" numa igreja da Universidade de Chicago, onde Rand fazia graduação, ele a tinha avisado que não alimentasse esperanças de que ele mudasse.

— Estou perfeitamente feliz assim como sou — disse a ela naquela ocasião. As histórias de Jesus e sua crucificação eram somente *histórias*, repetia para si mesmo; nada tinham a ver com ele e sua vida.

Entretanto, exatamente naquele instante, ele se encontrava a apenas alguns metros de uma urna funerária antiquíssima, que poderia conter o nome de Caifás, o sumo sacerdote que tinha presidido o julgamento de Jesus. Seria a mesma pessoa? Poderia ter havido mais de um "Yehosef bar Qayafa?" E será que a urna funerária naquela caverna poderia talvez conter os ossos de 2 mil anos de um homem que supostamente tinha ajudado a condenar Jesus à morte?

— Papai — disse Tracy. — Você está bem?

Ele fez que sim com a cabeça, depois inspirou lentamente e expirou ainda mais devagar. Ainda segurando a prancheta, desceu do capô do carro e caminhou devagar ao encontro de Miri Sharon.

— Como vão as coisas? — perguntou.

Ela respondeu, sem desviar os olhos dos integrantes da *chevra kadisha* e da faixa de estrada além deles:

— Mais três homens chegaram ao amanhecer. Sinto que estão esperando mais.

Ele concordou e indagou:

— Se eu encontrar ossos, qual é o procedimento para entregá-los a esses caras?

— *Se* encontrar ossos? — perguntou.

— Essa foi a minha pergunta.

Miri sorriu de leve, só com um canto da boca, e respondeu:

— Terá algumas opções. Poderá trazer os ossos para a superfície em suas urnas originais e o pessoal da *chevra kadisha* irá transferi-los para sacos e retirá-los do sítio. Ou poderá levar alguns dos homens para dentro da cripta e eles removerão os ossos do lugar onde os encontrou. Ou pode apenas entregar a cripta a eles quando tiver removido tudo, exceto os restos humanos.

— Acho que prefiro trazer os ossos para eles — disse Rand —, dentro dos ossários originais.

— *Se* encontrar ossos — enfatizou Miriam.

— Certo. *Se* encontrar algum osso.

Ele e Tracy retornaram à caverna.

— Temos que trabalhar depressa — disse —, mas não podemos abrir mão da precisão.

— O que quer que eu faça? — perguntou a filha.

— Continue fotografando.

— Vai me dizer o que dizem as inscrições?

— Ah, sim — disse, olhando-a rapidamente. — Claro. — Rand começou a devolver cuidadosamente os ossos à urna "Miriam". — Estes ossos podem pertencer a alguém chamada "Miriam, filha de Shimon" ou Simão, como nós o pronunciaríamos.

— Tá — disse Tracy. — E quem é ela?

Ele balançou a cabeça.

— Não sei. — Pegou um osso da perna. — Os ossos parecem estar completamente desenvolvidos, e as epífises dos ossos longos da perna estão unidas às diáfises — explicou, apontando para a ponta que se conectava ao corpo do fêmur —, sem evidência de linhas de junção, o que indica que ela era adulta.

— Muito bem, acho que é melhor concordar, porque não entendi absolutamente nada do que acabou de dizer. Quantos anos ela tinha?

— Não sei. Espero que um osteoarqueólogo possa me dizer com base nas informações extraídas das fotos.

— É só isso que sabemos, então? — indagou Tracy.

— Isso, fora uma outra coisa — acrescentou ele. — Há possibilidade de ela ter sido da família de Caifás.

— A família de Caifás?

— Sim — respondeu sorrindo. — Essa é a grande surpresa. Segundo Yigal Havner, a inscrição naquele outro ossário significa: "José, filho de Caifás."

— Tá. E daí, quem é esse cara?

— Aqui, me ajude a recolocar a tampa no ossário — disse Rand, depois de devolver todos os ossos para a urna Miriam. — Pode ser que seja o cara que era sumo sacerdote de Jerusalém na época em que Jesus foi crucificado.

— Jesus Cristo?

— Foi exatamente isso que eu pensei — disse ele.

40

26 d.C.
Cesareia da Palestina

Caifás encontrava-se diante do novo governador romano.

Depois de uma cansativa viagem a cavalo por quase 130 quilômetros, ele e Malco tinham se aproximado da Cesareia na noite anterior. E, embora tivessem se hospedado nas melhores instalações à disposição, a espaçosa casa à beira-mar de Yochanan, o Cego, Caifás pouco descansara. Achava provável que, depois da audiência com o procurador, ia perder o cargo de Cohen Gadol, sumo sacerdote dos judeus. E aquela semana provavelmente podia terminar com o fracasso de seu plano e a morte de Gamaliel... e de muitos outros.

Pilatos estava sentado numa plataforma de mármore branco no salão de audiências, um pavilhão no pátio de seu palácio. A área inteira era cercada por estátuas elegantes e canteiros de plantas de todo tipo. Uma brisa refrescante vinda do Mediterrâneo soprava através do pavilhão, quase que constantemente, refrescando o procurador enquanto ele desempenhava as funções de representante jurídico, executivo e legislativo de César, nas províncias da Judeia, Samaria e Galileia.

Caifás fez um sinal para que Malco ficasse para trás, enquanto ele se aproximava do homem, vestido com a túnica branca com listras escarlates dos patrícios. Sobre os ombros, usava o manto púrpura e dourado de seu ofício e, ao redor do pescoço, trazia um medalhão numa corrente de ouro com a efígie de Tibério. Na cabeça portava uma coroa de folhas douradas de louro.

— Vossa Excelência — disse Caifás, fazendo um ligeiro cumprimento.

Pilatos também fez o mesmo:

— Saudações, nobre rabi.

Caifás quase corrigiu o governador, explicando que ele não era um rabi, mas sim um sacerdote. No entanto, conteve-se.

— Trago-vos os bons votos de toda Jerusalém e as esperanças da nação inteira dos judeus por vossa saúde e bem-estar.

Pilatos passou a língua por dentro dos lábios e os estalou fazendo barulho, como se estivesse tentando desalojar algum resto de alimento preso entre os dentes.

— Meus agradecimentos.

— Venho apresentar um assunto um tanto... delicado.

— Este assunto está relacionado com a multidão de judeus espalhada ao longo da Via Maris?

— Sim, Vossa Excelência — respondeu Caifás. — Está diretamente relacionado a isso.

Pilatos fez um gesto imperioso e ordenou:

— Falai.

— A minha missão diplomática é secreta. Espero estar prestando um serviço a Vossa Excelência... e ao meu povo.

Um servo entrou, trazendo uma travessa de tâmaras e outras frutas e a levou a Pilatos. Ele pegou um damasco de um tom áureo-alaranjado e, ao mesmo tempo, fez um gesto para que o servo se retirasse.

Caifás continuou, falando devagar, escolhendo as palavras cuidadosamente:

— Uma delegação do Sinédrio está vindo solicitar a remoção da coorte Augusta da Fortaleza Antônia.

Pilatos remexeu-se no assento e inclinou-se para a frente:

— Por que motivo?

— Os estandartes da coorte Augusta — explicou — exibem a figura do imperador.

O governador tornou a recostar-se e deu uma mordida na suculenta fruta.

— Sei disso — respondeu, com o suco escorrendo-lhe pelo queixo. — Eles ganharam esses símbolos por sua bravura e distinção ao servir o imperador.

— Sim — disse Caifás. — Mas assim mesmo a delegação vai solicitar a sua remoção.

— Eu recusarei — declarou, dando outra mordida na fruta.

— Claro, e é por isso que eu vim.

— Para ouvir a minha recusa?

— Para evitar uma tragédia.

Pilatos suspirou e disse:

— Estou cansado de vós, rabi. — Ele deu mais uma mordida no damasco e depois chamou o servo que estava com a travessa, e esse pegou a fruta da mão de Pilatos, dando-lhe uma toalha. Pilatos limpou vigorosamente as mãos com a toalha antes de devolvê-la ao servo, que desapareceu.

— Vossa Excelência, nós, judeus, observamos a Lei de Deus, que proíbe imagens gravadas. Há dezenas de milhares de judeus em Jerusalém que preferirão morrer a desobedecer a esta lei.

— Então vão morrer — disse Pilatos, sem mais emoção do que havia demonstrado ao comer o damasco.

— Outros mais irão juntar-se a eles — insistiu Caifás.

— Mais morrerão! — disse Pilatos, impacientemente.

— Vossa Excelência, não estou aqui para opor-me a vós. Porém, não desejo ver o derramamento de sangue judeu nem romano. — Pigarreando, falou mais baixo: — As coortes do imperador aqui na província da Judeia estão bem-treinadas e bem-armadas. Entretanto, são forças auxiliares que, combinadas, somam apenas uns poucos milhares. E, com o governador da Síria, Lucius Lamia, ainda em Roma por insistência do imperador, quaisquer reforços da Síria chegariam tarde demais para salvar vidas e... reputações.

— Estais me ameaçando?

— Não, Vossa Excelência. Asseguro-vos de que, se a multidão ultrajada espalhada agora ao longo da Via Maris tivesse ficado em Jerusalém, já teria atacado os quinhentos soldados aquartelados na Fortaleza Antônia. Foi por isso que eu os mandei sair de Jerusalém.

— Portanto, planejais tomar de assalto o meu palácio em vez da Fortaleza Antônia?

— Não! — Caifás inconscientemente lançou um olhar para os soldados que estavam ao lado da plataforma do governador. — Não é o que pretendo, de modo algum. Vede: a multidão que está vindo atrás da delegação de Jerusalém teve que percorrer mais de 130 quilômetros caminhando, o que certamente deve tê-los acalmado. Ainda estão enraivecidos, porém mais inclinados, depois de já terem esperado por dias, a aguardar os resultados das deliberações de Vossa Excelência.

— E será que retornarão calmamente a Jerusalém quando souberem que as insígnias da coorte Augusta certamente ficarão onde estão?

Caifás abaixou a cabeça um instante. Se os seus próximos passos não fossem conduzidos pelo Senhor, o desastre seria inevitável.

— Não, não retornarão — disse bruscamente. — No entanto — pronunciou, levantando a mão num gesto conciliador —, é por isso que eu vim, sozinho, procurar a sábia ajuda de Vossa Excelência para evitar uma rebelião sanguinolenta... apenas alguns meses depois da vossa chegada.

Ficou observando de perto o governador. A última frase parecia ter exercido o efeito esperado. Seria um grave golpe para a reputação e a posição do novo governador de Roma se uma insurreição em larga escala estourasse logo no início de seu mandato. Claro que Roma esmagaria a rebelião e restabeleceria a Pax Romana a tempo —, mas o dano já teria sido feito. E Pilatos sabia que vários procuradores já tinham sido chamados de volta por erros menores.

E agora sabia que Caifás também estava ciente disso.

41

Talpiot, sul de Jerusalém

Tracy sentiu arrepios, a despeito da brilhante iluminação da caverna. Ela devia ter reconhecido o nome de Caifás, sem ter que perguntar ao pai. Agora, entretanto, se lembrava. Claro que se lembrava. Algumas de suas primeiras lembranças eram de estar aninhada no colo da mãe, ouvindo-a contar as histórias da Bíblia. Ela as adorava quando menina, especialmente as de Rute, Ester e a de Daniel na cova dos leões. Porém, mais do que tudo, era fascinada pela história de Jesus, o amável mestre e milagreiro que entrou em Jerusalém no domingo de Ramos, mesmo sabendo que a semana terminaria com sua morte. Era bastante estranho o fato de ela se deleitar com a história da Última Ceia, a traição no Jardim, a série de julgamentos — diante do Sinédrio, de Pilatos, de Herodes — e até mesmo com a terrível subida para o Calvário e a morte horrível do Autor da Vida entre dois criminosos.

Mesmo pequena, ela ficava imaginando se havia alguma coisa errada com ela, porque as outras crianças deliciavam-se com os ovos de Páscoa, as roupas, cestas e peças teatrais, enquanto ela sempre havia pensado na Páscoa como um ponto de exclamação; somente faria jus a ela se tudo que fizesse merecesse esse clímax. Claro que, como criança, não tinha essa consciência, mas, de um modo ou de outro, esse era seu sentimento.

Quando estava no ensino fundamental e no médio e começou a tocar trompete na banda, descobriu que se sentia igual a um "crescendo" e a um "forte"; se o "crescendo" era molto (muito) ou poco a poco (aos poucos), sempre lhe parecia que o clímax era determinado pelo caminho trilhado para se chegar a ele. Mas, com o passar do tempo, a história de Jesus e seu sacrifício de amor inabalável pelo mundo inteiro tinham cedido lugar a coisas mais importantes: ser apreciada pelos meninos, tornar-se popular ente as meninas e ser qualquer coisa menos aquelas "beatas" que pareciam ter orgulho de ser estranhas. Não tinha perdido a fé, simplesmente tinha deixado de alimentá-la.

Por isso, agora, depois de ter viajado meio mundo para encontrar o pai e também o túmulo de um homem que tinha representado um papel importante naquela história, não sabia exatamente o que fazer diante disso, mas certamente a situação a tinha feito perder o fôlego por um instante.

O devaneio foi interrompido pelo pai, que pediu a ela para segurar um lado do ossário de Miriam e colocá-lo no chão. Depois disso feito, ela o ajudou a levantar a outra urna funerária — presumivelmente a que pertencia a Caifás — e colocá-la sobre a mesa.

— Está pronta? — perguntou ele. — Vamos ver o que tem aqui dentro.

A tampa daquele ossário não era somente mais elaborada, mas também mais comprida e mais larga do que a outra. Abrangia todos os lados da urna e a escultura e o encaixe tornavam difícil encontrar um ponto de apoio por baixo da borda. Tracy levou alguns instantes para enfiar os dedos sob a beirada de cada lado. Quando conseguiu, sentiu que esta tampa era também ligeiramente mais pesada do que a outra.

Depois que a tampa foi cuidadosamente colocada no chão, Tracy voltou a atenção para a caixa de ossos, inconscientemente prendendo o fôlego ao contemplar o conteúdo. A primeira coisa que viu foi um crânio.

42

Talpiot, sul de Jerusalém

Rand tirou o crânio da urna devagar e até mesmo com toda a reverência. Virou-o nas mãos diversas vezes, inspecionando as várias características que havia explicado a Tracy quando estava analisando o crânio do outro ossário.

— E aí — disse Tracy. — O que é?

— É um crânio — comentou Rand, sem nenhum resquício de sarcasmo.

— Isso está na cara — respondeu Tracy. — Quero saber se era de um homem.

— Parece que sim. Um crânio grande, arredondado, com o arco superciliar proeminente. Mandíbula quadrada. Eu diria que era de um homem.

— Então, pode realmente ser ele?

— Definitivamente adulto. Já devia estar com uma idade considerável — explicou, apontando os dentes.

— Quer dizer que era velho?

Ele não respondeu, porém apoiou o crânio sobre a mesa e tornou a voltar-se para a urna. Cuidadosamente retirou a pelve e examinou-a de perto.

— A julgar pela face auricular e sínfise púbica... — Franziu o cenho. — É por isso que preciso mesmo de um osteoarqueólogo. Nadya conseguiria fazer muito melhor do que eu.

— Você não sabe dizer quantos anos ele tinha?

— Não com total confiança — respondeu, franzindo os lábios. Olhou para ela. — Por isso é que as fotos que tirou vão ser extremamente decisivas. Quero dizer, me parece que o nosso paciente vai se revelar um adulto mais velho, de 50 anos ou mais, porém não posso ser mais preciso do que isso. E, nessa altura, é apenas um palpite.

— Ainda assim — insistiu Tracy —, pode ser ele.

Ele colocou a pelve em cima da mesa e declarou:

— Não vamos tirar conclusões precipitadas.

Tornou a pôr as mãos dentro da urna e começou a retirar o conteúdo, uma peça de cada vez.

— Mas até agora, tudo bem, certo? Você disse que definitivamente é homem e provavelmente velho. Portanto, pode ser ele.

Ele parou o que estava fazendo e apoiou as mãos e os antebraços dos lados do ossário aberto. Argumentou olhando para ela:

— É possível, mas já vi gente demais chegar a conclusões precipitadas com base em evidências e análises incompletas. Não quero cometer o mesmo erro. Isso pode ser importante, Tracy, e se for, não vamos fazer tudo às pressas. Não podemos nos dar ao luxo de sermos descuidados...

De repente, uma voz chamou seu nome lá de cima. Era Miri Sharon. Não parecia estar calma.

— Sim — disse ele, dando um ou dois passos até perto da escada.

— Dr. Bullock, poderia vir aqui um instante?

Ele lançou um rápido olhar a Tracy. Não tinha gostado do tom da voz de Sharon.

— Tire todas as fotos que puder. Volto dentro de um minuto.

Antes mesmo de chegar ao alto da escada, ouviu as vozes. Vozes raivosas. Cânticos. Imprecações. De repente, os homens de preto estavam gritando e sacudindo os punhos outra vez, como tinham feito no começo.

Miri estava esperando com o fuzil em punho, no alto da escada. Antes que ele conseguisse se erguer, ela disse:

— Quanto tempo mais vai demorar lá embaixo?

— Por quê? O que está havendo?

— Vai levar ainda muito tempo? — indagou em um tom ríspido e com os olhos faiscando.

— Não sei. O que está acontecendo?

— Eles não vão esperar muito mais — alertou ela.

— Você quer dizer hoje? Espera que eu termine hoje? Acabei de abrir o último ossário.

Ela olhou intencionalmente para o céu a oeste e declarou:

— Eles não vão esperar o *Shabat* passar.

— O quê?

— O *Shabat* vai começar. Eles não vão ficar aqui durante o *Shabat*.

— Isso é bom, não é? Eles vão embora quando o sol se puser.

— O senhor não compreende — retrucou Miriam. — Eles não vão simplesmente embora. Acham que a caverna tem ossos e querem se certificar de que estará vazia antes do *Shabat*.

— E aí, o que isso pode significar? Eles esperam que eu termine antes que eles tenham que ir para a igreja?

Uma pedra caiu a poucos metros de onde eles estavam e Sharon gritou algumas palavras que ele não entendeu. Longe de ficarem calmos, os que protestavam gritaram ainda mais alto.

— Você acha mesmo que eles vão ultrapassar a fita de isolamento?

— O que o senhor acha? — exclamou, lançando um olhar irritado para Rand.

— Olha — disse ele, dando as costas aos integrantes da *chevra kadisha* e abaixando a voz: — Tem mesmo uns ossos nas urnas lá embaixo e vou entregá-los, todos eles. Mas preciso de mais tempo. Agora mesmo acabei de abrir o que pode ser o ossário mais importante de todo o túmulo e não tive tempo suficiente para analisar os ossos nem de fotografá-los. Será que você pode fazer alguma coisa?

Outra pedra caiu perto dos dois. Depois outra. Ou eles estavam fora de forma ou ainda não queriam ferir ninguém. Rand imaginava que fosse a última hipótese.

Miri agarrou com mais força o fuzil e franziu o cenho na direção dos homens de preto. Consultou o relógio de pulso.

— O pôr do sol vai ser dentro de poucas horas. Mas eles não vão esperar até lá.

— Quanto tempo *vão* esperar?

— *Nu* — respondeu ela, balançando a cabeça e usando uma palavra que, em hebraico, tinha múltiplos significados e que, numa situação daquelas, poderia ser traduzida como: "Ninguém sabe" ou "Que diferença faz?".

Rand não conhecia o termo, mas compreendeu a resposta.

— E se eu trouxer para fora o primeiro ossário? Será que com isso iria ganhar tempo?

— Posso dizer a eles que vai trazer ossos para a superfície dentro de trinta minutos — sugeriu Miriam. — Isso pode ajudar.

— Quanto tempo vai levar para eles fazerem o que têm que fazer, seja lá o que for?

— *Nu* — repetiu. — Eu acho que não vai levar mais de 15 minutos.

— Portanto, isso me daria uma hora... no máximo.

— E nesse tempo, quanta coisa dá para o senhor fazer?

— Não muita — respondeu ele.

43

Talpiot, sul de Jerusalém

Rand agradeceu a Miri pela ajuda e encaminhou-se para a caverna enquanto ela se dirigia ao barulhento grupo de manifestantes. Entrando na cripta, explicou rapidamente a Tracy a conversa que tivera com a sargento-mor. Dentro de alguns instantes tinham colocado o ossário de Miriam dentro do elevador.

Depois que o ossário chegou à superfície, os homens de preto pararam de gritar e ficaram quietos. Rand e Tracy o carregaram juntos e o deixaram no chão a alguns metros do bando atrás da fita de isolamento. Depois Rand virou-se para Miri:

— Eles não podem causar nenhum dano ao ossário.

— Garanto que não vão — concordou a sargento.

Enquanto ele e Tracy percorriam os poucos metros até a entrada da cripta, os homens cercaram a caixa e pareciam estar se preparando para uma cerimônia. No túmulo, Rand tratou de remover o esqueleto da urna, peça por peça, e montar os ossos na mesa dobrável.

Embora trabalhasse o mais rápido que podia, ele parava ocasionalmente para fazer um comentário e anotar algo na prancheta. Somente quando fez uma pausa é que Tracy parou de tirar fotos. No entanto, após remover um fêmur e ambos os ossos das tíbias de onde estavam antes, contra a longa parede interna mais perto de si, Rand parou de repente.

— O que foi? — perguntou Tracy, abaixando a câmera.

Rand deixou o queixo cair, assombrado. Cuidadosamente, colocou a tíbia que segurava na mão direita sobre a mesa. Tracy observava atentamente os seus movimentos; em vez de colocar a tíbia no lugar adequado no esqueleto, entre o fêmur e os ossos do pé, como já havia feito com todos os outros ossos à medida que os retirava do caixão, ele o colocou distraidamente ao longo do esqueleto reconstituído.

— O que foi? — repetiu ela.

Ele começou a enfiar a mão direita dentro do ossário, mas pensou melhor, e desistiu. Olhou para a filha e pediu:

— Tire algumas fotos disso.

A caixa estava quase vazia.

— De quê? — perguntou ela.

Ele deu a volta na mesa, chegando perto de Tracy. Apontou para a junção entre a lateral e a parte inferior do ossário.

— Disso aqui. Tire umas fotos disso.

Por fim, Tracy viu um objeto longo e empoeirado. Parecia ser cilíndrico e estava envolto em couro velho. As marcas no couro indicavam que antes havia sido atado com cordões finos, embora agora somente restassem vestígios deles.

— O que é? — perguntou ela.

Com o olhar pregado no objeto, como se esperasse que ele se movesse, mudasse ou desaparecesse a qualquer momento, Rand respondeu:

— Não tenho certeza. Mas pode ser que seja um... um rolo.

44

26 d.C.
Cesareia da Palestina

Fez-se um momento de tensão entre o sumo sacerdote e o governador romano. Caifás aguardou com prudência até quebrar o silêncio.

— Confio na reputação de Vossa Excelência como um homem sagaz que chegou a essas terras para promover a paz e a justiça entre os súditos do imperador.

Pilatos fitou Caifás com arrogância, voltando depois a sentar-se no trono do julgamento.

— Esperemos que o vosso raciocínio seja tão ajuizado quanto vossa habilidade com as palavras.

Caifás sorriu agradecendo e falou:

— Obrigado, Vossa Excelência. Sei que a remoção dos estandartes da coorte Augusta seria uma concessão inaceitável.

O governador inclinou a cabeça, como se tentasse ver o judeu de um ponto de vista diferente.

— Seria uma afronta, não só para a coorte como para o próprio imperador.

— Sim — concordou Caifás. — E um novo governador de uma província tão instável como a Judeia não pode dar a menor impressão de estar cedendo ou recuando em suas decisões.

Os olhos de Pilatos semicerraram-se.

— Prossegui — resmungou.

— Portanto, quando a delegação de Jerusalém chegar, teríeis, claro, que anunciar a ela que seu pedido foi recusado.

A resposta de Pilatos foi um aceno vagaroso e interessado de cabeça.

— Só que os integrantes da delegação também não podem voltar atrás. Não podem tolerar imagens de homem nem de animal na cidade de nosso Deus. Para eles isso é inimaginável. Intolerável.

— Ninguém está pedindo a eles para adorar essas imagens! — protestou Pilatos repentinamente.

— Há muitos anos, quando nosso povo estava acampado no deserto de Pará, um enorme número de cobras venenosas invadiu o acampamento e muitos foram picados. Houve inúmeras mortes. Então, nosso libertador, Moisés, foi instruído por Deus para mandar fazer uma serpente de bronze e erguê-la, suspensa num poste, para que o acampamento inteiro de Israel pudesse vê-la acima das tendas. Quem olhasse para o animal era milagrosamente curado do veneno, e assim, a praga acabou. Muitos anos depois, um de nossos reis, um homem justo chamado Ezequias, teve que destruir essa serpente de bronze, porque o povo já a havia transformado em um objeto de adoração.

Caifás fez uma pausa, porém viu que o governador não havia compreendido.

— Compreendei — continuou então. — É por isso que nós, judeus, devemos ter muito cuidado e evitar imagens. É da natureza do homem transformar imagens em ídolos. Nos últimos dias da vida de Herodes, quando ele mandou erigir uma águia de ouro sobre a entrada do templo, alguns de nossos sábios a destruíram, arriscando as próprias vidas.

— Que tipo de povo agiria assim?

— Nós amamos a paz — disse Caifás —, mas amamos mais a Deus.

Pilatos franziu o cenho e fitou Caifás com atenção.

— Portanto — explicou Caifás —, a delegação e, por conseguinte, a multidão que está vindo de Jerusalém vão insistir para que os estandartes sejam removidos. Só vão sossegar quando isso acontecer.

— Então, estais fazendo-me perder tempo! — gritou Pilatos.

— Por favor, perdoai-me Vossa Excelência, mas ainda não terminei. Quando a delegação fizer o seu pedido, Vossa Excelência pode sugerir que a vossa decisão será anunciada no teatro — argumentou Caifás, inconscientemente virando a cabeça para trás e para a direita, na direção do local pouco depois do elegante pátio.

— Por que no teatro?

— Lá, a multidão, mesmo que seja de milhares, o que suspeito que é o caso, pode ser facilmente cercada por vossos soldados.

Pilatos estava prestando uma imensa atenção.

— Quando anunciardes que os estandartes não serão removidos, o povo vai protestar. Eles vão insistir mais. E continuarão insistindo.

Fascinação e, talvez, até respeito se misturavam na expressão do governador.

— Quando as tensões ameaçarem explodir, podereis oferecer que as mulheres e crianças saiam a salvo do teatro. Algumas irão. A maioria vai ficar. Claro, todos

vão entender que o que quereis dizer é que o povo de Jerusalém irá aceitar vossa decisão... ou morrer. Ordenareis então a vossos soldados que desembainhem suas espadas e esperem vossas ordens.

— Estais louco. — O tom de voz de Pilatos não era de insulto.

— Nessa altura, é provável que alguém, talvez Gamaliel, dê um passo à frente e se ofereça como o primeiro a morrer. Outros o seguirão.

— Estais propondo que eu implacavelmente mande matar milhares de súditos do imperador?

Caifás balançou a cabeça.

— Não, não, absolutamente, Vossa Excelência. Nessa altura, podereis talvez anunciar que estais tão profundamente comovido pela devoção dos judeus por seu Deus que estais disposto a poupá-los. E, embora a imagem do imperador não seja removida dos estandartes, tampouco, nem a coorte Augusta destituída das honras que merece, muito vos agradaria transferir a coorte Augusta para a Cesareia, onde poderíeis olhar com prazer a imagem do imperador em seus estandartes.

O governador ficou observando Caifás em silêncio alguns momentos. Por fim, seus olhos tornaram a semicerrar-se.

— O que vos faz pensar que não vou reunir vosso povo no teatro — declarou, fazendo um gesto com a mão — e matar todos eles?

— Vossa reputação de juiz sábio e governador perspicaz — respondeu Caifás, embora nunca tivesse ouvido isso sobre Pilatos. — Uma reputação que crescerá quando conseguirdes resolver esse impasse... e a paz reinar em vossa província inteira.

Pilatos observou atentamente o sacerdote, esfregando o queixo liso com a mão bem-tratada. Por fim, passou a língua por dentro do lábio superior.

— Sabeis, naturalmente, que o representante do imperador fará o que for melhor para o império.

— Claro — respondeu Caifás.

— Está encerrada a audiência — disse Pilatos.

Caifás curvou-se ligeiramente e saiu do salão de audiências, orando silenciosamente para que não tivesse acabado de entregar seu povo, e Gamaliel, nas mãos de um carniceiro.

45

Talpiot, sul de Jerusalém

— Rolo? — repetiu Tracy.

Rand fez que sim com a cabeça, ainda com o olhar parado. Movendo-se silenciosamente, como se a caixa fosse uma cobra enrolada e ele tivesse que ser cuidadoso para não provocá-la, esticou o braço devagar e tirou o lápis da prancheta. Usou o objeto para tocar o cilindro e cuidadosamente retirar a cobertura externa, expondo a frágil textura amarelada de um antigo rolo de papiro.

Ele sabia o quanto isso era incomum. Em escavações feitas em tumbas invariavelmente descobriam-se vários outros artefatos: potes, jarras, lamparinas de barro, vasos, tabuletas para se escrever, esculturas, tecidos (geralmente roupas ou sudários), e assim por diante. Ocasionalmente, muitos desses itens apareciam dentro de ossários, junto a joias e moedas (como a de Herodes Antipas que ele já havia encontrado na caixa de Miriam). Porém, tanto quanto podia se lembrar, dos milhares de registros de urnas que constavam do *Catálogo de ossários judeus, de Levanon,* nenhum deles mencionava documentos encontrados em ossários.

Os costumes fúnebres durante o período do Segundo Templo eram bastante práticos e muito bem-definidos. A grande maioria das inscrições seguia um padrão previsível, ou identificando o falecido pelo nome e linhagem, por um título ou por alguma característica específica (tal como "Yochanan, o Leproso", ou "Yo-ezer, o Escriba"). De vez em quando, um ossário revelava uma mistura de costumes de funerais judeus e pagãos, como o indicado pela moeda descoberta no ossário de Miriam, ou uma combinação de elementos judeus e cristãos.

Em cada caso, contudo, era preciso uma certa lógica para que objetos específicos fossem incluídos num túmulo ou num ossário. Nos túmulos egípcios colocavam-se lamparinas para iluminar o caminho do morto na viagem para o pós-vida. Os vikings eram enterrados com as armas, junto com comida e bebida como suprimento para a viagem ao além.

Mas um rolo? Os rolos, ou fragmentos de rolos, tinham sido encontrados em mosteiros, bibliotecas e em ruínas de casas da Antiguidade. Um rolo tinha sido descoberto sob o assoalho de uma sinagoga em Massada, onde a Grande Revolta Judaica contra Roma tinha terminado quando quase mil judeus preferiram suicidar-se a serem levados pelos romanos. E, naturalmente, também se encontraram rolos em cavernas, os mais famosos sendo os Pergaminhos do Mar Morto, descobertos num aglomerado de cavernas perto de Qumran, onde vivia uma antiga comunidade de judeus ascetas. No entanto, por mais que se esforçasse, Rand não conseguia se lembrar de uma única descoberta de rolo num túmulo judeu — em um egípcio ou chinês, é claro —, quanto mais dentro de um ossário.

Qual teria sido o motivo? Por que uma família judia — talvez a família de Caifás, o sumo sacerdote, embora fosse cedo demais para se ter certeza — colocaria um documento naquele ossário? Teria sido o documento enterrado com o cadáver no primeiro enterro, ao lado do morto quando o inseriram no túmulo, e depois transferido para a caixa de calcário quando os ossos foram recolhidos? Ou teria sido o pergaminho enfiado ali depois, durante o segundo funeral?

E o que continha o pergaminho? Seria uma citação da Sagrada Escritura, como o Grande Pergaminho de Isaías da descoberta do Mar Morto? Um bem muito prezado pelo falecido? Alguma coisa relacionada com o tipo de funeral do falecido? Ou teria alguma coisa a ver com a morte em si?

Rand estava incrédulo. Tais pensamentos estavam mais para Agatha Christie do que para algum periódico acadêmico de arqueologia. No entanto, a presença do pergaminho no túmulo de Talpiot levantava de fato vários questionamentos fascinantes. A grande maioria dos artefatos arqueológicos não passava de vasilhas quebradas ou pontas de lança lascadas. Algumas vezes, essas pequenas descobertas, amarradas como contas num colar, acrescentavam uma pequena peça ao conhecimento mundial de uma civilização passada ou de uma cultura antiga; mais frequentemente, contudo, eram os equivalentes arqueológicos da descoberta de uma moeda na calçada. Rolos de pergaminho ou papiro, porém, não apareciam todos os dias. Documentos de papiro e couro estragavam-se rapidamente em todos os climas, com exceção dos mais secos, de modo que o uso de rolos — os "livros" do mundo antigo — começou a declinar nos séculos I e II depois de Cristo, cedendo lugar aos códices, ou livros manuscritos. Portanto, se a inscrição com o nome de Caifás tinha elevado suas expectativas, aquela descoberta havia deixado tudo muito mais emocionante, fazendo com que a rapidez com que tinha que trabalhar se tornasse literalmente enlouquecedora.

— Papai!

A voz de Tracy despertou Rand de seus devaneios. Ele olhou para o rosto dela, cuja expressão era de impaciência.

— Aquela policial. Está te chamando.

46

Talpiot, sul de Jerusalém

— Vão acabar a qualquer momento — informou Miri Sharon a Rand, que tinha deixado Tracy fotografando o ossário, o rolo e o esqueleto na caverna.

— Está bem — disse ele, enfiando as mãos nos bolsos. — E depois?

— É o que gostaria de saber.

Ele ficou olhando para ela uns instantes, confuso:

— Não entendo o que quer dizer.

— Já vai ter concluído quando eles acabarem?

Ele retirou as mãos dos bolsos e passou uma delas pelos cabelos.

— Tenho alguma escolha?

Ela mudou o fuzil de posição, apoiando-o no ombro, com o cano virado para baixo.

— Não gosto de dificultar as coisas, Dr. Bullock. Mas não tenho escolha. O *Shabat* está chegando, e estes homens já estão esperando quase desde que o senhor chegou, de modo que a segurança do seu sítio e suas operações estão se tornando mais... — disse, suspirando — ...mais irreais a cada momento que passa. Estou disposta a ajudá-lo de qualquer forma, mas devo insistir que entregue todos os restos mortais dos quais esteja de posse neste momento aos integrantes da *chevra kadisha*.

Ele esfregou com as mãos o rosto bastante barbado e depois fixou o olhar cansado na policial:

— Estou com um esqueleto masculino na caverna, montado na mesa. O último ossário está aberto na mesa e não podemos nem sequer tocar nele. Não posso colocar os ossos de volta no ossário para entregá-los a eles, portanto, infelizmente, o máximo que posso fazer no momento é pedir a você que diga a eles para descerem até a cripta e removerem os ossos de lá.

— Obrigada — assentiu solenemente. — Vou dizer a eles.

Ele tornou a colocar as mãos nos bolsos e retornou à caverna.

— Dr. Bullock — disse Miri.

Ele se virou.

— Depois que eles se forem, ficarei para ajudá-lo.

Ele balançou a cabeça.

— Não há a menor necessidade disso.

Ela deu um sorriso triste e virou-se para ir ao encontro do pessoal da *chevra kadisha*.

De repente, ele se lembrou de que, depois que o túmulo estivesse vazio, e as escavações no sítio, encerradas, a sargento-mor Sharon teria terminado de cumprir seu dever. Iria voltar para casa, enquanto ele e Tracy retornariam ao hotel em Ramat Rachel.

Claro que era isso o que iria acontecer.

Claro.

O que mais — perguntou a si mesmo — *pensou que fosse acontecer?*

47

26 d.C.
Lydda

A árdua viagem a cavalo da Cesareia para Jerusalém foi um tormento para Caifás. Ele não falou nada, a não ser dar curtas e superficiais instruções ou fazer perguntas a seu servo, o fiel Malco. Às vezes, tremia violentamente, e quando chegaram à hospedaria, em Lydda, o coração batia tão desenfreado que ele chegou a pensar que o peito iria explodir.

A hospedaria, perto da intersecção da Via Maris (caminho do mar) com a estrada de Emaús, era um ponto natural de parada na viagem entre Jerusalém e Jope. O pátio da hospedaria estava apinhado de viajantes de todas as formas e magnitudes: condutores de caravanas malcheirosos, soldados e oficiais romanos rudes, astutos compradores do mercado egípcio, além de judeus das cidades costeiras de Apolônia, Jope e Ashdod, que iam e vinham para orar no Templo de Jerusalém — com seus rebanhos de cavalos e asnos, mais as galinhas, carneiros e cabras que pertenciam à hospedaria em si, tudo isso em menor número do que o das moscas que zumbiam por toda parte. A cacofonia das línguas — latim, grego, egípcio e aramaico, e outras ocasionais — assim como a abundância de odores das comidas preparadas constituíam uma combinação de causar enjoo até a quem estivesse se sentindo bem. Mas Caifás não estava bem.

A dor costumeira havia surgido logo depois da audiência com o governador. Como sempre, começou indistinta, um pouco mais do que uma suspeita, que a princípio Caifás não conseguia distinguir se era devida a aborrecimento ou preocupação com o que tinha acabado de fazer, ou não fazer, sem saber se a desgraça para ele e seu povo era iminente. Depois que ele e Malco saíram de seus aposentos em Apolônia, aquela preocupação tinha se transformado em um doloroso latejar das têmporas, atrás do olho direito, acompanhado de um enjoo que o tinha forçado a parar duas vezes naquele dia na segunda etapa da viagem.

— O Shabat *está chegando — murmurou Malco, enquanto ajudava o sumo sacerdote a acomodar-se sobre uma pilha de travesseiros, debaixo de um toldo. — Seria bom se descansásseis amanhã.*

— Descansar? — resmungou Caifás, com gotas de suor na testa e na parte superior do lábio. — E pode haver descanso? Ainda mais aqui?

— Vou trazer-vos água do poço.

— Malco, não sai de perto de mim! — disse Caifás, apertando os olhos com os dedos, vigorosamente. — Não estou com sede! Fica aqui.

Malco retornou momentos depois com um odre de pele de cabra. Caifás abriu os olhos o bastante para ver o servo embebendo um lenço na água fria dentro do odre e colocando-o suavemente sobre os olhos e a testa do sacerdote.

— Deveis descansar — sugeriu. — Vossa viagem foi cansativa.

— Não é a viagem — disse Caifás. — Estou com medo, Malco. Por Gamaliel. Pelo meu povo. Pela nação inteira. — Gemeu alto, como se os gemidos pudessem, de alguma forma, fazer desaparecer a dor. — E se falharmos? E se eu os tiver conduzido todos ao Sheol, à morada dos mortos? O que farei?

A perspectiva de passar o Shabat *naquela hospedaria suja e barulhenta para caravanas a apenas cerca de 50 quilômetros de sua luxuosa residência era terrível. Mas ainda pior era passar dias sem saber se seu estratagema tinha sido bem-sucedido ou falhado. Só lhe restava esperar notícias de Gamaliel e dos outros.*

E se Pilatos resolvesse procrastinar ou mentir? Se simplesmente se recusasse a receber Gamaliel e os outros? Ou se a multidão se recusasse a seguir a liderança de Gamaliel e fosse à luta? E se...

Por que ele tinha tido aquela ideia? E como Gamaliel tinha sido tolo a ponto de levar o plano adiante — até mesmo depois que o próprio Caifás começou a ter dúvidas e reconhecer que era arriscado demais? Eram apenas muitas incertezas. Jamais deveriam ter levado aquilo adiante.

Caifás apoiou-se nos cotovelos. Não conseguia respirar. Não conseguia fazer o ar chegar aos pulmões. Ia morrer ali, naquele lugar desprezível.

48

Talpiot, sul de Jerusalém.

A cena era irreal.

Tracy observava de cima, ao lado do pai, enquanto o grupo de homens de chapéus pretos cercava a mesa onde estava o esqueleto do último ossário. Dois deles, os mais velhos, ficaram na superfície, de pé. Tracy deduziu que eles não podiam descer a escada para dentro da caverna.

A cerimônia começou com os homens balançando-se para trás e para a frente, e um deles entoando um cântico com palavras incompreensíveis para Tracy e às quais o grupo todo respondia "Amém".

Depois de alguns instantes, Tracy deu uns passos na direção de Miri, ligeiramente afastada daquela cena.

— Você sabe o que estão dizendo?

Miri deu um sorrisinho e confirmou:

— Chama-se *kadish*. Uma oração que faz parte da cerimônia fúnebre judaica.

— Como ela é? — perguntou Tracy. — O que eles estão realmente dizendo?

Miri fez uma pausa. Tracy não sabia se ela ouvia ou tentava se recordar das palavras.

— Começa assim: "Que o Seu grande Nome seja exaltado e santificado no mundo que Ele criou conforme Sua vontade." E depois eles dizem: "Que Ele queira estabelecer Seu reinado... durante nossas vidas e durante a vida de toda a Família de Israel, rapidamente e em breve."

— O que estão dizendo quando cantam todos juntos? — perguntou Tracy.

— Tem duas partes que todos eles dizem juntos. A primeira é: *"Y'hei sh'mei raba m'varakh l'alam ul'al'mei al'maya"*. Isto quer dizer: "*Que Seu grande nome seja abençoado para sempre e eternamente.*" E a segunda é bem mais curta. Diz simplesmente: *"B'rikh hu"*, o que significa "Abençoado seja".

— Muito legal você saber isso tudo — comentou Tracy, sorrindo.

— Eu sou judia — comentou, dando de ombros.

— Todos os judeus sabem isso?

— Não sei. Daqui de Israel? Talvez. De Jerusalém? Acho que sim, com certeza.

Tracy fez um movimento de cabeça, concordando. De onde ela e Miri estavam, já não se podia mais ver os homens na caverna, mas era possível ouvi-los.

— Quanto tempo vão ficar lá?

— Acho que mais uns vinte minutos.

— E depois vão embora?

— Vão levar os ossos que você e seu pai descobriram, colocá-los em caixas de pinho e enterrá-los em algum cemitério judeu — confirmou Miri.

— Mesmo depois de todos esses anos, hein?

— Reverenciar os mortos é muito importante para os judeus religiosos.

— O que quer dizer com "judeus religiosos?" — perguntou Tracy. — Pensei que todo judeu era religioso.

— Alguns, sim. Mas é também uma nacionalidade. E uma raça, uma identidade. Porém, nem sempre uma religião.

— E você, é religiosa?

Miri hesitou. Depois tentou explicar que, como a maioria dos judeus israelenses, ela não era judia praticante. Os pais, Yakob e Sylvia Sharon, consideravam a nova nação de Israel um refúgio político para abrigar o povo judeu, não como o cumprimento de uma profecia, como os chassídicos. Aliás, segundo explicou, os judeus religiosos eram uma ameaça tão grande para Israel quanto os árabes.

— O moderno Estado de Israel é como um equilibrista — concluiu —, obrigado a andar para sempre numa corda bamba chamada judaísmo, esticada entre o islamismo de um lado e a cristandade do outro. Eu preciso me equilibrar nesta corda porque sou israelense, mas não gosto da posição em que me encontro.

— Portanto — disse Tracy —, você não é religiosa.

Miri sorriu tristemente e explicou:

— Não sou adepta de nenhuma religião, seja o judaísmo, o islamismo ou o cristianismo. Mas, às vezes, desejaria encontrar o que os meus amigos religiosos parecem ter encontrado, alguma ligação, algum relacionamento, alguma *comunhão* com... alguma coisa. Alguma coisa superior a eles. Talvez alguém.

Tracy concordou e Miri voltou a atenção para a caverna.

— Eles já estão acabando — disse.

49

Talpiot, sul de Jerusalém

O dia estava acabando quando os homens da *cheva kadisha* saíram da caverna, dirigindo-se solene e rapidamente até os carros, com os ossos do "ossário de Caifás". Rand chamou Tracy e os dois começaram a descer a escada que levava ao túmulo.

— Não vamos levar muito tempo para arrumar tudo — disse a ela. — O trabalho maior vai ser o de desmontar o andaime e o guincho, mas, depois disso, talvez possamos ir comer alguma coisa e até dormir numa cama confortável esta noite.

— Onde vai colocar tudo? — perguntou Tracy.

Rand fez uma pausa.

— Não sei. Acho que vamos desmontar o andaime e deixá-lo em alguma parte aqui do sítio. No entanto, os ossários e artefatos não podem ficar aqui. — Ele sabia que seu pequenino Fiat não tinha muito espaço. — Acho que vamos ter que levar tudo para o nosso quarto.

— Até mesmo o rolo? — perguntou Tracy.

— Não sei o que mais podemos fazer, uma vez que o *Shabat* começa esta noite — respondeu Rand dando de ombros.

— Essas coisas não são, tipo, valiosas? Você não deveria entregá-las a alguém?

— Eu sou o único arqueólogo neste projeto. É minha responsabilidade escavar, catalogar e analisar tudo, para depois o órgão responsável pelas antiguidades em Israel decidir o que fazer. Mas, no momento, minha incumbência é guardar os artefatos em um lugar seguro.

— Então apenas arrumamos tudo e vamos para o hotel?

— Acho que sim.

— Podíamos nadar na piscina. Ou assistir a uns filmes no quarto — propôs Tracy, sorrindo.

— Claro — disse ele, fazendo um gesto para que ela o ajudasse a levar o ossário da mesa para o guincho. — Eu podia transferir todas as fotos que você tirou para o computador e começar o processo de catalogação de minhas anotações. Também preciso enviar as fotos dos ossos para análise assim que for possível, e começar a escrever meu relatório.

O sorriso de Tracy tinha desaparecido, ela disse apenas:

— Claro. Deve ser muito divertido.

Ele desarmou a mesa e a colocou no guincho, junto ao ossário e declarou:

— Com certeza, vamos ter muita coisa para fazer.

Tiveram que fazer três viagens no pequeno Fiat, mas, quando a primeira estrela apareceu no céu, Rand já havia retirado todos os ossários e o equipamento, deixando para trás somente o andaime e a plataforma do guincho, que pretendia devolver a Yigal Havner em Tel Mareshah logo que fosse possível. Também tinha levado Tracy para o hotel e deixado por último o ossário Caifás e o rolo que ele continha.

— Obrigado por sua ajuda — disse ele, apertando a mão de Miri Sharon.

— Fiz o melhor que pude — respondeu ela, recolhendo a mão. — Quando o pessoal da *cheva kadisha* sabe que um túmulo está sendo escavado, as opções... diminuem.

— Eu compreendo — disse ele. — É uma pena. De um ponto de vista arqueológico, quero dizer.

Ela concordou, sem dizer nada. Ele fez o mesmo. Ficaram parados, meio sem jeito, mais alguns instantes, até que ela olhou para ele com um sorriso tristonho e virou-se para a viatura.

— Não sei... — Ele começou de novo. — Não sei como entrar em contato com você.

— Por que precisaria entrar em contato comigo? — perguntou, abrindo a porta do carro.

— Ah — disse ele. — Sei lá, é que pensei... que pode acontecer alguma coisa. Sabe, com relação à escavação.

Ela o fitou com os olhos castanhos e declarou:

— A escavação já acabou.

50

26 d.C.
Cidade Alta, Jerusalém

De dentro do seu quarto mergulhado em penumbra, ele ouviu o tumulto do lado de fora. Uma discussão. Sem abrir os olhos nem se levantar da esteira, esforçou-se para ouvir.

Era Malco. Escutou o servo protestando, resistindo e depois uma outra voz, mais idosa e suave. Ou talvez a ouvisse apenas em sua imaginação. Talvez estivesse imaginando ambas. Era difícil dizer o que havia se passado nos últimos dias, se é que tinham sido apenas dias. Tinha certeza, embora não soubesse como, de que mais de um dia havia se passado desde que ele e Malco tinham terminado a viagem de volta da Cesareia, e o fiel servo o tinha trazido até sua cama em casa e o deitado em confortáveis travesseiros. Entretanto, ele já estava delirante antes de partir de Lydda, de modo que não conseguia se lembrar de como Malco havia conseguido percorrer os últimos 48 quilômetros até Jerusalém. Teria pedido auxílio? Teria pedido uma carroça emprestada? Caifás tinha certeza de ter montado um cavalo durante a última parte da viagem. No entanto, como Malco havia logrado conduzi-lo com segurança para casa depois daquele terrível Shabat *que tinha passado se debatendo no quarto daquela maldita estalagem de Lydda, Caifás não podia adivinhar, e claramente não conseguia se lembrar.*

As vozes ficaram mais altas, foram se aproximando, e, de súbito, alguém escancarou a porta do quarto, deixando entrar luz, aquela maldita luz que lhe causava tanta dor. Erguendo os antebraços para proteger os olhos fechados, Caifás gemeu.

— Fecha a porta! — gritou, com mais gemidos. — Vai embora! Quem quer que sejas, vai embora!

Ele ouviu pés se arrastando ao lado e depois uma quietude, um silêncio pareceu envolver o quarto, que novamente ficou escuro. Ainda deitado, calado, prestou atenção aos sons. Tinham fechado a porta, mas alguém estava ali com ele.

— Por favor — murmurou ele. — Por favor, retira-te daqui.

Depois distinguiu... um som. Como o de um suave murmúrio. Relaxou a pressão dos braços contra o rosto, depois, vagarosamente, abaixou-os, descansando-os sobre o peito.

Repentinamente, soube o que era. Abriu os olhos e viu perto de si a silhueta de um homem ajoelhado, com as mãos abertas diante de si, balançando suavemente de um lado para o outro. Estava orando. Suas palavras teriam sido completamente inaudíveis se não fossem familiares para Caifás. Mas ele as ouviu porque as conhecia. Muitas vezes — vezes sem conta — ele mesmo as havia proferido.

— Barukh atah Hashem, rofeh ha'cholim. — *Bendito sois, Fonte da Cura. E, enquanto o homem oscilava, as franjas de seu* talit *também balançavam, como se fossem pêndulos.* — El na refa na lah — *Por favor, Senhor, curai-o.*

Caifás ergueu-se da esteira, apoiando-se em um cotovelo.

— Gamaliel! — gritou. — Gamaliel, és tu?

O homem virou-se. Era mesmo Gamaliel.

Caifás estendeu os braços, como um avô recebendo uma criança, e Gamaliel os agarrou.

— Estás vivo! — disse Caifás, com um alívio que lhe invadiu o corpo inteiro. Depois deixou pender a cabeça sobre o peito, soluçando convulsivamente.

Quando finalmente os soluços foram passando, Caifás procurou recobrar a dignidade, dizendo:

— Perdoa-me, meu amigo, não venho me sentindo bem. Pouco tenho feito senão ficar neste leito suplicando alívio em minhas orações. E Hashem *ouviu as minhas preces, pois aqui estás! Temia muitíssimo por ti e nosso povo.*

Gamaliel soltou os braços do sacerdote, porém apoiou a mão com firmeza no ombro de Caifás e disse:

— Tuas preces certamente foram ouvidas.

— E os outros? Os outros que foram contigo?

— Estão bem — respondeu Gamaliel.

Caifás soltou um forte suspiro e fechou os olhos ao perguntar:

— Então o prefeito vos recebeu? — Abriu novamente os olhos para observar o amigo enquanto ele respondia.

— O governador hesitou alguns dias — disse o fariseu —, mas acabou pondo teu plano em prática, em todos os detalhes. Os emblemas da coorte Augusta já não tremulam mais na Cidade Santa. E tu, meu amigo, conquistaste a amizade do prefeito Pôncio Pilatos.

— Ah! — exclamou Caifás. Tentando conter uma gargalhada, Caifás corrigiu o amigo: — Não. Amizade não. Nunca amizade, podemos estar certos.

Porém tolerância, até mesmo cooperação? Podemos ter esperança, meu amigo. Podemos ter!

E então, o sumo sacerdote descontraiu-se de vez. Deitou-se no leito e se entregou às gargalhadas que o dominaram, uma após a outra, até o riso ceder lugar ao sono.

51

Ramat Rachel

Tracy deixou a água do chuveiro escorrer pela cabeça, formando com os cabelos um dossel que lhe cobriu o rosto. Ficou apreciando aquela água quente, quase insuportável. Um bom banho quente era uma de suas ocasiões favoritas para pensar e, embora a pressão da água naquele quarto de hotel não fosse ideal, a chuveirada era bem-vinda depois de um longo dia de trabalho.

Custava a acreditar que tinha saído de Tel Mareshah somente naquela manhã. Tanta coisa havia acontecido desde então... e, no entanto, nada tinha realmente mudado. Ela havia conseguido trabalhar duro ao lado do pai o dia inteiro na caverna, descansando somente para um almoço tardio, mas mal tinham conversado. Claro, haviam trocado muitas palavras, mas tinham precisado sair da caverna com tanta pressa para entregar os restos mortais àqueles homens arrepiantes de ternos pretos, que tinham conversado apenas sobre isso.

O que seu pai estava pensando? A chegada dela tinha mudado alguma coisa? O dia até que havia sido bem agradável, mas Tracy ainda achava que ele não a queria lá. Isso ficou claro quando ele falou somente sobre o trabalho que tinha a fazer, agora que o túmulo estava vazio, não parecendo estar interessado em pôr os assuntos em dia nem em passar tempo com ela.

Desligou o chuveiro e ficou parada uns instantes, deixando que a água escorresse para o ralo. Abriu a cortina do box e tateou a parede, procurando a toalha.

Foi burrada minha, pensou. *Antes parecia empolgante e talvez até meio exótico sair dos Estados Unidos e ir a Israel para encontrar meu pai. Mas agora você já o encontrou. Você está aqui. E agora? O que tinha pensado que ia acontecer depois que chegasse aqui? Pensava que ele ia te tomar nos braços e erguer, rodopiando, te deixando com a sensação de ser uma menininha outra vez? Achava que ele iria largar tudo para passar tempo com você? Te dar atenção? Tentar te conhecer melhor?*

Ela acabou de enxugar o cabelo e enrolou a toalha em volta do corpo, a água ainda escorrendo sobre a pele. Dando uma olhadela no quarto, viu que o pai ainda não havia retornado da última visita à caverna, portanto entrou no cômodo e se vestiu às pressas, botando uma calça jeans e duas camisetas. Depois que se vestiu, pegou o controle remoto da televisão e ligou-a, sentando na beirada da cama e cruzando as pernas.

O aparelho estava em um noticiário em inglês. Ela passou para outro canal de notícias, também em inglês, e em seguida mais um, porém, esse era em hebraico, presumiu. A próxima opção era uma espécie de documentário. Um filme antigo em preto e branco, com legendas em hebraico. Parecia uma novela, mas os atores estavam falando em espanhol, conforme ela constatou, surpresa. No canal seguinte estava passando um comercial, e em outro, um drama policial passado em Nova York. E só. Acabou voltando para o primeiro canal, que era a CNN Internacional.

Desligou a televisão e olhou em volta. Pegou o celular no bolso da calça. Pensou em ligar para Rochelle. Sentia muitas saudades das amigas.

— Provavelmente vai custar uma nota — concluiu.

Colocando o telefone novamente no bolso, voltou para o banheiro, prendeu o cabelo, pegou na escrivaninha a chave do quarto que era um cartão de plástico e saiu. Ao chegar aos elevadores, notou que o botão de chamada já estava aceso e esperou.

Esperou, esperou, esperou.

Depois de alguns minutos, olhou para cima para ver em que andar o elevador estava e viu, frustrada, que estava parando em todos os andares, sem exceção, antes de alcançar o dela. Acabou chegando, ela entrou e ia apertar o botão do térreo no painel de controle, mas ele já estava aceso. Como, aliás, todos os outros números.

Ela resmungou. *Crianças idiotas,* pensou.

Alguns minutos mais tarde, o elevador finalmente a deixou no térreo. Ela saiu e foi na direção da recepção. O som de um canto, formado principalmente por vozes masculinas, alcançou seus ouvidos, ficando cada vez mais alto à medida que se aproximava da recepção. A caminho de lá, localizou a fonte do barulho: o refeitório, pelo qual tinha passado várias vezes naquele dia. Ela entrou ali.

Arregalou os olhos diante do que viu. O salão estava cheio de pessoas sentadas uma ao lado da outra nas longas mesas. Os homens estavam de ternos pretos, as mulheres, de vestido. Crianças com roupas típicas de frequentar a igreja perambulavam — e às vezes corriam — para lá e para cá por entre as mesas e ao redor do salão. E a maioria dos adultos, praticamente todos os homens, estava cantando. Com grande entusiasmo. Muito alto. Alguns chegavam a jogar a cabeça para trás e abriam as bocas ao máximo, para que as vozes se refletissem no teto distante. Outros, enquanto cantavam, batiam com os punhos e os copos na mesa. Em um canto, três homens dançavam abraçados enquanto cantavam.

Hinei ma tov uma nagim, hinei ma tov uma nagim,
Shevet atjim gam yajad, shevet atjim gam uajad,
Hinei ma tov uma nagim, hinei ma tov uma nagim,
Hinei ma tov, hinei ma tov; lajlajlai, lajlajlai.

A canção prosseguia sem parar. As vozes aumentavam e diminuíam de volume. Enquanto isso, de vez em quando um adulto se levantava para repreender uma criança muito travessa, ou simplesmente para mudar de posição enquanto assistia a tudo. Quando terminou a canção, o salão encheu-se de conversas, até que um homem, sentado à frente de todos, bateu com o copo na mesa. A maior parte parou de falar e se virou para prestar atenção no sujeito, que falou em hebraico durante alguns instantes. Quando ele terminou alguém começou a cantar, e o salão voltou rapidamente a entoar um novo refrão.

Tracy sentiu-se como se estivesse paralisada ali, assistindo de camarote àquela cena estranha. Depois, pelo canto do olho, viu a silhueta de alguém de terno preto e camisa branca afastar-se do grupo. Virou-se. Era um menino, aliás, um rapaz, mais ou menos da sua idade, pelo que pôde deduzir. Talvez não. Difícil dizer. Tinha barba e isso o fazia parecer mais velho. Só que era rala, portanto, talvez fosse mais jovem.

Ele foi ao seu encontro.

— Você é americana? — Ele tinha um sotaque carregado, porém ela o entendeu com facilidade.

Tracy checou a própria roupa, perguntando-se o que a teria identificado como americana; tinha se esquecido de que estava com uma camiseta de uma só cor, sem nenhuma estampa.

— Como descobriu?

— Está na cara — respondeu, sorrindo.

Ele até que é bonitinho, decidiu. Tornou a olhar para o salão.

— O que está acontecendo aqui? — perguntou.

— Como assim? — indagou o rapaz.

— Que festança é essa?

O sorriso dele desapareceu e ele fez cara de espanto ao pronunciar:

— Ah! Você não é judia.

— Não. Por quê?

Ele parecia decepcionado.

— É o *Shabat*. O dia sagrado.

— Ah — disse ela. — Uma cerimônia religiosa.

— Não — respondeu com rosto inexpressivo. — É a ceia.

Parecia que todos já tinham acabado de comer, mas ninguém estava com pressa de ir embora. Um menino veio correndo; quando ele se virou para provocar os três meninos que o perseguiam, chocou-se contra as pernas dela, que o segurou a tempo de evitar um tombo. Ele ficou surpreso e, sem dizer nada, saiu correndo. Ela voltou-se para o rapaz que tinha falado com ela... mas ele já havia desaparecido. Olhando em torno de si, viu que ele tinha voltado a se reunir ao grupo.

A cantoria no salão havia tornado a parar e um homem mais velho, com uma barba longa e grisalha, discursava fazia algum tempo, sem dar sinal de que estava para terminar. Ela não fazia a menor ideia do que ele estava falando, mas assim mesmo sentiu-se bastante interessada. Tinha necessidade de saber mais sobre estas pessoas. Ansiava por saber o que estava acontecendo e não sabia por que, tampouco por que estava tendo tanta dificuldade de ir embora, nem por que de repente estava se sentindo tão... como é que se diz mesmo? Não conseguia encontrar a definição certa. Era como tinha se sentido logo depois do enterro da mãe, ao acordar certa manhã e, em vez da lembrança lenta e dolorosa de que a mãe tinha morrido, tinha feito força para se recordar de como era ter mãe.

Deu meia-volta para sair. Enquanto se dirigia aos elevadores, meio entorpecida, ouviu aquela cantoria desregrada começar outra vez. Quando chegou aos elevadores, uma das portas já estava aberta. Ela entrou e já estava prestes a apertar o botão do seu andar quando viu que, mais uma vez, todos os números estavam acesos.

Recostou-se na parede dos fundos do elevador, conformando-se em aturar a demorada subida até o seu andar.

52

Talpiot, sul de Jerusalém

— Espera! — disse Rand.

Com passos largos aproximou-se da porta aberta da viatura de Miri. Ela se sentou no banco do motorista, segurando a maçaneta da porta, e enfiou as pernas compridas e bronzeadas sob o volante.

Ele não sabia bem o que fazer, mas sabia que queria fazer alguma coisa. Queria, no mínimo, retardar a partida da moça. Não, queria mais que isso: evitar que ela fosse — de alguma forma.

— E se — disse, bem devagar, medindo as palavras — eu precisar da sua ajuda?

— Que tipo de ajuda eu poderia dar ao senhor? — perguntou ela.

— Todo tipo de ajuda — respondeu ele, embora tivesse ficado momentaneamente aturdido com a pergunta. Gaguejou um instante antes que lhe ocorresse uma resposta. — Não sei andar em Jerusalém. Vou precisar de alguém que me oriente.

— Para isso existem os mapas — disse ela.

— Preciso saber onde é o Museu de Israel, para solicitar uma análise aos peritos de lá.

— Fica na rua Avraham Granot, perto do bulevar Ruppin. Em Givat Ram, perto da Universidade Hebraica.

— Está bem — disse ele, decidindo tentar uma outra abordagem. — E se eu quiser tomar um drinque com alguém?

— Estou certa de que os recepcionistas do Ramat Rachel podem ajudá-lo nisso.

Ele passou a mão pelos cabelos, descendo até a nuca e declarou:

— Você... está se fazendo de difícil de propósito. Por quê?

— O senhor está em Israel — respondeu ela. — Aqui nada é fácil.

53

Ramat Rachel

Que bagunça, pensou Rand. E não estava pensando só no quarto do hotel, atravancado como estava com os ossários, vários artefatos em sacos de papel, equipamento do sítio arqueológico, malas — além das roupas sujas e da toalha de banho de Tracy. Rand percebeu que aparentemente ela havia deixado cair cada peça de roupa exatamente onde a tinha tirado.

Quando Rand tinha voltado ao quarto, na noite anterior, depois de transportar o "ossário de Caifás" dentro do Fiat e se despedir meio sem jeito de Miri Sharon, Tracy já estava enroscada na cama com a luz apagada. Ele havia pensado em acordá-la para perguntar se queria que ele lhe trouxesse alguma coisa para comer, mas resolveu não fazê-lo. Em vez disso, jantou no café da recepção do hotel (não no refeitório, que estava cheio), e depois voltou com uns brownies embrulhados num guardanapo, no caso de Tracy acordar. Trabalhou um pouco antes de, finalmente, também ir se deitar.

Tracy ainda continuava dormindo na outra cama, e ele já tinha ido tomar café e voltado, sem notar nenhum sinal de vida naquela silhueta adormecida. Resolveu trabalhar o quanto pudesse sem perturbá-la.

O ossário de Caifás ocupava quase todo o espaço da pequena escrivaninha do quarto, contendo o rolo ainda *in situ*. Portanto, Rand decidiu usar o único outro apoio possível, uma mesa redonda que formava conjunto com duas poltronas. Falava sozinho enquanto punha no papel todo o trabalho ainda por fazer.

— Primeiro tenho que organizar essa bagunça e catalogar tudo que retirei do túmulo. — Sabia que os ossários deviam ser numerados por ordem de descoberta. O ossário de Miriam levaria provavelmente o número cinco, e o de Caifás, o número seis.

Em seguida, analisaria os ossários. Embora não esperasse surpresas, mesmo assim seria prudente inspecionar as caixas e as inscrições e redigir um relatório de tudo. Poderia então entregar as urnas a um laboratório para a análise de isótopo de oxigênio das inscrições, que daria uma datação mais precisa das caixas de calcário, revelando, assim, entre outras coisas, se Miryam Berat Shimon tinha sido sepultada antes ou depois de Yosef bar Qayafa.

— Depois disso — continuou ele, transferindo o próximo item da sua lista mental para o papel —, tenho que obter, com base nas fotos que Tracy tirou, uma análise osteopática completa dos ossos. — Ia tentar enviar as fotos por e-mail para Nadya para saber sua opinião. Resolveu fazer disso uma prioridade, de maneira que, se Nadya concordasse, ela poderia realizar essa análise enquanto ele prosseguia cuidando de outras áreas.

— Posso levar os ossários e as inscrições para o Museu de Israel amanhã. — Os dias úteis em Israel começavam no domingo e acabavam na quinta-feira, e algumas firmas e repartições funcionavam nas sextas de manhã, mas sexta e sábado eram o fim de semana em Israel. Com exceção dos serviços essenciais, como hospitais, e atividades de apoio, como as do ramo da hotelaria, o comércio árabe fechava as portas às sextas, e as empresas e órgãos do governo israelita, aos sábados.

O mais importante, claro, seria a autenticação da inscrição do ossário de Caifás e a preservação e análise do pergaminho. Para esta última tarefa, ele sabia que ia precisar visitar os peritos do mundialmente conhecido Centro de Conservação e Restauração, que também integrava o imenso complexo de edifícios do Museu de Israel.

Se tudo isso desse certo, se a inscrição fosse mesmo autêntica, se o túmulo realmente pertencesse ao sumo sacerdote que havia participado do julgamento de Jesus e de sua crucificação, e, principalmente, se o rolo acabasse sendo mais importante do que uma lista de compras ou um recibo de tinturaria, ele precisaria escrever um trabalho acadêmico, dar entrevistas e palestras, e talvez até lançar um livro, ou, quem sabe, vários. Claro que a descoberta não seria do calibre dos Pergaminhos do Mar Morto, porém qualquer arqueólogo competente seria capaz de fazer carreira com algo tão importante como o túmulo do sumo sacerdote que condenou Jesus à crucificação. Asher Goldman e Yigal Havner, ambos arqueólogos de fama mundial, tinham feito exatamente esse tipo de coisa.

— Ah, sim — lembrou-se. — Preciso também devolver o equipamento a Yigal. — Pegou o celular e digitou o número de Yigal Havner.

"A fé é a certeza do que se espera,
a convicção de fatos que não se veem."

EPÍSTOLA DE SÃO PAULO AOS HEBREUS

54

Givat Ram, oeste de Jerusalém

Em dezembro de 1949, logo depois de a Guerra da Independência de Israel ter culminado formalmente nos acordos de armistício entre a nova nação e os vizinhos árabes, elaboraram-se planos para estabelecer um bairro para abrigar a sede do governo na cidade de Jerusalém. O local escolhido para o complexo de edifícios governamentais foi a colina Sheikh Badr, que os israelenses passaram a chamar de Givat Ram. O Museu de Israel, planejado desde os primeiros dias da nação, foi fundado em 1965, e inclui o Santuário do Livro (criado para abrigar os Pergaminhos do Mar Morto), um vasto e detalhado modelo em escala da cidade de Jerusalém no tempo de Jesus, bem como um museu de Belas-Artes, a Ala de Arqueologia Bronfman, além de uma biblioteca e instalações de pesquisa de última geração.

Rand precisava, em primeiro lugar, entregar o documento ao Centro de Conservação e Restauração do Museu de Israel. Conhecendo a delicadeza de tais artefatos, ele ainda não havia removido o rolo de onde o havia encontrado, o fundo da caixa de ossos de Caifás. Deixou o ossário de Miriam trancado no carro enquanto carregava o outro com o documento até o interior do complexo do museu. Depois de deixar o papiro com alguém para análise e preservação, levaria os ossários, um de cada vez, para a ala de arqueologia, onde esperava que algum pesquisador realizasse uma análise de isótopo de oxigênio.

Depois de consultar diversos balcões de informação e catálogos do museu, conseguiu chegar ao Laboratório de Conservação. Na recepção uma mulher atraente de blusa verde-claro ergueu o olhar. Quando ele se aproximou, ela retirou dos ouvidos os fones do MP3, pendurando o fio ao redor do pescoço.

— *Shalom* — cumprimentou Rand, apoiando o ossário com todo o cuidado na beirada da mesa.

— Não aceitamos antiguidades aqui — disse ela, de forma mecânica.

— Gostaria de falar com o chefe do Laboratório de Conservação — disse ele. — É sobre um papiro que encontrei em uma escavação de emergência.

Ela o olhou cuidadosamente e depois pegou o telefone na mesa. Falou num hebraico rápido por alguns instantes, depois pôs o aparelho de lado e se dirigiu a Rand:

— Ele não está.

— Posso saber o nome dele?

Ela fez uma pausa e respondeu:

— George Moore.

— Tem mais alguém com quem eu possa falar? Tenho um documento que precisa ser preservado, traduzido e analisado.

Ela hesitou, depois tornou a falar ao telefone. Após mais uma conversa em hebraico, desligou e levantou-se:

— É por aqui.

Rand seguiu a recepcionista, percorrendo diversos corredores, até que se aproximaram de uma porta com o letreiro: "Laboratório de Conservação de Documentos."

— É aqui — disse a mulher. Depois deu meia-volta e foi embora. Rand viu quando ela tornou a pôr os fones no ouvido antes de dobrar a esquina.

Entrando na sala, ele encontrou três jovens de seus 20 anos, um rapaz e duas moças, de jaleco, debruçados sobre uma mesa. Todos olharam para Rand quando ele apareceu.

Ele depositou o ossário em cima da mesa com o maior cuidado possível.

— Tenho um papiro para preservação e análise — disse.

Os três técnicos olharam ao mesmo tempo para dentro do ossário.

— Qual é a idade dele? — perguntou o rapaz.

— Possivelmente uns dois mil anos.

— De onde veio? — perguntou uma das jovens.

— Acabei de concluir uma escavação de emergência em Talpiot na sexta-feira — disse. — Aparentemente, trata-se de um túmulo do Período do Segundo Templo.

— Quem é o senhor? — perguntou a terceira técnica.

— Dr. Randall Bullock. Estou trabalhando em Tel Mareshah com Yigal Havner.

Olharam para ele com surpresa, depois um para o outro.

— É melhor chamar o Dr. Elon — disse a moça.

55

28 d.C.
Cercanias de Bethabara,
na margem leste do rio Jordão

O tamanho da multidão assustou Caifás. O povo lotava ambas as margens do Jordão, e quando ele se aproximou com seu pequeno séquito, parecia que centenas, milhares afluíam de todas as direções, de Jericó e Gilgal, Betânia e Heshbon.

Ele tinha viajado de Jerusalém com o servo, Malco, e Alexandre, o tesoureiro, além de Eleazar, para ver por si mesmo o homem de quem todo mundo falava: Yochanan, o Imersor... João Batista. Ele tinha surgido recentemente do nada, aparentemente, começando a pregar no deserto, perto do rio Jordão, e incitando o povo a se arrepender dos pecados e buscar a virtude. Era uma mensagem que agradava a Caifás.

— Será ele um profeta? — Caifás havia perguntado a Eleazar, que tinha presenciado o sujeito em ação. Estavam reclinados ao redor de uma mesa baixa, sob um toldo, na estalagem lotada de Jericó.

Eleazar pareceu hesitar, mas respondeu em voz baixa:

— Alguns acham que sim. — Se falasse com muita liberdade, poderiam ouvi-lo e ele sabia que o sumo sacerdote não queria ser reconhecido. — Ele certamente se parece com um. Usa roupas de pelo de camelo e um cinto de couro ao redor da cintura.

— Como Elias, o tisbita — disse Caifás arrepiado.

— E pode-se encontrá-lo pregando em Bethabara — assentiu Eleazar.

— O local da travessia — disse Caifás, se referindo à travessia do Jordão por Josué e os israelitas, feita também por Elias e Eliseu.

— E onde Elias ascendeu aos céus, num redemoinho — acrescentou Eleazar.

— E ele chama o povo para a teshuvá *— disse Caifás, usando o termo familiar que significava "volta" ou "arrependimento".*

— Ouço dizer — acrescentou Alexandre — que ele diz aos coletores de impostos para continuarem a recolher dinheiro para Roma.

— Mas recolherem apenas o que for justo — disse Eleazar.

Alexandre olhou fixamente para Eleazar:

— E ele diz aos soldados para não extorquirem dinheiro, nem darem falso testemunho!

— Isso seria um bom começo — concordou Caifás.

— Porém somente um começo! — queixou-se Alexandre. — Se ele fosse um profeta de verdade, não condenaria tanto os coletores de impostos quanto os soldados?

— Ele diz "Já está posto o machado à raiz das árvores" — argumentou Eleazar.

Caifás ajustou a faixa que trazia em torno da cintura, que havia aumentado tanto nos nove anos como sumo sacerdote que até mesmo a curta caminhada através da pedregosa terra argilosa de Jericó o tinha deixado ofegante.

— E achas que o que ele quer dizer...

— O Messias está chegando — proferiu Eleazar. — A mudança que esperamos por tanto tempo, a inversão da ordem das coisas virá em breve.

Caifás balançou a cabeça, lentamente. Depois indagou:

— Será ele?

— Não! — gritou Alexandre. — Não pode ser! Pelos céus, ele faz o batismo, a mikvá, no Jordão! Será que ele vai construir um templo lá também?

Caifás fingiu não ter ouvido Alexandre e prosseguiu:

— Ele prega contra Roma?

— Não. Pelo menos por enquanto — negou Eleazar.

Caifás fez que sim com a cabeça, aprovando.

— Aqueles que ele imerge se tornam seus seguidores?

Eleazar pensou durante alguns instantes e respondeu:

— Alguns. A maioria volta para suas cidades.

— Ele lhes dá alguma instrução quando vão embora?

— Não sei — disse Eleazar.

Caifás tinha refletido sobre isso durante um longo tempo aquela noite e novamente estava ponderando sobre o assunto enquanto se aproximavam das margens do Jordão, um fio d'água margeado por uma vegetação verde e espessa que passava pelo deserto pedregoso da Judeia. Até então ele havia gostado de quase tudo o que tinha ouvido. As observações de Alexandre sobre os coletores de impostos e os soldados tinham sido boas, mas não queria fazer um julgamento precipitado. Ele mesmo iria ver o homem. Logo seria capaz de julgar em primeira mão.

No entanto, esperava sinceramente que João estivesse certo, que o machado já estivesse posto à raiz das árvores.

56

Ramat Rachel

Tracy acordou lembrando-se da cena de duas noites atrás. O refeitório cheio de homens, mulheres e crianças de todas as idades, comendo, cantando, bebendo e conversando. Meninos e meninas pequenos correndo em volta do salão. Aqui e ali um bebê chorando, mamando ou dormindo. Era como se fosse uma reunião de família, pensou, fascinada, só que não era igual às que tinha frequentado: todos pareciam felizes por estar ali. Porém, de repente lhe ocorreu: era isso. Era como uma família. Como as outras que ela conhecia, mas algo nunca visto por Tracy.

Virou de barriga para cima e puxou as cobertas por cima da cabeça. *Estava claro demais.* Era manhã. O pai havia saído. Ela havia dormido horas e horas no dia anterior... Mas também, não havia mesmo muita coisa a se fazer num sábado num hotel de Jerusalém, e as sete horas de diferença de fuso horário faziam com que se sentisse constantemente como se fosse ficar com uma dor de cabeça ou um resfriado. Desde que tinham saído da caverna, tinha sentido um enorme tédio e, quanto mais entediada ficava, mais ressentida se sentia por seu pai não estar notando. Ele passara o dia inteiro contando peças e colocando etiquetas, arrumando e anotando coisas. De vez em quando perguntava se ela estava precisando de alguma coisa, mas o que adiantaria responder? Como ele teria reagido se ela tivesse dito: "Sim, gostaria de um pouco de atenção" ou "Preciso que você pare de trabalhar e finja que se importa comigo"?

Lembrava-se de ter ouvido o pai andando de um lado para outro no quarto, e estava quase certa de que tinha saído do quarto de manhã uma ou duas vezes, enquanto ela ainda estava cochilando. De repente, deu um pulo na cama. *Que dia é hoje?* Esfregou o rosto com as mãos e tentou pensar. *Ontem foi o* Shabat, *quer dizer, o sábado. Portanto, hoje é domingo.*

Jogou as cobertas para um lado e sentou-se, olhando em torno de si. Em cima da mesinha de cabeceira, o radiorrelógio digital mostrava 9h40.

Domingo de manhã, nove e quarenta.

Concentrou-se durante alguns instantes, tentando desanuviar a cabeça confusa e se lembrar de alguma coisa do dia anterior. *Não, ontem, não, anteontem.* Não, *foi ontem. Certo. Ontem. Eu ainda estava na cama e papai estava falando ao celular. Ele ligou para Yigal Havner em Tel Mareshah.*

Ela não estava prestando atenção, só desejando que o pai parasse logo de falar para que pudesse voltar a dormir, quando o ouviu mencionar o nome de Carlos. Foi aí que ela aguçou ainda mais os ouvidos. O pai tinha mencionado que iria se encontrar com "ele", Carlos, segundo ela presumia, no local da escavação às dez horas de domingo.

Dentro de vinte minutos.

Carlos ia estar na caverna em vinte minutos. Talvez até já estivesse lá. E se ela não se apressasse, ele iria pegar o equipamento e partir.

Pulou da cama e disparou para o banheiro.

57

Givat Ram, oeste de Jerusalém

O Dr. Jacques Elon, chefe dos Laboratórios de Restauração e do Centro de Conservação do Museu de Israel, olhou o rolo guardado dentro do ossário de Rand.

— Isto — disse, falando um inglês com uma mistura de sotaques, estranha aos ouvidos de Rand, o que tornava difícil entendê-lo — não é exatamente o que fazemos aqui.

— O que quer dizer?

Elon alisou a barbicha preta e pendeu a cabeça para o lado sem deixar de olhar para o papiro.

— Normalmente não fazemos serviços de laboratório em objetos que não pertencem à coleção do museu.

— Ah — disse Rand —, mas o senhor já fez trabalhos para Yigal Havner, daí eu presumi...

— O Dr. Havner faz parte da diretoria, portanto abrimos exceção para ele.

— Ah, sei.

Fez-se uma pausa.

— Encontrou isso em Jerusalém?

— Talpiot — confirmou Rand. — A construção de um projeto revelou uma cripta subterrânea.

— Acho que conheço o lugar ao qual o senhor se refere. — Inclinou-se para mais perto do papiro. — Estava exatamente assim quando o encontrou?

Rand notou que o homem estava claramente intrigado com o pergaminho.

— Sim — respondeu. Decidiu arriscar-se. Agarrou o ossário com ambas as mãos e o levantou. — Sinto muito tê-lo incomodado. Pode recomendar um laboratório onde eu possa mandar analisar o rolo?

Elon ergueu a vista, com uma expressão quase de terror. Parecia que ia ter um derrame ali mesmo e disse depressa:

— Não é incômodo. Nenhum, mesmo. De verdade. Não é um incômodo.

— Sim, mas se essa não é a espécie de trabalho que os senhores fazem aqui...

— Normalmente, não — disse o homem bem devagar. — Mas às vezes nós abrimos exceções, entende? Talvez esta seja uma dessas vezes.

— Ah, mas eu não gostaria de atrapalhá-lo — disse Rand, tirando vantagem da avidez do homem. — Estou com um pouco de pressa e sei que o senhor tem muito trabalho a fazer.

— Sim, sim — disse Elon. — Mas não é raro descobrir um papiro, é?

Rand sentia cada vez mais o peso do ossário, mas ainda não queria apoiá-lo na mesa.

— Não — disse. — Quero dizer, sim. *É* raro descobrir um papiro, sim. Especialmente num túmulo judaico. Dentro de um ossário. Acho que isso é muito raro.

Elon fez um gesto de cabeça, concordando:

— Também acho. Portanto, somos cientistas, certo? E quando se trata de uma coisa rara, queremos descobrir o que é com todo o cuidado, não?

— Sim, claro.

— Temos gente boa aqui, os melhores técnicos de Israel, muitos deles os melhores do mundo.

— Então — disse Rand —, o senhor mesmo gostaria de analisar o papiro?

Elon esticou os braços, pegando o ossário com as mãos e, com a ajuda de Rand, puxou-o de novo para cima da mesa.

— Ele vai ficar em segurança aqui.

Rand soltou a urna e declarou:

— Com certeza terei que preencher formulários.

— Sim, sim — disse o homem. — Vou pegá-los para o senhor. E depois vamos guardar o papiro em segurança.

— Tenho também outros ossários — disse Rand. — Alguns deles com inscrições, como este. Será que consigo uma análise de isótopo de oxigênio deles?

— Sim, sim, claro, claro — disse Elon.

— Para onde devo levá-los?

— Traga-os para cá também — respondeu ele. — Eu sou o chefe de restauração e conservação de todos os laboratórios.

— Então o senhor também vai poder fazer a análise dos ossários?

— Sim, sim. Não se preocupe. Vou à minha sala pegar os formulários para preencher, viu? — Ele dirigiu-se a passos largos para a porta. — Já volto.

Rand deixou escapar um suspiro de satisfação quando o homem saiu. Estava fazendo progresso. Depois consultou o relógio. Eram dez da manhã. Estava atrasado.

58

28 d.C.
Bethabara, margem oriental do rio Jordão

A voz do Imersor reverberava por toda a paisagem, como um trovão. Caifás e os companheiros caminhavam com cuidado ao longo do terreno pedregoso, embrenhando-se no mato que crescia às margens do rio. Caifás ouviu as palavras do pregador antes mesmo de conseguir vê-lo.

— Ouve, ó Israel! — gritava ele.

"A voz do que clama no deserto,
Preparai os caminhos do Senhor,
endireitai as suas veredas;
Todo vale será aterrado,
Toda montanha ou colina será abaixada;
As vias sinuosas se transformarão em retas
e os caminhos acidentados serão nivelados.
E toda carne verá a salvação de Deus."

O coração do sumo sacerdote pulou quando ele ouviu essas palavras. O Imersor tinha citado a grande profecia de Isaías. Sua poderosa voz ecoou no coração de Caifás e o sacerdote se surpreendeu murmurando, como se estivesse falando com João:

— Sobe a um alto monte, mensageiro de Sião; eleva a tua voz com vigor, mensageiro de Jerusalém; eleva-a, não temas; dize às cidades de Judá: "Eis aqui o vosso Deus!"

De fato, no momento em que o sumo sacerdote conseguiu distinguir, no meio do grande círculo de espectadores, a figura que se erguia das águas rasas do Jordão, teve a impressão de que João estava olhando diretamente para ele — como se Caifás tivesse dito aquelas palavras em voz alta. Um calafrio percorreu-lhe a espinha e Caifás começou a recuar — ele, o Cohen Gadol!

— Eleazar — chamou, depois de hesitar apenas um momento. — Alexandre. Venham. — Ele foi abrindo caminho no meio da multidão, puxando os outros consigo, enquanto Malco fazia o melhor que podia para acompanhá-los. Finalmente conseguiram chegar à margem oeste, do outro lado de Bethabara.

O Imersor estava nu da cintura para cima, o torso coberto de pelos à mostra. Não era alto, mas parado ali na água parecia feito de granito — sólido, irremovível, irresistível. Continuou falando, algumas vezes de frente para a margem oriental, outras para a ocidental, bem mais distante de onde Caifás estava, imerso na água até a cintura.

— Está chegando o dia, não, já chegou, em que

> *"O Senhor Deus virá com poder,*
> *o seu braço lhe assegura o domínio;*
> *eis como ele o seu salário,*
> *diante dele a sua recompensa.*
> *Como um pastor apascenta ele o seu rebanho,*
> *com o seu braço reúne os cordeiros,*
> *carrega-os no seu regaço,*
> *conduz carinhosamente as ovelhas que amamentam.*

"Por que dizes tu, Jacó, e por que afirmas, Israel: 'o meu caminho está oculto a Iahweh; o meu direito passa despercebido a Deus?' Digo-te que não! Produzi então fruto digno de arrependimento, pois o reino dos céus está próximo.

"E não penseis que basta dizer: 'Temos por pai a Abraão.' Pois eu vos digo que mesmo destas pedras Deus pode suscitar filhos a Abraão. Mas que as vossas ações provem que sois filhos de Abraão. Porque o machado já está posto à raiz das árvores e toda árvore que não produzir bom fruto será cortada e lançada ao fogo. Portanto, vós que confessais vossos pecados e vos arrependeis deles, vinde a mim, que vos batizarei."

Quando ele acabou de falar, muitos entraram na água caminhando em sua direção. Ele os recebeu, um por um, falando em particular com a maioria, e ocasionalmente virando-se para dizer algo à multidão. Depois, colocava a mão na cabeça da pessoa e a pressionava, para que se agachasse na água, como se estivesse descendo as escadas de uma piscina, ou mikvá, *para o ritual de purificação ao qual todo judeu tinha que se submeter antes de orar no Templo.*

Caifás ficou imóvel, observando João de perto. Já havia encontrado muitos homens ambiciosos, até mesmo carismáticos. Mas aquele Imersor parecia diferente.

Saudava a todos que se aproximavam dele para serem batizados como um pai saudando o próprio filho, e, no entanto, aparentava não se apegar a ninguém. A multidão estava praticamente a ponto de idolatrá-lo, porém ele parecia não sofrer influência do povo que sorvia suas palavras.

Caifás chamou Eleazar e Alexandre para perto de si, de modo a falar com eles em voz baixa, sem que ninguém mais na multidão que se comprimia ao redor ouvisse suas instruções. Os dois concordaram e se aproximaram da beira d'água, obedientes.

Eleazar chamou o Imersor, que parou e se virou vagarosamente para onde tinha vindo a voz do saduceu.

— Quem és tu? — gritou Eleazar. — De onde vens?

— És tu aquele de quem os profetas falaram? — perguntou Alexandre.

— Eu vos batizo com água — respondeu João, embora se dirigisse claramente à multidão como um todo. — Mas aquele que vem depois de mim é mais forte do que eu. De fato, eu não sou digno nem ao menos de tirar-lhe as sandálias. Ele vos batizará com o Espírito Santo e com fogo. A pá já está na sua mão: vai limpar a sua eira e recolher seu trigo no celeiro, mas quanto à palha, vai queimá-la num fogo inextinguível.

Caifás não conseguiu mais se segurar:

— És tu Ha Mashiach, *o Messias? — gritou.*

— Digo-vos, eu não sou o Cristo — disse ele, com determinação.

— Então, quem és tu? — perguntou Eleazar. — És tu Elias?

— Não.

Alguém na margem oposta começou a também fazer perguntas:

— És tu o Profeta?

— Não — disse ele.

— Quem és tu, então? Dá-nos uma resposta para que a levemos àqueles que nos enviaram. O que tens a dizer sobre ti mesmo?

— Já vos disse; eu sou a voz daquele que clama no deserto, "preparai os caminhos do Senhor..."

A voz vinda da outra margem tornou a falar, era familiar, portanto Caifás identificou-a antes mesmo de localizar de onde ela vinha, do meio de um grupo de fariseus que usavam na testa um filactério, uma caixinha preta contendo passagens das escrituras: Nicodemos, um membro ilustre do Sinédrio e amigo de Gamaliel.

— Por que então fazes batismos? — perguntou Nicodemos. — Se não és o Cristo, nem Elias, nem o Profeta?

— Eu batizo com água, mas entre vós está Um que não conheceis — disse João, fazendo um amplo gesto com a mão, abrangendo toda a multidão que se achava

nas margens. — Ele é o que vem depois de mim e cujas correias das sandálias não sou digno de desatar.

— Bem que te falei — sussurrou Alexandre, que tinha novamente chegado perto de Caifás. — Fizemos essa viagem por nada.

Por fim, Caifás desviou os olhos do homem e finalmente se virou para o lado da estrada de Jericó. Desejava estar a sós para pensar e orar, mas havia à frente uma longa viagem de volta a Jerusalém. Tinha certeza de já ter visto o suficiente.

— Não estou certo de muita coisa no momento, Alexandre — disse —, mas tenho uma certeza: não foi por nada que viemos.

59

Talpiot, sul de Jerusalém

Depois de escovar os dentes, lavar o rosto e se vestir depressa, Tracy aplicou uma maquiagem leve antes de prender os cabelos para trás e meter a chave do quarto e o celular nos bolsos do short. Já estava a caminho do sítio arqueológico antes das dez da manhã.

Os joelhos doíam quando acabou de descer a rampa íngreme da entrada de carros de Ramat Rachel e dobrou na direção da caverna. Caminhando agilmente pela calçada empoeirada, foi observando tudo que a cercava com mais precisão do que quando tinha se segurado no banco do carro ao atravessar a cidade com Carlos ou com o pai. Ficou espantada ao constatar a familiaridade dos letreiros comerciais dos estabelecimentos diante dos quais passava — Mazda, RE/MAX Realtors, Pizza Hut, até mesmo um McDonald's kosher — porém, todos com os dizeres em hebraico, árabe e inglês. As ruas eram mais estreitas do que na sua cidade, e os edifícios, mais escorados uns nos outros.

Finalmente, chegou ao sepulcro. O sítio estava lotado de operários. Um sinal sonoro rítmico, anunciando que um grande caminhão estava dando marcha a ré, soava ali perto. O ar estava saturado de poeira. A fita amarela de isolamento havia sumido, mas o buraco continuava lá, parcialmente coberto com uma tábua de madeira compensada.

Tracy perguntou-se se eles iriam encher a caverna de terra ou só fazer um teto novo e pavimentar, de alguma forma, por cima. Alguns operários pararam de trabalhar e começaram a olhar de relance na sua direção. Um deles enxugou o suor da testa com um lenço, assobiou e gritou alguma coisa, aparentemente para ela.

De repente, Tracy ficou preocupada, achando que talvez o short fosse curto demais, ou a camiseta justa demais ou com decote generoso demais. Deu as costas aos operários, procurando ignorá-los, e viu o lugar onde o pai e ela tinham deixado o equipamento. Tudo havia desaparecido. O andaime, o guincho, o gerador. Tudo. Ela olhou ao redor, mas não viu nem sinal do material. Será que o lugar não era aquele?

Não, tinha sido exatamente ali, nem a 4 metros da entrada da caverna. E agora não havia mais nada. Só podia significar uma coisa.

Pegou o celular no bolso. Com exceção de as fotos que o pai tinha pedido para mandar para Yigal Havner, ela sabia que seria muito caro ligar ou enviar mensagens de texto ali, mas mesmo assim levava o celular consigo o tempo todo, não só por hábito, mas também para usá-lo como relógio. Eram dez e catorze. Carlos estivera ali. Já devia ter passado ali. Já devia ter desmontado o equipamento e... ido embora.

Ela havia chegado tarde demais.

60

Talpiot, sul de Jerusalém

Tracy ficou sem saber o que fazer.

Olhou para os dois lados da rua, de relance, na direção de Ramat Rachel. Os olhos encheram-se de lágrimas. Aquele dia estava até parecendo o da sua partida de Chicago. Não tinha para onde ir... exceto procurar o pai. Nada a esperar... a não ser mais rejeição. Nada a fazer... além de sentir-se sozinha.

Contemplou a poeira aos seus pés e desabafou:

— Se eu quisesse me sentir assim, podia ter ficado em Chicago.

Alguém gritou, perto dali. Ela ergueu o olhar e viu o operário que tinha assobiado para ela antes caminhando resoluto na sua direção. O peito e os braços dele eram só músculos. A careca brilhava ao sol. E ele parecia mais do que capaz de parti-la ao meio com uma das mãos, ou coisa pior.

O coração de Tracy disparou. Os outros operários que tinham olhado para ela com interesse momentos antes, agora pareciam totalmente indiferentes; nenhum deles mostrava intenção de protegê-la ou defendê-la. Se ela voltasse para o hotel, iria diminuir a distância entre si e o homem que parecia decidido a persegui-la. Então virou-se na outra direção, oposta ao canteiro de obras, oposta a Ramat Rachel.

O homem não desistiu. Apertou o passo, então, Tracy passou a andar mais depressa. Examinou o trajeto à frente. Não viu uma rota de fuga apropriada. Havia prédios dos dois lados da rua. Talvez ela pudesse entrar em uma loja e se proteger ali. Ou talvez ficasse sem saída se fizesse isso.

Ele tornou a gritar, com mais urgência, para que ela parasse, mas Tracy sabia que se ele se aproximasse dela, teria menos opções, portanto andou ainda mais depressa, tão depressa que já estava praticamente correndo.

De repente, um veículo grande parou diante dela, lançando poeira e cascalho para todos os lados. Chegou tão perto que ela parou e gritou, levando as mãos ao rosto.

— Tracy!

Ela deixou as mãos caírem.

— Tracy, pare!

A voz era familiar. Tinha-a chamado pelo nome. Ela olhou para trás. O operário estava quase a seu lado e, momentaneamente, ela ficou encurralada entre o veículo e seu perseguidor.

Então seus olhos divisaram um rosto conhecido, embora ela levasse um instante para reconhecê-lo: Carlos. Ele apareceu do lado do Land Rover e aproximou-se dela, com um sorriso enorme.

— É você! — disse ele. — O que está fazendo aqui?

Ela soltou um grito de alívio e, lançando os braços ao redor do pescoço de Carlos, abraçou-o.

— O que está fazendo aqui? — repetiu ele.

Ela gaguejou algumas sílabas desconexas, mas antes que pudesse terminar, o operário do canteiro de obras já estava a apenas 1 ou 2 metros de distância, e ela gritou de medo, escondendo-se atrás de Carlos.

— O que está havendo? — indagou ele.

Tracy não sabia se Carlos estava falando com ela ou com o seu possível atacante. Só esperava que ele fosse forte suficiente para protegê-la. O operário parecia bem maior e mais robusto do que Carlos.

O homem falou então, e Carlos respondeu-lhe, em hebraico. Tracy observava tudo por cima do ombro do amigo. Eles pareciam estar conversando de maneira civilizada. Ela olhou para o rosto de Carlos e viu que ele estava até sorrindo.

Carlos concordou e disse mais algumas palavras, e o homem voltou para o canteiro.

— O que houve? — indagou Tracy, ainda escondida atrás dele. — Como fez isso?

— Fiz o quê? — perguntou Carlos.

— Ele veio correndo atrás de mim — explicou ela, contornando Carlos e colocando-se diante dele. — Ia me atacar!

— Te atacar? Por que pensou isso?

— Eu o vi! Ele assobiou para mim e gritou, depois começou a me perseguir...

— Tracy, ele não ia te atacar — disse Carlos, rindo.

— Não ia?

— Não! Ele te reconheceu, lá da escavação. Queria te dizer que os operários já haviam removido o equipamento.

Ela olhou para Carlos surpresa.

— Ele disse que chamou você, mas que fugiu, e ele só conseguiu te alcançar quando eu cheguei.

— Ah, sim — respondeu ela.

— Por que achou que ele ia te atacar? — O sorriso dele parecia iridescente para Tracy. Só que também a aborreceu. Ela sentiu que estava corando.

— Não tem graça — disse ela.

— Não. Não tem — concordou ele, parando de sorrir. Mas deu a impressão de que ainda achava graça.

61

28 d.C.
Cidade Alta, Jerusalém

Caifás sentou-se na mureta que contornava o terraço da sua casa. O dia tinha sido excessivamente quente, o terraço constituía um refúgio bem-vindo para fugir do calor, proporcionando-lhe ao mesmo tempo uma vista impressionante da cidade e do Templo. Caifás adorava aquela visão, principalmente em momentos como o atual, enquanto o sol se punha a oeste no céu, iluminando as paredes do monte do Templo antes de confiar a noite à lua, que logo se ergueria acima da presença de Deus. Isso sempre lhe deleitava a alma. Finalmente, porém, conseguiu voltar a atenção para seu companheiro.

— Disseste que isso aconteceu um dia depois que estive lá?

— Na manhã seguinte — confirmou Nicodemos, o fariseu que tinha interrogado o Imersor naquele dia às margens do rio Jordão. — Todos ainda estavam imaginando se este Yochanan poderia ser o Messias. Suas palavras pareciam tão poderosas e comoventes, como não seria o escolhido?

— Ele realmente parece inspirar muitos — disse Caifás. Quanto àquele Nicodemos, ele ainda estava em dúvida. Sabia que Gamaliel o tinha em alta conta, mas para Caifás ele parecia... como se diz? Talvez ingênuo. Do tipo que dá ouvidos a tudo. Que acredita em tudo.

— É, mas nessa manhã um homem entrou nas águas enquanto Yochanan estava ainda pregando...

— Antes de começar as imersões?

— É.

— E de onde ele veio? — indagou Caifás.

Nicodemos pareceu intrigado ao responder:

— De onde ele veio? Não sei. Imagino que estava entre os juncos à beira d'água, como todos os outros. Eu o notei pela primeira vez quando ele veio vadeando até onde Yochanan estava, e o Imersor o deteve.

— Como assim?

— Estendeu a mão enquanto o homem ainda estava a certa distância e pousou nele um olhar ardente, dizendo: "Eu é que preciso ser batizado por Ti, e Tu vens a mim?"

— O Imersor disse isso?

— Disse.

— E o que disse o outro?

— Não sei bem. Ele falou muito mais baixo do que Yochanan, mas perguntei a quem estava por perto, e eles entenderam o mesmo que eu.

— O que o homem falou? — insistiu Caifás. Os fariseus se preocupavam muito com as palavras, ao contrário de Caifás, que simplesmente estava procurando sinais de que o Messias viria.

— Ele disse: "Deixa estar por enquanto, pois assim nos convém cumprir toda a justiça."

Os olhos de Caifás se arregalaram e ele pulou do assento embutido na parede exclamando:

— Ele disse isso? "Pois assim nos convém cumprir toda a justiça"?

— Disse — confirmou Nicodemos. — "Pois assim nos convém cumprir toda a justiça."

Caifás deu as costas ao visitante e cruzou os braços sobre o peito, contemplando os muros do Templo, iluminados pelo crepúsculo.

— Como ele era? — indagou. — Descreve-o para mim.

O fariseu deu de ombros.

— Parecia-se com qualquer outro homem. Aliás, pensei até que fosse galileu.

Caifás deu meia-volta e olhou Nicodemos, espantado:

— Um galileu!

— Era um camponês. Não teria chamado a atenção de ninguém, se não fosse pelo que aconteceu depois — declarou, dando de ombros.

— Sim, sim, conte-me o que houve depois.

— Depois que ele disse a Yochanan para prosseguir, o Imersor pôs as mãos na cabeça do homem e ele desapareceu sob as águas. — Nicodemos parou de falar.

— Prossiga — disse Caifás.

O fariseu parecia evitar o olhar do sacerdote.

— O que foi? — indagou Caifás.

— Não sei — disse Nicodemos. — Não sei como explicar isso. Nem o que estou tentando explicar. Só sei que, nesse momento, tivemos a impressão de que tudo ao nosso redor parou. A brisa que estava soprando de repente deixou de soprar, o sol co-

meçou a desaparecer. Como se todos os sons, o tempo e o espaço estivessem para entrar em colapso. — Ele fez uma pausa, como que escutando as próprias palavras, e depois balançou a cabeça de leve, como se nem mesmo ele acreditasse nelas. — E depois — prosseguiu —, o homem saiu de dentro d'água, com ímpeto, como que saltando de uma grande profundidade! Aquilo assustou a todos que estavam ali, assistindo à cena. Alguns gritaram, de surpresa. Quer dizer, quem é que sai de um mikvá *assim? E o próprio céu parecia ter se aberto e banhara seu rosto de luz, luz tremeluzente, como... como asas batendo, me pareceu, ao mesmo tempo que se ouvia um trovão.*

Caifás olhou seu visitante com atenção.

— Trovão — disse, desdenhoso.

Nicodemos fez cara de desanimado diante do olhar de Caifás.

— Sim.

— Luz e trovões.

Nicodemos suspirou e abriu as mãos, com as palmas voltadas para cima.

— Nunca vi nada igual.

Caifás sentou-se na mureta de novo e apoiou as mãos no colo.

— O que ele disse?

Nicodemos ficou surpreso.

— O homem que foi batizado — esclareceu Caifás. — O que ele disse depois que saiu da água?

— Nada.

— Nada?

Nicodemos balançou a cabeça.

— Não. Ficou parado ali uns instantes, os braços bem abertos, com o rosto luminoso voltado para o céu, os olhos fechados, como se estivesse escutando, ou esperando ou... orando.

— Ele não disse nada à multidão?

— Não. Simplesmente voltou para a margem... e a multidão abriu caminho para ele passar, como as águas do Jordão se separaram para Elias, e ele passou entre todos.

— Para onde foi?

— Não sei — respondeu, dando de ombros.

— Ora, então, o que disse o Imersor? Ele certamente deve ter dito alguma coisa.

— Disse.

Caifás já estava perdendo a paciência.

— E o que foi, então?

— Ele disse: "Eis o Cordeiro de Deus, que tirará os pecados do mundo."

62

Bulevar Ruppin, oeste de Jerusalém

Quando Rand terminou de preparar a papelada e entregou o documento e os ossários ao Dr. Elon, já estava irremediavelmente atrasado. Entrou no Fiat e digitou o número de Yigal Havner no celular.

— *Shalom,* Yigal — disse, quando o amigo atendeu. — O rapaz tem celular? Preciso ligar para ele. Estou atrasado.

— Acho que tem — respondeu Havner. — Só que o contato dele está na agenda do meu celular, e desconfio que não sei como manter você na linha enquanto procuro o número.

— Entendo — disse Rand. — Eu teria que fazer o mesmo. Pode me ligar e me dar o número? Não quero correr o risco de não encontrá-lo.

— Eu podia simplesmente ligar para ele e avisar que você já está a caminho.

— Ah, sim — disse Rand. — Claro, faz sentido.

— Quanto tempo vai levar para chegar lá?

Rand desviou-se subitamente de uma carroça puxada por um burro e declarou:

— Devo levar uns 10 a 15 minutos no máximo para chegar.

— Vou dizer a ele para esperar por você.

— Obrigado. Continuo abusando da sua bondade, Yigal.

— *Shalom* — disse Havner.

— *Shalom* — respondeu Rand. Pôs o celular no bolso e seguiu para Talpiot a toda velocidade.

Alguns minutos mais tarde, o celular de Rand tocou de novo. Era Yigal.

— Acabei de falar com o Carlos — explicou Yigal. — Ele disse que já guardou o equipamento no carro e que não há necessidade de você ir até lá.

— Ah — disse Rand. — É mesmo? Então...

— Há algum outro motivo para você ir até lá?

— Acho que não. Só queria me certificar de que tudo foi devidamente devolvido.

— De acordo com o Carlos, ele recebeu de volta tudo que emprestamos a você. Disse que vai trazer as coisas para mim amanhã.

— Amanhã?

— Hoje é folga dele. Ele se ofereceu para buscar o equipamento se eu o deixasse ficar com o Land Rover.

— Tudo bem — disse Rand. — Acho que não preciso mesmo ir lá. Vou voltar para o hotel.

— Como vai o trabalho?

Rand informou-o a respeito das últimas novidades, contando ao amigo pela primeira vez sobre a descoberta do rolo e a reação de Jacques Elon no Museu de Israel.

Havner achou graça quando Rand mencionou o nome de Elon.

— Ele é um sujeito assim meio diferente — disse. — Mas se estão escavando o túmulo do Caifás, e principalmente se esse documento tem alguma importância arqueológica, Jacques vai ser de grande valia para você. E vai desejar que existisse mais gente como ele.

— Como assim?

Havner respondeu a essa pergunta com uma risada sinistra.

63

Talpiot, sul de Jerusalém

Tracy sentou-se no banco do passageiro do Land Rover e perguntou:

— Você não falou nada de mim para aquele homem, falou?

— Não — respondeu Carlos. — Por que diria alguma coisa sobre você?

Eles haviam colocado a última peça do andaime na caçamba do veículo momentos antes, e Carlos tinha se oferecido para dar a Tracy uma carona para o hotel.

— Por nada — respondeu ela.

Ficaram sentados no carro lado a lado, calados. Carlos conduziu o veículo até a rua e dobrou na direção de Ramat Rachel. Finalmente Tracy virou-se para ele e perguntou:

— Precisa voltar para Tel Mareshah?

Ele balançou a cabeça.

— Estou de folga hoje — respondeu e olhou de relance para ela, depois para a estrada de novo.

— Vamos fazer alguma coisa — propôs Tracy.

— O que gostaria de fazer?

— Me distrair, sei lá. Ando superentediada desde que cheguei aqui. O que há para se fazer nesse lugar?

— Muitas coisas — respondeu ele.

— Como o que, por exemplo?

— Vou te mostrar. Quer ligar para o seu pai?

— Ele nem mesmo vai perceber que eu saí — comentou Tracy, dando de ombros.

— Não vai se preocupar com você?

Ela baixou os olhos, puxou um fio da bainha desfiada do short e comentou:

— Se for o caso, pode ser que seja até bom.

64

28 d.C.
Cidade Alta, Jerusalém

Caifás tinha deixado o fariseu lográ-lo com aquele relato fantástico da imersão do galileu, mas jurou nunca mais permitir isso.

Nicodemos era um tolo. Se fosse verdade, se o homem cuja imersão tinha dado a Nicodemos a impressão de fazer o tempo parar fosse mesmo da Galileia, nada mais interessava Caifás. Ele não era fariseu, com aquela devoção irracional à Torá e a veneração dos profetas e das escrituras, assim como aos livros de Moisés. Mas ninguém precisava ser fariseu para conhecer os profetas. E os profetas todos deixavam claro que o Messias seria descendente de Davi e viria da cidade de Davi, Belém.

— Eles deviam ter aprendido com o exemplo de Judas — resmungou Caifás, enquanto se preparava para se recolher naquela noite. "Judas, o galileu", como era mais conhecido por ser da cidade Gamala, na Galileia, havia incitado uma rebelião mais ou menos 35 anos antes, durante o reinado de Augusto, quando o governador, naquela época, decretou um censo para elevar os impostos da população. Judas tinha obtido apoio, fazendo a rebelião se espalhar, mas, tendo o sumo sacerdote Joazar sido incapaz de conter a revolta, o governador da Síria, um homem chamado Quirino, interveio e realizou o censo. A rebelião foi sufocada, Judas foi morto e Israel se desmoralizou ainda mais.

Embora a influência de Judas houvesse perdurado mesmo após sua morte, resultando na facção de judeus que se denominavam zelotas, Caifás achava difícil imaginar que qualquer judeu, mesmo um fariseu, fosse tolo a ponto de imaginar, e ainda mais de seguir, um Messias que fosse galileu.

E as palavras finais do Imersor simplesmente tinham aumentado a decepção e o desinteresse de Caifás. Cordeiro de Deus? Quem iria querer ser proclamado Cordeiro de Deus? Que tipo de homem permitiria que os outros o chamassem disso? E quem o seguiria, se ele permitisse? Os judeus já não eram vítimas de sacrifício fazia tempo? Não era suficiente para eles terem sido levados ao matadouro pelos assírios, babilônios, gregos e romanos? O que eles precisavam, o que anelavam, aquilo pelo qual rezavam, era um libertador como Moisés, um juiz justo como Gideão, um rei como Davi.

O que Nicodemos tinha presenciado no Jordão, fosse lá o que fosse, não era nada disso.

— E, portanto — concluiu Caifás, puxando o talit *para cobrir a cabeça e fazer as orações vespertinas —, não preciso me preocupar com isso.*

65

Ramat Rachel

A primeira coisa que Rand notou quando entrou no quarto de hotel foi uma luzinha piscando no seu computador, informando-o de que uma mensagem o aguardava. A segunda foi que, aparentemente, Tracy tinha sumido.

— Tracy? — chamou ele. A porta do banheiro estava aberta, e por isso, mesmo antes de espiar lá dentro e tornar a chamá-la, já sabia que ela não estava lá. Ele olhou à sua volta. A cama estava desfeita, as roupas jogadas no chão e a mala dela aberta num canto do quarto. Ele procurou um bilhete, mas não encontrou nada. Abriu o celular e digitou o número da filha.

— Oi, aqui é a Tracy — respondeu a caixa postal. Depois ele se deu conta e olhou a hora no radiorrelógio: 11:01.

— Mas é claro — disse em voz alta. Ela devia ter acordado fazia pouco tempo e descido para comer alguma coisa na lanchonete.

Ele ficou então mais calmo e sentou-se diante da mesa para usar o computador. Havia várias mensagens na caixa de entrada do seu e-mail, mas ele só se interessou por uma.

Era de Nadya Stanishev. Na linha de assunto, lia-se: "Análise preliminar." A mensagem dela dizia:

> Rand, é bom ter notícias suas e saber que está passando bem. Eu também estou, e minha mãe não melhorou, mas pelo menos não está sofrendo. Obrigada por ter perguntado.
>
> As fotos que mandou são de boa qualidade, mas, como sabe, não é ideal basear-se em fotos para fazer uma análise osteológica. Entendo, porém, que é o melhor que pode fazer sob as atuais circunstâncias. Vou fazer um relatório completo de minhas observações, mas espero que entenda que não dá para considerar nada definitivo ou absoluto, pois só posso me basear nas fotos.

> Minha impressão inicial é que a preservação de ambos os esqueletos é excelente. As superfícies parecem estar muito bem-conservadas. Eu classificaria ambos como 0-1 (dentro do possível). Só que teremos sempre que acrescentar essa frase (dentro do possível) a toda a análise.

A mensagem continuava, descrevendo mais detalhes de Miriam, identificando um esqueleto quase completo de uma mulher adulta, provavelmente de 1,64m. A idade na época da morte era de "adulto idoso", ou seja, 50 anos ou mais.

Entretanto, foi a análise do outro esqueleto que mais interessou Rand. Ele leu devagar:

> O segundo esqueleto continha elementos suficientes para ser considerado completo. Os únicos ossos que pareciam ausentes eram as duas patelas e alguns fragmentos do rosto. Estimo que estava 90 por cento completo.
>
> Com base nas características morfológicas exibidas no crânio e na pelve, o segundo esqueleto parece ser de um homem adulto. A julgar pelo comprimento do fêmur e da tíbia esquerdos, eu diria que o indivíduo tinha aproximadamente 1,82m de altura.
>
> As faces auriculares e a face da sínfise púbica mostram que é um adulto idoso, estágio 5 ou 6. Infelizmente é o melhor que posso fazer. Se quiser apostar, aposte em 60 anos ou mais.

O relatório de Nadya prosseguia com mais detalhes, e Rand leu até o final. Mas já sabia o que precisava saber. Quer dizer, nem tudo, porque os ossos não tinham sido analisados cientificamente. Mas, mesmo assim, não havia contradições evidentes.

Era possível.

Ele se levantou, foi até a janela e contemplou pensativo a piscina gigantesca do hotel e uma festa de casamento em um mirante na direção oposta. Cruzou os braços sobre o peito, depois ergueu a mão esquerda para esfregar o queixo com a barba por fazer.

Era possível. Ele não fazia ideia de quem era Miriam, mas de acordo com a análise óssea, e dada a proveniência incontestável da descoberta, ainda era possível que o Dr. Rand Bullock tivesse recentemente posto as mãos nos ossos de 2 mil anos de idade do sumo sacerdote que tinha condenado Jesus à morte.

66

Ramat Rachel

Rand afastou-se da janela. Será que, assim como nos Estados Unidos, os quartos de um hotel kosher em Jerusalém possuíam exemplares da Bíblia?

Ele foi até a mesinha de cabeceira entre as camas e abriu a gaveta. Estava vazia. Olhou em torno e viu uma gaveta na cômoda. Abriu-a.

— Deus abençoe os gideões por distribuírem Bíblias por aí — disse.

Ele se sentou à escrivaninha onde, mais cedo, naquele dia, o ossário de Caifás e o papiro estavam. Sabia o suficiente sobre a Bíblia, por ter estudado na escola dominical, para não começar pelo Gênesis, mas levou vários minutos folheando o volume e passando por livros com nomes que pareciam estranhos a seus ouvidos, como Esdras, Obadias, Habacuque, antes de encontrar os Evangelhos. Imaginou o que diria a mãe beata se soubesse que o filho caçula sabia mais sobre o Evangelho de Tomé e os Pergaminhos do Mar Morto do que sobre as Escrituras, que ela provavelmente havia lido todos os dias de sua vida.

Ele encontrou Mateus, o primeiro dos quatro Evangelhos, e começou a ler devagar as páginas, procurando os nomes descobertos no túmulo, Miriam e Caifás. Parou no capítulo seis e leu em voz alta, baixinho, as palavras familiares da Oração do Pai-Nosso, que tinha aprendido quando criança na sua igrejinha do Kansas. Daquele ponto em diante, deixou-se absorver pelas palavras, os dizeres e as histórias. Quando chegou à primeira menção do nome de Caifás, no capítulo 26, já estava lendo havia quase duas horas. Prendeu a respiração enquanto lia o relato segundo o qual "os chefes dos sacerdotes e os anciões do povo" tinham se reunido na casa de Caifás para planejar a prisão de Jesus sem causar tumulto no "dia da festa", seja lá o que isso significasse.

Naquele mesmo capítulo, mais adiante, Rand leu a emocionante narrativa sobre quando Jesus foi preso e levado para a casa de Caifás, onde os chefes dos sacerdotes, os anciãos e todo o conselho o acusaram e o provocaram, considerando-o digno de morrer. Prosseguiu a leitura, fascinado, até o capítulo 27 do Evangelho de Mateus, no qual os chefes dos sacerdotes entregaram Jesus a Pôncio Pilatos, o governador romano. Notou que Caifás não era mencionado no capítulo 27.

— Para onde você foi, Caifás? — murmurou ele. — Desapareceu nos bastidores depois que Jesus foi condenado na sua presença? Ou só passou a ser parte de um grupo depois disso?

Voltou ao capítulo 26.

— Você é claramente o líder no capítulo 26 — disse Rand, retornando ao capítulo 27. — Então, por que não é mencionado especificamente depois que Jesus passa às mãos de Pilatos... e é crucificado?

E continuou, lendo o capítulo 28, o último do primeiro Evangelho. Refletiu sobre a ressurreição de Jesus e a reação posterior dos "chefes dos sacerdotes" (estaria Caifás entre eles?) quando os soldados relataram a ocorrência de um terremoto e o fato de que um anjo havia empurrado a pedra para abrir o túmulo. Terminou o capítulo, que se encerrava contando que Jesus tinha aparecido entre os discípulos e ordenado que eles fossem espalhar a boa-nova. Depois disso, Rand se levantou e deixou a Bíblia aberta na escrivaninha.

Estranho, pensou. *É estranho estar em Jerusalém, onde essas coisas supostamente ocorreram. Ainda mais estranho é ler sobre um terremoto que abriu um sepulcro novo, há quanto tempo, uns dois mil anos atrás... quando há menos de uma semana vários equipamentos pesados causaram um terremoto artificial e revelaram um sepulcro antigo. Que, por sinal, pertencia a um dos personagens dessa história.*

— Não se precipite, Rand — disse, em voz alta. — Você não tem ainda todas as provas. Dê um passo de cada vez.

Sentou-se de novo.

— Um passo de cada vez — enfatizou em voz alta enquanto pegava a Bíblia, tirando-a de cima da mesa. Foi para a cama, apoiando-se em travesseiros, e leu os últimos três capítulos de Mateus várias vezes, devagar, antes de passar para o Evangelho de Marcos, que leu direto em menos de uma hora, notando, ao terminar, que esse autor nunca se referia a Caifás pelo nome, mas apenas por "o sumo sacerdote".

Então fez outra pausa. Uma sensação estranha começou a surgir dentro dele. Ficou olhando para o livro aberto durante alguns momentos. Alguma coisa estava acontecendo. Algo novo. Algo diferente. O que seria?

Ele se levantou da cama e foi até a escrivaninha. Apoiou em seu tampo a Bíblia, aberta no Evangelho de Marcos. Ficou assim parado por uns instantes, alisando suavemente as páginas da Bíblia dos Gideões Internacionais e ponderando. Tentou identificar sensações e pensamentos. Levou algum tempo, mas finalmente reconheceu o que era.

Já tinha lido histórias da Bíblia, até mesmo quando criança. Tentara prestar atenção quando se liam partes do livro durante casamentos e enterros. No entanto, durante as últimas duas horas fez algo inédito. Conhecia aquelas palavras, mas nunca as havia lido daquela maneira.

Adão e Eva, Davi e Golias, Jonas e a baleia, Lázaro, Zaqueu. Jesus. A crucificação. A ressurreição. Eram histórias familiares para ele, ou tinham sido, anteriormente. Mas sempre tinham sido isso: apenas histórias. Para ele eram equivalentes aos contos que também tinha ouvido quando criança: João e Maria, Chapeuzinho Vermelho, o Patinho Feio.

Entretanto, durante as últimas duas horas, havia lido aquelas palavras de uma maneira totalmente diferente, totalmente nova. Não estava lendo aqueles relatos como se fossem apenas histórias. Como tinha escavado aquele túmulo de Talpiot, visto com os próprios olhos a inscrição de Caifás e tocado os ossos que podiam ser do sumo sacerdote descrito naquelas páginas, interpretara aquelas palavras, frases e parágrafos como indícios. Como... ora, como dados, como os dados que ele tinha passado o dia anterior inteiro registrando no laptop.

Ele nunca tinha pensado na possibilidade de que as histórias de Jesus fossem verdadeiras.

67

28 d.C.
Monte do Templo, Jerusalém

Caifás tinha acabado de sair da Câmara das Pedras Talhadas com dois dos irmãos de sua mulher, Jônatas e Alexandre, atrás de si, quando a comoção pareceu dissipar-se. No momento em que os três homens dobraram uma esquina e entraram no enorme Pátio dos Gentios, delimitado de três lados por pórticos com colunas, Caifás parou tão subitamente quanto se tivesse dado de cara com uma parede.

O lugar estava uma bagunça.

A organizada fileira de mesas de comerciantes estava toda desorganizada, com mesas tortas, viradas, caídas. O dinheiro sobre elas estava espalhado pelo pátio; levaria horas para separar as moedas do Templo das romanas e restaurar a ordem para que o comércio voltasse a funcionar.

Alguns mercadores, ainda transtornados, caminhavam sem rumo, enquanto outros procuravam reunir as pombas que batiam as asas, carneiros que baliam e tornar a montar as barracas quebradas. Formou-se uma multidão cada vez maior em torno do pátio, uns surpresos, outros jubilantes e alguns meramente curiosos.

E, no meio de tudo, via-se um homem.

Ele estava de pé no meio das gaiolas quebradas, mesas viradas, moedas espalhadas e frequentadores espantados, segurando pendurada em uma das mãos uma chibata feita de corda. Calmamente avaliava a cena, como um capataz inspecionando um canteiro de obras.

— Tirai tudo isto daqui — ordenou, em voz altíssima. Os olhos ardiam, não de loucura, mas de autoridade e paixão, e ele chamou a atenção, causando até mesmo assombro em todos naquele amplo pátio. — Não façais da casa de meu Pai um comércio.

— Onde estão os guardas? — indagou Caifás, em busca dos seguranças do Templo para lhes dar ordens. — Por que não estão cumprindo seu dever? Por que não prendem esse homem?

— Espera — aconselhou Alexandre, pondo-se diante do cunhado.

— Esperar? Não seja ridículo — vociferou o sumo sacerdote. — Se for preciso, prendo-o eu mesmo — acrescentou, contornando Alexandre, contudo Jônatas também tentou conter Caifás.

— Alexandre tem razão — disse Jônatas. — Escuta, todos sabem que essas mesas e bancas pertencem a ti e a nosso pai, Anás.

— O que é motivo ainda maior para prendê-lo!

— Não — negou Alexandre. — Olha o povo.

— O que é? — indagou Caifás, impaciente.

— Olha o povo — repetiu ele.

Caifás rangeu os dentes e olhou além dos cunhados, para a multidão que agora cercava três lados do pátio. Olhou os rostos, um a um. Eles tinham gostado. Alguns estavam rindo. Enquanto ele observava a cena, uma senhora idosa até sacudiu o punho para um comerciante que se retirava. E depois ele viu um rosto que reconheceu: o fariseu Nicodemos, parado na sombra do Pórtico de Salomão, olhando o homem no meio do pátio com uma expressão de admiração.

É natural, pensou Caifás. Um fariseu não iria se incomodar com aquilo. Os fariseus adoravam a Deus no templo como qualquer judeu piedoso, mas preferiam uma forma de observância muito rígida, que enfatizava o estudo da Torá nas sinagogas. Assim como o Templo era o bastião do poder dos saduceus, a Torá formava a base da autoridade dos fariseus. No entanto, a multidão ali não era composta principalmente de fariseus.

— Olha só quanta gente — disse Jônatas, preocupado. — Eles acham que esse homem foi corajoso. Virtuoso.

— Como podem pensar isso? — reclamou Caifás.

Os irmãos entreolharam-se. Quando Alexandre falou, foi como alguém que trazia uma má notícia:

— Os mercadores são desonestos, roubam do povo.

— O quê? — indagou Caifás, olhando para um e outro, cada vez mais furioso: — Os mercadores do Templo? No pátio de nosso Deus?

— Tentamos impedir que fizessem isso — confirmou Jônatas.

Caifás olhou-os, furioso. Eram filhos de Anás, sim. Quando Caifás tinha se tornado sumo sacerdote, tinha trabalhado com afinco, porém com cuidado, para introduzir reformas. Não tinha abolido o sistema lucrativo do Templo; não havia como mudar a realidade. Os adoradores vindos de longe precisavam ter como comprar animais para sacrificar, em vez de trazer um cordeiro ou um touro de sua terra. E não era possível fazer doações ao Templo em moeda romana, com a ima-

gem de imperadores ou governadores. Entretanto, naturalmente, essas necessidades óbvias tinham aberto a porta para grandes abusos durante as administrações de Anás, Ismael, Eleazar e Simão. Os mercadores cobravam preços exorbitantes pelos bichos a serem oferecidos. Os sacerdotes que inspecionavam os animais trazidos pelos devotos para o Templo quase sempre encontravam algum defeito que impedia o sacrifício, obrigando o fiel a comprar animais dos mercadores do Templo, que pagavam uma comissão tirada dos lucros à família do sumo sacerdote. As taxas cobradas quando se efetuava o câmbio de moedas romanas pelas do Templo eram divididas entre os cambistas e os sacerdotes.

Caifás achava que tinha mudado tudo isso. Tinha instituído um teto para o preço cobrado por mercadores e cambistas e imposto o cumprimento da observância das diretrizes levíticas para inspeção dos animais a serem sacrificados. Sabia que não poderia eliminar completamente o sistema que o enriquecia e também à família da esposa, mas tinha esperança de ter tornado o necessário sistema sacrifical mais justo e honesto sem precisar abrir mão dos lucros. Entretanto, descobriu que os cunhados ignoraram ativamente suas reformas e restabeleceram de modo sub-reptício as antigas práticas.

Desviou o olhar para fitar o homem que lhe revelara isso. Ele devia ser algum rabi novo, daqueles que viviam aparecendo no interior, como lírios do campo. A maioria deles atraía o interesse durante algum tempo, pois o povo vivia procurando alguma coisa nova, alguém para seguir, algum raio de esperança em meio a vidas, que de outra forma seriam miseráveis. Mas aquele, *pensou Caifás,* parecia diferente. Inteligente. *Ele balançou vagarosamente a cabeça. Isso mesmo. Ele era esperto. Não tinha feito aquilo apenas por impulso. Não estava querendo contestar as autoridades do Templo. Não estava só dando um espetáculo. Sabia exatamente o que estava fazendo. Tinha feito aquilo para chamar a atenção de todos, alguns dias antes da Páscoa, quando qualquer notícia se espalhava rapidamente, e vastas multidões de peregrinos o seguiriam e cercariam para ouvir seus ensinamentos.*

— Vamos conversar sobre isso depois — disse Caifás, finalmente a Jônatas e Alexandre. — Por ora, vai pedir a esse homem que realize algum milagre para demonstrar que possui a autoridade para fazer o que fez. E manda retirar esse povo do pátio, e arrumar essa bagunça.

Observou os filhos de Anás se afastarem, decidido a saber mais sobre as intrigas deles e o homem inteligente que tinha causado toda aquela comoção.

68

Jerusalém, Cidade Antiga

Tracy seguiu Carlos o mais próximo possível por um beco estreito.

— Por que está andando tão rápido? — perguntou.

— Tenho uma coisa para te mostrar — respondeu ele, sem reduzir a velocidade.

Tracy não fazia ideia de onde estavam, mas sabia que Carlos tinha estacionado o Land Rover fora dos muros da Cidade Velha de Jerusalém, e eles estavam percorrendo um labirinto interminável de ruas, lojas e becos desde então. Passaram por vias pavimentadas com pedras de cantaria, apinhadas de lojas e bancas, pessoas e carrinhos de mão. Muitas eram estreitas demais para os carros, permitindo apenas a passagem de motocicletas, porém, os comerciantes conseguiam trazer de caminhão uma vasta variedade de comida, artigos têxteis, produtos eletrônicos e bugigangas para vender aos turistas. Tracy não só ficava completamente desorientada de vez em quando, como também não distinguia se estava dentro ou fora dos lugares, pois os toldos e telhados se estendiam, cobrindo grande parte da rua.

— Está correndo muito! — reclamou ela.

— Estamos quase chegando — disse ele.

Finalmente Carlos passou a andar mais devagar e esticou o braço para trás, para pegar a mão dela. Ele a conduziu por uma escada curta e depois contornou uma esquina, e de repente Tracy se viu em uma sacada que dava para um amplo pátio quadrado, apinhado de gente. A praça era cercada de dois lados por construções, e no terceiro lado havia um grande muro de pedra. Além do muro erguia-se um prédio azulado com uma cúpula dourada tremeluzente.

— Ah, sim — disse Tracy. — Já vi fotos desse muro.

Carlos sorriu, aparentemente satisfeito com a reação dela.

— Esse é o Muro Ocidental, um lugar muito sagrado para os judeus. Dizem que foi a única parte que restou do Templo judaico depois que os romanos o destruíram.

— Esse muro fazia parte do Templo? — indagou Tracy.

— Não, não do Templo em si. Ele fazia parte do conjunto de edifícios do Templo que ficava onde aquela cúpula dourada está agora.

Ela fez que sim com a cabeça.

— Muitos judeus vêm ao muro toda tarde de sexta-feira — explicou Carlos —, para orar e lamentar a destruição do Templo. É por isso que muitos o chamam de Muro das Lamentações. Também é um lugar muito popular para cerimônias de casamento e bar mitzvah.

— Impressionante. E as cercas, para que servem? — indagou Tracy, referindo-se à parte do quadrado mais próxima do muro cercada por barreiras de 90 centímetros de altura.

— São para proteger o muro... e aqueles que estão orando — disse ele. — Dos atentados.

— É mesmo?

— É. E a cerca no centro da área separa o lado masculino do feminino. Os homens e mulheres judeus oram separados.

Eles ficaram um pouco mais ali, depois Carlos perguntou se ela queria ir embora.

— Para onde? — indagou Tracy.

— Ainda vou decidir! — respondeu Carlos, dando de ombros.

Alguns momentos depois, já estavam passando por ruas estreitas pavimentadas com pedras de cantaria. Quando dobraram uma esquina deram de cara com uma série de tapeçarias, echarpes, tapetes e roupas multicoloridas, pendurados acima de suas cabeças e nas paredes, dos dois lados.

— Estamos dentro de uma loja? — indagou Tracy.

— Sim — disse Carlos.

Uma voz de homem com um sotaque muito carregado gritou:

— Alô, alô, americanos, venham ver minha loja. Eu faço bom preço.

E outra voz disse:

— Venham, venham, quero dar um presente para você.

— Não, obrigada — respondeu Tracy, segurando o braço de Carlos.

— *Ló todá* — disse Carlos, repetindo em hebraico o "não, obrigada" de Tracy.

— Venham, venham — insistiu o comerciante, bloqueando a passagem e apontando para sua loja. — Minha esposa teve um bebê hoje e quero comemorar.

— *Ló todá* — repetiu Carlos, enquanto contornavam o homem e continuavam caminhando.

— Venham cá, deixem eu roubar vocês! — gritou mais um lojista, saindo da loja com um sorriso amplo. — Passo a perna em vocês direitinho!

Tracy riu, soltou o braço de Carlos e entrou na loja correndo. Olhou as prateleiras repletas de menorás de bronze, esculturas de madeira e bugigangas de metal, depois examinou uma série de saias penduradas em um cabideiro. O vendedor a seguia de perto, procurando ficar mais próximo dela do que Carlos, mas o rapaz não permitiu. Ela tirou uma saia longa e verde do cabideiro.

— Gosta? — indagou o vendedor. — Vai combinar muito bem com os seus olhos.

— Quanto é? — indagou ela.

— Para você, 25 dólares.

— É caro demais — disse Carlos.

— Não, não — insistiu o homem. — É baratinho, para uma linda dama.

Tracy deu de ombros e devolveu a saia ao cabideiro.

— Não vou levar.

Carlos inclinou-se, aproximou-se dela e cochichou em seu ouvido:

— Se vir algo de que goste, não diga. Toque seu nariz ou orelha, para eu saber.

Ela engoliu em seco. Os lábios dele haviam roçado sua orelha e ele nunca tinha chegado tão perto dela assim antes.

— Tá — disse ela, baixinho.

Ela pegou outra saia, igual à primeira, mas azul. Olhou de relance para Carlos e ergueu a mão para prender o cabelo atrás da orelha na qual ele havia cochichado.

Ele lhe deu um sorriso de leve e tirou a saia das mãos dela.

— Essa cor não é a que queremos.

— Essa eu faço por 20 dólares — disse o vendedor.

— Eu compro essa saia mais barato em Belém — comentou Carlos, franzindo o cenho.

— Belém! Não é da mesma qualidade. Dezoito dólares.

Carlos sacudiu a cabeça e devolveu a saia ao cabideiro.

— Vamos continuar olhando — respondeu, pegando a mão de Tracy e indo embora.

Eles ainda não tinham chegado à porta quando Tracy sentiu alguém pôr a mão no seu ombro. Virou-se. O homem tinha vindo atrás dos dois com a saia na mão.

— Quinze dólares — disse ele. — É o melhor preço da praça!

Carlos fingiu que não tinha ouvido e continuou andando. Tracy seguiu-o até a rua.

O vendedor não queria desistir:

— Tá bem. Tá bem, eu vendo por 12. Minha última oferta.

— *Ló todá* — disse Carlos, sem parar.

— Dez dólares! — suplicou o homem. Ele tinha parado e agora estava a alguns metros de distância da porta da loja com a saia na mão.

Tracy deteve-se.

— Epa, assim já é demais! — disse ela.

Carlos finalmente parou, virou-se e ficou ao lado de Tracy. Ela se virou e fitou o lojista perguntando:

— Dez dólares?

— Sim, sim, venha — disse o homem. — Dez dólares. Nunca vendo nada barato assim.

Ela meteu a mão no bolso, mas Carlos cochichou no ouvido dela de novo:

— Deixa que eu pago, tá?

Ela lhe dirigiu um olhar de desprezo:

— Obrigada, mas eu posso pagar.

Os rostos deles estavam quase se tocando quando ele respondeu, baixinho:

— Não é só pelo dinheiro, é uma questão de honra, barganhar com tanta insistência assim e conseguir a compra. É como se fosse uma partida de queda de braço. É melhor vencer contra um homem.

— Mas que coisa machista — declarou Tracy, revirando os olhos.

— É, sim — respondeu Carlos, sorrindo.

Ela retribuiu o sorriso.

— Vá lá — disse. — Se isso faz vocês dois se sentirem homens fortes e poderosos...

Carlos tirou a carteira do bolso e virou-se para o comerciante, balançando a cabeça:

— Ainda está muito caro. Não é fácil barganhar com você. — E entregou 10 dólares ao homem.

— Ai de mim! — disse o lojista pegando o dinheiro e entregando a saia a Carlos.

Ele entregou a saia a Tracy, que a pendurou no braço quando deram meia-volta para sair. Ela olhou para trás. O homem ainda fitava os dois.

— Obrigada — disse ela.

— Volte amanhã — disse ele, com um enorme sorriso. — Eu passo a perna em vocês direitinho!

69

Ramat Rachel

Rand esfregou os olhos, como que despertando de um sonho. *Que horas seriam?* Quando viu as horas no relógio digital na mesa de cabeceira, seu coração deu um pulo.

Onde está Tracy? Onde esteve durante aquele tempo todo? Ele tinha presumido que ela havia descido para um café da manhã tardio, mas ela ainda não tinha voltado, e ele tinha se distraído demais lendo para perceber o passar das horas ou... até para pensar duas vezes no assunto.

Praguejando, repreendeu-se por ser um idiota insensível. Apanhou o celular e digitou o número dela, mas depois de vários toques, a ligação caiu na caixa postal. Ele tentou de novo, com o mesmo resultado, o que o fez praguejar outra vez.

— Onde ela pode estar? — disse em voz alta. — Se ela se levantou e se vestiu, talvez tenha ido tomar café, mas e depois, para onde foi?

Ele se lembrou enfim: havia um computador com internet no saguão do hotel. Ela talvez estivesse lá e tivesse perdido a noção do tempo, como ele.

— Tomara que ela esteja lá — disse ele, em voz alta, ao sair do quarto do hotel e ir para o elevador.

Ela não estava lá. Ele procurou no refeitório, vazio a não ser por um casal idoso numa mesa de canto, olhando ao acaso através de uma janela. Ele checou a área da piscina, contornou-a três vezes, procurando olhar bem cada banhista e todos os que estavam tomando sol, mas não encontrou a filha.

Voltando ao hotel, raciocinou que Tracy podia ter voltado para o quarto enquanto ele estava fora, procurando por ela. Tornou a entrar no prédio e seguiu as placas até a loja de presentes e o salão de beleza. Perguntou sobre a filha na academia e na sala da hidromassagem. Parou no saguão para checar se havia algum recado para ele. Finalmente, saiu do hotel pela entrada da frente e, de pé no meio-fio, ficou olhando em volta, desorientado. Depois de alguns instantes, voltou ao hotel. Enquanto atravessava o comprido saguão, tirou o celular do bolso, digitou de novo o número da filha e ficou escutando o telefone chamar.

— Oi, é a Tracy — Era a caixa postal dela. Outra vez. Ele desligou e foi até os elevadores.

Se ela não estivesse no quarto quando ele chegasse lá, Rand não saberia o que fazer. E se tivesse acontecido alguma coisa com ela? E se tivesse se perdido? E se estivesse sozinha, ou em perigo?

Ela vai ligar, pensou ele. *Ela vai telefonar se precisar de mim.* Mas, e se não pudesse ligar? E se a bateria tivesse acabado? Ou se estivesse em algum lugar onde não houvesse sinal? Ou... e se estivesse ferida ou inconsciente? Ou...

Preciso de um drinque, pensou. Começou a sentir medo, mas não o mesmo medo ao qual estava acostumado. Era um sentimento novo para ele. Durante a maior parte da vida da filha, não passara de um "pai coadjuvante". Joy sempre tinha cuidado de tudo em casa, enquanto Rand se dedicava à carreira, sustentando a família, recordou a si mesmo. Quando Tracy caiu da bicicleta, Joy estava presente. Quando alguém acertou uma bola nela durante o treino de beisebol, Joy estava lá. Quando o namorado terminou com ela, Joy estava ao seu lado. Quando a mãe dela morreu... não havia ninguém ao seu lado.

Só um drinquezinho de nada, prometeu Rand. Ele não sabia se seria capaz de raciocinar sem isso.

Abriu a porta do quarto. Tracy ainda não tinha voltado. Ele se aproximou do telefone que estava na mesa entre as camas e apertou a tecla da recepção.

— Sim, *shalom* — disse, quando a telefonista ou funcionária responsável atendeu. Ele parou um instante, para pensar, sem saber se devia ou não. Finalmente falou: — Preciso que me dê o número da polícia. Preciso falar com a sargento-mor Miriam Sharon.

70

28 d.C.
Cidade Alta, Jerusalém

— *Rápido! Vem, depressa!*

Caifás abriu as pálpebras pesadas de sono com esforço e sentou-se no leito luxuoso.

— O que foi? — reclamou. — O que houve?

A esposa estava de pé a seu lado, com uma lamparina de barro na mão. A chama do pavio saturado de óleo tremeluzia como se só quisesse ser deixada em paz, para que a escuridão voltasse a reinar.

— É nossa irmã, Miriam — explicou ela, referindo-se à esposa do irmão com o termo usado pelos judeus para os parentes próximos do sexo feminino. — Vem, apressa-te!

Ele gemeu, erguendo-se do leito. Tirou um pano de um cabide na parede, pendurou-o sobre os ombros e saiu dos aposentos, cambaleante. A esposa, deixando a lamparina em um nicho na parede, levou-o até o pátio da casa deles e passou pelo portão.

— Anda mais devagar, esposa! — gritou ele, no ar frio da noite.

A Cidade Alta que os cercava abrigava os cidadãos mais abastados de Jerusalém em casas confortavelmente amplas, rodeadas por pátios luxuosos. E, com exceção dos poucos romanos que moravam perto do palácio do governador ao longo da muralha ocidental da cidade, Caifás e o sogro eram os mais abastados de todos. Mas Jônatas, o filho mais velho de Anás, era quase tão rico quanto eles, e foi para a casa deste que Caifás e Salomé se dirigiram.

— Ela está aqui — disse Salomé, guiando Caifás para o quarto de Jônatas e Miriam.

Jônatas estava sentado de pernas cruzadas no chão, ao lado da esposa, deitada à sua esteira. Ele não se levantou quando Caifás e Salomé entraram, nem mesmo tomou conhecimento da sua chegada. Simplesmente estendeu a mão para a bacia ao seu lado e tirou dela um trapo fino, substituindo o que retirara da testa de Miriam.

— A febre dela piorou — disse Jônatas, quando deixou o pano cair na bacia cheia de água. — Quando encosto o trapo em sua testa ele seca por causa da febre como... como uma correnteza de ar apaga a chama de uma vela. E não baixa, só piora.

— O médico já veio? — indagou Salomé.

— E já foi — disse Jônatas. Ele abaixou o lençol fino que cobria as pernas nuas da esposa revelando uma dúzia de sanguessugas presas ao corpo magro. — Ele disse que as sanguessugas iriam lhe sugar a febre do corpo. — E tornou a cobri-la. — Mas mesmo assim ela está piorando.

— Ela disse alguma coisa? — indagou Salomé, ajoelhando-se ao lado da cunhada e encostando a mão em sua face.

— Não — disse Jônatas. — Pelo jeito, nem sonha mais. Não fez mais barulho, nem mesmo soltou o mais leve gemido, desde que tu saíste. Não se mexeu. Ela... está totalmente paralisada — afirmou, voltando a mergulhar o trapo na bacia.

Salomé olhou para o marido, ainda onde estava desde que tinha entrado na sala mergulhada em penumbra, iluminada apenas pelo luar que passava pela janela quadrada no alto da parede atrás da cabeça de Miriam.

— O que se pode fazer? — indagou ela, num tom não de súplica, mas de raiva. — Precisamos fazer alguma coisa.

Caifás olhou para a mulher, durante muito tempo, depois voltou o olhar para Miriam. Enquanto contemplava sua silhueta imóvel, por algum motivo pensou no rabi, o homem que tinha expulsado os comerciantes do templo, menos de uma semana antes. Caifás tinha enviado Malco para observá-lo e descobrir o que fazer em relação a ele, mas não havia necessidade disso. Todos estavam falando sobre ele na cidade. Toda a Jerusalém estava fazendo comentários sobre o Mestre, que era da Galileia, aliás, e tinha "purificado" o Templo. Era isso que se dizia, que tinha purificado o Templo, quando na verdade não tinha feito nada disso. Os comerciantes e cambistas tinham voltado a trabalhar no dia seguinte, protegidos por um batalhão inteiro da guarda do Templo. No entanto, ninguém comentava o fato; o povo estava assombrado porque o rabi tinha feito uma coisa dessas e escapado sem punição alguma.

Entretanto, não fora apenas isso o que Malco disse a Caifás. Relatavam que o rabi não só ensinava com grande autoridade, como também realizava milagres, bem ali, à sombra do Templo do Senhor. Malco tinha contado que ele tinha visto o rabi pegar um bebê doente, que chorava, febril, dos braços da mãe, e segurá-lo carinhosamente no colo, até ele parar de chorar, a febre passar e o rosto ficar corado de novo.

Uma estranha mistura de esperança e temor dominou Caifás enquanto ele estava de olhos pregados na cunhada doente, recordando-se não só do incidente no Templo e do relato de Malco depois disso, mas também das palavras do profeta Malaquias:

> *"Eis que vou enviar o meu mensageiro para que prepare um caminho diante de mim. Então, de repente, entrará em seu Templo o Senhor que vós procurais, o anjo da Aliança, que vós desejais, eis que ele vem.*
>
> *"Quem poderá ficar de pé, quando ele aparecer? Porque ele é como o fogo do fundidor e como a lixívia dos lavadeiros. E se assentará aquele que funde e que purifica; ele purificará os filhos de Levi e os acrisolará como ouro e prata e eles se tornarão para o Senhor aqueles que apresentam uma oferenda conforme a justiça. A oferenda de Judá e de Jerusalém será, então, agradável a Iahweh como nos dias antigos, como nos anos passados."*

Caifás suou frio. Talvez estivesse errado. Talvez as curas relatadas fossem verdade, e Malco tivesse observado o poder de Deus em ação. O profeta não tinha dito também "brilhará o sol da justiça que tem a cura em seus raios"? Será que isso estaria, de fato, acontecendo? E se o homem que tinha aparecido no Templo com tal ímpeto e curado tantos com tal ternura fosse a única esperança de Miriam? E se ele pudesse curá-la, mesmo depois que o médico tinha desistido?

— Marido! — A voz imperiosa de Salomé lhe interrompeu o transe. — Não se pode fazer mais nada?

O estado de Miriam era grave, ele sabia. Mas ele não era apenas seu parente mais próximo; era também o sumo sacerdote do Deus Altíssimo. Tinha uma grande responsabilidade para com o rebanho de Israel. Não podia simplesmente convidar aquele suposto curandeiro para vir ao leito da cunhada. E se ele fosse um charlatão? E se alguém revelasse que Caifás tinha apelado para ele operar um milagre e salvar a nora de Anás, a esposa do filho de Anás? Iam começar a dizer que o sumo sacerdote era seguidor do homem! Era algo que poderia ter graves consequências. A nação inteira podia ir por água abaixo.

Ele soltou o ar dos pulmões lentamente, apenas então percebendo que estivera prendendo a respiração.

— Não — respondeu, inexpressivo. E fitou os olhos suplicantes da esposa: — Nada se pode fazer.

71

Cidade Velha, Jerusalém

— Estou com fome — disse Tracy.

— Eu também — comentou Carlos. — E conheço um lugar perfeito para comermos. Mas gostaria de te mostrar mais uma coisa.

— Não estamos perdidos de novo, estamos? — indagou ela. Os dois tinham percorrido as ruas sinuosas e labirínticas da Cidade Velha durante toda a tarde, Carlos tinha admitido várias vezes que não sabia para onde ir. Mas eles sempre haviam continuado a perambular até Carlos descobrir algum ponto de referência e então retomavam o passeio.

— Estamos — disse ele. — Mas logo vamos encontrar o caminho.

Andavam de mãos dadas. Aquilo tinha começado quando Carlos estava conduzindo Tracy, enquanto subiam escadas e atravessavam becos, ao lhe mostrar a Igreja do Santo Sepulcro (onde a tradição afirma que foi o sepulcro de Cristo), a Capela Ecce Homo (onde viram pedras de uma rua romana na qual Jesus podia ter caminhado) e "o Cardo", rua principal de Jerusalém durante a época romana. Mas em algum momento durante a tarde ele simplesmente não soltava mais a mão dela quando alcançavam os diversos destinos.

Tinham comido pizza no almoço, no Bairro Judeu (uma das quatro divisões da Cidade Velha, sendo as outras os Bairros Cristão, Muçulmano e Armênio). A uma certa altura, eles tinham dobrado uma esquina e entrado numa rua estreita, onde Tracy viu o flanco de uma vaca pendurada ao seu lado ao mesmo tempo que sentia os pés escorregando no piso de pedra e, ao olhar para baixo, percebeu que estava pisando em uma torrente de água sanguinolenta. Ela tapou a boca, procurando controlar a náusea, e notou frangos, cabeças de carneiro e outros pedaços horripilantes de carne pendurados na entrada dos açougues ao longo da rua.

Heroicamente, Carlos a abraçou e declarou:

— Feche os olhos e apoie a cabeça no meu ombro. — O rapaz a conduziu e ambos voltaram na direção de onde tinham vindo. Ele explicou calmamente, porém em tom de desculpas, que não tinha percebido que estavam tão perto assim da Rua dos Açougueiros e pediu desculpas por tê-la conduzido naquela direção.

Tracy recuperou-se depressa, mas passou o resto da tarde sem apetite. Até aquele momento, quando percebeu que estava faminta.

— Dá para esperar mais uma hora para jantar? — indagou Carlos.

— Acho que sim — respondeu ela.

Alguns momentos depois, eles já estavam saindo do Bairro Armênio pela porta de Sião, que ainda ostentava várias marcas de balas da intensa batalha em torno do local na Guerra de 1948 pela Independência de Israel. Um momento depois, Carlos já pagava o ingresso para que os dois entrassem em um edifício de calcário.

— Que lugar é esse? — indagou Tracy.

— É uma casa antiga no que antes era a Cidade Alta de Jerusalém.

— Como sabe de tudo isso?

Ele deu de ombros e apertou a mão dela ao responder:

— Eu presto atenção às coisas.

— Então me diga, por que era tão importante para você me trazer aqui?

— O Dr. Havner me falou que uma das inscrições do sepulcro pode se referir a Caifás, o sumo sacerdote da época do julgamento e crucificação de Jesus.

Ela fez que sim com a cabeça e respondeu, hesitante:

— Isso.

— Bom, sabe aquela escada lá fora, os degraus que subimos até este prédio?

— Sei — disse Tracy.

— Jesus andou por aqui, segundo se acredita.

— Puxa — disse ela. — Que lugar é esse?

— Não é o que ele *é* hoje que importa, mas o que ele *era*.

— Está certo, então — disse ela, fingindo frustração. — O que ele *era*?

Ele sorriu, indicando as paredes em torno deles:

— A casa de Caifás.

72

Ramat Rachel

Rand ficou andando de um lado para outro na recepção, esperando Miri Sharon chegar. A ligação para ela tinha sido sem jeito, principalmente porque ele tinha tido dificuldade de explicar que a ausência de Tracy já durava horas.

— Quando foi que descobriu que ela tinha saído? — indagou Miri.

— Voltei para o quarto esta manhã, pouco depois das dez horas.

— Ela não estava mais lá?

— Não — disse ele. — Mas não dei importância porque achei que tivesse ido tomar café da manhã, algo assim.

— Quando descobriu que tinha se enganado? — insistiu Miri.

Foi então que Rand começou a perder a coerência enquanto tentava descrever como perdera a noção do tempo absorto em sua pesquisa, e só depois tinha saído para procurá-la pelo hotel, e quanto mais falava mais se sentia o pior pai do mundo. Tinha certeza, pelo silêncio de Miri do outro lado da linha, de que ela concordava com isso.

Finalmente ela apareceu, na viatura azul e branca, e estacionou na entrada circular de carros, atrás de um ônibus de turismo cujos passageiros tinham desembarcado momentos antes. Ele foi ao seu encontro na porta.

— Muito obrigado por ter vindo — agradeceu.

Ela passou os olhos pela recepção e indicou um conjunto de poltronas. Quando eles se sentaram, ela cruzou as pernas bronzeadas, inclinou-se para a frente e disse:

— Desejo ajudá-lo. Mas não sou investigadora.

— Tudo bem. Eu queria que você viesse.

— Por quê? — perguntou ela.

— Por quê? — respondeu ele, surpreso.

— Por quê? — repetiu a sargento.

— Ora — balbuciou Rand. — Acho que porque... eu te conheço. Não sabia quem mais poderia chamar.

— Muito bem. — Miri concordou com um aceno de cabeça. — Tem uma foto dela?

Ele procurou a carteira e ficou paralisado:

— Não. Acho que não tenho.

— Quem sabe no seu computador?

Ele balançou a cabeça, pesaroso:

— Não.

— Talvez uma das fotos tiradas no sítio arqueológico?

Ele inclinou a cabeça e pensou um momento, depois vagarosamente fez que não:

— Não. Depois que chegou, foi ela quem tirou todas as fotos.

Uma pausa.

— Sabe para onde ela poderia ter ido?

Ele negou novamente.

— Sabe que roupas estava vestindo?

Ele passou uma das mãos pelos cabelos curtos e declarou:

— Não. Não faço a menor ideia.

— Sobre o que conversaram ultimamente?

Ele procurou lembrar-se e respondeu:

— Não conversamos muito... desde a última vez que você e nós estivemos juntos.

— Isso foi... há quase dois dias — comentou com as sobrancelhas arqueadas.

— Ela estava dormindo quando eu cheguei ao quarto naquela noite e trabalhei o dia inteiro no sábado. Ela dormiu muito — informou sem olhar Miri nos olhos. — Acho que foi a diferença de fusos horários que a fez ficar exausta assim.

— Se não tem uma foto, ela não comentou aonde teria vontade de ir e não sabe o paradeiro dela... por onde sugere que comecemos?

Ele apoiou os cotovelos nos joelhos e segurou o rosto com as mãos.

— Não sei. Desculpe, não sei o que dizer.

Ela estendeu a mão e tocou-lhe o antebraço. Nenhum deles disse nada durante alguns momentos, até que Miri quebrou o silêncio:

— Ela tem algum amigo ou parente em Israel? Alguém que quisesse visitar?

Ele balançou a cabeça sem nem mesmo erguê-la. Miri tirou a mão do braço de Rand e recostou-se na poltrona. Ficaram calados. Finalmente, ele ergueu a cabeça e disse:

— Desculpe chamá-la aqui assim desse jeito. Eu apenas não sei o que fazer.

73

Cidade Velha, Jerusalém

Tracy e Carlos entraram na Taverna Armênia no número 79 da estrada do Patriarcado Ortodoxo Armênio, na Cidade Velha de Jerusalém.

Quando eles desceram uma escada curta até o interior do restaurante, Tracy teve a mesma sensação recorrente naquele dia: a impressão de sair do século XXI e voltar no tempo. O teto abobadado do restaurante era bem alto, prova de que aquele edifício datava da época das Cruzadas. Um lustre imenso pendia do teto e um chafariz antigo borbulhava na sala, as paredes de pedra decoradas com azulejos armênios coloridos. As mesas e cadeiras desiguais pareciam ter sido feitas à mão séculos antes.

Depois que o garçom os ajudou a escolher o que iam comer entre os pratos armênios do cardápio, Tracy debruçou-se na mesa e disse:

— Me explica o que acabei de ver.

Carlos pensou um instante e declarou:

— Ok, certo. Alguns pratos armênios são parecidos com comida turca para quem é de fora, mas não para quem é turco ou armênio.

— Não estou falando do menu — disse ela —, mas da casa de Caifás.

— Ah — falou ele, devagar. — Tudo bem. O que quer saber?

— Aquela era mesmo a casa de Caifás?

Ele deu de ombros ao falar:

— Provavelmente. Através da história o povo daqui indicava sempre um certo ponto naquela área como sendo a casa de Caifás. Há alguns anos, uma construtora descobriu as ruínas da residência em que estivemos hoje.

— Como uma construtora descobriu o sepulcro que escavamos.

Ele fez que sim com a cabeça e comentou:

— Isso acontece muito por aqui. Jerusalém continua no mesmo local faz milhares de anos. E já foi destruída muitas vezes, sendo reconstruída sobre as ruínas da cidade anterior. Portanto, há camadas sobre camadas de civilização sob os nossos pés. Se nós cavássemos este chão, aqui mesmo, neste momento, certamente iríamos descobrir alguns vestígios de gente que viveu e morreu aqui há muitos anos.

O garçom encheu um copo pequeno de água para cada um deles, com uma jarra.

— Mas — prosseguiu Tracy —, quando essa casa foi descoberta, como é que souberam que era do Caifás? Só porque ficava na área onde diziam que ele morava?

— Não, foi porque os arqueólogos também descobriram os restos de uma igreja antiga, chamada Igreja dos Apóstolos, que os registros históricos apontam ter existido onde antes era a casa do sumo sacerdote. Muitos peregrinos da Terra Santa relataram ter visitado essa igreja nos primeiros duzentos anos, aproximadamente, depois do tempo de Jesus, declarando que ela teria sido construída no local da antiga moradia de Caifás.

— E me conta outra vez, aquele lugar depois de descermos aqueles degraus...

— Aquela era a masmorra onde Jesus deve ter sido preso na noite em que foi interrogado por Caifás e o Sinédrio.

— Naquela época não havia degraus, havia?

Ele confirmou:

— Isso. Não havia degraus, nem luz. O buraco de cima era muito provavelmente a única forma pela qual um prisioneiro poderia entrar ou sair, sendo baixado ou içado por uma corda.

Os pratos pedidos por eles começaram a chegar, aparentemente em ondas, até a pequena mesa desaparecer sob uma infinidade de terrinas e tigelas. A conversa parou alguns momentos e o garçom apresentou cada prato, em um sotaque muito carregado, difícil para Tracy entender. Quando o homem se afastou, Carlos estendeu o braço sobre a mesa e apoiou a mão na de Tracy.

— Posso agradecer a Deus pela nossa comida, ou você se sentiria mal com isso? — indagou ele. Quando ela sorriu timidamente e balançou a cabeça, ele segurou sua mão.

Ela fechou os olhos e abaixou a cabeça quando ele orou:

— Obrigado, Senhor, pelo alimento que vamos receber... e pela... pela linda mulher com a qual vou recebê-lo. Amém.

Ela ergueu a cabeça e fitou Carlos. Ele ainda não tinha soltado a mão dela.

— Quem é *você?* — indagou ela.

Ele ficou surpreso. Soltou a mão de Tracy e tirou o guardanapo da mesa, colocando-o no colo.

— Como assim?

Nenhum dos dois tinha ainda tocado na comida.

— Não estou acostumada com isso — disse ela.

— Com o quê? — indagou ele.

— Você vem me tratando muito bem, é tão educado e parece que sabe tudo, como se fosse... — Ela mexeu a cabeça e franziu os lábios. — Como se fosse bom demais para ser verdade.

— Desculpe — disse sorrindo, para provocá-la.

— Estou falando sério. Acho que nunca conheci ninguém como você.

— E isso é ruim?

— Toda vez que alguma coisa parecia ser boa demais para ser verdade, na minha vida, geralmente era.

— Quer dizer que não era boa? Ou não era verdade?

— As duas coisas — respondeu Tracy.

A expressão de Carlos mudou, ficou mais séria:

— Se comer tudo, eu conto a verdade a meu respeito. E aí pode decidir se é bom... ou não.

74

Ramat Rachel

De repente, Rand ficou de pé, de frente para Miri Sharon, quando um grupo grande de turistas japoneses passou por ele no saguão.

— Para onde ela iria? — indagou ele. — Ela não tem carro, então se saísse sozinha do hotel, para onde iria?

— Pode ter ido para qualquer lugar — respondeu Miri.

— Não — disse ele. — Você não entende. Quero dizer, em que direção uma mocinha americana de 19 anos iria a pé? Quantas escolhas realistas teria? Há algum shopping ou bairro comercial aqui por perto? Será que há algum lugar, sei lá, onde ela podia ter ido para dar um jeito nos cabelos?

— Tem um salão de beleza no hotel — observou Miri. — E também lojas. Não haveria motivo para ela ir a outro lugar.

Os olhos dele brilharam, ardentes.

— Mas e se ela tiver ido? — disse ele, apontando para o saguão, falando mais alto. — Se ela tiver saído do hotel, para onde poderia ter ido?

— Não temos como responder a essa pergunta, Dr. Bullock. O senhor já dirigiu até este hotel várias vezes, sabe que fica no alto de um morro. As estradas para Ramat Rachel passam por bairros residenciais, e uma mocinha americana de 19 anos, como qualquer um, teria que andar 1 quilômetro ou talvez 2 para encontrar qualquer coisa que não esteja disponível neste hotel.

— Só que tem que haver alguma forma de resolver esse mistério! — insistiu ele, bem alto, passando a mão no topo da cabeça. — Não sei onde está minha filha!

Miri se plantou bem diante dele e afirmou com firmeza:

— Dr. Bullock. — Embora fosse uns 10 centímetros mais baixa que ele, Miri reforçou intencionalmente a autoridade avançando até seus corpos quase se tocarem. Depois olhou furiosa nos olhos dele, sem piscar. — Sente-se, por favor.

Ele inclinou-se ligeiramente para trás e piscou alguns momentos, surpreso pela mudança de atitude dela. Finalmente, porém, franziu o cenho e, retribuindo seu olhar zangado, disse:

— Está bem.

Sentou-se no mesmo lugar onde estava alguns momentos antes.

— Farei de tudo para ajudá-lo — explicou Miri, devagar. — E entendo que esteja preocupado, mas...

— Quero encontrar minha filha. Sinto que preciso procurá-la.

— É a última coisa que deve fazer. Precisa ficar aqui caso ela volte.

Ele refletiu e concordou:

— Tem razão — disse ele, lançando um olhar de relance ansioso na direção das portas.

Miri estalou os dedos, como se tivesse subitamente lhe ocorrido uma ideia.

— Procurou o passaporte dela no seu quarto?

— Não — disse ele, com cara de surpresa. — Acha que ela pode ter saído do país?

— Não — respondeu Miri. — O passaporte tem uma foto.

— Ah, sim, claro.

— Vá ao seu quarto — instruiu ela. — Eu aguardo aqui, prestando atenção para ver se ela chega. Se encontrar o passaporte dela, alerto a gerência do hotel para nos ajudar mostrando a foto a todos os funcionários. Talvez ela ainda esteja no hotel, e alguém a reconheça ou a tenha visto sair.

— Ótimo — declarou Rand, dirigindo-se para os elevadores.

— Ah, sim, Dr. Bullock — interveio ela. — Mais uma coisa.

— Sim? — disse ele se virando.

— Pode me dar o seu celular?

— Meu celular?

— Sim — respondeu Miri.

— Por quê?

Ela sorriu, pacientemente.

— Juro que o devolvo depois.

Ele tirou o celular do bolso e o entregou a ela.

— Para que precisa dele?

— Vou levar um tempo para explicar e, agora, tempo é mais importante do que a explicação. Concorda?

— Sim, tudo bem. É claro. — Rand se virou e seguiu na direção dos elevadores, apressado.

75

29 d.C.
Monte do Templo, Jerusalém

Jônatas, filho de Anás, nunca tinha sido alegre, mas desde a morte da esposa, Miriam, no ano anterior, tinha ficado cada vez mais apático, e até mais desagradável do que antes. Portanto, quando Caifás viu o cunhado atravessando o Pátio dos Gentios, preparou-se para uma longa e deprimente arenga sobre o estado dos apriscos ou a condição da piscina das ovelhas.

Em vez disso, Jônatas trouxe notícias.

— O rabi galileu por quem tanto se interessa está na Piscina de Betesda.

A Piscina de Betesda, embora não fosse visível de onde estavam por causa dos pórticos que os cercavam de todos os lados, ficava próxima. Rodeada por cinco pórticos com colunas no estilo dos mesmos arquitetos herodianos que os prédios ao redor do Templo, era um lugar onde se reuniam constantemente multidões de doentes, cegos, coxos e paralíticos. Muita gente achava que as águas da piscina, alimentada por fontes subterrâneas, tinham propriedades curativas. Se um milagreiro quisesse demonstrar seu poder, não poderia haver lugar melhor do que a Piscina de Betesda.

Caifás abriu a boca para falar, mas reconsiderou o que ia dizer. Escolhia as palavras com cuidado ao falar com Jônatas, especialmente desde a morte de Miriam. Jônatas sabia que Caifás estava aguardando a volta do Messias, mas não escondia o desprezo por esse otimismo.

— O que ele está fazendo lá?

Jônatas deu um sorriso sarcástico e declarou:

— Nada. Fiquei observando o homem durante muito tempo. Está parado lá, no meio dos seus talmidim, *os discípulos, olhando para todos aqueles infelizes como um pastor cuidando das ovelhas.*

— Não curou ninguém?

— Durante o Shabat? *Não. Não deu sinal de que fosse fazer algo.*

— Então por que está lá?

Jônatas deu de ombros como quem diz: "Sei lá."

Caifás concordou, balançando a cabeça devagar, tentando esconder a impaciência. Tinha contemplado algumas vezes a situação na Piscina de Betesda e pensado: Quando o Messias vier, vai recuperar essas pessoas. Vai cumprir Sua palavra enunciada por Jeremias quando disse: "Porque te restaurarei a saúde e curarei as tuas chagas... Restaurarei a sorte de Judá e de Israel e os edificarei." Ele vai instantaneamente transformar os aleijados e cegos em guerreiros defensores da justiça! Vai destruir aqueles que nos atacaram e exilar os que nos mandaram para o exílio! *Se o homem da Galileia fosse enviado verdadeiramente por Deus, claro que ele iria à Piscina!*

— Já terminei — disse ao cunhado. — Acho que é hora de ir ver esse homem pessoalmente.

Jônatas acompanhou Caifás quando ele se dirigiu para a varanda e para a escadaria de mármore que levava ao Portão das Ovelhas. Mal tinha andado dez passos, porém, quando notou um aglomerado, em sua maioria fariseus, conversando animadamente. Não era surpresa, pois os fariseus pareciam estar sempre entretidos em conversas animadas.

Mas foram algumas das palavras dos fariseus que chegaram aos seus ouvidos que o fizeram parar. Ele voltou a atenção para o grupo.

— Hoje é o Shabat*! — disse um deles.*

— Estás profanando a lei de Moisés! — acrescentou outro.

Caifás aproximou-se para descobrir o motivo daquela comoção e viu um homenzinho de pé, sustentado por perninhas brancas e raquíticas, no meio do círculo, segurando uma esteira sob o braço direito e olhando para eles como que atordoado.

— O homem que me curou me disse: "Pega o teu leito e anda."

— Quem? — indagaram vários fariseus ao mesmo tempo.

— Quem te disse isso? — perguntou outro.

— Não perguntei o nome dele — disse o homem.

— Ninguém diria isso — declarou um deles.

Caifás entrou na conversa. Sentiu a pele formigar quando se aproximou do homem.

— Sabes quem sou?

O homem arregalou os olhos ao ver as roupas luxuosas de Caifás e respondeu assombrado:

— Sois o Cohen Gadol.

— É o que dizes. — Um palmo mais alto que o homem, Caifás olhou-o compassivo. Quando tornou a falar, foi como se se dirigisse a uma criança: — O homem que te curou, curou outros?

— Não sei — respondeu surpreso.

— Se o visses de novo, o reconhecerias?

— Ah, sim. Ele é inesquecível.

— Muito bem — disse Caifás. — Se tornares a vê-lo, podes vir falar comigo ou com este homem — perguntou, indicando Jônatas, que estava do lado esquerdo do baixinho — e dizer-nos quem é?

O sujeito concordou, devagar, olhando para os rostos de todos ao redor antes de voltar a fitar Caifás.

— Sim — disse.

— Mas não estás simplesmente usando os pátios do Templo para atravessar para o outro lado, estás? Sabes que é falta de respeito.

— O templo de Hashem *não é atalho conveniente para viajantes! — alertou um dos fariseus.*

— Ah, não, Vossa Excelência — disse o ex-aleijado, fingindo não ter ouvido a advertência do fariseu e dirigindo-se a Caifás. Sua expressão tinha mudado, de modo que, em vez de aturdido, ele parecia fervoroso. — Vim ao Templo dar graças a Hashem, *louvado seja.*

— Amém — disse Caifás, e alguns dos fariseus acompanharam a resposta obrigatória.

— Mas não pode carregar o leito — disse um deles. — É contra a lei.

— É um pecado! — acrescentou outro.

O antigo aleijado olhou os rostos ao redor, ressabiado.

— Durante 38 anos — disse ele, com a voz carregada de emoção —, este leito suportou meu peso. Mesmo sendo Shabat, *não me custa nada carregá-lo agora.*

76

Cidade Velha, Jerusalém

— Sou turco, já sabe — disse Carlos quando Tracy começou a comer. — Meu nome ao nascer não era Carlos.

— Não?

— Não — disse ele, balançando a cabeça. — Era Kiral Ergul. Nasci na aldeia de Elkondu, na província de Sivas, a segunda maior da Turquia. Minhas lembranças mais antigas são do tempo em que minha mãe me acordava antes do nascer do sol para levar as vacas da família para o pasto, onde houvesse capim, e de voltar toda noite para casa a tempo do meu pai me dar uma surra antes de ir para a cama.

Tracy parou de mastigar e levou a mão à boca.

— Toda noite? — perguntou, incrédula. — Ele te batia toda noite? Por quê?

Carlos deu de ombros.

— Porque o pai batia nele, acho. Ou porque eu era o único filho que ele teve. Minha mãe não pôde mais engravidar depois de mim, e ele queria mais filhos. Ou filhos melhores, não sei qual dos dois.

— Ele era alcoólatra? — indagou Tracy.

— Era, sim. Vivia bêbado. Mas sóbrio ou de porre, tanto fazia, ele me batia de qualquer forma.

— Que coisa horrível, Carlos.

Ele deu de ombros novamente.

— Durante muitos anos pensei que era assim que todos os pais tratavam os filhos.

— Que idade você tinha?

— Nem sei, porque ele me batia desde que eu era pequeno demais para me lembrar.

Tracy balançou a cabeça, lentamente.

— Nossa — disse. — Que coisa mais triste. Quer dizer, meu pai e eu nunca fomos muito amigos, mas pelo menos ele nunca me bateu. — Ela ficou imersa em pensamentos durante alguns instantes, perguntando-se se deveria sentir pelo menos um pouco de gratidão pelo pai que tinha. Embora ele fosse quase um estranho para ela, pelo menos a tratava bem. Tracy achou que talvez devesse se sentir grata por isso, mas não conseguiu sentir nada.

— Coma — recomendou Carlos. — A comida é boa, né?

— Muito boa — concordou ela, enquanto espetava a comida com o garfo.

— Fugi aos 10 anos — continuou ele. — Tinha escondido alguns alimentos e roupas no estábulo, e uma noite, quando meu pai voltou bêbado para casa, tirei dinheiro do bolso dele e saí de Elkondu para nunca mais voltar.

— Dez anos? — repetiu Tracy quando o celular tocou. Ela o tirou do bolso do short e leu a mensagem na telinha. Revirando os olhos impaciente, voltou a guardar o aparelho no bolso. — Para onde foi?

— Para Sivas, cidade que é capital da Província de Sivas. Estava morto de fome quando cheguei lá, mas embora fosse pequeno, sabia que se gastasse meu dinheiro comprando comida, não poderia mais comprar nada quando a comida terminasse. Só tinha o suficiente para comprar um pacote de cigarros americanos, que vendi nas ruas e nos restaurantes, um a um. Depois de ter vendido todos os cigarros, comprei mais, e tornei a vendê-los.

— E o que comia?

Ele sorriu.

— Durante as primeiras semanas, comi apenas sobras das bancas de rua e restaurantes. Mas pouco a pouco comecei a melhorar, passei a vender jornais, cigarros e água nas ruas perto da estação de trem de manhã e no bairro do governo à tarde. — Ele fez uma pausa. — Você parou de comer de novo.

— Ah — disse ela, balançando um pouco a cabeça. — Desculpe. É que tudo isso é inacreditável.

— Não acredita em mim? — perguntou ele.

— Acredito. Mas é que... sei lá, é lamentável você ter tido que passar por tudo isso.

— Ah, não sinta pena — disse ele. — Quer dizer, sei que é terrível um pai maltratar o filho como no meu caso. Mas não lamento isso. Se meu pai não tivesse me maltratado tanto, eu não teria fugido. Se não tivesse fugido, não teria ido para Sivas. E se não tivesse ido para Sivas, não teria conhecido o Dr. Carlos.

77

29 d.C.
Monte do Templo, Jerusalém

— O nome dele é Yeshua.

Caifás virou-se. Era o homem que tinha carregado o leito. Embora tivesse se passado apenas uma ou duas horas desde o seu primeiro encontro com o homem, Caifás não o teria reconhecido. Ele parecia transformado. Caifás até achou que ele talvez tivesse crescido vários centímetros!

— Yeshua — repetiu o sumo sacerdote.

— Sim, Yeshua de Nazaré.

Caifás refletiu sobre isso e declarou:

— Obrigado. Então, você falou com ele?

— Sim, Vossa Excelência. Ele foi ao meu encontro nos pátios externos e me disse: "Agora que estás bem, pares de pecar, que nada pior acontecerá contigo."

Caifás ponderou um momento, depois disse:

— E teu leito? Tu o perdeste?

— Não, Vossa Excelência. — O homem abaixou a cabeça, como se estivesse envergonhado. — Eu o deixei no Templo, como oferenda.

Caifás sorriu. A sinceridade do homem era tocante.

— E Yeshua, onde está agora?

O homem virou-se ligeiramente na direção do Pórtico Real atrás de si ao responder:

— Nos degraus onde os rabis ensinam, perto ao Portão Triplo.

Caifás agradeceu e foi para o Pórtico Real, sem pressa. O sumo sacerdote de Israel nunca se apressava.

78

Ramat Rachel

Rand localizou finalmente o passaporte de Tracy no bolso lateral de uma mala. Sabia que era dela, mas mesmo assim o abriu e verificou a foto antes de sair do quarto. Momentos depois, agitando o documento como uma bandeira no desfile de Quatro de Julho, andou até Miri Sharon no saguão.

— Você recebeu uma ligação — disse ela, segurando o celular na mão.

— Tracy? — indagou Rand.

— Não. De alguém do Centro de Conservação e Restauração.

— O Centro de... ah — disse Rand. Devia ser o Dr. Jacques Elon para falar sobre o rolo.

— Pedi que ligasse de novo e deixasse uma mensagem na sua caixa postal — explicou Miri.

— Está bem — disse ele. — Tudo bem. E a Tracy?

— Esse é o passaporte dela?

Só então Rand percebeu que ainda estava segurando o documento da filha.

— É — respondeu e o entregou a Miri, que lhe devolveu o celular.

Ela abriu o passaporte.

— Vou entregá-lo ao gerente do hotel e pedir para ele fazer cópias do retrato, enviando-as a tantos funcionários quanto for possível, no restaurante, na piscina, na sauna, em todas as dependências, perguntando se alguém a viu.

— Ótimo — aprovou Rand.

— Enquanto faço isso, tente ligar para ela. Tentei telefonar faz alguns minutos, usando seu telefone, mas ela não atendeu. Eu gostaria que ligasse para o número dela a cada três minutos.

Rand observou as longas pernas de Miri enquanto ela andava até a recepção, depois abriu o celular e digitou o número de Tracy. O telefone tocou três vezes e caiu na caixa postal. Ele fechou o aparelho e notou a hora na tela. Nesse momento, o celular vibrou e mostrou uma notificação, comunicando que ele tinha acabado de receber uma mensagem em sua caixa postal.

Rand a ignorou.

79

Cidade Velha, Jerusalém

— Dr. Carlos — repetiu Tracy.

— É — respondeu Carlos. — Desde o início, me senti bem melhor em Sivas do que na minha aldeia. Pela primeira vez na vida conheci o prazer de ir para a cama sem surra e de dormir sem dor. Pela primeira vez na vida senti que estava evoluindo em vez de só levar vacas para o pasto de manhã e trazê-las para o estábulo toda noite, um dia depois do outro, sem objetivo, sem esperança.

— Mas você tinha só 10 anos! — protestou Tracy. — Devia estar... sei lá, indo à escola, brincando de pega-pega, andando de bicicleta.

Ele sorriu.

— É, talvez. Em vez disso, meus amigos eram mercadores, imãs muçulmanos e funcionários do governo, gente bem mais velha que eu, que me ensinou muita coisa, mais do que poderia aprender em uma escola de aldeia. E aprendi muito mais depois que conheci o Dr. Carlos, o homem que me apresentou o amor de Deus.

Tracy sentiu um formigamento na base do pescoço, mas nada disse. Percebia que Carlos estava olhando para ela com ainda mais atenção que antes.

— Ele era... pastor?

Carlos balançou a cabeça.

— Era médico. Comprava jornais de mim. Sabia meu nome. Perguntou de onde eu era. E pouco a pouco lhe contei minha história. Pouco a pouco, ele me contou a dele. E pouco a pouco nos tornamos amigos, o Dr. Carlos e eu.

O telefone de Tracy voltou a tocar. Ela o tirou do bolso, impaciente, e checou a tela.

— Desculpe — disse, colocando o aparelho na mesa, ao lado do prato. — Continue.

Ele indicou o telefone com a cabeça.

— Não tem problema — declarou Tracy, pegando o aparelho e o desligando. — Pronto. Assim não nos interrompe mais.

Ele sorriu.

— O que eu estava dizendo? Ah, sim, o Dr. Carlos. Ele me falou de Deus, e do amor d'Ele por mim. E me ensinou a ler, usando a Bíblia. Por causa dele, sabe, eu me tornei seguidor de Jesus em Sivas. Portanto, por que eu lamentaria ir para Sivas? Está entendendo?

Tracy concordou com um gesto de cabeça.

— E quando aprendi a ler, comecei a ler também os jornais que estava vendendo, porque se a gente contar aos fregueses as notícias, lhes der um motivo para comprar, vende mais. E quando comecei a ler o jornal, descobri que havia universidades em toda a Turquia, onde se podia estudar muita coisa, e decidi: *É isso que quero fazer.*

— Era morador de rua, vendia cigarros para se sustentar, e pensou: "Ih, gente, acho que quero estudar na universidade"?

— Não foi bem assim — disse ele, sorrindo.

— Quantos anos tinha? — indagou ela.

Ele inclinou a cabeça para um lado, pensativo, e respondeu:

— Uns 12, talvez. É, acho que foi isso. Doze anos.

— Mas as universidades não são pagas na Turquia? — perguntou ela. — Nos Estados Unidos são muito caras.

— Ah, sim, são caras — disse ele, debruçando-se na mesa e aproximando-se mais dela. — Eu não sabia quanto custava, mas entende, já sabia bastante sobre comércio e lucro, como economizar e usar dinheiro para ganhar mais ainda. Então, com a ajuda do Dr. Carlos, fiz planos. Há uma universidade em Sivas, mas decidi não tentar lá. Optei ir para Istambul, que é a maior cidade da Turquia, mais ou menos a 700km de Sivas, uma distância imensa para um garoto de 12 anos viajar. Como sabe, eu já estava vendendo cigarro, jornais e água na estação ferroviária fazia mais de dois anos, naquela época, e conhecia muita gente, tinha muitos amigos. Em vez de comprar uma passagem de trem cara para Istambul, arranjei emprego de ajudante dos cabineiros e também consegui permissão de vender meus cigarros americanos para os passageiros durante as minhas folgas.

Tracy pôs o garfo de lado e ergueu o copo.

— Já terminou de jantar? — indagou ele.

Ela confirmou enquanto bebia a água.

— Então é hora da sobremesa! — anunciou ele.

— Não — protestou ela, deixando o copo na mesa. — Não consigo comer mais nada.

Ele estendeu a mão sobre a mesa e pegou a dela:

— Falei demais.

— Não. Estou fascinada. Quero ouvir mais.

— Mas já estamos terminando a refeição.

— Não me importa. Mal consigo acreditar que você tenha ganhado dinheiro suficiente vendendo cigarros para frequentar uma universidade.

Ele deu de ombros, despreocupado.

— Não foram só cigarros, eu vendia muitas outras coisas. Comecei em Istambul do mesmo jeito que em Sivas, investindo tudo que eu tinha economizado em mercadorias, sem gastar quase nada para me sustentar. Sabia que ia ser difícil aprender o suficiente para passar no vestibular, mas, mesmo que conseguisse, seria ainda mais difícil ganhar dinheiro suficiente para pagar a faculdade e os livros. Só que estava determinado. Decidi que ia estudar na universidade nem que levasse dez anos para conseguir entrar. Só levei quatro — concluiu sorrindo.

— Quatro anos?

Ele confirmou.

— Eu ganhava muito dinheiro em Istambul e economizava quase tudo. E por isso fui capaz de me matricular na Universidade de Istambul quando tinha 16 anos.

— Dezesseis?

— Levei mais tempo do que outros alunos para terminar, porque tinha que trabalhar e estudar. Só tinha tempo para dormir quatro horas por noite. Mas, quando terminei a faculdade, vendi minha loja e minhas bancas e saí do país para trabalhar como estagiário do grande Yigal Havner.

— *Sua loja e suas bancas*?

Tracy pensou ter percebido uma certa timidez quando Carlos respondeu:

— É. Quando terminei a faculdade, tinha uma lojinha muito pequena e três bancas de rua. Era assim que eu pagava meus estudos e os livros.

Ela balançou a cabeça, fitando Carlos com franca admiração:

— Você é espetacular.

— Fiz de tudo para você pensar justamente isso de mim — respondeu ele, sorrindo.

80

29 d.C.
Monte do Templo, Jerusalém

Yeshua da Galileia não era o único rabi sentado na escada da entrada sul do Templo, mas a multidão que o cercava era a maior e mais briguenta. Caifás aproximou-se, com lentidão e cautela, torcendo para não chamar a atenção.

— Admites que curaste alguém no sábado! — gritou um fariseu, irado, com franjas particularmente compridas no seu talit.

— Por que trabalhas no Shabat*? — indagou outro.*

— Meu Pai trabalha até agora, e eu também — respondeu o rabi.

As palavras fizeram Caifás parar de repente. O galileu tinha se referido a Hashem, *aquele cujo nome é santo demais para ser pronunciado, como Pai! Ele balançou a cabeça, frustrado. Se o homem estava mesmo curando gente, e não um mero farsante, por que diria tal coisa?*

Caifás se aproximou mais e viu o mestre nas escadas. Era, como ele tinha presumido, o homem que havia atacado os comerciantes e cambistas do Templo na festividade do último ano. Desde aquele dia, o sacerdote tinha ouvido relatos constantes sobre um novo rabi e milagreiro, mas eram notícias contraditórias. Tinha ouvido falar de alguém que havia curado muita gente e realizado exorcismos, mas, segundo algumas versões, ele também tinha curado o filho de um dos funcionários de Herodes. O mesmo homem, supostamente, havia começado a reunir talmidim, *ou seguidores, como qualquer rabi, mas um deles tinha sido um coletor de impostos! Havia causado também comoção pregando nas sinagogas em toda a Galileia, mas fora expulso da sinagoga na sua terra natal, Nazaré, e quase apedrejado por suas palavras sediciosas, afirmações de que* Hashem *era misericordioso para com os gentios. E o pior, isso tinha acontecido no interior da Galileia.*

Nada daquilo fazia sentido para Caifás. Parecia que as notícias que chegavam a seus ouvidos sobre aquele galileu acendiam e extinguiam ao mesmo tempo suas esperanças. O homem confirmava as expectativas de Caifás... e depois imediata-

mente as contradizia. Um relato fazia Caifás crer que o Dia tinha chegado, mas a notícia seguinte o exasperava diante da tendência do galileu de dizer e fazer exatamente o que não devia.

Agora aquele mesmo homem (Caifás estava quase certo) estava ali sentado nos degraus do Templo, cercado pelos camponeses que Caifás presumia que fossem seu talmidim, *por curiosos e por um bando barulhento de fariseus que sorriam desdenhosamente como o grupo que tinha cercado o homem na Piscina de Betesda.*

— Em verdade, em verdade vos digo — disse Yeshua. — O Filho, por si mesmo, nada pode fazer, mas só aquilo que o Pai pode fazer; tudo o que este faz o Filho o faz igualmente. Porque o Pai ama o filho e lhe mostra tudo que faz; e lhe mostrará obras maiores do que essas para que vos admireis. Como o Pai ressuscita os mortos e os faz viver, também o Filho dá a vida a quem quer.

De pé, na periferia da multidão, com trajes elegantes, Caifás mal podia crer no que ouvia. Aquelas não eram palavras de um rabi respeitável. Não era assim que estes ensinavam. Aquele homem parecia dizer coisas que ninguém jamais diria. Será que estava falando de si mesmo ou de outro?

— Em verdade, em verdade vos digo: quem escuta a minha palavra e crê naquele que me enviou tem a vida eterna e não vem a julgamento, mas passou da morte à vida.

Caifás arrepiou-se todo. Os saduceus não acreditavam na vida após a morte; achavam que precisavam aproveitar a vida o melhor possível, porque era só isso que tinham. Aquele rabi obviamente não estava nem um pouco interessado em obter o apoio dos sacerdotes governantes.

— Em verdade, em verdade, vos digo; vem a hora, e é agora, em que os mortos ouvirão a voz do Filho de Deus, e os que ouvirem, viverão. Assim como o Pai tem a vida em si mesmo, também concedeu ao Filho ter a vida em si mesmo e lhe deu o poder de exercer o julgamento, porque é Filho do Homem.

Caifás sentiu o coração bater descompassado e percebeu que não era só ele que estava reagindo dessa forma extrema às palavras do rabi, pois os fariseus irromperam em exclamações de choque e indignação.

— Não vos admireis com isso! — disse o galileu, em tom calmo, porém, grave, estendendo a mão para indicar as sepulturas que proliferavam pelo Vale do Cedrom abaixo deles. — Vem a hora em que todos os que repousam nos sepulcros ouvirão a sua voz e sairão; os que tiverem feito o bem, para uma ressurreição de vida; os que tiverem praticado o mal, para uma ressurreição de julgamento. Por mim mesmo, nada posso fazer. Eu julgo segundo o que ouço, e meu julgamento é justo, porque não procuro a minha vontade, mas a vontade Daquele que me enviou.

Alguém na parte de trás da multidão gritou alguma coisa. Caifás não ouviu exatamente o que foi, mas pelo jeito Yeshua sim, porque pareceu erguer o queixo e falar na direção de onde a voz tinha vindo.

— Se eu der testemunho de mim mesmo, meu testemunho não será verdadeiro; mas há um outro que dá testemunho de mim, e sei que é verdadeiro o testemunho que presta de mim. Não apenas isso, mas deixe-me lembrar sobre João Batista. Vós enviastes emissários a João e ele deu testemunho da verdade. Eu, no entanto, não dependo do testemunho de um homem, mas falo isso para que sejais salvos. Ele era a lâmpada que arde e ilumina e vós quisestes vos alegrar, por um momento, com sua luz. Eu, porém, tenho um testemunho maior do que o de João: as obras que o Pai me encarregou de consumar. Tais obras, eu as faço e elas dão testemunho de que o Pai me enviou. Também o Pai que me enviou dá testemunho de mim. Jamais ouvistes a Sua voz, nem contemplastes a Sua face, e Suas palavras não permanecem em vós, porque não credes naquele que Ele enviou.

"Vós perscrutais as Escrituras — continuou ele, agora em tom tristonho —, porque julgais ter nelas a vida eterna. Ora, são elas que dão testemunho de mim; vós, porém, não quereis vir a mim para terdes a vida."

Ao ouvirem essas palavras, os fariseus no meio da multidão começaram a zombar do homem, lançando altos protestos e objeções, não só contra o rabi como também contra aqueles ao redor, fascinados como Caifás por aquelas palavras. Mas a veemência dos fariseus não pareceu comover o mestre; ele apenas os observava, esperando serenamente até aquela agressividade se amainar. Logo após, ele prosseguiu:

— Não recebo a glória que vem dos homens. Mas eu vos conheço: não tendes em vós o amor de Deus. Vim em nome de meu Pai, mas não me acolheis; se alguém viesse em seu próprio nome, vós o acolheríeis. Como podereis crer, vós que recebeis glória uns dos outros, mas não procurais a glória que vem do Deus único? Mas não penseis que vos acusarei diante do Pai; Moisés é o vosso acusador, ele em quem pusestes a vossa esperança.

Caifás ficou boquiaberto, e os fariseus, tão enfurecidos diante dessas palavras que pareciam prestes a agredir o rabi ali mesmo na frente da multidão e do próprio Templo.

— Quem pensas que és? — gritavam.

— Transgrides a Lei de Moisés e ousas acusar-nos?

— Ele é um fora da lei — disse outro.

— Ele chama Hashem *de seu Pai!*

— E desrespeita o Shabat*!*

— Como ousas falar de Moisés?

Enquanto eles ainda gritavam, o rabi prosseguiu, em um tom ainda mais alto, para se fazer ouvir apesar daqueles protestos indignados:

— Sim, falo de Moisés que pareceis ter em tão alta conta. Mas se crêsseis em Moisés, haveríeis de crer em mim, porque foi a meu respeito que ele escreveu. Mas se não credes em seus escritos, como crereis em minhas palavras?

Os gritos e protestos irromperam de novo, Caifás virou-se para afastar-se da rixa instigada pelo galileu. Sua cabeça girava e ele precisava pensar, longe das multidões, longe do Templo, longe de tudo aquilo.

Era enlouquecedor o discurso daquelc homem. Falava com tamanha autoridade, e tal clareza, que era óbvio que não estava louco. E ao mencionar João Batista, Caifás percebeu de repente que fora aquele o homem cujo batismo Nicodemos tinha visto no Jordão. E pelo jeito, seus milagres haviam sido testemunhados por muitos.

Caifás mexeu a cabeça, consternado, ao atravessar o ribeiro de Cedrom e ir caminhando devagar até o jardim chamado Getsêmani. Se aquele homem tinha sido enviado por Hashem, *se as histórias de seus milagres eram verdadeiras, não devia estar unindo os judeus, em vez de os dividindo? Não devia estar pregando contra Roma em vez de acusando os fariseus? Se tivesse mesmo sido enviado por Deus, certamente saberia que não era prudente dizer a uma multidão de fariseus, na cara deles!, que Moisés os acusaria, logo Moisés, que tanto fariseus como saduceus reverenciavam, mas os fariseus mais ainda, por causa de seu apego fanático à Lei! Era ridículo. Era perigoso. Era como...*

Caifás procurou uma comparação adequada. Seria como...

E, subitamente, descobriu. Sim, *pensou, virando-se e ficando de frente para a fachada branca de calcário do majestoso Monte do Templo.* Era como vir aos pátios do Templo... e dizer a um bando de saduceus que eles tinham desrespeitado a Casa de Deus, transformando-a em um covil de ladrões.

81

Ramat Rachel

— O quê! — exclamou Miri ao celular. — Onde?

Rand olhou para ela, surpreso, enquanto ela, ainda com o aparelho, ouvia a resposta e, de tempos em tempos, fazia uma afirmativa ou pergunta.

— Tem certeza? — indagou e depois disse: — Há quanto tempo? — Depois fez nova pausa. — Está certo, me mantenha informada e avise no instante em que houver alguma mudança.

Miri desligou o telefone e declarou:

— Vamos.

— Vamos? — indagou Rand. — Aonde?

Ela já estava caminhando na direção das portas da frente. Sem parar de andar, virou a cabeça e ordenou:

— Entra na viatura.

Rand seguiu-a até a viatura branca e azul da Polícia Nacional de Israel e, momentos depois, eles já estavam percorrendo a estrada sinuosa que levava a Ramat Rachel.

— O que está havendo? — indagou Rand enquanto Miri pegava o trânsito noturno na rua Emek Refaim.

— Ela não está longe daqui — disse Miri, ligando a sirene da viatura e as luzes de emergência.

— O quê? Sabe onde ela está?

Miri fez que sim com a cabeça.

— Como?

— O celular dela.

— Como assim? — perguntou Rand erguendo as mãos para se proteger de uma colisão iminente com uma caminhonete, mas Miri a contornou e voltou a entrar na pista à frente a tempo de evitar outra colisão com o fluxo de veículos na pista contrária.

— Dei o número do celular de Tracy aos nossos peritos. Eles conseguiram localizá-lo e determinar sua posição usando o GPS. Enquanto ela estiver com o aparelho, podemos determinar sua posição exata. Ou pelo menos dizer onde ela estava há apenas alguns minutos.

Rand estremeceu. Até Miri mencionar isso, ele nem mesmo tinha pensado na possibilidade de Tracy se separar do celular, nem nos possíveis motivos para isso. Ele mexeu a cabeça involuntariamente, para livrar-se daqueles pensamentos.

— Onde ela está?

— Na Cidade Velha. Bairro Armênio. Muito perto do Portão de Jaffa.

— Cidade Velha? — repetiu ele. — Por que ela estaria lá?

— Tenho um palpite — disse Miri. O carro fez outra manobra arriscada, quase batendo no para-choque de um ônibus parado ao meio-fio, mas cuja traseira ainda se encontrava na outra pista.

— O quê? — perguntou Rand. — Que palpite?

— Um restaurante — disse Miri.

— Um restaurante?

Ela confirmou com um aceno de cabeça:

— A maior parte do Bairro Armênio fica encerrada entre os muros de um mosteiro imenso. Tem sido assim há séculos. Além do mosteiro, e com exceção de algumas igrejas, o único local de visitação do Bairro Armênio fica em torno do Portão de Jaffa. E muito perto do Portão de Jaffa — informou Miri pisando no freio subitamente para evitar uma carroça puxada por um burro, conduzida por um velhinho que ou era surdo ou não respeitava sirenes da polícia — tem um restaurante conhecido chamado Taverna Armênia.

— É onde ela está?

— É onde acho que ela está.

Rand agarrou com força o painel diante de si enquanto Miri fez uma curva muito fechada com a viatura no alto da rampa e parou o carro de repente em uma fileira de pilastras de concreto que separava ônibus, caminhões, furgões, carros e carroças que passavam pelo Portão de Jaffa na rua de pedestres.

Ela saiu correndo na frente, atravessou o portão e, logo depois, dobrou à direita, indo na direção da Taverna Armênia.

82

Cidade Velha, Jerusalém

Rand entrou na Taverna Armênia imediatamente depois de Miri Sharon, que desceu a escadinha estreita até o restaurante e dobrou a esquina para dar uma olhada no salão. Rand parou ao lado dela, ombro a ombro, e procurou Tracy.

— Está vendo a menina? — indagou Miri.

O restaurante tinha uma iluminação fraca; mesmo assim, eles podiam ver quase todas as mesas.

— Não — lamentou Rand, dando alguns passos para a frente para ver as mesas depois do canto direito, mas Tracy também não estava ali. — Ela não está aqui — se dirigiu à policial.

Miri tirou o passaporte de Tracy do bolso da blusa e abordou uma jovem de camisa branca e saia preta. Mostrou-lhe a foto e disse algumas palavras em hebraico, rapidamente. A menina concordou com entusiasmo e apontou para uma mesa a um canto.

A mesa estava vazia.

83

30 d.C.
Cidade Alta, Jerusalém

Caifás viu Malco surgir no pátio e esperar pacientemente ao lado do arbusto de hena, que se erguia a quase 1,50m acima da cabeça do servo. O sumo sacerdote voltou a atenção para o documento que estava lendo até que lhe fosse conveniente parar. Sabia que o servo só falaria quando Caifás tomasse conhecimento de sua presença.

— Como está minha mulher? — indagou Caifás.

— Descansando — respondeu Malco com cautela.

Ele concordou, tristemente. Salomé tinha se transformado praticamente em uma inválida depois da morte da cunhada, embora Caifás soubesse que a doença era mental, não física.

— Ele veio — disse Malco.

— Quem? — indagou Caifás. — Quem veio?

— O rabi — explicou o servo. — Aquele que dissestes que não ousaria vir à Festa da Libertação. Ele veio.

— Onde?

— Nas escadas, nos pátios. Em toda parte.

— À vista de todos — disse Caifás.

Malco concordou:

— É, até mesmo ensinando nos degraus. E o povo anda dizendo: "Não é este o homem que os chefes dos sacerdotes e escribas estão procurando? Aí está ele, falando em público, e ninguém faz nada." E outros ainda dizem: "Talvez as autoridades tenham concluído que ele é mesmo o Cristo!"

Caifás franziu o cenho e tocou o nariz. Aquele mestre, o milagreiro de Nazaré, era fonte de interminável confusão e frustração para ele. Quando tinha ouvido pela primeira vez no aparecimento daquele homem, sentira uma pontada de animação e esperança. Tinha imaginado se ele não poderia ser o Ungido de Deus. Mesmo de-

pois de ele ter tido a audácia de invadir os pátios do Templo e expulsar os vendilhões e os cambistas, Caifás ainda estava relativamente disposto a suspender o julgamento e dar corda ao homem até ele provar sua identidade ou se enforcar.

No entanto, nos muitos meses desde esse dia, o rabi não tinha feito nada para agradar aos líderes da nação. Certamente existiam relatos de que havia realizado muitos milagres impressionantes... nas aldeias e cidades. E quando os chefes dos sacerdotes e os fariseus de Jerusalém tomavam conhecimento desses milagres, em geral eram boatos confusos e misturados e quase certamente exagerados. E, para piorar as coisas, quando Caifás ou Gamaliel contratavam gente para testemunhar o poder do homem, ele se recusava terminantemente a realizar milagres e às vezes chegava a xingá-los por pedirem um sinal.

Recentemente, as coisas tinham atingido um ponto no qual muitos entre os fariseus, cansados da falta de respeito que aquele rabi do interior demonstrava por eles e pela Lei, pressionavam para que fosse preso e executado antes que obtivesse mais seguidores (diziam que já havia centenas, e que outros milhares já começavam a simpatizar com seus ensinamentos). Caifás encontrava-se na posição difícil de tentar impedir que os fariseus tomassem providências extremas, e ao mesmo tempo desesperadamente tentar entender aquele controverso homem da Galileia. Nos últimos tempos havia percebido que não estava conseguindo nem uma coisa nem outra.

Suspirou alto e olhou para Malco:

— As multidões estão favoráveis a esse ponto, então? Estão saudando esse homem como o Messias?

Malco falou devagar:

— Eles dizem: "Quando o Messias vier, fará ele sinais mais milagrosos do que este homem?" — Depois deu de ombros, como que para distanciar-se de tais opiniões.

Caifás apoiou o documento com cuidado no banco e ficou de pé. Esfregou o queixo barbado e entrou vagarosamente em casa. Malco o seguiu. Uma vez dentro do prédio, Caifás parou e mexeu a cabeça.

— Chama o capitão da Guarda do Templo — disse. — Diz-lhe que eu desejo falar com ele.

84

Cidade Velha, Jerusalém

Tracy saiu do banheiro da Taverna Armênia. Quando voltava para a mesa que compartilhara com Carlos, notou que estava vazia. Passou a andar mais devagar e espiou rapidamente o restaurante. Então viu Carlos saindo do banheiro masculino. A seguir, avistou Miri Sharon perto da escada que levava ao estabelecimento.

Em seguida, viu seu pai.

Aproximou-se de Carlos antes de andar até o pai, que estava com uma expressão estranha no rosto.

— Papai. O que está fazendo aqui?

Antes que tivesse terminado de falar, o pai avançou e deu um soco no rosto de Carlos como se fosse um pugilista profissional competindo por um título. Surpreendido, Carlos caiu contra uma cadeira, virando-a de pernas para o ar, e a seguir aterrissou no chão de pedra com um baque repugnante.

— Carlos! — gritou Tracy. Tentou abaixar-se para ajudá-lo, mas tudo tinha acontecido tão depressa que ficou gritando com as mãos estendidas na direção do rapaz prostrado no chão. Ela se ajoelhou e ergueu a cabeça dele. — Carlos, você está bem? — Sem esperar a resposta, virou-se e gritou para o pai: — Qual é o seu problema?

85

Ramat Rachel

Depois que saíram do restaurante juntos, Tracy ficou um tempão sem falar com o pai. Miri Sharon havia assumido o controle da situação depois do soco de Rand em Carlos, pedindo desculpas aos funcionários do restaurante por todos, pagando a conta dos jovens, levando Carlos até onde ele tinha estacionado o Land Rover e lhe informando qual o melhor trajeto para voltar a Tel Mareshah. Depois tinha deixado Rand e Tracy em Ramat Rachel.

Agora pai e filha estavam sentados sozinhos no quarto do hotel. Rand havia pedido desculpas a todos, principalmente a Carlos, por sua conduta no restaurante, e Carlos tinha pedido perdão a Rand por lhe causar tanta preocupação e sofrimento. Mas Tracy não tinha dito nada, nem mesmo a Carlos.

Rand estava sentado na beirada da cama, enquanto a filha agarrava um travesseiro, enrodilhada na cama, de costas para o pai. Ele não sabia se ela estava de olhos abertos ou fechados. Tentou falar com ela várias vezes, dizer-lhe que estava arrependido, descrever como tinha ficado assustado ao pensar que podia tê-la perdido. Mas Tracy não respondeu nenhuma vez, não deu a menor indicação de sequer escutar o que o pai tinha dito.

Ele olhou para a parede do hotel, desejando ter um minibar para poder tomar um drinque. Tinha bebido só refrigerantes desde a chegada a Talpiot, e naquele instante desejou tomar um porre e esquecer que era um fracasso como pai. Mas nem mesmo esse pequeno conforto ele podia ter. Não podia sair do quarto. Não podia distrair a cabeça trabalhando. Só podia ficar ali sentado ouvindo o silêncio desaprovador da filha.

Então ficou. Sentado. Ouvindo. Lembrando-se.

Nunca se sentiu com capacidade para ser pai. Para ser estudante, sim. Para ser arqueólogo, sem sombra de dúvida. Até mesmo como marido, algumas vezes se sentia razoavelmente adequado. Mas claro que ele precisava levar em consideração que talvez aquele sentimento de adequação como marido nada tivesse a ver com ele; talvez pelo fato de Joy ser uma esposa absolutamente incrível: paciente, compreensiva, indulgente. Mas não se pode pedir a uma criança que seja paciente, nem que entenda suas longas ausências. Não é possível surpreender-se quando uma adolescente tem dificuldade de perdoar um pai que nunca estava presente e que nunca sabia o que dizer nem como agir nas raras ocasiões em que estava.

Entretanto, Tracy não era mais criança. Tinha quase 20 anos. Talvez fosse tarde demais. Talvez ela jamais o perdoasse. Talvez ele tivesse metido os pés pelas mãos vezes demais e não houvesse mais esperança de se tornar o pai que a filha merecia. Entretanto, talvez Tracy tivesse herdado características maternas suficientes para dar a Rand outra chance. Talvez ele pudesse recomeçar. Talvez pudesse recuperar alguma coisa do relacionamento com a filha, o suficiente para reconstruir o vínculo com ela.

Ele deixou a cabeça cair até o queixo apoiar-se no peito. Fazia anos que não rezava. Nem mesmo sabia se estava de fato orando naquele instante, mas sussurrou um único pedido sem fechar os olhos: "Me ajude, por favor. Não sei o que fazer. Não sei por onde começar. Nem mesmo sei como ser pai."

Rand ficou com os olhos pregados no carpete do quarto do hotel depois que essas palavras lhe saíram dos lábios e ficaram pairando no ar. Então teve uma ideia, bastante nítida, que não pareceu ter saído de sua cabeça, mas penetrado em sua mente, de algum outro lugar. Era como se Deus tivesse falado mesmo com ele.

Era como se Deus tivesse lhe dito: "Comece por aí. Comece por aí mesmo. Diga a Tracy tudo que acabou de me dizer."

86

30 d.C.
Monte do Templo, Jerusalém

A expressão de Eleazar era assassina:

— Precisamos deter esse homem! — grunhiu, rangendo os dentes.

Caifás afastou o sacerdote para um lado, sob os pórticos, onde a multidão reunida para o festival estava mais dispersa. Sabia que Eleazar se referia a Yeshua; o rabi de Nazaré tinha sido quase o único tópico de conversa durante os primeiros sete dias da Festa Anual dos Tabernáculos, ou, simplesmente Sukkot *(Tendas). O evento tinha esse nome por causa das tendas armadas pelos judeus e usadas como abrigos temporários em seus jardins e pátios, nos terraços das casas, em praças públicas e em torno do Templo inteiro, nos pátios e varandas e ao longo dos muros, em homenagem aos quarenta anos durante os quais seus ancestrais perambularam pelo deserto do Sinai. Era uma das três ocasiões nas quais todos os judeus do sexo masculino deviam, por Lei, comparecer a Jerusalém.*

No oitavo dia da assembleia, chamada Shemini Atzeret, acontecia o clímax da festa. Enquanto se preparavam os sacrifícios matinais, um sacerdote levava uma procissão do Templo até a Piscina de Siloé, fora dos muros da cidade. Ali ele enchia uma jarra de ouro com água da piscina, enquanto o povo aclamava e cantava de alegria. A procissão voltava para o Templo depois disso, entrando na cidade pelo Portão de Água, cujo nome era derivado dessa cerimônia. Depois de três toques de trombetas terem saudado o sacerdote que trazia a jarra, ele subia os degraus e despejava a água (com uma oferenda de vinho) no altar, acompanhado pelas aclamações e cânticos da multidão.

— Ele conspurcou a oferenda! — continuou Eleazar. — Eu mal tive tempo de descer do altar de sacrifício depois de despejar a água, e o homem ficou de pé, no meio do povo, e disse em alta voz: "Quem tiver sede, venha a mim e beba. E quem depositar sua confiança em mim, como está escrito, rios de água viva fluirão dele." — Eleazar espalmou as mãos, exasperado.

— Sim, eu sei — disse Caifás. Ele tinha testemunhado a cena. Yeshua havia se levantado no Portão de Nicanor, a larga abertura entre o Pátio dos Israelitas e o das Mulheres, ambos lotados de fiéis.

— Estão dizendo que ele é o Messias! — observou Eleazar.

— Nem todos — negou Caifás.

— Não podeis crer que ele seja inofensivo!

— Eu não disse isso. Não se preocupe, Eleazar. Os guardas receberam ordens de prendê-lo quando chegar o momento certo. Não há necessidade de começar uma revolta.

No dia seguinte, porém, as tendas em torno da cidade já haviam desaparecido e as multidões de peregrinos se dispersado. O rabi da Galileia não tinha sido preso. Caifás convocou o capitão da Guarda do Templo para vir à Câmara das Pedras Talhadas no Templo. Eleazar estava com ele, assim como diversos fariseus, inclusive Nicodemos, quando o capitão chegou com quatro guardas do Templo.

— E então — indagou Caifás. — Onde está o homem que recebeste ordens de prender? Por que não o trouxeste?

O capitão olhou os quatro subordinados com raiva.

— Vossa Excelência — disse, dirigindo-se a Caifás sem tirar os olhos dos quatro guardas. — Ordenei a esses homens que cumprissem vossas ordens.

Os guardas olharam para Caifás, para o capitão e voltaram a fitar Caifás.

— Vossa Excelência — disse um deles —, nós tentamos...

— Tentaram? — gritou Caifás. — Tentaram? Tenho uma guarda que tenta? Ou uma que desempenha suas obrigações?

— Vossa Excelência — apresentou-se outro guarda, olhando de relance, meio ressabiado, para o capitão ao falar —, recebemos ordens de prender o homem sem que ele estivesse rodeado por uma multidão de testemunhas.

— E qual o problema? — insistiu Caifás.

— Ele ficou o tempo todo cercado por multidões. Não tivemos essa oportunidade.

Uma expressão de asco surgiu no rosto de Caifás, que disse:

— Não tiveram oportunidade. Esperais que eu acredite que o homem nunca ficou sozinho? Que estava constantemente cercado por gente?

— Mas é verdade — respondeu o guarda. — Ninguém jamais falou como ele fala.

Nesse momento, um jovem fariseu chamado Saulo avançou declarando ao guarda, com o rosto roxo de raiva:

— Ele te enganou também? Acaso algum dos sacerdotes ou fariseus acreditou nele? O Sinédrio, os governantes do teu povo, converteram-se em seus talmidim? *Não! Mas essa turba, as multidões que nada sabem sobre a Lei, foram vítimas de uma maldição!*

Nicodemos, que Caifás raramente tinha visto nas semanas anteriores, abriu as mãos, em um gesto conciliador, e argumentou:

— Homens de Israel. A nossa Lei acaso condena alguém sem lhe dar uma chance de falar? Quem entre nós deu essa chance ao galileu?

Saulo voltou-se contra Nicodemos:

— És galileu também? — berrou ele. — Se estudares atentamente, perceberás que nenhum profeta jamais veio da Galileia. O homem é um perigo para todos nós! Precisamos contê-lo!

87

Ramat Rachel

Rand levantou-se da beirada da cama e virou-se para Tracy. Ela continuava de costas para ele. Assim enrodilhada como estava, segurando o travesseiro contra o peito e o abdome, parecia bem menor e mais nova do que seus 19 anos. Ele entrou no espaço entre as camas dos dois e sentou-se na sua, de frente para Tracy, ainda de costas.

— Tracy — começou. — Não sei o que fazer. Não sei por onde começar. E sei que agora você provavelmente está tão zangada que nem consegue pensar direito, muito menos conversar comigo. — Fez uma pausa, tentando descobrir o que diria a seguir. — Então não precisa dizer nada. Eu só espero que me escute. Espero que me dê uma chance, embora eu não a mereça. — Mais uma pausa. — Fiquei apavorado, Tracy, muito apavorado mesmo. Tentei dizer a mim mesmo que você estava bem e que tudo acabaria bem, mas não tinha certeza, Tracy. Eu morri de medo de que você tivesse se perdido, se machucado ou... coisa pior. Depois de perder sua mãe, foi a pior coisa que me aconteceu na vida.

Seus olhos de repente se encheram de lágrimas e ele engoliu em seco, procurando controlar a emoção transparecida na voz quando se lembrou da morte da esposa.

Tracy não se mexeu. Rand não sabia se ela estava escutando, nem mesmo se estava acordada, mas continuou assim mesmo:

— Quando vi o Carlos com você, todo aquele medo e aquela raiva irromperam no meu peito e eu bati nele porque achei que ele tinha convencido você a fazer tudo isso. Talvez tenha, não sei, mas vi pela sua reação quando dei aquele soco nele que você não tinha sido raptada, nem nada disso! Vi que você realmente gosta dele e na mesma hora me arrependi do que tinha feito, mas já era tarde.

Depois, fazendo outra pausa, ele se inclinou para a frente, apoiando os cotovelos nos joelhos e unindo as mãos diante de si. Sentiu-se como se tivesse perdido de vista o objetivo de antes. *Por que eu estava dizendo tudo aquilo?*, perguntou-se. Mas não obteve nenhuma resposta satisfatória.

— Nem mesmo sei por que estou dizendo tudo isso, Tracy. Acho que quero que saiba que sinto muito, mas muito mesmo.

Interrompeu-se de novo e ficou olhando para as costas da filha, em busca de algum sinal de que ela estivesse pelo menos prestando atenção. Esperou alguns momentos, mas nada mudou.

— Sei que tenho sido uma decepção para você como pai. Droga, até eu me decepcionei. Acontece que nem mesmo sei *como* ser pai. As únicas coisas que aprendi com o meu foram "cala a boca" e "não chora". E por isso, quando você nasceu, eu não fazia ideia de como ser seu pai, nem quando era pequena e definitivamente nem agora que você tem 19 anos e já é moça. Uma adulta. Só que quero ser seu pai, Tracy, quero mesmo. Quero estar ao seu lado quando precisar de mim... ser o pai que você merece. Só que não sei como. Sei que parece ridículo dizer isso 19 anos depois de você ter nascido, mas é verdade.

Seus olhos tornaram a encher-se de lágrimas, e ele olhou em volta procurando uma caixa de lenços de papel. Não encontrando nenhuma, fungou e apertou as narinas com os dedos.

— Mas estou disposto a aprender, Tracy. Estou louco para aprender. Não há nada que eu queira mais agora do que aprender a ser seu pai, mas acho que não vou conseguir descobrir sozinho. Vou precisar da sua ajuda. Sei que deveria saber tudo isso, não é? Mas não sei. Então, se puder me perdoar, só o suficiente para me ajudar, me explicar como ser um pai melhor, quando estou agindo errado e me ajudar a fazer o que é certo, eu ficaria extremamente grato. — Rand parou para conter um soluço. — E prometo... prometo que vou me esforçar mais para ser seu pai do que já me esforcei antes.

Ele ficou parado olhando as costas dela um instante, torcendo para ela virar um pouco para o lado e talvez sorrir para ele. Talvez estivesse chorando. Talvez ela o chamasse de *papai.*

Mas Tracy não se moveu. Ele ficou de pé, contornou vagarosamente a cama dela e espiou com cuidado o seu rosto.

Ela estava dormindo.

88

31 d.C.
Câmara das Pedras, Jerusalém

Argumentos apresentados aos gritos e confidências feitas aos cochichos cercavam Caifás por todos os lados, como uma praga de gafanhotos. Os 71 membros do Sinédrio (ele e os chefes dos sacerdotes e os mais eminentes fariseus da nação) tinham lotado a Câmara das Pedras Talhadas devido aos relatos que vinham de Betânia, a aldeola a apenas um dia de caminhada a leste de Jerusalém.

Provenientes de muitas fontes, alguns relatos eram confusos e contraditórios, mas todos confirmavam basicamente o mesmo fato: Yeshua, o famoso rabi da Galileia, havia chegado a Betânia durante a shivá, o período de luto de sete dias, de um homem chamado Lázaro... e o chamara para fora do túmulo! Ressuscitado dos mortos! A notícia se espalhava, e um grande número de pessoas estava proclamando abertamente que aquele galileu era o Messias, razão que havia provocado aquela reunião litigiosa do Sinédrio.

Como sumo sacerdote, Caifás tinha pedido ordem na assembleia, mas muito pouca ordem prevalecia na sala, visto que o debate se transformava frequentemente em brigas e ameaças.

— Governantes de Israel! — gritava ele, várias vezes, apelando para que se mantivesse um certo decoro. — Deixai José de Arimateia falar! Ele estava presente! Deixai-o falar!

José de Arimateia ficou de pé, e o barulho na sala pouco a pouco esmoreceu, embora um murmúrio baixo de comentários e queixas continuasse em vários pontos.

— Não se pode contestar os fatos. Eu estava presente. Sou testemunha. Lázaro de Betânia morreu. Foi sepultado. Yeshua chamou-o dentre os mortos, e ele agora está vivo!

— Se ele é milagreiro mesmo — berrou um dos sacerdotes —, devia ter evitado que o homem morresse! Por que não o curou?

O comentário provocou gritos em toda a sala e José de Arimateia passou a repetir, aos berros, até ficar rouco:

— Ele não estava lá! Chegou depois que Lázaro já havia morrido!

No entanto, logo o debate mudou inteiramente do que tinha acontecido em Betânia e passou a tratar do próprio Yeshua. Alguns aconselhavam cautela; outros defendiam que ele fosse convidado a comparecer diante do conselho; e outros ainda protestaram veementemente contra o reconhecimento implícito ou explícito, de qualquer legitimidade no caso do controvertido mestre da Galileia. Os fariseus ficaram divididos, mas os saduceus se uniram, formando uma única frente coesa.

— Ele ameaçou destruir este Templo! — acusou Jônatas, filho de Anás. — Muitos de vós ouviram esta blasfêmia com os próprios ouvidos.

— Ele diz que vai reconstruí-lo em três dias — disse um dos fariseus. — Um homem que é capaz de ressuscitar mortos não seria capaz de fazer isso?

— Não estás entendendo nada! — gritou Eleazar. — O que pensas que estás conseguindo? Seja o que for que ele está fazendo, está realizando diversos sinais milagrosos, e cada vez mais pessoas aderem a ele. Se deixarmos que isso continue, essa multidão de seguidores vai acabar chamando a atenção do governador!

— Herodes já está disposto a prendê-lo na Galileia! — gritou alguém.

— Achas que Roma vai ter a paciência que temos tido? — observou Jônatas.

— Claro que não — disse Eleazar. — Sabes que os romanos não vão hesitar e não vão distinguir entre esse homem e o resto da nação, entre os judeus que o seguem e aqueles que, como nós, são fiéis à Lei e ao Templo. Os romanos não vão ser misericordiosos. Vão nos tirar nosso território e nossa nação.

— E se o poder de Hashem *estiver se manifestando por intermédio deste homem? — indagou Nicodemos. — E se ele tiver sido enviado para nos libertar de Roma?*

— Não sabes o que dizes! — gritou Caifás, sua expressão tornando-se apoplética. — Não sabes absolutamente nada! Não fazes ideia do que é melhor para ti, para nós todos, é melhor que morra um homem pelo povo, do que a nação inteira pereça.

O conselho ergueu-se todo, aos gritos, ao ouvir essas palavras de Caifás e abafou as vozes de Nicodemos, de José e de alguns outros a favor de um procedimento diferente. Quando o grupo tomou uma decisão, os membros mais moderados já haviam saído da sala. Aqueles que ficaram, concordaram, devido à proximidade da Festa da Libertação, em anunciar ao povo judeu que se alguém soubesse o paradeiro de Yeshua, deveria comunicar ao Sinédrio, para que pudessem mandar prendê-lo.

89

Ramat Rachel

Rand despertou e abriu os olhos. A luz do sol penetrava pelas janelas do quarto do hotel. Ele voltou a fechar os olhos durante alguns instantes, depois os abriu para confirmar a imagem que pensou ter visto momentos antes.

Tracy estava sentada à mesa do canto do quarto, já vestida e parecia estar observando o pai. Ele ergueu a cabeça do travesseiro e esperou até os olhos se adaptarem à claridade. Era verdade. Ela o encarava.

Ele se levantou da cama e se apoiou em um cotovelo.

— Oi. Você acordou cedo hoje.

— Não — respondeu ela. — Você é que ficou dormindo até tarde.

— Que horas são? — perguntou, sentando-se.

— Quase onze.

— Só pode estar brincando!

— Não — respondeu ela. — E já recebeu várias ligações e mensagens em sua caixa postal — informou, sacudindo o celular do pai.

Ele ergueu as mãos e levou-as ao rosto, esfregando os olhos para espantar o sono, sem muito sucesso. Ainda se sentia sonolento.

— Puxa, nem acredito que dormi tanto.

— Você deve ter ficado esgotado ontem — comentou Tracy.

Rand olhou para a filha. Não foi capaz de perceber se ela ainda estava zangada com ele. Estava diferente, ele tinha certeza, mas não sabia por quê. Rand suspirou e declarou:

— É. É cansativo passar vergonha.

Ela não reagiu.

— Quem foi que ligou? — perguntou ele.

— Uns dois ou três números diferentes — respondeu, dando de ombros. — Um é de um Jacques sei lá de quê — declarou, jogando o celular para o pai.

Ele o pegou, olhou a lista de chamadas recentes, depois deixou o aparelho na cama.

— Era sobre alguma coisa importante? — indagou ela.

— Era. Sobre o papiro — confirmou Rand.

— O papiro? — repetiu ela. — Por que não liga de volta? Não quer saber o que está havendo?

Ele inspirou, depois soltou o ar devagar.

— Claro — respondeu. — Mas tenho coisas mais importantes a fazer primeiro.

Ela botou os pés em cima do assento da cadeira, abraçando as pernas, que encostou no peito.

— Como o que, por exemplo? — indagou.

— Tracy, quero te dizer umas coisas. Tentei fazer isso ontem, mas...

— Eu te escutei — disse ela.

— O quê?

— Ouvi o que me disse.

— Mas eu não... Pensei que você estivesse dormindo.

Ela apoiou o queixo nos joelhos.

— Eu adormeci, sim. Acho que foi enquanto você ainda estava falando. — Ela parou de falar, mas continuou olhando o pai. Ambos ficaram se entreolhando alguns instantes, calados. Depois ela abaixou os olhos e continuou: — Eu estava com tanta raiva ontem à noite que... não sabia o que fazer. Não conseguia nem pensar. E comecei a ficar com mais raiva quando você começou a falar, porque isso era a última coisa que eu queria que você fizesse, ou pelo menos pensei que fosse, e quando você começou, parecia que estava piorando tudo. Mas quando começou a dizer que não sabia ser meu pai, sei lá. — Interrompendo-se, olhou para ele. — Percebi que nunca tinha te visto como uma pessoa de verdade, sabe? Quer dizer, você era meu pai e devia saber o que fazer, o que dizer e do que eu precisava. Eu nunca pensei que talvez você não soubesse como. Quer dizer, para os filhos, os adultos sabem tudo, entende? Só que eu me senti como se tivesse te conhecido pela primeira vez ontem à noite.

Os olhos de Tracy se encheram de lágrimas e ela prosseguiu:

— Me pareceu a primeira vez que eu tinha ouvido palavras de verdade saindo da sua boca em vez das coisas que os pais acham que devem dizer aos filhos, tipo: "eu te amo", "você é linda", "vai limpar seu quarto". E estava com muita raiva ontem à noite para dizer alguma coisa ou até te mostrar que eu estava escutando, mas estava. E por isso fiquei sentada aqui desde que saí da cama e me vesti. Pensei muito — declarou, sorrindo, timidamente. — Principalmente para alguém impulsiva como eu.

Ela foi até a cama e sentou-se ao lado do pai. Rand a observava, fascinado pela mudança impressionante ocorrida não só nela, embora ela parecesse muito diferente da moça que tinha aparecido no sítio arqueológico apenas alguns dias antes, como também nele. Ele se sentia como se testemunhasse um momento crucial da história, como a queda do Muro de Berlim, só que os fatos não só se desenrolavam ao seu redor, mas também dentro dele. Abaixou a cabeça e procurou controlar as estranhas emoções que brotavam em seu interior.

— Ando me comportando mal — disse ela. — Como uma egoísta irresponsável. Me desculpe. Tenho posto a culpa dos meus problemas só em você e no seu maldito trabalho. E daí, se você não é o melhor pai do mundo? Podia ter sido muito pior. Mas — Tracy fez um gesto, como quem dispersava aqueles pensamentos —, o que disse ontem à noite foi muito importante para mim — disse, com a voz trêmula. — E nem mesmo sei se posso fazer isso, o que quer que eu faça. Não sei se posso te ajudar a ser um pai melhor. Não sei se posso ser uma filha melhor. Mas andei pensando que talvez... — Tracy fez uma pausa e Rand olhou para ela, que estava com o rosto banhado de lágrimas. — Talvez, se nós dois tentarmos ajudar um ao outro, você possa descobrir como ser meu pai e eu... eu possa descobrir como ser sua filha.

Ele estendeu os braços e puxou-a para perto de si, e em seguida ambos expressaram abertamente todas as emoções reprimidas durante aqueles 19 anos.

90

Ramat Rachel

O celular do pai vibrou na cama enquanto os dois estavam abraçados, chorando juntos.

— Não vai atender? — indagou ela. — É provável que seja alguma coisa importante.

Ele soltou a filha e pegou o celular, mas não olhou nem de relance nem abriu o aparelho.

— Acho que "importante" para mim agora é outra coisa.

Ela fez beicinho e comentou:

— Que fofura.

Ele sabia obviamente que ela estava zombando dele.

— Sabe o que é? — disse ele. — É que não quero mais cometer erros. Em relação a você, quero dizer.

Ela deu de ombros.

— Eu ainda preciso lavar o rosto, de qualquer forma. — Tracy levantou-se, foi até o banheiro devagar e fechou a porta. Abriu a torneira da pia e ficou parada, olhando o reflexo no espelho. Afastou do rosto os cabelos que iam até os ombros, colocando-os atrás das orelhas. O rosto estava corado, e as pálpebras, inchadas. Finalmente, sem tocar a água corrente, balançou a cabeça, fechou a torneira e se sentou na tampa fechada do vaso sanitário.

Estava zonza. Nunca tinha falado assim tão francamente com o pai. E isso a tinha deixado apavorada, agora que tinha um momento para pensar no assunto. Sabia que ele tinha sido sincero, não havia dúvida sobre isso. Mas, e se sinceridade não bastasse? E se não fosse só uma questão de "não saber" como ser pai dela? Depois de quase vinte anos sendo um pai ausente, ele conseguiria ser diferente? Não se tratava apenas de se perguntar "será que ele vai mudar?", mas também "será que ele pode mudar?".

E ela? Poderia mudar, agora que tinha conseguido se comunicar com ele? Será que ia conseguir dizer quando se sentisse ignorada ou negligenciada, ou só iria deixar passar, como tinha feito por quase duas décadas? Será que ia conseguir encontrar formas de expressar a ele o que precisava que ele fizesse? Ou será que ela mesma saberia isso?

Quanto mais pensava no caso, mais aquilo lhe parecia uma esperança irreal. Ela queria acreditar no pai. Queria desesperadamente que ele mudasse. Mas com certeza não queria esperar demais dele, porque voltar a como as coisas eram antes seria ainda mais doloroso. Devastador.

— Eu não ia aguentar — disse em voz alta. — Não ia dar para aturar.

Tracy ficou de pé, abriu a torneira e lavou o rosto.

91

31 d.C.
Cidade Alta

O sol se pôs ao leste do céu sobre Jerusalém enquanto os chefes dos sacerdotes e saduceus mais influentes se reuniram no terraço da casa de Caifás, onde era mais fresco. O sumo sacerdote examinou os rostos dos presentes, avaliando o grupo antes de começar. Preferia esperar até que ali estivessem os principais personagens, com a notável exceção do sogro, Anás, gordo e idoso demais para subir a escada estreita até o terraço. Sua ausência não incomodou Caifás.

Os fariseus tinham sido excluídos de propósito da mais recente conferência convocada por Caifás para debater o problema de Yeshua de Nazaré. Não só porque ele tinha notado que vários deles, Nicodemos, José de Arimateia e talvez um ou dois dos outros, simpatizavam cada vez mais com o galileu e sua retórica subversiva (até o ponto, segundo tinha descoberto, de avisarem o rabi dos planos de Herodes de prendê-lo na Galileia, planos que Caifás julgava ter inspirado, comunicando-se com Herodes por meio de um intermediário). A outra razão para a exclusão dos fariseus do conselho era porque, apesar das preocupações exageradas com os detalhes em relação ao desrespeito de Yeshua pela Lei — ele curava durante o Shabat, *não lavava as mãos cerimonialmente antes de comer, denegria as tradições orais, e assim por diante —, alguns fariseus mais conscienciosos pareciam propensos a concordar com as críticas de Yeshua à hipocrisia desmedida tanto de fariseus quanto de saduceus. E a maioria deles aparentava não se preocupar com as ações e palavras do rabi galileu que mais ofendiam os sacerdotes, que eram as afirmações frequentes de que o Templo seria destruído em breve, como se preparasse o povo para um confronto com Roma que, aparentemente, ele mesmo causaria.*

Só nos dias mais recentes, Caifás havia recebido denúncias de que o homem tinha apontado para os cintilantes muros brancos de arenito do Templo e dito a seus seguidores: "Vede estes edifícios impressionantes? Lembrai-vos do que vos digo: serão demolidos de modo a não deixar pedra sobre pedra!"

Ele tinha praticamente garantido que iriam começar guerras por toda parte, e depois disso viriam carestia e terremotos. "Mas", tinha dito, segundo os informantes, "todas essas coisas serão apenas o começo das dores". Tinha chegado a prever a volta da Abominação da Desolação, como no tempo do governante sírio Epífanes Antióquio, quase cem anos antes, que havia erigido uma estátua do deus romano Júpiter no Templo e exigido que se oferecessem sacrifícios a ela.

Essa retórica tinha removido de uma vez por todas as dúvidas de Caifás sobre o rabi da Galileia. Obviamente o homem era demente, pretendia começar uma guerra com Roma que sem dúvida resultaria na destruição da nação... e do Templo. Talvez até mesmo do povo judeu.

Por via das dúvidas, Caifás considerou prudente debater a necessidade de agir apenas com aqueles em quem podia confiar.

— Governantes de Israel — disse ele, quando o grupo lhe pareceu completo. — Já nos reunimos em diversas ocasiões para analisar e debater os atos e as ameaças do rabi da Galileia. Informamos ao povo que as atividades dele devem ser denunciadas ao Sinédrio. E não apareceu ninguém que nos desse indícios sobre o seu paradeiro. Não temos mais tempo para debates. A Festa da Libertação é apenas daqui a alguns dias, e ele vai ser obrigado, como todos os judeus, a comparecer às festividades. Ele estará presente, com todos os seus discípulos. E vamos mandar prendê-lo no momento em que aparecer. Não podemos permitir que ele espalhe seus ensinamentos perniciosos mais do que já espalhou.

— Ele agora já é famoso demais — protestou um deles.

— Vai estar sempre cercado pela multidão aonde quer que vá — disseram vários outros.

— Se o prenderem em público — disse Alexandre —, vai começar uma revolta. Os discípulos poderão apresentar resistência, e são muitos.

— Devemos prendê-lo em segredo — disse Jônatas, filho de Anás.

— Não! — gritou Caifás. — Precisamos prendê-lo na primeira oportunidade, com ou sem multidão. Cada momento de hesitação só piora as coisas!

— Que diferença fará mais alguns dias, durante a festa ou depois? — indagou Eleazar.

— Por que não me dizes, Eleazar? — retrucou Caifás. — Por que ele não foi preso anos atrás, quando veio profanar o pátio do Templo? Não tinha medo do povo naquela época?

— As festividades vão atrair muita gente a Jerusalém — ponderou Jônatas. — Muitos da Galileia. Muitos das cidades da periferia. Muitos seguidores do rabi. Prendê-lo durante a Festa da Libertação seria criar problemas desnecessários para nós.

Caifás virou-se e observou os rostos que o cercavam no terraço de sua casa.

— Somos líderes de Israel? Ou já nos tornamos seguidores do homem?

Jônatas falou de forma mais decidida:

— Certamente ele será preso, meu irmão. Mas não durante as festividades. Senão o povo vai se revoltar.

Caifás sentiu os pelos da nuca se arrepiarem. O cunhado tinha acabado de chamá-lo de "meu irmão" em vez do costumeiro "Vossa Excelência". Ele tinha certeza de que havia sido de propósito.

Pensou em contestar Jônatas naquele momento, em não deixar aquilo passar. À medida que o pai ia envelhecendo e o mandato de Caifás como sumo sacerdote ia chegando ao décimo quarto ano, o segundo filho de Anás parecia cada vez mais ambicioso. Caifás, porém, rapidamente decidiu nada dizer sobre as palavras usadas por Jônatas. Algumas coisas eram mais importantes do que sua posição como sumo sacerdote, entre elas certamente a preservação da nação de Israel e, portanto, a reação à presença do rabi galileu.

— Teus conselhos são sábios, Jônatas — disse ele, sério. — Vamos prendê-lo no momento e local onde as multidões aqui reunidas para a Festa da Libertação não possam interferir. Precisamos avaliar os riscos que assumimos quando o destino da nação está em jogo.

92

Ramat Rachel

Segundo o registro das chamadas recebidas pelo celular de Rand, o Dr. Jacques Elon já havia telefonado cinco vezes. Rand apertou a tecla para verificar a caixa postal e descobriu que tinha quatro mensagens.

A primeira era de Elon: "*Shalom*, Dr. Bullock. Aqui é o Jacques Elon, do Centro de Conservação e Restauração. *Shalom*. Já analisei os ossários que escavou. Desejo falar com o senhor o mais rápido possível. *Shalom*."

A segunda mensagem também era de Elon, gravada naquela manhã, algumas horas antes. Em um tom bem mais urgente do que o recado anterior, que Rand sabia que tinha sido deixado na noite anterior, antes de ele e Miri terem saído do hotel juntos, Elon dizia: "*Shalom, shalom,* Dr. Bullock, aqui é o Dr. Jacques Elon de novo, espero falar com o senhor, pois a análise dos ossários e o pergaminho agora pode ser vista. Seria bom se eu pudesse falar com o senhor assim que receber esta mensagem. Obrigado, *shalom*."

A terceira e a quarta mensagens eram mais curtas, simplesmente reiterando a necessidade de falar com Rand. O americano apagou todas e depois digitou o número de Elon, que atendeu a chamada no primeiro toque.

— *Shalom* — disse Rand. Antes que pudesse terminar de pedir desculpas pela demora em retornar, o doutor o interrompeu e perguntou quando ele podia ir ao centro. Rand respondeu que planejava ir até lá em breve, dentro de uma hora.

— Ótimo, ótimo — respondeu Elon. — Até lá, então.

— O documento está bem-preservado? — indagou Rand.

— *Mamash tov* — respondeu Elon.

— Que quer dizer isso?

— *Mamash tov* — disse ele, depois de gaguejar profusamente. — Sim, sim, claro, muito bem. O documento está muitíssimo bem-preservado.

Rand desligou no momento em que Tracy saía do banheiro. Depois colocou o celular ao seu lado, na cama.

— Quem era? — indagou ela.

— O homem do Centro de Conservação e Restauração. Sobre os ossários e o documento.

— O que ele disse?

— Disse que podemos ir lá vê-lo.

— Ah — disse ela, sem querer se comprometer.

— Gostaria de vir comigo?

— Não, tudo bem — disse ela. — Vai lá.

Ele ficou de pé e foi até onde ela estava.

— Gostaria de passar com você o resto do nosso tempo aqui. Se concordar. Você poderia me ajudar.

— Quando preciso estar pronta? — perguntou Tracy com um leve sorriso.

— De quanto tempo precisa? — indagou ele, surpreso. Nem mesmo tinha se vestido ou se barbeado, e Tracy aparentemente já estava arrumada fazia algum tempo, mas mesmo assim ele ainda torcia para ela não demorar muito.

Ela pegou o celular sobre a mesa e declarou:

— Já estou pronta.

93

Givat Ram, oeste de Jerusalém

Tracy notou os ossários imediatamente ao entrar na confinada sala que não tinha muitos objetos nem janelas. Uma série de luminárias embutidas em sancas perto do teto projetava uma luz mortiça, tornando o ambiente ainda mais claustrofóbico.

O pai a havia apresentado apenas momentos antes ao Dr. Jacques Elon, que Tracy logo classificou como um intelectual um tanto assustador. No entanto, ela sorriu e lhe disse que era um prazer conhecê-lo. Agora os três estavam parados lado a lado, olhando para os três ossários.

— Dei prioridade à análise desses ossários intactos — explicou Elon. — Os fragmentos e as partes que trouxeram para nós serão analisados depois.

Rand fez que sim com a cabeça e perguntou:

— O que descobriu?

Tracy achou que o sorriso do pesquisador lembrava um cientista louco de algum filme barato. Achou difícil levá-lo a sério, mas o pai nem percebeu sua cara quando fez uma expressão de *Que sujeito mais bizarro.*

O Dr. Elon acariciou o cavanhaque e abriu a pasta que tinha trazido para a sala. Consultou-a, falando devagar, com aquela mistura de sotaques esquisita:

— Examinei a pedra e a pátina com lentes de aumento. À inspeção visual, a pátina na superfície do ossário parece ser coerente com a área geográfica e a caverna onde a encontrou.

Ele ergueu a vista da página, olhando rapidamente para Rand, depois voltou a ler:

— Partículas de solo do fundo de ambos os ossários, juntamente a amostras da pátina de vários pontos das laterais e do interior da inscrição, foram estudadas com um microscópio eletrônico de varredura. O solo consiste em *terra rossa,* uma terra argilosa vermelha que surge em torno do calcário comum nessa área, e que se espera encontrar em um objeto escavado na região de Silwan em Jerusalém.

Tracy olhava o pai com atenção, que parecia entender a explicação do sujeito. Ela não fazia a menor ideia do que ele estava falando, mas via o pai concordando, e concordava com ele, por reflexo.

— A pátina — continuou Elon — não continha elementos modernos. Adere firmemente à pedra. Não há indicação do uso de ferramenta ou instrumento modernos. A análise isotópica mostra resultados coerentes com artefatos arqueológicos enterrados em áreas calcárias, tais como Jerusalém e grande parte da Judeia. Além disso, as proporções isotópicas estão de acordo com um artefato de 2 mil anos.

Aquela conversa fez Tracy se lembrar de seu dentista, que falava constantemente enquanto cutucava sua boca sem demonstrar a menor sinceridade ou sensibilidade às emoções humanas.

— E as inscrições? — indagou Rand.

Elon balançou a cabeça e ergueu uma das páginas:

— A análise das letras também se revelou coerente com a pátina da caixa. As letras são certamente autênticas, sem dúvida.

— Excelente — disse Rand.

— Achei que gostaria de saber disso — comentou Elon.

— Já fez alguma análise paleográfica?

— Fiz, fiz, claro — confirmou, passando para outra página da pasta. — A inscrição está em aramaico, que era muito falado nesta região no período do Segundo Templo. Era a língua mais comum, embora o grego e o hebraico também fossem bastante populares.

— E o que dizem as inscrições? — indagou Tracy.

Elon não olhou para ela, mas respondeu à pergunta apoiando a mão no ossário próximo dele:

— Esta urna é a da inscrição "Miriam, filha de Shimon". — Tocando o outro ossário acrescentou: — E este, o da inscrição "José, filho de Caifás".

94

31 d.C.
Câmara das Pedras Talhadas, Jerusalém

Caifás esperou que os outros chegassem. O clamor das multidões nos pátios do Templo mal passava de um murmúrio dentro da Câmara das Pedras Talhadas. Ele tinha chegado cedo àquele recinto para ficar só durante alguns instantes. Queria tempo para refletir, para pôr os pensamentos em ordem, tentar chegar a algum tipo de entendimento.

Não sabia em que ponto as coisas tinham começado a dar tão errado. Seu desejo de ser um sumo sacerdote justo, de restaurar a justiça a Israel nunca tinha fraquejado. Nunca tinha deixado de lado o desejo de ver o Messias de Deus e seu povo libertado da opressão romana e reinstituído como povo de Deus, um reino de sacerdotes, uma nação santa, como Hashem *havia prometido a Moisés. Esta sempre tinha sido, e ainda era, acima de tudo, a sua vontade. Mas fora surpreendido pelo desenrolar dos acontecimentos. Ele nem sempre sabia qual seria a opção justa, especialmente quando o que era conveniente entrava em conflito com o que era importante. Como naquele caso.*

Por que o sumo sacerdote, o Ungido de Israel, planejava agora a prisão de um rabi famoso, um célebre milagreiro? Como era possível que alguém que, alguns anos antes, tinha esperado um outro Moisés libertar o povo dos romanos estivesse agora se empenhando em evitar um levante popular para impedir a destruição de seu povo pelos romanos? Será que algum libertador seria mais popular do que este homem? Poderia outro fazer as coisas atribuídas a esse galileu, se Deus não estivesse com ele? Seria possível que Caifás, ao evitar que o rabi ficasse mais popular ainda, também evitasse o que tanto pedira em suas preces todos aqueles anos?

Ele se sentou em um dos bancos de pedra que circundavam a sala, abaixou a cabeça até o queixo barbado tocar-lhe o peito. Não havia como saber. O homem da Galileia tinha intrigado os nomeados líderes locais de Israel e frustrado todas as tentativas de fazê-lo revelar suas verdadeiras intenções, de fazê-lo agir contra os romanos em vez de criticar os líderes de seu povo. O galileu parecia ter pretensões completamente diferentes das de Caifás e, até mesmo, das dos profetas.

Caifás ouviu passos do lado de fora da sala e viu que sua solidão logo chegaria ao fim; Jônatas e Alexandre deviam se encontrar com ele ali, e uma vez mais ordenariam ao capitão da Guarda do Templo que prendesse Yeshua imediatamente depois da Festa Passagem, antes que ele desaparecesse em meio a cidades e aldeias do interior.

O homem que entrou na sala, porém, não era Jônatas nem Alexandre. Em vez do uniforme da Guarda do Templo, trajava roupas simples e os olhos faiscavam como se fosse um animal enjaulado.

— Quem és? — interpelou Caifás. — O que estás fazendo aqui?

O homem pareceu engolir o medo.

— Perdoai-me, senhor — disse ele. — Estou vendo que sois um sacerdote.

— A quem procuras?

— Estou procurando algum membro do conselho. Meu nome é Judas.

95

Givat Ram, oeste de Jerusalém

Rand abriu a porta para a filha e perguntou quando ela saiu da sala:

— Isso aqui está te entediando?

— Não — respondeu ela.

Ele tinha certeza de que era mentira, contudo ficou feliz pela resposta de Tracy. Eles seguiram o Dr. Elon até outra sala, de tamanho idêntico à primeira, mas ainda mais escura.

Após receber tratamento e ser desenrolado pelos peritos do Centro de Conservação e Restauração, o documento se encontrava aberto entre duas peças de vidro de fabricação especial. Parecia ser mais ou menos do tamanho de uma folha de papel A4, talvez um pouco menor. Apesar das beiradas gastas, o resto estava incrivelmente bem-preservado.

— Uma só folha? — indagou Rand.

— Sim, sim — respondeu Elon. — Documento pequeno. Não é incomum.

Bem incomum, pensou Rand com seus botões. Sabia que papiro custava caro no mundo antigo, e para correspondência normal ou registros temporários, usava-se a *tabula cevata*, dois tabletes de madeira emoldurando uma superfície de cera colorida na qual se escrevia com um estilo de metal, depois simplesmente se raspava ou se derretia a cera para a reutilização. Os tabletes eram mantidos fechados com um fecho ou atados com cordão, como as capas dos livros. Entretanto, as folhas de papiro costumavam ser sobrepostas e coladas juntas, formando um rolo comprido, ou *charta*. Por serem tão caros, eram usados com muito cuidado, portanto era comum que as correspondências fossem escritas em uma só página. Muitos peritos consideravam este o motivo para as cartas a Filêmon, a Segunda e a Terceira de João e de Judas, do Novo Testamento, serem tão curtas.

Porém, *era* incomum a preservação e descoberta de uma única página de papiro no século XXI. Suscitava a pergunta *Por quê?* Que motivo alguém teria para colocar um rolo de papiro de uma folha só no túmulo do sumo sacerdote Caifás?

— Tão pequeno — murmurou Tracy.

Fascinado pelo documento, Rand ergueu o olhar para o rosto da filha:

— Você entende que estamos olhando para palavras escritas há mais de dois mil anos?

— É — respondeu, sorrindo. — É bem legal.

Ele sorriu também e voltou a atenção para o documento:

— Qual o seu veredicto?

— O que disse? — indagou Elon, coçando o cavanhaque.

— Qual o veredicto? Já analisou o documento? — perguntou Rand, olhando para o perito.

— Não, não — disse Elon. — Ainda estamos no começo. Tiramos pequenos fragmentos para a análise de partículas e datação.

— Entendo — disse Rand. — Quanto tempo vai levar a análise?

— Não muito.

— Dias?

— Nem tanto — informou Elon dando de ombros.

— Tudo bem — disse Rand, abaixando os olhos para examinar o documento de novo. Esperava mais, mas sabia, por experiência, que não adiantava tentar apressar aquele tipo de coisa. Mesmo assim, acabou se sentindo decepcionado. — Acho que vou aguardar seu relatório ansiosamente. — Olhando para Tracy, perguntou: — Vamos embora, então?

— Vamos — disse ela.

Ele estendeu a mão para o Dr. Elon.

— Muitíssimo obrigado — disse, apertando a mão do cientista. — Sou muito grato mesmo ao senhor. Fez um excelente trabalho em pouquíssimo tempo. — Rand indicou com a cabeça a pasta nas mãos de Elon. — Pode tirar cópias desses relatórios para eu levar comigo?

Elon apertou a mão de Rand, embora estivesse com uma expressão intrigada.

— Não entendi.

— Como disse? — perguntou Rand soltando a mão dele.

— Já vai?

— Já. Por quê? Alguma coisa errada?

— Não quer saber o que o documento diz?

— Eu não... — balbuciou Rand, surpreso. — Está querendo me dizer que já traduziu o documento?

— Traduzi, sim — disse Elon. — E a tradução está bem aqui. O paleógrafo traduziu os ossários e o documento ao mesmo tempo.

96

31 d.C.
Cidade Alta

Caifás ouviu os passos se aproximando, apesar da cacofonia de vozes dentro de casa. Muitos no conselho já haviam respondido à convocação de Caifás, feita depois que Judas Iscariotes, um dos talmidim *do galileu, tinha vindo com a promessa de levar os guardas do Templo até o rabi. Qualquer veredicto, é claro, teria que esperar até o raiar do dia, pois o Sinédrio não se reunia oficialmente à noite, mas ainda era preciso fazer muito até o amanhecer. Caifás planejava prender o galileu na cisterna cavada na rocha abaixo do piso principal de sua casa, enquanto passavam a noite obtendo testemunhas e organizando o julgamento.*

Malco surgiu, sem fôlego, à porta. O conselho estava sentado em semicírculo, em diversas fileiras de bancos dispostas no salão. Caifás observou o servo procurá-lo pela sala e quando o encontrou, finalmente, fez um gesto para ele.

— Eles o prenderam — disse o servo, ofegante ao extremo.

— Quando vão chegar? — indagou Caifás.

— Não... não sei, Vossa Excelência — confessou Malco, hesitando.

— Como assim, não sabes? A que distância estão?

— Eles... — Malco olhou para o chão. — Eles o levaram... para a casa de Anás.

Caifás agarrou o ombro do servo e arrastou-o para fora da sala. No pátio, onde o ar era límpido e a noite estava fria, soltou o ombro dele e observou a palma de sua mão.

— Tua túnica... — disse Caifás. — O que é isso, na tua túnica?

Os olhos de Malco arregalaram-se:

— Perdão, Vossa Excelência.

— O que é? — perguntou Caifás, enxugando a mão na roupa do escravo.

— É sangue — respondeu Malco.

— Sangue? Por que tens sangue na túnica? Feriram-te?

— Sim, Vossa Excelência, quero dizer, não, Vossa Excelência. — Malco tocou a orelha com a mão. — Quero dizer, fui ferido, sim. Um dos homens do rabi sacou uma espada e eu me abaixei para evitar o golpe desferido, mas não fui rápido o suficiente.

— Eles te atacaram? — perguntou Caifás, escrutinando a túnica do homem à luz do fogo. Quase todo o ombro esquerdo da vestimenta estava ensopado de sangue.

— Só um deles. Senti uma dor aguda e de repente o sangue jorrou para todos os lados, mas aí o rabi avançou e se colocou entre mim e o homem que empunhava a espada, estendeu a mão, e antes que eu soubesse o que estava acontecendo, a hemorragia parou, e... — Ele esfregou a mão nervosamente no lado da cabeça, como que para verificar se a orelha ainda estava lá.

Caifás agarrou o queixo de Malco e virou sua cabeça. Malco não era de contar mentiras, mas estava claro, mesmo à luz do fogo, que qualquer que fosse a origem do sangue, não era do servo. Então ele soltou o criado.

— Disseste que eles o levaram perante Anás? Por quê?

— Eu... eu não sei, Vossa Excelência. Vim direto aqui para vos informar.

Caifás refletiu. Percebeu que Eleazar tinha respondido à sua convocação. Alexandre também tinha vindo, porém o cunhado Jônatas não. Então devia ter sido o responsável. Jônatas tinha levado o rabi até a casa de Anás. Qual teria sido o seu motivo? Jônatas sempre aproveitava toda oportunidade para aumentar seu poder e prestígio, mas Caifás não entendia qual era a vantagem de levar o prisioneiro até Anás antes de trazê-lo à presença de Caifás. Talvez não fosse mais do que uma demonstração de respeito para com o velho.

O que quer que Jônatas estivesse tramando, Caifás o surpreenderia. Iria aceitar o julgamento de Anás, ainda considerado por muitos em Israel o sumo sacerdote de direito. Ora, então, Caifás permitiria que o sogro dividisse com ele o fardo daquele problema. Insistiria que Jônatas apresentasse ao conselho a opinião de Anás. Tornaria Anás seu colaborador no caso do rabi Yeshua.

97

Givat Ram, oeste de Jerusalém

O Dr. Elon retirou duas folhas de papel da pasta que segurava e as apresentou a Rand.

— A primeira página é uma foto do documento, como vê. As letras aramaicas estão bem nítidas.

Rand concordou. Segurou a página diante de si de modo que Tracy, de pé ao seu lado, pudesse vê-la. Depois tirou a folha de cima, colocando-a sob a outra.

— A segunda página — explicou Elon — é a tradução do documento para o inglês.

A boca de Rand ficou subitamente seca, ele umedeceu os lábios com a língua. Começou a ler em voz alta, devagar:

> Nicodemos, servo de Jesus Cristo, membro do Conselho, para José, o filho de Caifás, sacerdote do Altíssimo,
>
> Paz a ti, meu amigo, e graça da parte de Nosso Senhor Jesus Cristo. Oro para que te restabeleças e te reanimes com esta minha epístola.
>
> Ambos suportamos o fardo de muitos anos, e não quero que deixes de perceber que eu teria vindo até tua presença sem demora se não estivesse confinado ao meu leito, como tenho estado faz algum tempo. Mas embora minha saúde física esteja diminuindo, meu espírito se fortalece a cada dia, revigorando-se ainda mais com a tua última carta.
>
> Vens carregando nos ombros um fardo imenso desde aquele Pessach tenebroso em que o Senhor foi sentenciado à morte. Mas regozijo-me sabendo que já conheceis a verdade há muito tempo "desde o primeiro relato dos soldados", conforme me in-

formou, e ainda mais sabendo que desejas te tornar seguidor do Caminho. Mesmo enfermo, teu testemunho da verdade da ressurreição (um saduceu e sumo sacerdote de Israel!) pode ser mais influente até do que o do nosso estimado irmão, Paulo.

Como tu mesmo reconheceste na tua carta, deves ter extrema cautela. Há entre os oponentes do Caminho aqueles que farão de tudo para silenciar uma voz influente como a tua. Portanto, eu te aconselho a seres circunspecto em todas as conversas e cartas, não dando sinal do que está para ocorrer. Quando for sábio e prudente para ti dar a conhecer tua conversão, deves fazer isso da forma mais súbita e pública possível. Até lá, tua segurança exige o máximo sigilo.

Estou enviando meu amigo de confiança, Júnias, com esta carta, para que ele possa te explicar com mais detalhes no que consiste o Caminho e orar por teu restabelecimento, para que a Palavra da Verdade possa te ser comunicada para glória de Deus e salvação de muitos.

Paz a ti e a tua família.

Ninguém disse nada.

Quando Rand terminou a leitura, um silêncio reinou na sala, quebrado apenas pelo zunido do sistema de ventilação central vindo do duto acima deles.

Rand balançou a cabeça como um boxeador recuperando-se de um golpe. Depois leu a tradução silenciosamente, com Tracy espiando sobre seu ombro, como se precisasse confirmar o que tinha acabado de ler com os próprios olhos e dizer com a própria boca: a possibilidade estarrecedora de que Caifás, o sumo sacerdote que participou do julgamento de Jesus, talvez tivesse passado a crer em Jesus e na ressurreição. Depois Rand pigarreou.

— Nossa — disse ele, ofegante. — Essa foi uma surpresa e tanto.

Em seguida olhou de relance para Tracy. Os olhos dela pareciam estar arregalados, mas ela nada disse. Ele se voltou para o Dr. Elon:

— Tem mais alguma coisa? Algum outro dado paleográfico?

Elon tirou mais uma página da pasta de papel pardo, mas não a entregou a Rand, em vez disso correu os olhos pelo relatório e declarou:

— Ela diz que a escrita e a gramática são coerentes com o que conhecemos do período do Segundo Templo. A estrutura das frases é muito rebuscada, talvez, se comparada à maioria das fontes em aramaico.

— Talvez isso faça sentido — propôs Rand —, considerando-se o autor da carta.

— Como assim? — indagou Tracy.

Rand deu de ombros.

— Se o autor foi Nicodemos, ele devia ser muito erudito ao redigir. Um fariseu. Integrante do Sinédrio, claro. Alguém acostumado com uma linguagem mais imponente. Talvez.

— Será que significa alguma coisa o fato de ele ter escrito esta carta para um sumo sacerdote? — indagou Tracy.

Rand lançou-lhe um olhar impressionado e comentou:

— Boa pergunta. Ele talvez estivesse usando palavras mais empoladas porque estava se dirigindo ao líder espiritual e político do seu povo, o ocupante do mais alto posto da hierarquia judaica.

— Mas sendo judeu — indagou Tracy —, Nicodemos não teria escrito em hebraico?

Rand balançou a cabeça.

— Não necessariamente. O aramaico era a *lingua franca* dos judeus na época. Para correspondência pessoal entre dois judeus naquele tempo, creio que o aramaico não teria sido de se estranhar.

— Mas o Novo Testamento não foi escrito em grego?

Ele sorriu para ela, deixando-a perceber que estava impressionado com as perguntas. Pensou um momento antes de responder:

— Sim, mas eram textos que iriam ser divulgados. Acho que o aramaico teria sido a escolha mais provável para uma carta particular entre duas pessoas que moravam em Jerusalém ou nas suas cercanias. — E voltou-se para Elon. — Alguma outra informação sobre o exame paleográfico?

Elon deu de ombros.

— Comparações internas e externas apontam coerência com formas de aramaico do primeiro século, tanto na caligrafia quanto na gramática. Em suma, nada indica que esta carta não seja autêntica.

Rand passou a mão pelos cabelos castanhos curtos e expeliu o ar dos pulmões, devagar. Seu coração tinha disparado desde a leitura da tradução, e ele tentava frear os pensamentos desencontrados. Aqueles acontecimentos recentes eram estarrecedores, não só a descoberta dos ossos do sumo sacerdote que tinha presidido o julgamento que sentenciou Jesus à morte, mas também a correspondência entre esse homem e Nicodemos, que Rand se lembrava de ter se encontrado cara a cara com Jesus pelo menos em uma ocasião. Sem mencionar a indicação assustadora de que aquele judeu ocupante do cargo mais alto da hierarquia política da nação na época da morte de Jesus teria depois passado a crer na ressurreição do rabi!

Mesmo assim, Rand se recordou do famoso ossário de Tiago que tinha aparecido alguns anos antes, inicialmente aclamado como a provável urna mortuária do irmão de Jesus. Porém, mais tarde um relatório oficial do Departamento de Antiguidades de Israel tinha afirmado que o ossário era de Chipre, não de Jerusalém, e a parte da inscrição que se referia a Jesus tinha sido forjada. Até o presente, Rand sabia que alguns acreditavam que o ossário e a inscrição eram autênticos, e outros, não; tudo parecia estar irremediavelmente perdido em meio a opiniões e relatórios de peritos.

Naturalmente, Rand raciocinou, uma diferença fundamental distinguia o ossário de Tiago da urna e da carta de Caifás. Um colecionador particular dizia ser dono do ossário de Tiago. Se autêntico, ele valeria milhões de dólares. Mas os ossários de Caifás e a carta tinham sido escavados em Jerusalém de forma legítima e, portanto, eram propriedade do Estado de Israel. Desse modo, não restava dúvida sobre a proveniência da descoberta de Rand, e não havia quase possibilidade de que ela fosse considerada uma falsificação ou manipulação dos fatos. Contanto que os testes realizados por Elon e pelo Centro de Conservação e Restauração não gerassem incoerências gritantes, havia plena possibilidade de que Rand tivesse descoberto a primeira prova arqueológica não só da existência de Caifás e de Nicodemos, como também da ressurreição de Jesus Cristo dos mortos.

"Porque me viste, creste?
Bem-aventurados os que não viram e creram."

JESUS

98

Mea She'arim, Jerusalém

— Como assim, não dá uma matéria? — Rand se controlava para não gritar ao telefone, com pouco sucesso. Estava na sala de estar do apartamento mobiliado onde ele e Tracy já moravam fazia alguns meses. Dois quartos, um banheiro. Uma cozinha do tamanho de um armário embutido. Mas a localização, logo ao norte da estrada de Jaffa, no bairro judeu ortodoxo de Mea She'arim, não podia ser melhor. Mea She'arim, que significa "cem portões", tinha sido fundado em 1873 por judeus ortodoxos. Apenas o segundo bairro construído fora dos muros de Jerusalém, tinha sido inicialmente povoado por cem famílias e continuado um bairro estritamente ortodoxo até o presente: dezenas de minúsculas sinagogas pontilhavam o bairro, barricadas impediam a entrada de carros no bairro no *Shabat*, e nos muros havia cartazes lembrando aos passantes que a Torá manda que as mulheres se vistam apropriadamente. Embora o edifício deles fosse antigo, a área era limpa, segura e a alguns quarteirões da Cidade Velha, dava para ir a pé a inúmeras lojas e restaurantes e ficava a apenas alguns quilômetros do Museu de Israel.

Os meses desde a escavação do sepulcro de Caifás tinham passado voando, mas, de certa forma, todo aquele movimento tinha sido positivo. Rand não bebia desde que tinha saído de Tel Mareshah, e quase não tinha sentido falta do álcool desde o desaparecimento de Tracy. Todos os exames e as análises dos ossários de Caifás e do papiro de Nicodemos, como ele agora o chamava, apontavam na mesma direção. A espectrometria de massa tinha datado o papiro de um período de cinquenta anos que correspondia perfeitamente à suposta época em que Caifás tinha vivido. Inúmeros grafólogos e linguistas tinham concordado sobre a autenticidade tanto das inscrições no ossário quanto da epigrafia do papiro. Vários peritos endossavam até mesmo a análise osteopática feita por Nadya Stanishev das fotos de Tracy, declarando que a avaliação era consistente com outras indicações da escavação feita por Rand dos ossos de dois mil anos do sumo sacerdote que tinha presidido o julgamento de Jesus!

Com a ajuda de Yigal Havner, Rand tinha redigido alguns artigos para periódicos do ramo que iriam ser publicados durante os meses seguintes. Ele tinha dado diversas entrevistas a jornalistas cuidadosamente selecionados, da imprensa e da mídia. Durante várias semanas, seu nome e seu rosto pareceram estar em quase todos os jornais, revistas e noticiários, anunciando que o túmulo de Caifás tinha sido encontrado por um arqueólogo americano e que continha uma carta antiga de Nicodemos ao sumo sacerdote, proporcionando a primeira confirmação arqueológica da existência desses dois homens.

Entretanto, subitamente, tudo parou. Tão rápido como tinha começado, o interesse diminuiu. A grande demanda inicial por informações e detalhes sobre a descoberta arrefeceu e os jornalistas, acadêmicos, funcionários de instituições e colegas simplesmente pararam de telefonar.

Rand ficou confuso. Revisou cuidadosamente tudo que tinha escrito e dito, imaginando se teria por acaso deixado de expressar a importância de sua descoberta além dos meros fatos concretos. Mas não, até mesmo os artigos acadêmicos e a maioria dos comentários eruditos deixavam claro o extraordinário impacto da tumba e do papiro: se Caifás, que tinha não só participado, mas também sido um dos principais personagens no julgamento e na morte de Jesus, acreditara na ressurreição, não restavam dúvidas de que ela havia realmente acontecido! Mesmo assim, os estudiosos só se impressionavam com a confirmação arqueológica da existência de Nicodemos e Caifás, e os jornalistas só queriam contar o drama da descoberta. Nenhum deles demonstrava interesse no que Rand considerava implicações nítidas do teor do papiro.

Portanto, ele tinha resolvido partir para a ofensiva e abordar peritos e repórteres com o que considerava o verdadeiro "furo" jornalístico. Tinha tentado falar com vários profissionais, do *New York Times*, do *Times* de Londres e do *Ha'aretz*, nomes e números que ele tinha arrancado de Yigal Havner, e agora conversava com alguém chamado Vandy Burr do *Washington Post*.

— A ressurreição de Jesus Cristo é notícia antiga — alegou Burr, depois de explicar a Rand que a notícia não passava da descoberta da tumba e de seu conteúdo.

— Notícia antiga? — repetiu Rand. — Para quem já acredita, talvez. Mas e para os bilhões de incrédulos?

— Sou jornalista, não evangelista. Devia estar ligando para o Billy Graham, não para mim.

Rand levou a outra mão à testa. Estava absolutamente pasmo e não sabia o que fazer em seguida. O silêncio persistente do outro lado da linha sugeriu que Burr não tinha mais nada a dizer. Enquanto Rand refletia em busca de uma nova tática, um ângulo novo, Tracy apareceu à porta.

— Papai. Podemos conversar?

— Agora não, Tracy — declarou, virando-se para que ela visse o celular que ele segurava.

— Ah, desculpe. Não sabia que estava no telefone.

— Alô, ainda está ouvindo? — indagou ele ao repórter.

— Estou, mas devia desligar. Desculpe não poder ajudá-lo.

— Olha, pensa nisso da seguinte maneira: se descobrisse uma confissão assinada de um segundo atirador no assassinato de Kennedy, não ia querer divulgar essa notícia?

— Isso é diferente.

— Como assim, diferente?

Vandy Burr suspirou audivelmente ao telefone e falou:

— O assassinato de Kennedy nada tem a ver com a fé religiosa. É história, pura e simples.

— É exatamente disso que estou falando — insistiu Rand. — A tumba de Caifás e o papiro de Nicodemos deveriam transformar a história da ressurreição em um fato histórico claro e inconfundível... pura e simplesmente, como disse. Esse papiro muda tudo. Aliás, é infinitamente mais importante do que o segundo assassino de Kennedy, porque pode afetar todas as pessoas do planeta, você não acha?

— Infelizmente não — disse Burr. — Ainda acho que é uma questão de fé. Você tem sua fé, eu tenho a minha. É assim que o mundo é e sempre vai ser.

— Então deixa eu ver se entendi. Está dizendo que a descoberta estarrecedora que fiz não tem importância por ter a ver com Jesus?

— Tenho certeza de que é importante para algumas pessoas — admitiu Burr.

— Mas não para você — disse Rand.

— Como disse, sou jornalista, não evangelista.

99

31 d.C.
Cidade Alta, Jerusalém

As coisas estavam indo de mal a pior.

Durante as últimas horas, Caifás e a maior parte do Sinédrio tinham interrogado uma série frustrante de testemunhas convocadas no meio da noite por vários membros do conselho e seus servos. Caifás ia ficando cada vez mais taciturno à medida que a hora passava.

— Conheces Yeshua, o rabi da Galileia? — indagou Eleazar a uma das "testemunhas", um homem arrancado da cama pelo tio, um dos membros do Sinédrio.

— Escutava-o ensinando no Templo — confirmou o sujeito.

— E depois?

— O que mais quereis que eu diga?

— Não queremos que digas nada! — respondeu Eleazar, arreganhando os dentes. — Somos escribas e sacerdotes de Israel! Buscamos apenas a verdade!

— Então o que desejais saber? Eu vos contarei apenas a verdade, pois é o que buscais.

— Alguns dizem que ele desrespeitou o Shabat *— sugeriu Eleazar.*

O homem coçou o queixo barbado e declarou:

— Não saberia dizer.

— Alguns dizem que ele curou durante o Shabat.

— Talvez ele também tenha tirado um boi de uma vala no Shabat. *Não sei. Não o vi fazer nenhuma das duas coisas — respondeu, dando de ombros.*

Eleazar olhou furioso para o homem, que obviamente percebeu qual era a tática do sacerdote. Trabalhar no Shabat *era uma ofensa capital segundo a Lei de Moisés, mas naturalmente a Lei também prescrevia misericórdia para com os outros, até mesmo o gado. O homem usou o mesmo palavreado do rabi para refutar e enraivecer os fariseus. Quando ele já havia sido dispensado, outros seguiram.*

A manhã se aproximou rapidamente, e apesar do cuidadoso esforço de alguns (o que revirou o estômago de Caifás), o conselho foi incapaz de encontrar duas testemunhas confiáveis para oferecerem testemunhos correspondentes de uma ofensa capital. Um homem dispôs-se a dizer que o rabi tinha demonstrado desprezo pelo sumo sacerdote, mas ninguém pôde corroborar esse testemunho, e Caifás não acreditou nele.

— Governantes de Israel — disse Caifás, por fim, depois de uma noite inteira de entrevistas infrutíferas —, não temos como acusar este homem.

— Que absurdo! — exclamou Isaac, um fariseu. — Sabemos que ele trabalhou no Shabat *e blasfemou o Nome! Ambas são ofensas capitais!*

— Como é que, então — continuou Caifás —, de todas as testemunhas interrogadas, não há duas que consigam fazer a mesma acusação?

— Então deixa-me acusá-lo eu mesmo! — gritou Benjamin de Emaús.

— Então serias testemunha e juiz? — contestou Caifás. — Transgredirias a justiça para defendê-la, Benjamin?

Exatamente neste momento, Caifás viu Malco surgir à porta. Ele acenou para o servo, que veio até perto do sumo sacerdote e murmurou:

— O rabi está aqui. Eles o trouxeram da casa de Anás e o baixaram para dentro da cisterna.

Caifás concordou com um aceno de cabeça e pediu a Malco:

— Fica. Eu te direi quando buscá-lo.

— Homens de Israel, ouvimos duas testemunhas dizerem a mesma coisa — interveio Eleazar.

— Quando foi isso? — indagou Caifás.

Eleazar fez uma leve careta para indicar que ele entendia como era fraco seu argumento:

— O cunhado de Efraim e o artesão de prata, Barak. Os dois disseram que ouviram o galileu dizer: "Sou capaz de destruir o Templo de Deus e reconstruí-lo em três dias."

— Se me recordo corretamente — disse Caifás —, um deles disse apenas que o rabi tinha defendido a destruição do Templo.

Eleazar deu de ombros e admitiu:

— É justo. Mas as testemunhas não se contradizem.

— E onde está escrito que essas palavras são motivo de execução? — indagou Caifás.

— Não apenas as palavras — interferiu Benjamin —, mas a rebelião que elas representam! Moisés disse que "aquele sonhador dos sonhadores será posto à morte,

porque pregou rebelião contra o Senhor Vosso Deus que vos tirou da terra do Egito e vos redimiu da escravidão. Então purgarás o mal entre vós".

— Não é desprezo pelo Templo e pelo sacerdócio — acrescentou Eleazar, com a voz erguendo-se gradativamente até quase se transformar em um grito — destruir o Templo ou até defender sua destruição? Moisés não disse que "o homem que mostrar desprezo pelo juiz ou pelo sacerdote que serve ao Senhor Vosso Deus será executado"? Não disse "Deveis purgar o mal de Israel"?

A essa altura a sala inteira irrompeu em gritos furiosos e maldições contra o rabi da Galileia. Caifás viu Jônatas, filho de Anás, entrar disfarçadamente na sala.

— Silêncio! — gritou Caifás, erguendo as mãos. Precisou tentar várias vezes para a sala silenciar-se o suficiente e ele ser ouvido sem gritaria. Ele se virou e cravou os olhos em Jônatas. — Jônatas, filho de Anás, trazes alguma notícia?

Jônatas pareceu assustar-se com a pergunta de Caifás:

— Sim, Vossa Excelência. O prisioneiro chegou.

— E ele foi interrogado por Anás, meu sogro, como eu esperava?

Jônatas piscou, claramente surpreso com a pergunta:

— Hã... ora, sim — respondeu. — Sim, Vossa Excelência, ele foi.

— E qual foi a decisão de Anás, meu sogro, sobre o rabi da Galileia, Yeshua de Nazaré? Ele cometeu alguma transgressão digna de morte?

— Anás, sumo sacerdote de Israel — disse Jônatas, de forma lenta e expressiva —, recomenda que o conselho não tenha parte com Yeshua de Nazaré.

Caifás franziu o cenho. A resposta de Jônatas não fazia sentido, é claro. Caifás reconheceu de imediato que era intencionalmente obscura, preservando a capacidade de Anás e Jônatas, independente de as consequências dos eventos, para referir-se à sabedoria do seu conselho. Se Yeshua fosse condenado e seus seguidores começassem uma rebelião, Anás e Jônatas podiam dizer: "Não devia ter tido parte com o homem." Se Yeshua fosse condenado, e os seguidores, dispersados, Anás e Jônatas também poderiam dizer: "Nós aconselhamos o Sinédrio a não demonstrar misericórdia nem ter parte com o homem." E, naturalmente, se Yeshua fosse libertado e tivesse permissão para continuar subvertendo o povo até provocar uma reação violenta das autoridades romanas, Anás e Jônatas poderiam também dizer: "O conselho não devia ter tido parte com o homem", ou seja, deveria ter se livrado dele. Era uma resposta conveniente em qualquer circunstância.

Caifás esperou o cunhado dizer mais alguma coisa, mas Jônatas estava claramente satisfeito com a resposta; cruzou os braços sobre o peito e encostou-se na parede.

— Ele não disse mais nada? — indagou Caifás.

— Nada mais, meu irmão — respondeu Jônatas. — Ele crê que todos agirão sabiamente neste assunto tão importante.

Caifás nada fez para esconder a repugnância diante das palavras de Jônatas. Virou-se para Malco:

— Manda trazerem o prisioneiro. — O sumo sacerdote observou rapidamente a sala, vendo que estavam presentes ali bem mais do que os 23 membros recomendados pela Lei. Só que ele queria o conselho inteiro, e ainda havia alguns que não tinham atendido à convocação. Ele dirigiu-se ao mais próximo dos dois escribas sentados de cada lado do semicírculo de cadeiras: — Fazei a chamada do Grande Sinédrio.

Quando Caifás sentou-se na cadeira diante do conselho, os escribas passaram a cuidar do trabalho, desenrolando um fino rolo de papiro e começando com o nome de José bar Caifás. Então pôs-se a chamar os nomes dos outros setenta membros do conselho, do mais jovem até o mais velho. No meio da chamada o prisioneiro entrou, escoltado por dois guardas do Templo.

Caifás ficou assistindo à entrada. O rabi vestia uma túnica listrada rasgada e suja, como se ele tivesse caído de cara no chão, e as mãos estavam amarradas diante dele, com tiras de couro. Os olhos estavam injetados, com a pálpebra inferior esquerda roxa e inchada. Os guardas levaram o homem da Galileia até o centro da sala e o viraram de forma a encarar os juízes.

Quando o escriba terminou de fazer a chamada e registrou os nomes daqueles presentes, Caifás ficou de pé e encarou o prisioneiro. Como nasi, *ou presidente, do Sinédrio, ele devia recitar a acusação:*

— Yeshua de Nazaré, és acusado de pregar rebelião contra o Senhor nosso Deus, demonstrar desprezo pelo Templo do Senhor e blasfemar usando seu Nome e proclamando-se igual a Hashem.

Depois Caifás virou-se para encarar o Sinédrio, porém dirigiu-se ao prisioneiro, em alta voz:

— O que dizes em tua defesa?

O prisioneiro ficou calado. Não deu sinal de ter ouvido as palavras do sumo sacerdote, mas olhou devagar, insistentemente, o rosto de todos os presentes.

Caifás aguardou, depois encarou Yeshua e repetiu a pergunta:

— O que dizes em tua defesa?

Yeshua continuou tranquilo, fitando os rostos dos integrantes do conselho, sem nada dizer. Conforme os requisitos da Lei, Caifás deu ao acusado uma outra chance de apresentar sua defesa:

— Não vais responder a essas acusações? O que dizes em defesa de ti mesmo?

Nada.

O sumo sacerdote aguardou, observando o rosto do galileu. Nunca tinha sido imponente, e parecia ainda menor, menos importante agora. Caifás lembrou-se de que seus ensinamentos nos degraus do Templo tinham sido transmitidos de maneira impetuosa e imperiosa; era difícil crer que aquele fosse o mesmo homem.

— Há alguma testemunha que deseje falar pelo acusado?

A voz de Caifás ressoou pelo salão com piso de mármore e dissolveu-se no silêncio. Ele aguardou. Ninguém disse nada.

Lançou novo olhar na direção do prisioneiro, depois sentou-se e fez um sinal a Eleazar, que chamou as testemunhas, uma de cada vez. Todas elas repetiram um relato de terem ouvido o rabi dizer que iria destruir o Templo e reconstruí-lo em três dias. À medida que cada um ia falando, vários membros do conselho ficaram de pé para demonstrar choque e desaprovação. Quando o segundo terminou, Caifás levantou-se de novo e aproximou-se do prisioneiro.

— Não vais dizer nada em tua defesa? — indagou, fitando os olhos do galileu.

Yeshua fitou-o com um olhar de cansaço, mas sem medo e raiva, antes de virar a cabeça de novo e olhar o sumo sacerdote como se este fosse invisível.

Começou um burburinho atrás de Caifás enquanto ele e o rabi se analisavam.

— Diz-nos se és o Messias — disse alguém.

— És o Filho de Deus? — gritou outro.

As perguntas foram aumentando e logo a sala reverberou devido aos clamores generalizados. Sem virar-se para encarar o conselho, Caifás ergueu a mão ainda observando cuidadosamente o prisioneiro. Se fostes enviado por Deus, *pegou-se pensando, enquanto esperava a sala se acalmar,* agora seria hora de revelar esse fato.

A gritaria acalmou-se e Yeshua virou-se vagarosamente e fixou o olhar em Caifás, como se pudesse ler os pensamentos do sumo sacerdote.

— Se vos disser que sou — disse ele, em voz baixa —, não acreditareis. E se eu vos perguntar o que estais pensando, não respondereis.

Caifás sentiu-se enrubescer, como se as palavras do prisioneiro tivessem sido um desafio direto e pessoal a ele. Escrutinou o rosto do prisioneiro, mas não foi capaz de detectar se as palavras tinham sido dirigidas ao conselho ou ao sumo sacerdote, mas de repente teve a sensação de que aquele rabi simplório estava querendo ser astuto com ele. De repente sentiu o acúmulo de toda sonolência e frustração das últimas 24 horas, e deu um passo para o lado, diante do guarda, de modo que todo o conselho pudesse ver o rosto do galileu enquanto ele lançava o desafio que nenhum judeu justo poderia se recusar:

— Eu te conjuro em nome do Deus vivo. Diz-nos se és o Messias, filho de Deus!

Yeshua confirmou, como se tivesse acabado de conseguir o que queria.

— É exatamente como dizes — disse ele, virando a cabeça para dirigir-se à sala inteira. — E no futuro vereis o Filho do Homem sentado à direita do Todo-Poderoso e vindo com as nuvens do céu.

A sala inteira pareceu soltar um grito abafado e o tempo parou. Nesse instante, Caifás viu claramente a escolha impossível que tinha diante de si. Aquele homem, aquele milagreiro, aquele operador de maravilhas, tinha proclamado de modo explícito e indiscutível diante de todos os governantes de Israel reunidos que era o Mashiach *prometido, o Ungido, o libertador esperado por tanto tempo. No momento em que o silêncio passou a não ser mais uma opção, quando a recusa de responder a uma pergunta teria violado uma lei de Moisés, aquele rabi galileu se identificava como o filho de Davi, Raiz de Jessé, Ramo Justo, Estrela de Jacó e Sol da Justiça, Libertador do seu povo, Israel.*

Um instante que não devia ter passado de apenas alguns segundos, mas que pareceu conter uma eternidade em termos de decisão, Caifás precisou decidir: ou aceitava o testemunho daquele galileu sobre si mesmo e ali, diante de todos os escribas e chefes dos sacerdotes do seu povo, reconhecia que Yeshua era quem dizia ser, ou considerava suas palavras uma blasfêmia, um crime cometido na presença do próprio conselho, tornando o testemunho de qualquer outra testemunha desnecessário e irrelevante.

Nesse instante ele sentiu a situação mudar. Ele era o prisioneiro, não Yeshua. Ele estava condenado. Estava sentenciado.

Não!, *pensou. Aquele galileu — nazareno, ainda por cima! — o deixara em uma situação completamente absurda. Era injustiça. Em um milésimo de segundo, esperava que Caifás acreditasse em uma coisa quase impossível?* Não vou acreditar!

Caifás ergueu as mãos acima da gola da túnica cara, agarrou-a com força e puxou-a violentamente para baixo e para longe do pescoço, rasgando-a no meio.

— Blasfêmia! — berrou, com os olhos enchendo-se de lágrimas de ódio e arrependimento. — Blasfêmia! Que necessidade temos ainda de testemunhas? Ouvistes a blasfêmia. Ele cometeu um crime diante dos vossos olhos — gritava com histeria. — Qual o veredicto?

— Culpado! — berrou alguém.

— Blasfêmia! — gritou outro ficando de pé e rasgando as vestes como Caifás.

Outros os imitaram, e logo as paredes de pedra da sala vibraram ao som da sentença pronunciada.

— Ele se condenou pelas próprias palavras!

— Ele é culpado!

— É um blasfemador!

— Deve morrer!

A histeria então dominou a sala, e vários membros do conselho pularam das cadeiras e avançaram sobre Yeshua. Vários cuspiram em seu rosto. Alguns o esbofetearam. Um até lhe deu um soco violento no rosto. Caifás recuou, respirando pesadamente, soluçando incontrolavelmente. Sentou-se, escondendo o rosto com as mãos.

100

Mea She'arim, Jerusalém

Tracy voltou ao quarto, deixando a porta aberta para ouvir quando o pai terminasse a conversa. Franziu a testa diante do reflexo no espelho, desejando fazer algo especial com os cabelos, algo que Carlos não tivesse visto ainda.

Ela e Carlos tinham continuado a se encontrar depois daquela noite encantadora e desastrosa na Taverna Armênia, da Cidade Velha, quando o pai tinha estragado o melhor dia da sua vida dando um cruzado de direita no queixo do rapaz. Durante os primeiros dias depois do acidente, Tracy teve que se contentar com telefonemas ocasionais de Carlos, só recebidos ou respondidos quando o pai não estava por perto. Entretanto, desde aquele dia, nas folgas de Carlos do trabalho em Tel Mareshah, e uma noite ou outra, eles tinham ido tomar sol na praia de Tel Aviv, boiado no Mar Morto e escalado Masada, o último bastião dos legalistas judeus contra os exércitos romanos depois da destruição de Jerusalém e do Templo em 70 d.C. Ele lhe mostrara orgulhoso a série magnífica de descobertas e restaurações em Tel Mareshah, onde trabalhava com o grande Yigal Havner. Ambos tiveram uma intoxicação alimentar depois de comerem, reclinados em almofadões, em um restaurante de beira de estrada que não ficava distante de Jericó.

Mas o passeio preferido de Tracy era voltar à Cidade Velha de Jerusalém, principalmente andar pelas lojas e cafés do requintado Bairro Judeu. Ele tinha segurado a mão dela enquanto caminhavam pelas ruas pavimentadas do Cardo, a antiga "Rua Principal" de Jerusalém. O primeiro beijo deles fora no alto do muro perto da Cidadela de Davi, quando Tracy tinha acabado de subir uma escada curta até um ponto mais alto, ele a ajudou a subir, puxou-a para si, abraçando-a, e a beijou, de forma delicada, mas apaixonada, enquanto a cidade inteira de Jerusalém parecia girar sob os pés dela. Enquanto os dois estavam sentados a uma mesa ao ar livre de um café perto da Porta de Herodes, Carlos confessou estar apaixonado por ela.

Naquele dia, porém, havia algum mistério. Carlos tinha ligado alguns minutos antes para lhe dizer que tinha tirado a primeira folga da semana e para perguntar se podia levá-la para jantar. Ela concordou, claro, e foi imediatamente avisar o pai sobre os planos. E, então, foi interrompida pela conversa dele no celular.

Enquanto Tracy tentava arrumar os cabelos, atando-os, soltando-os, penteando-os, pensou ter ouvido o pai se despedir de quem estava falando ao telefone. Mas, mal chegou à porta do quarto, ouviu o pai falando e presumiu que tinha se enganado. Entretanto, à medida que os minutos iam passando e as madeixas pareciam estar cada vez menos dispostas a colaborar, teve certeza de que o pai já havia feito diversos telefonemas.

Talvez ele simplesmente tenha se esquecido, pensou. Parada na porta da sala, Tracy aguardou. Ele estava andando de um lado para outro, gesticulando. A expressão era de frustração enquanto falava, escutava, depois aparentemente tentava interromper o interlocutor, sem conseguir. Quando a viu, lançou-lhe um olhar exasperado, que sem sombra de dúvida significava: "Não me incomode."

Ela voltou ao quarto, decepcionada. As coisas entre eles tinham melhorado desde que haviam chorado juntos no quarto do Ramat Rachel, mas Tracy, mesmo assim, não achava que o relacionamento dos dois fosse lá muito profundo. De vez em quando Rand conversava sobre o trabalho, e ela de vez em quando contava ao pai as viagens com Carlos. Ocasionalmente ele a convidava para jantar fora, e às vezes ela se oferecia para ajudá-lo no trabalho. Mas a interação não passava disso. Ela ainda não o conhecia de verdade e tinha certeza de que ele não a conhecia.

Quando Tracy o ouviu se despedindo na sala ao lado e discando outro número logo em seguida, pegou uma caneta e uma folha de papel. Ia deixar um recado para ele, caso chegasse a notar que ela havia saído.

101

Cidade Velha, Jerusalém

Carlos puxou a cadeira para Tracy se sentar, à mesma mesa à qual, meses antes, eles haviam jantado na Taverna Armênia. O garçom os cumprimentou com entusiasmo e lhes perguntou se gostariam de tomar água para acompanhar a refeição. Carlos aceitou, depois pediu os mesmos pratos servidos naquela primeira noite.

Segurou a mão de Tracy. Beijou-a de leve nos lábios. Ela fechou os olhos enquanto eles se beijavam, depois ainda ficou assim durante um bom tempo.

— Está feliz? — indagou ele.

Ela abriu os olhos e fez que sim com a cabeça, sorrindo.

— Eu também. — Depois ele fez uma pausa. Parecia estar refletindo. Em seguida disse: — Acho que não poderia ser mais feliz do que estou agora, a não ser por uma coisa.

— O que é? — perguntou, surpresa. Não esperava por isso.

— Já passamos muitos, mas muitos momentos felizes juntos — disse ele. — E espero que ainda partilhemos muitos outros no futuro. — Fez uma pausa e, talvez pela primeira vez desde que Tracy tinha conhecido o rapaz, ele pareceu hesitar, sem saber se devia ou não falar.

De repente, ela percebeu o que estava acontecendo. Seu coração começou a palpitar descontroladamente. Devia ter previsto isso, aquele clima de mistério, a volta à Taverna Armênia, a repetição da primeira refeição que tinham comido ali. Ele ia pedi-la em casamento!

Mil pensamentos lhe passaram pela cabeça ao mesmo tempo. Seria ela jovem demais para se casar? Onde eles se casariam? Onde morariam? Será que isso significava que ela não voltaria à faculdade? O que Rochelle diria? O que o pai diria? Será que precisaria da permissão dele? Será que ele daria? Será que ela podia se casar em Israel, aliás, e quem realizaria a cerimônia?

De repente, Tracy se sentiu emocionada. Fitou Carlos, cuja expressão era muito séria, como se ele estivesse procurando as palavras certas, e sentiu ainda mais amor por ele do que antes. Claro que ela responderia sim; não havia a menor dúvida quanto a isso. O resto, supunha, eles resolveriam juntos. Ela lutava com a própria mente, tentando se concentrar no momento em questão. Carlos tinha recomeçado a falar, e ela queria mais do que nunca comportar-se como devia naquela ocasião especial. Queria interrompê-lo e dizer *sim* antes de ele prosseguir, mas forçou-se a calar-se e tentou sorrir o mais calmamente possível.

— Não sei como perguntar isso a você, mas já venho querendo faz tempo, quase desde o instante em que nos conhecemos. Mas esperei porque não quero que você se sinta pressionada. Por mais feliz que já tenha me feito, seria ainda mais feliz se soubesse que no seu coração há o mesmo amor que no meu.

Ela fez que sim com a cabeça, desejando que ele continuasse a falar.

— Sei que já disse a você várias vezes que meu coração pertence a Jesus Cristo — disse ele.

Ela piscou, tentando não deixar transparecer a confusão. Ele estava tornando isso bem mais difícil do que precisava ser.

— E já sei que você foi criada por uma mãe que acreditava em Jesus Cristo como eu.

Ela parou de sorrir. O garçom chegou com os pratos naquele momento, e nem Carlos nem Tracy falaram enquanto ele colocava as, aparentemente infindáveis, travessas na mesa. Carlos pegou a mão dela, abaixou a cabeça e deu graças pela comida, mas ela não ouviu uma só palavra da oração. Estava com a cabeça concentrada na última declaração do rapaz, em como ele tinha repetido o nome de Jesus Cristo e em como aquela conversa estava ficando estranha. Não era nem de longe o pedido de casamento que ela esperava.

Com a comida na mesa e a prece encerrada, Carlos continuou:

— Venho hesitando há muito tempo em falar o que pretendo te falar neste momento, porque durante algum tempo estivemos nos conhecendo melhor. Agora sinto que te conheço e te amo mais do que já amei alguém no mundo.

Ela relaxou um pouco, alisando o guardanapo no colo e erguendo o garfo. Ele parecia ter retomado o rumo esperado do pedido de casamento, portanto, ela se preparou para ouvir as palavras que iriam mudar sua vida.

— E por isso desejo te perguntar — disse ele — se você segue Jesus Cristo com todo o seu coração como eu. Isso me faria muito feliz.

Tracy ficou paralisada, ainda segurando o garfo no ar, acima do prato. Ela piscou e perguntou:

— O que foi... o que foi que você disse?

— Perguntei se você segue Jesus Cristo.

Ela sentiu o rosto corar e uma decepção imensa a invadiu. Os olhos encheram-se instantaneamente de lágrimas. Deixou o garfo na mesa com tanta calma quanto pôde, depois abriu a boca para falar, mas não disse nada. De repente quis ser outra pessoa, estar em outro lugar, qualquer um menos ali. Mal podia crer que tivesse pensado que ele ia pedi-la em casamento, e agora que sabia que ele não pretendia fazer isso, não conseguia controlar a decepção que a tinha invadido e dominado e ameaçava transbordar dela, em ondas de lágrimas e soluços.

Tremia, sabia disso. Mas não conseguia controlar as emoções. Sabia que se tentasse dizer algo, só iria começar a chorar incontrolavelmente. Então ficou de pé, com a maior calma possível, deixou o guardanapo na mesa e foi embora correndo.

102

31 d.C.
Câmara das Pedras Talhadas, Jerusalém

Caifás sentia o corpo dormente.

Poucos momentos depois que o vigia do pináculo do Templo falou e os sacerdotes tocaram as trombetas anunciando que o sol havia nascido na primeira manhã de Pessach, a grande Festa da Libertação, o Sinédrio tinha convocado o julgamento formal de Yeshua de Nazaré na Câmara das Pedras Talhadas. A audiência terminou depressa.

Caifás presidiu-a sem olhar nem uma única vez para o prisioneiro, que tinha visto ao entrar na sala, parecendo ainda mais ferido e ensanguentado do que antes, no palácio. O sumo sacerdote apresentou a acusação, conforme era seu dever, e recordou ao Sinédrio que o prisioneiro tinha confessado a própria culpa diante dos olhos de todos. Só era preciso o escriba fazer a chamada. Ele chamou os 71 nomes, como sempre, do mais velho ao mais jovem. Apenas três estavam ausentes: Anás, Nicodemos e José de Arimateia. Os 68 presentes declararam que consideravam o prisioneiro culpado.

O escriba então registrou o inscriptio, *o registro formal do nome do acusado, a acusação contra ele e o veredicto e a sentença pronunciada pelo Sinédrio. Como o crime exigia a pena de morte, o* inscriptio *e o acusado deviam ser entregues ao governador, Pôncio Pilatos, para confirmação e execução da sentença, pois o Sinédrio não tinha autoridade sob a lei romana para executar criminosos.*

O Sinédrio dissolveu-se, os homens saíram para o Pátio dos Gentios, já lotado de sacerdotes, servos do templo, adoradores, animais e comerciantes. Agindo como um sonâmbulo, Caifás incumbiu Jônatas e Eleazar de levarem o prisioneiro à presença do governador.

— Pensei que iríeis querer fazer isso tu mesmo — disse Jônatas.

— Ficarei no Templo — respondeu Caifás, de má vontade.

— E se o governador não aceitar nosso veredicto? — indagou Eleazar. Todos sabiam da reputação que o governador tinha de se comportar de forma caprichosa,

até irracional. Se Pilatos estivesse inclinado a desabafar o desprezo maldisfarçado pelos judeus, o veredicto do Sinédrio pouco importaria.

Ele fixou o olhar em Jônatas, filho de Anás, e declarou:

— Então só podemos esperar que "de outra parte se levantará para os judeus salvação e libertação" — disse ele, sabendo que ambos iriam reconhecer as palavras de Mordecai à rainha Ester. Ele os conduziu para fora da Câmara das Pedras Talhadas, sob a luz da nova manhã, deixando o prisioneiro sob a custódia dos guardas do Templo.

— Devemos reunir gente para nos apoiar, entre os membros do Sinédrio e os servos do Templo — sugeriu Jônatas.

Eleazar concordou com entusiasmo.

— Sim, eles devem cercar o prisioneiro no caminho até o Pretório. Os seguidores do rabi podem estar nos vigiando.

Nesse instante, quando eles atravessaram o Pátio dos Gentios, um homem com expressão de angústia se colocou em seu caminho. Ele caiu de joelhos aos pés de Caifás. O sumo sacerdote percebeu, espantado, que aquele era o mesmo homem que tinha concordado em levar as autoridades do Templo até Yeshua. Mal era possível reconhecê-lo, tão deformado estava o seu rosto pelos horrores equivalentes da culpa e do arrependimento.

— Eu pequei — disse. — Traí um homem inocente.

Caifás fingiu que não estava ouvindo e dirigiu-se a Eleazar e a Jônatas:

— O que estais para fazer — disse a eles —, fazei-o depressa.

— Não! — gritou o homem, impelindo Caifás a contorná-lo e a afastar-se o mais rápido possível, enquanto Eleazar e Jônatas iam cumprir a incumbência. Ele passou pela Porta Oriental e entrou no Pátio das Mulheres antes que Judas pudesse alcançá-lo de novo na escada semicircular que levava à Porta de Nicanor.

— Por favor — suplicou ele, colocando-se de novo no caminho do sacerdote. — Cometi um erro, tudo isso foi um engano terrível. — Ele desatou o saco de dinheiro do cinto, esvaziando-o na palma da mão aberta. Várias moedas caíram nos degraus a seus pés, mas ele ofereceu o resto ao sacerdote. — Estais vendo? Estou devolvendo o dinheiro.

— Tu és um tolo — disse Caifás. — E chegaste tarde demais.

— Não, eu vos suplico — insistiu ele, lamuriando-se dessa vez. Ainda estendia a mão cheia de moedas de prata a Caifás. — Tens que fazer alguma coisa.

Caifás chegou tão perto do homem que sentiu o cheiro do suor. E lhe disse, cochichando com agressividade:

— Ah, mas eu já fiz. Já fiz alguma coisa. E logo, logo, saberei o que fiz. Então por que deveria me preocupar com o que fizeste? É problema teu — declarou, contornando Judas uma vez mais, andando na direção da ornada Porta de Nicanor, e entrando no Pátio dos Sacerdotes. Depois que passou por ela, ouviu as moedas produzindo um ruído metálico ao caírem no piso de mármore e percebeu que o traidor do rabi tinha jogado seu pagamento sujo de sangue no chão do Templo.

Caifás olhou para trás pela porta, mas não viu sinal do homem. Virou-se para a esquerda e imediatamente identificou Alexandre, o tesoureiro do Templo. Gesticulou para ele.

— Cuida disso — ordenou, apontando para as moedas espalhadas nas pedras a seus pés.

— Claro — respondeu Alexandre, chamando imediatamente vários levitas e mandou que recolhessem as moedas. — Eu as colocarei no tesouro.

— Não — disse Caifás. — Não é lícito depositá-las no tesouro do Templo, pois trata-se de preço de sangue.

— O que farei com elas, então? — perguntou o tesoureiro, de olhos arregalados.

Caifás fechou os olhos e suspirou. Estava começando a pensar que nunca mais iria se livrar do problema que representava aquele rabi da Galileia.

— Faz uma boa ação — disse ele. E abriu os olhos. — Encontra uma forma de usar esse dinheiro para não acrescentar mais culpa à culpa que ele já carrega.

103

Mea She'arim, Jerusalém

— Yigal, meu amigo — suplicou Rand —, precisa me ajudar. Por favor. — Debruçado sobre a pia da minúscula cozinha do apartamento em Mea She'arim, o arqueólogo comia um suculento sanduíche de tomate com uma das mãos enquanto segurava o celular com a outra.

— Farei o que puder — disse Yigal Havner. — Sabe disso.

— Ninguém responde aos meus telefonemas. Ninguém parece nem um pouco interessado na importância do papiro de Nicodemos.

— Ninguém?

— Não quem devia se interessar — confessou Rand, dando um suspiro profundo.

Havner simplesmente repetiu as palavras de Rand:

— Não quem devia se interessar.

— Ah, eu estou precisando me livrar de gente que quer os direitos de publicação da história inteira, mas não são eles que deviam estar mais interessados.

— Não entendi — disse Havner. — Quem são esses?

Mais um suspiro de frustração. Parecendo mais um grunhido.

— Como o Vaticano, por exemplo, entende? Um cara com nome italiano me liga todos os dias e não aceita negativas.

— Está admirado pelo fato de o Vaticano estar interessado?

— Não, não estou. Não estou surpreso por uma fundação religiosa chamada Agapé Broadcasting Corporation não me deixar um segundo em paz, também. Já recebi ligações de uma dúzia de revistas ou empresas cristãs diferentes, de todos os tipos, e nenhuma delas me surpreendeu. O que quero dizer não é isso.

— E o que é, afinal?

— O caso é que, agora que se confirmou a descoberta e ela foi anunciada e já se registraram os fatos objetivos, ninguém parece interessado no que tudo isso significa, na sua possível importância.

— Pensei que tivesse dito que muitos estão interessados.

— Mas é exatamente isso, Yigal — disse Rand, deixando de lado o resto do sanduíche e passando o celular para a outra mão. — Os únicos interessados na importância do papiro, no conteúdo, em vez de apenas na importância da sua descoberta, são justamente aqueles que não precisariam nem um pouco dele. O Vaticano e a fundação Agapé estão interessados apenas porque o papiro aparentemente prova algo no qual eles já acreditam.

— Não dá para culpá-los por isso — disse Havner.

— Claro que não! Não culpo os caras por isso — declarou Rand, desconfiando que Yigal sequer escutava o que ele dizia. — Só que não entendo por que todos os outros parecem tão desinteressados. Pelo amor de Deus, Yigal, sabe o que diz esse papiro! Não pensaria que alguém no mundo, além desses que já acreditam na ressurreição, iria querer ouvir e alardear as mais definitivas provas já encontradas de que as histórias da Bíblia são verdadeiras? Que Jesus de fato ressuscitou dos mortos? Que um sacerdote que não tinha a menor razão para acreditar nisso admitiu o fato?

Fez-se silêncio do outro lado da linha alguns instantes, até Rand perguntar:

— Ainda está aí?

— Estou — respondeu Yigal. — E acho que acabou de responder à sua própria pergunta.

— Como? — indagou Rand. — Como assim, respondi à minha própria pergunta?

— Quando disse que sua descoberta parece confirmar, de uma forma bastante convincente, o que a Bíblia já diz há dois mil anos.

— É — concordou Rand. — E daí?

— Rand, meu amigo — disse Havner, num tom que lembrava o de um professor passando uma bronca bem-humorada em um dos estudantes prediletos —, pense em tudo que sabe a respeito do mundo em que vivemos, dos meios de comunicação e do mundo acadêmico. Vê alguma coisa em torno de si que justifique suas expectativas?

Rand sentou-se em uma cadeira da cozinha e indagou:

— Como assim?

— Pense no nosso campo da arqueologia — disse Havner. — Ninguém se promove como arqueólogo meramente confirmando o que todos já acreditam.

— Não está prestando atenção no que estou te dizendo, Yigal. Não estou interessado meramente em confirmar o que todo mundo já acredita. É por isso que disse não ao Vaticano, à fundação Agapé e ao resto que me ligou. Estou interessado em convencer aqueles que *não* acreditam ainda. Gente que nem mesmo pensa na possibilidade de crer talvez, que pensa que as histórias de Jesus e sua crucificação e ressurreição são só fantasia, só fábulas, como eu achava. Gente que não prestaria a mínima atenção se o Vaticano ou a fundação Agapé contassem a história, mas que poderia refletir sobre o caso se o Manuel Garcia do *Times* ou o Vandy Burr do *Post* redigissem a matéria. É o que pretendo.

Depois que Rand desabafou, fez-se um momento de silêncio, depois Havner disse:

— Então te desejo sorte.

— Deseja sorte?

— Sim, sem dúvida.

— Mas pode me ajudar?

— Infelizmente, não — declarou Havner.

— E por que não?

— Porque acho que está errado.

— Acha que estou errado? — perguntou Rand. Mal podia crer nas palavras do velho amigo. — Acha que estou errado por querer informar às pessoas a respeito da importância de uma descoberta arqueológica espetacular?

— Não — disse Havner. — Acho que está errado em acreditar que as pessoas só precisam de mais informações convincentes.

104

Cidade Velha, Jerusalém

Tracy subiu correndo os degraus da escada da Taverna Armênia e disparou para a rua. Não tinha planejado nada, nem fazia ideia de para onde iria; só sabia que precisava ficar sozinha, encontrar algum lugar sossegado, porque um rio de lágrimas irrompia de seus olhos e não queria que ninguém visse isso.

Virou-se primeiro para o Portão de Jaffa, mas havia gente demais por ali, ela sabia que se virasse para a rua estreita, de um lado, ou para a porta, do outro, não escaparia da multidão. Então seguiu de novo para o restaurante, decidida a encontrar algum lugar do outro lado da Taverna Armênia para ficar sozinha. Ao fazer isso, viu Carlos subindo a escada depressa e, girando nos calcanhares, correu para as lojas e para o tumulto da rua Rei Davi.

Ouviu a voz de Carlos chamando-a, mas se apressou e abriu caminho através da multidão de fregueses e comerciantes na rua estreita e pavimentada com pedras e começou praticamente a correr. Ele não parava de chamá-la e de se aproximar cada vez mais, até ela sentir a mão dele no seu ombro e virar-se, encostando o rosto no peito dele, e começando a chorar, enquanto Carlos a abraçava ali, no meio da rua cheia de gente.

— Qual foi o problema? — indagou ele, com gentileza. — O que foi que eu fiz? Por que você está chorando?

Ela mexeu a cabeça para a frente e para trás, enquanto os olhos vertiam uma onda de lágrimas após a outra até elas rarearem, depois cessarem. Os soluços viraram fungadas, gemidos e então suspiros. Ele ainda a estava abraçando. Não disse nada além das perguntas que fez depois de alcançá-la.

— Podemos ir a algum lugar? — indagou.

Tracy concordou, enxugando a face com as mãos.

Ele a conduziu de volta pelo caminho percorrido. Eles contornaram uma esquina e Carlos fez sinal, indicando uma escada de pedra em uma porta.

Sentaram-se lado a lado. Ela não tinha olhado para ele desde que haviam deixado o restaurante.

— O que houve? — indagou ele. — Por favor, me diga o que fiz para te fazer chorar.

Ela não conseguiu. Como poderia explicar que esperava uma proposta de casamento e tinha ficado decepcionada quando ouviu uma pergunta diferente? Balançou a cabeça e o dilema a fez sentir vontade de chorar de novo, de modo que o pranto recomeçou, dessa vez baixinho.

Finalmente, olhou para o namorado. A expressão sincera e o sofrimento paciente enquanto ele aguardava alguma explicação dela lhe amoleceram o coração.

— Desculpe — disse. Tracy fez várias tentativas de dar uma explicação, mas as palavras não saíam.

— Eu te ofendi de alguma forma? — indagou ele.

Ela balançou a cabeça.

— Disse alguma coisa errada?

Ela fez que não com a cabeça, depois refletiu. Deu de ombros.

Carlos continuou insistindo, sondando-a com paciência de tempos em tempos, indicando a vontade de corrigir as coisas se ela explicasse o motivo de tanto sofrimento. Nesse meio-tempo, porém, Tracy lutava contra suas dúvidas e seus temores. O que ele pensaria se ela confessasse que esperava uma proposta de casamento? Como reagiria? Pensaria que ela estava mais apaixonada por ele do que ele por ela? Acharia que era boba, ou que estava querendo apressar as coisas?

Eles tinham conversado sobre o futuro várias vezes e sempre presumindo que fariam parte da vida um do outro. Mas nenhum dos dois tinha falado em casamento, a não ser nos termos mais gerais e descomprometidos possíveis. Então, ele só poderia ficar surpreso com aquelas deduções malucas dela no restaurante e a decepção esmagadora que ela havia sentido depois?

Nada disso era culpa dele, pensou ela. *Carlos não tinha como saber o que eu estava pensando. Tudo que tinha dito no restaurante tinha sido tão gentil e... romântico... Até ele falar naquele negócio de Jesus. Mas eu não me ofendi. Me ofendi? Acho que não. Não, só pensei que ele estava falando de uma coisa, e ele estava falando de outra totalmente diferente. Se eu não estragasse tudo com aquelas minhas esperanças e meus sonhos ridículos, teria sido diferente.*

Teria sido diferente, pensou ela. *Como teria sido diferente? O que eu teria dito? Se não tivesse perdido o controle porque ele não ia me pedir em casamento, o que teria dito quando ele me perguntou se eu seguia Jesus Cristo? Teria confirmado que sim, claro. Certo? Sou cristã. Acredito em Deus e em Jesus, nesse lance todo. Mas... não foi isso que ele perguntou, foi? Talvez tenha sido essa a intenção. No entanto, perguntou de um jeito diferente.*

Ela ergueu o olhar e fitou o namorado. Ele não estava olhando para ela. Já estava sentado naquela escada com ela havia... quanto tempo? Tracy não fazia ideia de quanto tempo havia se passado. Mas ele tinha sido extremamente paciente e bondoso. Ocasionalmente lhe fazia uma pergunta ou duas, depois esperava, vendo as pessoas passarem, às vezes virando-se para olhá-la durante algum tempo, enquanto ela refletia. Mas nunca, sequer uma vez, demonstrou sinais de frustração ou irritação. Ela viu-se sorrindo ligeiramente enquanto o olhava, depois ele se virou e a pegou contemplando-o. Ela ainda estava sorrindo quando declarou:

— O que me perguntou, lá no restaurante...

— Sim?

— Não me perguntou se acredito em Jesus.

— Não.

— Perguntou se eu o sigo.

— Sim — assentiu ele

— Por quê?

— Por quê? — repetiu ele.

Ela confirmou com a cabeça e explicou:

— Ninguém jamais me perguntou isso antes. Pelo menos não desse jeito.

— Foi por isso que ficou chateada?

— Não — respondeu ela, balançando a cabeça de maneira brusca. — Não, foi só que... Sempre acreditei em Jesus, desde que era criancinha. — Tracy explicou que a mãe a criara não só para acreditar em Jesus como também para amá-lo, orar para Ele e confiar que Ele lhe concederia perdão e salvação.

Carlos pareceu pensativo enquanto ela falava.

— Acha que acreditar em Jesus é o mesmo que seguir Jesus?

— Eu ia lhe fazer justamente essa pergunta — disse ela.

— Acho que muita, muita gente mesmo "acredita" em Jesus Cristo — argumentou, sorrindo. — Acredita que ele viveu, morreu e ressuscitou. Que ele é o Messias dos judeus e o Salvador do mundo. Acredita que sua morte salva todos que vêm a ele.

— Mas isso é diferente de segui-lo?

Ele fez que sim com a cabeça, sorrindo:

— Por isso lhe perguntei se *segue* Jesus. Quando Jesus estava aqui entre nós, na terra, não havia diferença entre alguém que acreditava nele e alguém que o seguia. Acreditar em Jesus era o mesmo que segui-lo. Depois que se dava o passo imenso de acreditar que aquele nazareno era verdadeiramente o Filho de Deus, o Salvador do Mundo, só havia uma forma lógica e racional de agir: dedicar a vida a segui-lo, aprendendo o que ele ensinava, obedecendo a seus mandamentos e cumprindo a missão pela qual ele deu a vida. Naturalmente, hoje em dia não é mais assim — continuou ele. — Eu não sei como isso é possível, mas muitos pensam que se pode crer que Jesus nasceu de uma virgem, viveu sem pecado, morreu pelos pecados do mundo e até ressuscitou dos mortos, e ainda assim não dedicam suas vidas a segui-lo, de forma intencional e integral.

— Ora — disse ela. — Quando você coloca dessa maneira...

— Há alguma outra maneira de colocar isso? — perguntou Carlos, rindo.

— Acho que não — admitiu Tracy, sorrindo com timidez.

Eles então se calaram e observaram a torrente de comerciantes e fregueses que passava pela esquina movimentada da rua Rei Davi com a do Patriarcado Armênio. Turistas, uma dupla de policiais, um homem empurrando um carrinho, uma mulher carregando uma bandeja imensa de pão recém-assado, padres católicos armênios e uma família chassídica, provavelmente a caminho do Muro das Lamentações. Finalmente Tracy virou-se para Carlos e comentou:

— Você tem razão.

— Tenho?

— Durante toda a vida eu soube quem é Jesus e tudo que ele fez por mim. Por nós. — Ela virou-se de modo a não mais ficar ombro a ombro com ele, mas de frente, tanto quanto possível. — Só que não sei por que pensei que fosse suficiente, considerando-se... ora, todo o resto. Sabe o que quero dizer?

— Acho que sei — disse ele, dando um grande sorriso.

— E então — disse ela. — Você vai me ajudar?

— Ajudá-la?

Ela confirmou:

— Sim, você sabe. Já está fazendo isso há um bom tempo, não está? Se puder me ajudar, eu gostaria de seguir Jesus também.

Ele nada disse, mas fitou Tracy durante bastante tempo, até que segurou seu rosto e a beijou de forma mais apaixonada do que jamais tinha feito antes.

105

31 d.C.
Templo de Jerusalém

Sentado em um divã baixo nos aposentos do sumo sacerdote, no complexo do Templo, Caifás temeu a princípio que um exército estivesse se aproximando. O chão vibrou sob seus pés como se milhares de soldados de infantaria marchando juntos fizessem todo o edifício tremer. Ele se segurou no assento enquanto observava as paredes e o teto da sala vibrando ao redor. A sala oscilou, o ar encheu-se de poeira, e as pedras sob seus pés pareceram subir e descer como a água na preamar.

Quando terminou o tremor, ele percebeu que não tinha sido causado por um exército que se aproximava, mas sim por um terremoto. Saiu dos aposentos e foi até o Pátio dos Gentios, encontrando ali uma cena ao mesmo tempo assustadora e irreal. O céu da tarde estava escuro e as multidões de fiéis no dia mais movimentado do ano no Templo encolhiam-se, temerosas, cochichando e olhando o céu. Um silêncio melancólico pairava até mesmo sobre os comerciantes e animais nas gaiolas do pátio, e as pessoas afastavam-se ressabiadas do Templo, como se a qualquer momento fossem disparar para as saídas.

O sumo sacerdote atravessou a multidão desnorteada, cruzou o Pátio das Mulheres e passou através da Porta de Nicanor, entrando no Pátio dos Sacerdotes. O clima não era de festa. Até mesmo os sacerdotes e os levitas pareciam estar loucos para se retirar. Um levita de meia-idade apressou-se, na direção de Caifás, e cumprimentou-o com uma reverência ligeira e respeitosa. Caifás lembrou-se de que o nome do homem era Shimon.

— O véu — disse Shimon. — Sofreu danos...

— Danos? — indagou Caifás, sabendo naturalmente que Shimon se referia ao véu que separava o Santo dos Santos do resto do Santuário, no interior do Templo. — Como assim?

Shimon balançou a cabeça e declarou:

— Rasgou-se ao meio... a partir de cima.

Caifás ficou olhando o homem, pasmo.

— Ao meio? Como? — repetiu.

— O terremoto — disse Shimon, como se fosse óbvio.

Caifás olhou em torno de si, avaliando a cena lúgubre. Primeiro o terremoto, depois a escuridão e agora isso. Procurou não tremer. O que estaria acontecendo? Algo grave, sabia, mas esforçou-se por absorver tudo aquilo. O véu que separava a segurança do Santuário da presença assombrosa de Hashem *tinha se rasgado. O que significava isso? O que devia fazer? E o que aconteceria em seguida? Começou a estremecer. O chão pareceu inchar-se sob seus pés, até ele ter medo que se abrisse e o engolisse. Por fim, com grande esforço, sacudiu o corpo e fez o máximo para concentrar-se no rosto do levita.*

— Veremos o que fazer depois.

— Depois? — repetiu o levita.

— O Shabat *está quase começando.*

— Mas não devíamos...

— Já basta! Precisamos nos preparar para o Shabat. *Vai cuidar disso.*

Quando Caifás saiu do Templo e avançou resoluto para a saída que o levaria ao Vale Tiropeu, na grande escadaria, o servo Malco surgiu ao seu lado, de olhos esbugalhados, trêmulo. Caifás parou e indagou:

— O que houve?

— Vós me dissestes — respondeu ele, arquejante — para vos informar quando a execução terminasse.

— E terminou?

Malco pareceu assustar-se com as palavras do sumo sacerdote. Balançou a cabeça para a frente e para trás, devagar:

— Ele morreu na mesma hora em que a terra tremeu.

Caifás virou-se e contemplou o canto noroeste do Templo, onde se erguia a Fortaleza Antônia, e além dela, o local da crucificação. Examinou o céu cinzento antes de voltar a atenção outra vez para Malco.

— Tu viste tudo?

— Sim, Vossa Excelência — respondeu o servo, brigando para conter as lágrimas. — Ele está sendo retirado da cruz agora.

— Ele não tentou reagir?

Malco balançou a cabeça.

— Não resistiu?

— Não — respondeu o servo.

— Só ficou ali, permitindo que o matassem?

Malco confirmou, com um lento aceno de cabeça:

— Como um cordeiro sendo oferecido em sacrifício.

O sumo sacerdote inspirou profundamente ao ouvir as palavras do servo e repetiu:

— Como um cordeiro.

Malco concordou e as lágrimas molharam por fim seu rosto naquela luz mortiça da tarde escura.

— Retira-te — disse Caifás. As lágrimas de Malco o abalaram mais ainda. Ele se virou de novo para o Templo, lembrando-se das estranhas palavras do Imersor que Nicodemos havia lhe repassado, o quê? Três anos antes? "Eis o Cordeiro de Deus."

A fumaça e o cheiro dos sacrifícios ainda pairavam sobre o Templo, fazendo Caifás perguntar-se se teria agido corretamente e o significado da aparente confluência de eventos ao seu redor. Tinha certeza de ter cometido um enorme erro. Já devia ter agido havia muito tempo com base naquela desconfiança — ou seria esperança? — de que o rabi galileu tinha sido enviado por Deus. Só que agora percebia que era tarde demais. Ele nunca sentira pavor maior na vida.

106

Mea She'arim, Jerusalém

Rand tinha ouvido o alerta da caixa postal do celular durante a conversa com Yigal Havner, portanto, depois de se despedir do velho amigo, apertou o botão para verificar o recado enquanto entrava no quarto de Tracy.

Ela não estava lá. Ele viu um pedaço de papel sobre a cama desfeita e o pegou. O bilhete dizia que ia sair com Carlos e deixaria o celular ligado. Pelo menos era um avanço. Ele cancelou a chamada para a caixa postal, digitou o número de Tracy e se surpreendeu quando ela atendeu no segundo toque.

— Oi, Tracy. Vi o seu bilhete.

— Ah, ótimo — respondeu ela. — Carlos queria me levar para almoçar na Cidade Velha de novo.

— Obrigado por ter me deixado um bilhete.

— De nada.

Um silêncio um pouco desconfortável se fez e durou um momento. Rand não sabia como dizer o que tinha em mente, mas decidiu tentar:

— Fiquei um tempão ao telefone antes de você sair. Eu... acho que não prestei atenção em você como devia. Eu... te peço perdão por isso.

Rand sentiu uma hesitação do outro lado da linha, mas não soube dizer se era porque Tracy estava emocionada... ou irritada.

— Obrigada, papai — disse, afinal. — Preciso desligar agora, mas falo com você depois, tá? — informou, encerrando a ligação.

Rand ficou parado um instante, olhando o quarto da filha. Ele e Tracy até andavam se entendendo bem nos últimos dois meses, mas ele não sabia se os dois tinham mesmo ficado mais próximos um do outro, nem se o comportamento dele como pai havia melhorado. Aliás, refletiu, ainda não tinha muita ideia do que significava ser pai.

Ele se lembrou de que ainda não tinha verificado a caixa postal, portanto apertou de novo a tecla e ouviu a mensagem. Quem tinha ligado identificou-se como David Bernstein do *Jerusalem Post* e disse que queria falar com Rand sobre a descoberta. O arqueólogo tinha deixado inúmeras mensagens para repórteres do *Post* nas últimas semanas e não se lembrava de nenhum Bernstein, mas talvez sim; ele podia conferir as anotações depois. Quando o homem começou a rapidamente recitar o seu telefone, Rand correu para a sala de estar para tentar encontrar uma caneta e uma folha de papel, mas não conseguiu a tempo; precisou repetir a mensagem para anotar o número.

Finalmente, pensou enquanto discava, *alguém está disposto a fazer uma reportagem sobre a importância avassaladora da tumba de Caifás e o papiro de Nicodemos*. No terceiro toque, ele foi atendido.

— *Shalom* — disse. — É o Dr. Rand Bullock querendo falar com o David Bernstein — comunicou, pronunciando "Bernstein" como se rimasse com "ain".

— Sim, Dr. Bullock, obrigado por responder à minha mensagem. Aqui é o David Bernstein — disse ele, pronunciando o final como "in." — Gostaria de falar com o senhor sobre a sua descoberta do assim chamado ossário de Caifás.

"Assim chamado?" Rand achou aquela expressão meio estranha, mas deixou passar.

— Sim — disse. — Foi bom você ter ligado. Claro, o sepulcro e o ossário são importantes porque ajudam a estabelecer a autenticidade da descoberta, mas o papiro e o seu teor são bem mais significativos.

— *Ken* — declarou "sim" em hebraico. — Mas estou interessado em especial no ossário, que tem o nome de Caifás, ainda mais considerando-se o anúncio de Russan Aziza.

— Como disse?

— Gostaria de publicar uma resposta?

— Uma resposta a quê? — perguntou Rand. — Desculpe, mas não estou entendendo.

— Está dizendo que a notícia o pegou de surpresa?

— De que notícia está falando?

— Está negando que tenha conhecimento da alegação dele?

— Sr. Bernstein, não sei do que está falando. Pode, por favor, me esclarecer? Pode me contextualizar? Estou... totalmente perdido.

— *Nu* — disse ele, usando uma palavra hebraica que se poderia traduzir como "tudo bem". — É o Dr. Randall Bullock, certo?

— Sim — confirmou Rand.

— E escavou o sepulcro de Talpiot onde estavam os ossos de Caifás, o sumo sacerdote?

— Sim.

— E um dos ossários que alega ter encontrado era uma caixa de calcário com decorações intrincadas com o nome de Caifás inscrito em dois dos lados, não é?

— Não aleguei tê-lo encontrado — respondeu Rand. — Eu o encontrei de fato. E a inscrição dizia "José, filho de Caifás", mas fora isso o que você disse é correto.

— E está sabendo que Russan Aziza, um colecionador conceituado de antiguidades, veio a público dizer que vendeu o ossário de Caifás ao senhor?

— O quê? — exclamou Rand.

— E está ciente de que Aziza alega que não havia inscrições no ossário que lhe vendeu quando ele o possuía, só os desenhos decorativos que observou?

— Isso é alguma brincadeira de mau gosto? — perguntou Rand desorientado.

— Como disse?

— Tem certeza de que está falando com a pessoa certa? Deve haver algum engano.

— Não, senhor, tenho certeza que não. A Autoridade de Antiguidades de Israel está reavaliando o caso com base nas provas do Sr. Aziza.

— Não pode estar falando sério. Quem é esse tal Aziz?

— Aziza. Russan Aziza. É colecionador de antiguidades. Já faz anos que está no mercado, aliás, décadas.

— E diz que me vendeu o ossário de Caifás?

— Sim, senhor, está dizendo que tem uma nota fiscal, assinada pelo senhor.

— Acontece que isso é impossível.

— Está dizendo que ele é um mentiroso?

— Não, não estou, nem mesmo conheço esse homem, nunca tinha ouvido falar dele antes de você ter mencionado o seu nome.

— Está negando que o conhece?

Aquilo estava parecendo mais um interrogatório do que uma entrevista.

— Dá para parar de falar comigo como se fosse um investigador de seriado policial? — disse Rand. — Não sei quem é esse cara e não sei o que ele anda dizendo por aí, só posso afirmar que o ossário de Caifás foi descoberto *in situ* no sepulcro de Talpiot, com o desenho decorativo e as inscrições no momento da escavação. Tenho fotos para provar isso. Posso enviá-las agora mesmo.

— Essas fotos foram tiradas quando?

— Durante os dois dias da escavação.

— Aziza alega que lhe vendeu o ossário no ano passado. Suas fotos desmentem isso?

Rand ficou confuso. *Claro que não,* percebeu. As fotos dele e de Tracy só mostrariam o ossário e as inscrições no sepulcro. Não havia como provar que estavam lá quando Rand entrou no túmulo.

— Não — respondeu ele. — Acho que não.

— Tem alguma declaração a fazer?

Rand sentiu vontade de despejar todo o seu vocabulário de palavrões em cima do cara, mas em vez disso falou:

— Sim. Desejo fazer uma declaração. Está pronto para anotar?

— Sim, senhor, pode falar.

— Não conheço nenhum Russan Aziza. Nunca o conheci. Encontrei o ossário de Caifás na caverna de Talpiot e não fiz alterações nele, nem no papiro descoberto dentro dele. E aí, o que acha?

— Excelente — disse o repórter.

— Só precisa disso? Porque se for só disso de que precisa, tenho algumas perguntas para...

— Eu tenho outra pergunta, sim.

— Pode fazer.

— Tem algum comentário a fazer sobre a matéria do *Post* segundo a qual andou sendo investigado pela polícia de Israel?

— O quê? — Aquilo estava ficando mais absurdo a cada segundo que passava. Rand perguntou-se momentaneamente se a próxima pergunta do repórter teria a ver com extraterrestres.

— A matéria diz que a Polícia Nacional de Israel anda investigando o senhor desde sua descoberta no sepulcro de Talpiot.

Rand mudou o celular de orelha e interveio:

— Olha, não sei o que há, nem de onde estão tirando essas matérias malucas...

— Está negando que é alvo de uma investigação?

— Claro que estou. Passei os meses desde...

— Tem andado envolvido em alguma atividade ilegal?

— Não! — Rand soltou uma série de imprecações, depois tomou uma decisão. — Olha, se quiser falar sobre a importância da minha descoberta, principalmente a imensa importância do papiro e seu conteúdo, adoraria conversar com você. Senão, esta conversa está encerrada.

— Obrigado, Dr. Bullock. Acho que já tenho aquilo de que precisava — concluiu Bernstein, desligando o telefone.

107

31 d.C.
Cidade Alta, Jerusalém

Foi o Shabat *mais lúgubre imaginável para Caifás. O pranto incessante de Malco já o incomodava tanto que ele havia dispensado o servo e proibido que ele aparecesse diante do seu mestre, pelo menos até o fim do dia. Depois, na ceia do* Shabat *de que tinha participado naquela noite no palácio do sogro, o tema da conversa tinha sido, várias vezes, o julgamento e a morte do rabi galileu, o último assunto que Caifás queria ouvir.*

Jônatas e Eleazar, é claro, haviam dirigido a série de audiências, diante de Pilatos, depois Herodes, e finalmente o último interrogatório feito por Pilatos, até o fim, e também estado presentes à crucificação. Os filhos mais novos de Anás, Teófilo, Matias e Anias, tinham realizado várias tarefas a eles confiadas por Jônatas e pelo pai. Cada um tinha um ponto de vista a relatar, e as próprias vitórias a comemorar, e todas deixaram Caifás enojado.

— Estais calado, Caifás — disse Jônatas durante a refeição. — Alguma coisa vos perturba?

Ele pensou em não dar importância nenhuma ao comentário e deixá-lo passar, mas disse:

— Não, meu irmão, eu me regozijo quando os sacerdotes de Hashem *condenam um judeu à morte.*

— Um rebelde — disse Eleazar. — Um blasfemo. Deveis regozijar-vos.

Jônatas mastigou a comida e engoliu-a.

— Não entendo vossa infelicidade, Caifás. Fostes vós quem dissestes que é melhor que um homem morra do que a nação inteira pereça. A paz foi preservada, e nossa nação uma vez mais está livre da catástrofe. De todos, vós devíeis estar orgulhoso.

— Mas não estou — disse Caifás.

— Eu estou! — gritou Teófilo. — Que todos os blasfemos tenham a mesma sorte que ele!

— E como interpretas as trevas que caíram sobre nossa terra? — indagou Caifás.

— Nunca vistes uma tempestade de areia antes? — declarou Jônatas, dando de ombros.

— Não foi tempestade de areia — disse Caifás. — Sabes disso.

— Que outra explicação há, então?

— E o terremoto que abalou a terra e rasgou o véu do Santuário? O que causou isso, meu irmão?

— Todos já passamos por essas coisas antes, não passamos? Fora o Anias, que talvez seja jovem demais!

Anias começou a protestar, mas os irmãos mais velhos zombaram tanto que ele acabou erguendo as mãos, desistindo, e ficou quieto.

Com voz ofegante, Anás, o ex-sumo sacerdote, perguntou:

— O que estás sugerindo que seja o significado de todas essas coisas? — Ele lançou um sorriso quase sem dentes e absolutamente insincero para Caifás.

— Não estou sugerindo nada.

— Nada? — indagou Anás. — Então provavelmente não dás importância à reivindicação de Nicodemos e José de Arimateia com relação ao corpo do galileu.

Caifás olhou para o sogro, assustado, depois mentalmente se repreendeu por deixar que o velho percebesse sua surpresa. Pelo jeito o susto causado em Caifás o agradou.

— Presumo que vós sabeis — disse o sumo sacerdote.

Anás deu de ombros, depois tossiu.

— Não importa — disse ele, quando o acesso de tosse passou. — Mas seria sábio ir até o governador amanhã pedir que soldados montem guarda à porta do túmulo.

— Soldados? — indagou Caifás, coçando o queixo barbado. — Para impedir que um morto saia do túmulo?

— Para evitar que os vivos entrem — retorquiu Anás. — Alguns dizem que o galileu prometeu ressuscitar depois de três dias, como Jonas saindo do ventre da baleia. Um destacamento de soldados simplesmente impediria seus seguidores de roubarem seu corpo e saírem por aí dizendo que ele ressuscitou dos mortos.

— Por que envolver os romanos nisso de novo? — indagou Matias. — Por que não mandar guardas do Templo para vigiarem o sepulcro?

— Se mandarmos guardas do Templo — retrucou Jônatas, claramente ávido por justificar o raciocínio do pai —, os seguidores do galileu poderiam apenas roubar o cadáver depois de três dias, quando a guarda se retirar. Poderiam alegar

que os guardas caíram no sono, ou que nunca estiveram lá, e seria a palavra deles contra a dos sacerdotes e os soldados pagos por eles. Mas se os romanos enviarem guardas para o sepulcro, e se ele continuar protegido depois de três dias, vai ser diferente.

— Se *o túmulo continuar protegido? — indagou Caifás.*

— Quando *o túmulo ainda estiver protegido — respondeu Jônatas, franzindo o cenho. — Ninguém, nem mesmo os zelotas mais fanáticos, é louco a ponto de enfrentar os guardas romanos. O mais importante, porém, é que o povo vai reconhecer que os romanos são neutros nesse assunto, e, portanto, uma guarda romana é melhor que uma guarda judaica. Ninguém vai acreditar nos seguidores do galileu, por mais que eles aleguem que o rabi ressuscitou. — Ele lançou ao pai um olhar subserviente. — Muito bem-pensado, meu pai.*

Anás concordou, agradecido.

— Muito bem-pensado, realmente — reconheceu Caifás. Ergueu o copo de vinho e o inclinou na direção de Anás. — Não só colaboramos com os romanos, como também eles vão se tornar nossas testemunhas.

— Esse plano não agrada a Caifás, o sumo sacerdote? — indagou Anás, semicerrando os olhos idosos.

— Nada me agrada em tudo isso — declarou Caifás, deixando a taça de lado.

— Estou vendo — observou Anás, contendo outro acesso de tosse.

— Eu farei isso — disse Jônatas. — Vou reunir uma delegação e ir ter com Pilatos. E procurarei garantir que isso seja feito.

Caifás lançou um olhar sério para Jônatas, sem nada dizer.

108

Cidade Velha, Jerusalém

Tracy encerrou a ligação do pai e voltou a andar de braços dados com Carlos a caminho de onde o Land Rover estava estacionado. Sentia-se incrivelmente alegre, até mesmo eufórica. Estava apaixonada, esse era o motivo principal. Mas também sentia a força de uma nova afeição, e uma nova intenção de ir além da "mera crença" que tinha nutrido durante a maior parte da vida e de realmente se tornar seguidora convicta de Jesus Cristo, como Carlos.

Ela dava gargalhadas enquanto eles caminhavam pela movimentada estrada de Jaffa além das muralhas da Cidade Velha.

— Qual é a graça? — perguntou Carlos.

— É que estou simplesmente feliz — disse ela.

— Eu também me sinto feliz.

Caminharam em silêncio mais alguns momentos, até Carlos perguntar:

— Será que vai me dizer algum dia o que te fez chorar lá no restaurante?

Ela apoiou a cabeça de leve no ombro dele, enquanto andavam, e respondeu:

— Agora me parece uma besteira.

— Então vamos rir disso juntos.

Ela ergueu a cabeça e o olhou, de soslaio:

— É constrangedor.

— Eu não me importo em ficar constrangido — comentou Carlos.

— Não, quero dizer que sou eu que vou ficar com vergonha se contar. — Tracy parou de andar. — Promete que não vai pensar que sou idiota?

— Eu nunca seria capaz de te considerar idiota — disse ele, sorrindo para ela, com grande carinho.

— Comecei a chorar — disse ela, abaixando os olhos — porque pensei que você estivesse para me... pedir em casamento.

Ele parou de sorrir.

— O que houve? — indagou ela.

— Não queria que eu te pedisse?

— Não, não é isso. Quero dizer que fiquei decepcionada porque pensei que você estivesse para me pedir em casamento e quando você me perguntou outra coisa, comecei a chorar porque estava na expectativa de que a conversa fosse ser totalmente outra.

— Então não está mais decepcionada?

— Acho que sim, um pouco — respondeu, enrubescendo.

— Venha — declarou Carlos, segurando a mão dela com força e levando-a de volta pela calçada até uma abertura no muro da Cidade Velha. Eles subiram uma escadaria até a calçadinha estreita ao longo do alto do muro. Depois Carlos apontou para a construção atrás deles. — Ali é a Torre de Davi. Não foi feita por Davi, mas a coluna foi uma das três torres construídas pelo rei Herodes, e o minarete no alto dela foi acrescentado há mais de trezentos anos.

Depois ele se virou e apontou para o nordeste.

— Essas cúpulas são da Igreja do Santo Sepulcro, no local onde antes era o Calvário. — Carlos abraçou os ombros de Tracy e a puxou para junto de si, virando-a para o leste: — Aquela cúpula dourada ali é o Domo da Rocha, é claro, no local do Templo, e além dela fica o monte das Oliveiras. — Ele a virou um pouco mais para a direita e acrescentou: — Abaixo de nós está a Cidade de Davi, o vale do Cedrom e a distância os montes de Efrata, onde fica Belém.

— Por que está me mostrando tudo isso? — indagou ela.

— É lindíssimo, não? — comentou Carlos, olhando para ela.

— É. Mas por que está me mostrando tudo isso?

Carlos soltou os ombros de Tracy e se virou. Depois fez com que ela ficasse de frente para ele. A garota o fitava curiosa, com olhos negros como obsidiana.

— Concordo com o rei Davi quando ele diz que esta é a cidade mais bela do planeta. Já inspirou poetas e profetas durante milhares de anos e se torna mais bela a cada vez que a visito. Mas empalidece diante da beleza da mulher com a qual desejo me casar. — Carlos tirou uma das mãos dos ombros dela e pegou um envelope pequeno do bolso do jeans. Vasculhou no seu interior e retirou, meio desajeitado, um anel, depois guardou de novo o envelope.

Tracy sentiu os olhos se encherem de lágrimas.

— Não planejava fazer isso hoje, porque ainda não falei com seu pai, e não sei se ele vai me dar seu consentimento. Mas não quero que você passe sequer mais um minuto decepcionada comigo. — O rapaz ajoelhou-se na pedra sob os pés de ambos. — Tracy, eu te amo. Não posso viver sem você. Não quero passar nenhum instante sem você. Quero passar minha vida tentando te fazer tão feliz quanto você me faz feliz. Quer ser minha esposa?

Tracy tentou desesperadamente enxugar as lágrimas dos olhos para poder ver o rosto de Carlos enquanto ele falava, mas terminou desistindo. Ajoelhou-se diante dele, abraçou-o e disse:

— Quero!

Tracy o agarrou com mais paixão do que jamais tinha feito antes, chorando sem tentar conter as lágrimas, nos braços dele.

109

31 d.C.
Cidade Alta, Jerusalém

Bem cedo, na manhã seguinte, Malco acompanhou o filho de Anás, Jônatas, até o jardim do pátio do palácio de Caifás. O sumo sacerdote estava reclinado em um banco almofadado ao lado de uma mesa com uma abundância de pepinos, tomates, cebolas e azeitonas, mas ele não havia tocado nos alimentos. Tinha perdido completamente o apetite.

— Não esperava a companhia de Jônatas bar Anás hoje — disse Caifás, fazendo um gesto para que o outro se sentasse no divã ao lado.

— Obrigado — disse Jônatas, sorrindo nervosamente. — Mas infelizmente não posso ficar muito tempo.

Caifás reconheceu na expressão de Jônatas uma tentativa de mascarar o desespero interior. Apoiando-se em um cotovelo, indagou:

— O que fizeste?

— Estou representando meu pai, pedindo que convoqueis o conselho.

— Por quê?

Jônatas mudou os pés de posição e respondeu sem olhar para Caifás:

— Por causa dos soldados.

— Que soldados?

— O destacamento que o governador me deu para... para vigiar o sepulcro.

— Que têm os guardas? — perguntou Caifás, quase virando a mesa de pernas para o ar em seu esforço para se levantar.

Claramente Jônatas pronunciou as palavras seguintes contra a vontade:

— Eles... vieram me procurar hoje de manhã, apavorados.

— Por quê? — gritou Caifás, os dentes semicerrados. Sentiu vontade de estrangular o cunhado por evitar ir direto ao assunto.

— Pilatos nos concedeu um quarto de vigia — disse ele, e Caifás entendeu que isso significava 16 soldados, que tinham guardado o túmulo em quatro turnos de

quatro soldados cada, alternando-se a cada três horas. — O primeiro turno de vigia veio me procurar esta manhã. Eles... descreveram que sentiram um terremoto e viram...

— Viram o quê? — insistiu Caifás.

Jônatas retribuiu com um olhar que mostrava que não esperava que Caifás acreditasse em suas palavras:

— Um anjo. Disseram que apareceu um anjo no jardim e eles o viram ir até o túmulo, rolar a pedra, afastando-a da porta, e... sentar-se sobre ela.

Caifás ficou mudo. Inspecionou o rosto de Jônatas e não viu sinal de zombaria. Aliás, a única emoção que tinha certeza de distinguir no rosto do cunhado era a infelicidade, um desespero puro e completo. Sentou-se no divã e ficou de olhos pregados no solo pedregoso a seus pés.

— A... guarda romana — disse ele, dando ênfase à palavra "romana" — disse que viu um... anjo?

Ele sentiu que Jônatas tinha balançado a cabeça, sem nem mesmo erguer os olhos.

— Sim — confirmou o cunhado. — Disseram que todos caíram por terra de medo, diante daquela visão. — Ele pigarreou e prosseguiu: — Depois, quando recobraram a consciência, o anjo já não estava mais lá. O túmulo estava vazio. O sudário continuava no túmulo, mas o corpo havia sumido. Eles voltaram ao Templo e me encontraram, e perguntaram o que fazer. Estão apavorados, é claro.

— Claro — respondeu Caifás. A pena para negligência do dever certamente seria a morte se seus superiores descobrissem o acontecido. Caifás ergueu os olhos para fitar o rosto torturado de Jônatas. — Acreditas na história desses soldados?

— Sou saduceu — respondeu com ironia a Caifás. — Não acreditamos em histórias de anjos.

— Não, claro que não — disse o sumo sacerdote.

— Mas temos que fazer alguma coisa.

— Temos — concordou Caifás. — Presumo que tenhas contado a teu pai. O que ele diz?

Jônatas começou a falar, depois aparentemente pensou duas vezes no que pretendia dizer. Falou sem tirar os olhos de Caifás:

— Ele me recordou de que vós sois o sumo sacerdote de Israel.

Caifás emitiu apenas uma sílaba.

— Ah! — Em seguida, pôs-se de pé, afastando-se alguns passos, enquanto Jônatas aguardava. O coração de Caifás batia apressado, ele pensou por um instante que ia perder o equilíbrio. Desejava ter tido tempo para pensar. Havia dúvidas

demais na sua cabeça. Precisava refletir sobre muita coisa. Nem mesmo podia reduzir a velocidade do raciocínio para lidar com um assunto de cada vez.

Finalmente, balançou a cabeça e fez um sinal para Malco, que estava de pé ali por perto, de olhos arregalados, ouvindo a conversa inteira.

— Alerta os escribas e pede-lhes que convoquem o conselho. Vamos nos reunir na sexta hora.

110

31 d.C.
Câmara das Pedras Talhadas, Jerusalém

Os lugares ocupados em geral por José de Arimateia e Nicodemos estavam vazios quando o Sinédrio se reuniu na Câmara das Pedras Talhadas, no canto sudoeste do complexo do Templo.

Quando Caifás, como nasi, *ou presidente do conselho, terminou de instruir os escribas para que eles fizessem a chamada, quase todos sabiam o motivo da assembleia.*

— Por que estás fazendo a chamada? — protestou um dos homens. — Há alguém em julgamento?

— Continuas — disse Caifás ao escriba mais próximo de si. Ia insistir em registrar quem tinha participado da decisão.

Quando terminaram de fazer a chamada, Caifás reiterou o relato feito pelos soldados a Jônatas e depois pediu ao conselho que deliberasse para que pudessem encontrar uma solução.

— Solução? — protestou Simão de Hebrom. — Que solução? Os soldados não desempenharam seu dever como se esperava. Devem arcar com as consequências. Não temos responsabilidade de proteger esses gentios miseráveis, muito menos nossos opressores romanos!

Zacarias ficou de pé e bateu com vigor a bengala no chão:

— Vamos deixar a história dos soldados se espalhar por Jerusalém, pela Judeia e todo o território de Israel, então? Que um anjo veio e tirou o rabi galileu do sepulcro?

— Como sabemos se não foi isso mesmo que de fato aconteceu? — indagou Gamaliel.

Um silêncio reinou na sala, de tanto que a pergunta chocou os membros do Sinédrio, até que Eleazar, filho de Anás, respondeu:

— Tu te tornaste um deles?

Gamaliel não pareceu incomodar-se com essa indagação:

— Estou simplesmente afirmando que pode valer a pena questionar se essa história dos soldados é verossímil.

Todos voltaram a calar-se. Alguns dos membros do conselho trocaram olhares intrigados enquanto outros ficaram de olhos baixos, fitando os próprios pés, ou o chão de pedra.

— Gamaliel está nos pedindo para acreditar em anjos e espíritos e que os mortos voltam à vida — disse Eleazar. — Mas essas são superstições de fariseus!

Imediatamente a sala irrompeu em gritos, imprecações e insultos entre saduceus e fariseus, sacerdotes e rabis. Caifás observava aquilo tudo, preocupado, e terminou encontrando o olhar de Gamaliel, que parecia dizer: "Eu não devia ter aberto a boca."

— Silêncio! — berrou Caifás. Ele repetiu essa ordem até os membros do conselho se acalmarem, e a maioria se sentar de novo. — Não vamos chegar a lugar algum se ficarmos discutindo entre nós. Precisamos concentrar nossos esforços no que estamos fazendo. Precisamos pôr os interesses da nossa nação e do nosso povo acima de nossas próprias diferenças.

José de Betânia ficou de pé e declarou:

— Se os soldados que estavam guardando o sepulcro do galileu forem executados, a história vai se espalhar entre o povo. Não teremos como evitar isso.

— Os soldados não podem revelar nada — disse outro. — Devem apenas voltar para o quartel e dizer no seu relatório que nada estranho aconteceu durante a missão.

— Estás te esquecendo — replicou outro — que rolaram a pedra que fechava a entrada do sepulcro e romperam o lacre colocado lá pelos romanos. Não podem apenas dizer que nada aconteceu!

— Os romanos punem com a morte o rompimento de um lacre! — gritou alguém.

— Como eles podem executar um anjo? — indagou um velho fariseu na primeira fila de bancos, provocando algumas risadinhas discretas ao redor.

— Devemos pagar os soldados para que fiquem calados — disse Jônatas, filho de Anás.

— Eles não têm interesse em espalhar essa notícia — concordou alguém.

— Mas nem é preciso dizer isso — acrescentou outro.

Jônatas encarou o semicírculo de membros do conselho reunidos e sugeriu:

— Podemos lhes oferecer dinheiro para espalhar a notícia de que os seguidores do galileu vieram durante a noite e roubaram o corpo. Isso explica a localização da pedra, o rompimento do lacre e o sepulcro vazio.

Eleazar concordou:

— Sim, e torna todo seguidor do galileu um suspeito... aos olhos de Roma.

— Isso jamais vai funcionar — contestou alguém. — Os guardas podem ser executados por dormirem em serviço, tanto quanto por desmaiarem.

— Sim — disse Caifás, certo de que o nervosismo em sua voz traía a repulsa diante de todo aquele debate —, mas a história deles não nos fornece os "fatos" de que precisamos. Jônatas, filho de Anás, apresentou uma solução que torna a verdade irrelevante.

Jônatas lançou um olhar irritado ao cunhado e afirmou:

— Vamos precisar garantir aos guardas que falaremos com o prefeito se o relatório chegar aos ouvidos dele. Como ele nos concedeu a guarda por nossos interesses coincidirem com os dele, antes de mais nada, vamos lhe mostrar como nem ele nem nós tiraremos vantagem dessa história de soldados romanos desmaiando, anjos aparecendo e curandeiros judeus saindo do sepulcro.

— Alguém de nós aqui sabe — interveio Gamaliel de novo — o que aconteceu com o corpo? Se o sepulcro está vazio, e vamos dizer que os seguidores do rabi o roubaram, onde está o galileu?

Caifás examinou o rosto do velho amigo e ocasional adversário. O fariseu tinha finalmente expressado o que incomodara o sumo sacerdote desde que tinha ouvido falar no relatório dos soldados.

111

Mea'Shearim, Jerusalém

Rand terminou a ligação no celular e soltou um palavrão, baixinho. Toda tentativa de falar com a sargento-mor Miri Sharon tinha falhado. Ele deixara uma mensagem para ela, na delegacia, mas eles se recusaram a lhe dar um número de celular ou informar onde poderia encontrá-la.

Ele achou uma lista telefônica na gaveta da cozinha, mas estava em hebraico. Ligou de novo para a delegacia, pediu o endereço, anotou-o em um pedaço de papel e meteu-o no bolso. Pegou as chaves do carro e foi para a porta da frente. Abriu-a e viu Miri Sharon com cara de surpresa e prestes a bater à porta naquele exato momento.

— O que está fazendo aqui? — perguntou ele. — Tentei entrar em contato com você várias vezes.

— Não fui eu — disse ela.

— O quê?

— Eu vim dizer — declarou Miri — que não fui a fonte daquela matéria no jornal.

— Então é verdade. Estou sendo investigado pela polícia?

— Não.

— Mas o jornal diz que estou.

— Sim — disse ela.

— Não entendi.

— Nem eu, mas... posso entrar? — pediu.

— Claro — respondeu ele, constrangido. — Sim, claro que pode. — Rand recuou, mantendo a porta aberta para ela. De repente, quando Miri entrou, ele percebeu o estado da sala de estar: uma bagunça. Papéis, livros e caixas estavam espalhados, e Rand, meio sem jeito, pediu desculpas pela desorganização.

Ela se sentou no único lugar desocupado do sofá velho e cruzou as pernas.

— Só soube dessa matéria hoje. Vim direto para cá para explicar que não tive nada a ver com ela.

— Então quem foi?

Ela fez que não com a cabeça.

— Infelizmente não sei. Presumo que o repórter simplesmente encontrou seu nome nos arquivos da polícia por causa daquela noite em que fomos procurar a Tracy.

— Então essa é a "investigação policial" da qual o repórter estava falando?

— Não sei de nenhuma outra.

— Não entendo o que está acontecendo.

— Há algum motivo para alguém dizer mentiras sobre o senhor? — indagou ela.

De pé, ele abriu os braços, balançou a cabeça.

— Não, claro que não. — Rand balançou a cabeça ainda mais vigorosamente, depois parou de repente.

Ela notou e perguntou:

— Acabou de se lembrar de alguma coisa?

Com um pequeno dar de ombros, respondeu:

— Uma loucura, sabe. Quero dizer, já incomodei inúmeros repórteres nas últimas duas semanas, acho que alguns já estão de saco cheio de mim. Mas nada que inspirasse alguém a começar a espalhar mentiras a meu respeito.

— Por que foi que... como disse... incomodou os repórteres?

Ele não sabia por onde começar e o que contar. Depois sentou-se ao lado dela no sofá e decidiu tentar narrar, mais ou menos cronologicamente, os acontecimentos desde que os dois tinham entregado os ossos de Caifás aos integrantes da *chevra kadisha.* A identidade dos ossos do sepulcro, que ela provavelmente conhecia por causa das primeiras notícias sobre o assunto, embora Rand não tivesse contado enquanto estavam no sítio arqueológico. A descoberta do papiro. A autenticação dos ossários e do pergaminho. A tradução. E os subsequentes relatos sobre a descoberta, que enfatizavam a importância arqueológica ao mesmo tempo deixando de lado o impacto espiritual das palavras no papiro.

— Quando todo o interesse aparente em relatar minha descoberta começou a minguar — explicou ele —, o que eu considerava o verdadeiro furo jornalístico ainda não tinha sido publicado pela imprensa.

— O verdadeiro furo?

— Sim — respondeu Rand. — O furo verdadeiro não é a descoberta do sepulcro do sumo sacerdote, nem nada tão acadêmico quanto isso tudo. O furo é o testemunho de dois mil anos de um sumo sacerdote de Israel, confirmando que Jesus Cristo realmente ressuscitou dos mortos!

— Mas pensei que tivesse dito que o papiro foi escrito para o sumo sacerdote, não por ele.

— Sim, mas ele se refere à convicção de Caifás de que a ressurreição realmente ocorreu. Convicção inabalável.

— Mas — disse Miri —, mesmo se isso for uma prova de que o sumo sacerdote acreditava na ressurreição, não significa que tenha realmente ocorrido.

Rand voltou a ficar de pé e falou mais alto:

— Será que o sumo sacerdote de Israel, o sumo sacerdote que presidiu o julgamento de Jesus, teria se deixado persuadir a ponto de crer numa ressurreição que nunca aconteceu? Se ele não estivesse cem por cento certo disso? Se houvesse alguma forma de duvidar ou refutar isso?

Miri continuou com a mesma expressão, inabalável, mas sem ser hostil. Seus olhos não se desviaram dos de Rand, ela nem sequer estremeceu... nem respondeu.

— Não está vendo? — continuou ele, afinal. — É o indício mais convincente que já se encontrou da ressurreição de Jesus Cristo! A única prova mais concreta do que essa seria descobrir fitas gravadas dois mil anos atrás do evento em si!

As narinas de Miri dilataram-se momentaneamente. Depois ela respondeu:

— Não está vendo o que isso significa? Para o mundo?

— Sim, acho que sim... — disse Rand, mas Miri o interrompeu:

— Não, acho que não está. — Foi sua vez de gesticular. Ela ficou com um único dedo suspenso no ar, como um político que se prepara para defender sua posição. — O Estado de Israel, aliás, a maior parte do mundo, só não é destruído por causa de um equilíbrio tênue entre as várias religiões do mundo. Já esteve no Muro das Lamentações, Dr. Bullock?

— Estive, claro — confirmou Rand.

— Já viu os guardas armados de pé no muro observando todas as entradas e saídas? Não estão ali só para proteger o muro. Estão também protegendo o Monte do Templo, ou Al-Haram al Qudsi al-Sharif, como os muçulmanos o chamam. Por que forças israelenses protegem um lugar sagrado para os muçulmanos? Porque sabemos que um ataque ao Muro das Lamentações ou à Mesquita Al-Aqsa provocaria uma explosão de violência que faria todas as guerras anteriores parecerem brincadeira de criança. Então vai me perdoar, por favor, se não me empolgo com uma descoberta que o senhor espera que faça com que todas as religiões do mundo se convertam para a sua forma de pensar. Acha que os integrantes da *chevra kadisha* são tão fanáticos como são porque não têm informações suficientes sobre Jesus Cristo? Acha que os muçulmanos escolheram sua religião porque não sabem distinguir o certo do errado? Acha que se o mundo tivesse conhecimento da sua descoberta isso mudaria as coisas? Espero que não seja isso que está pensando, porque se for, acho que está enganando a si mesmo.

Rand ficou parado, olhando para ela, surpreso. Embora sempre estivesse ciente de que ele e Miri Sharon vinham de ambientes muito diferentes, de repente viu com mais clareza do que nunca antes o imenso abismo que os separava. Depois de alguns momentos, ele voltou a falar, num tom mais brando:

— Eu acredito nisso. Preciso acreditar. Sou arqueólogo. Durante a maior parte do tempo nós lidamos com acréscimos mínimos ao conhecimento, regozijando-nos com descobertas que acrescentam apenas uma ligeira fração de conhecimento à nossa compreensão das culturas e das civilizações. Teria que ser maluco para passar minha vida escavando na terra e catalogando pedaços de utensílios de cerâmica se achasse que a verdade é uma bobagem.

"Então, sim, preciso crer que algo imenso como isso, essa minha descoberta, esse papiro de dois mil anos, pode mudar as coisas, talvez não para todos, nem mesmo para a maioria. E claro que sei que os muçulmanos, budistas e judeus mais arraigados em seus costumes não vão prestar a menor atenção aos fatos. Mas e os outros? E todos aqueles que não são fanáticos na sua devoção a esta ou àquela religião? E os que estão se sentindo perdidos ou confusos? Que não sabem em que acreditar? E aqueles que estão *procurando* a verdade? Algo que os ajudaria a compreender melhor este mundo? Talvez eu seja bobo de acreditar nisso, mas acho que a verdade é importante. Acho que é importantíssima. Acho que pode mudar as pessoas... e se puder mudar as pessoas, talvez possa mudar também outras coisas."

Ela sorriu para ele, como se estivesse impressionada. Depois o sorriso desapareceu.

— Posso fazer uma pergunta antes de me retirar? — indagou Miri, ficando de pé, tirando um chaveiro do bolso do short.

— Claro — respondeu ele.

— A verdade mudou *o senhor*?

112

31 d.C.
Câmara das Pedras Talhadas, Jerusalém

O Conselho tinha entrado em recesso. Já se haviam tomado todas as providências. A sala estava vazia. Somente Caifás permanecia na câmara do Grande Sinédrio.

Estava só. Nesse momento de agonia e decisão, sentia-se profundamente sozinho. Naquele caso do rabi galileu as coisas tinham ido de mal a pior, mas nem mesmo depois de tudo consumado ele conseguia pensar com clareza suficiente e identificar com precisão o que tinha acontecido de errado... nem por quê. Sentia-se como se cada decisão sua ou do conselho tivesse sido lamentavelmente errada, porém não conseguia imaginar que outra atitude poderiam ter tomado. Não compreendia como a situação tinha se descontrolado tanto assim, nem sequer discernia o que fazer agora. Mesmo que soubesse, sentia que era tarde demais. O único caminho que restava era remediar como pudesse aquela conjuntura ruim e torcer para que algum dia as coisas voltassem ao normal. O que mais poderia fazer? Não tinha ninguém em quem confiar, nem que o aconselhasse ou com quem desabafar.

Estava só.

113

Mea She'arim, Jerusalém

Tracy e Carlos viram o carro de Miri Sharon saindo quando se aproximaram do apartamento no Land Rover de Carlos. Tracy baixou o vidro da janela e chamou Miri que, aparentemente, não a ouviu. Minutos depois encontraram uma vaga na rua a somente um quarteirão de distância e entraram pela porta da frente do apartamento.

— Papai? — Rand estava sentado no chão, em frente do sofá, cobrindo o rosto com as mãos. Parecia não tê-la ouvido. Ela atravessou a sala e se ajoelhou ao lado dele. — Papai, você está bem?

Ele levantou a cabeça devagar e fitou-a, com os olhos cheios de lágrimas.

— O que houve? O que está acontecendo? — perguntou Tracy, percebendo que Carlos estava bem atrás dela.

Rand balançou a cabeça devagar.

— Sinto muito — disse, antes de voltar a soluçar e esconder o rosto com as mãos.

— Papai, me conta, o que aconteceu? — A garota virou-se e lançou um olhar desesperado para Carlos, que, cuidadosamente, contornou os dois e foi sentar-se no sofá, ao lado de Rand, sem tirar os livros e papéis que cobriam as almofadas.

O corpo de Rand sacudia por causa dos fortes soluços. Tracy estremeu enquanto o observava e depois começou a chorar também, embora não tivesse a menor ideia do motivo das lágrimas do pai. Finalmente, ele conseguiu, com grande esforço, se controlar e olhou para a filha, com os olhos cheios de pesar e dor.

— Não sei por onde começar — confessou. A princípio devagar, e depois com cada vez mais emoção, ele relatou os acontecimentos dos últimos meses e falou da frustração cada vez maior nas semanas anteriores, por não ter sido capaz de divulgar a importância do papiro de Nicodemos. Contou as conversas com os repórteres, com Yigal Havner por telefone e com o repórter do *Post*. Contou-lhes como Miri apareceu no apartamento e a discussão entre eles, e depois, mais importante do que tudo, a pergunta com que ela se despediu: "Será que a verdade mudou o senhor?"

Ele recostou a cabeça na almofada do assento do sofá e olhou para o teto:

— Eu disse a ela que sim, que a verdade *tinha* me mudado, mas foi mentira. Foi só um reflexo. Eu sabia qual era a resposta "certa", mas assim que a dei, vi que era mentira. — Abaixando a cabeça, fixou o olhar em Tracy. — A verdade é que eu não mudei em nada, mudei?

Ela piscou surpresa, procurando falar algo que o tranquilizasse, mas ele prosseguiu em seguida:

— Quero dizer, acho que uma porção de coisas mudou nesses últimos meses, porém, nenhuma mudança interna ocorreu. Eu... eu hoje leio as histórias da Bíblia de um modo totalmente diferente; para mim elas soam verdadeiras agora, porque realmente vi os ossos de Caifás e sei que ele existiu. Vi um texto escrito pelo próprio punho de Nicodemos! E comecei a acreditar no fato de que Jesus ressuscitou dos mortos, baseado em uma prova bastante convincente, sabem? Eu não acreditava em nenhuma dessas evidências há uns meses, mas agora não somente acredito nelas como quero também que todo mundo saiba como são cabais as provas de tudo isso! É por isso que passei a importunar os repórteres nessas últimas semanas, porque mudei de ideia, e não posso deixar de crer que existam outros por aí que pelo menos estejam dispostos a examinar os indícios, os fatos e chegar a conclusões sobre os próprios mundos, as próprias vidas e as próprias crenças.

"É exatamente isso. Entendi quando Miri me fez aquela pergunta: 'A verdade mudou *o senhor*?', que a minha crença podia ter mudado como resultado dessas descobertas... mas eu não tinha mudado."

Rand franziu a testa e seus olhos voltaram a encher-se de lágrimas.

— Sei que nosso relacionamento melhorou nesses poucos meses que passamos juntos, Tracy — disse ele —, mas também sei que ainda não sou o pai que você merece. E sinto muito por isso. Não sei como mudar. Não sei como me tornar essa nova pessoa que quero ser. Sinto que aquilo em que acredito mudou consideravelmente. Me sinto como se soubesse a verdade, mas não como se ela tivesse me mudado completamente.

Tracy estendeu a mão e segurou a do pai. Estava sentada de pernas cruzadas ao lado dele. Segurava a mão dele entre as suas.

— Papai, *você mudou*, sim, mas acho que entendo o que quer dizer. — Olhou para o namorado, que sorriu e aprovou com a cabeça, incentivando-a. — Carlos estava justamente me explicando, há menos de duas horas, eu acho, que existe uma diferença entre acreditar na verdade sobre Jesus e segui-lo.

Rand olhou para ela e, pensativo, concordou.

— Muitos acreditam que Jesus viveu, morreu e ressuscitou dos mortos, mas isso não significa que dediquem a vida a segui-lo.

— Claro — disse Rand.

— Só que, na época de Caifás e Nicodemos, acreditar em Jesus era praticamente o mesmo que segui-lo. Qualquer um que aceitasse realmente quem Jesus dizia ser acabava sendo seu seguidor, não ficando limitado a somente ir à igreja ou declarar aceitar a verdade de seus ensinamentos ou sua ressurreição — explicou Tracy, lançando um olhar rápido para Carlos, para conferir se estava indo bem.

Carlos apressou-se em acrescentar:

— Tracy está certa. Seguir Jesus significava muito mais do que isso. Significava transformar totalmente a vida em função de Jesus. Significava abandonar o modo como se vivia e aceitar Jesus como seu mestre, e depois aprender um meio inteiramente novo de viver, como resultado da presença de Jesus.

— Era isso que sua mãe vivia dizendo — disse Rand a Tracy.

— Era, sim — concordou Tracy —, mas acho que nunca entendi isso tão bem como quando Carlos me explicou.

— E é isso que você acha que está faltando em mim — disse ele. — Acha que é isso que realmente vai me transformar.

— Papai — disse ela, soltando a mão dele e ficando de joelhos. — Acho que isso é o que Jesus quis dizer quando falou: "Vocês conhecerão a verdade e a verdade os libertará." Acho que Ele não estava se referindo a uma verdade intelectual, ou arqueológica. — Tracy sorriu. — Acho que estava falando de uma coisa bem mais pessoal do que essa, de como conhecer a verdade do jeito que uma pessoa conhece a outra, sabe? Não apenas uma série de fatos, mas um relacionamento no qual a verdade não é um "quê", mas um "quem". — Fez uma pausa e olhou para Carlos. — Não estou conseguindo explicar muito bem.

— Pois eu acho que está indo muito bem — comentou Carlos. Virou-se para Rand, que olhou por cima do ombro para ver o rapaz. — Tracy falou muito bem. Tornar-se um seguidor de Jesus significa também que Jesus, através do Espírito Santo, vem habitar em você e o transforma de dentro para fora. Talvez esta seja a mudança a que se referia antes.

— Acho que sim — disse Rand.

— Isso é algo que você gostaria de fazer? — perguntou Carlos.

Rand franziu a testa e olhou solenemente para Carlos. Em silêncio, admirou-se do rumo que as coisas tinham tomado. A descoberta do túmulo de Caifás havia desencadeado uma série de acontecimentos que o tinham levado até aquele ponto, mas será que aquela descoberta seria a fonte da fé que não tinha antes? Em que ponto ele havia ficado disposto a acreditar? Em que ponto começara a crer? Será que tinha sido o papiro? Ou o túmulo e o papiro o haviam conduzido simplesmente até a Bíblia, com a visão renovada e o coração predisposto?

Todas essas perguntas surgiram na mente de Rand em alguns segundos, como se fossem fogos de artifício. Ele viu claramente que não importava a quantidade de gente que passasse a acreditar na verdade da ressurreição por causa do papiro, era preciso que abrissem os olhos como ele. Aliás, segundo supunha, milhões tinham aceitado a verdade da ressurreição sem jamais ter sentido a fé despertar dentro de si como ele. Não estava apenas preparado para aceitar uma série de fatos; mas também para mudar de rumo na vida. Não sabia de onde aquela fé tinha vindo, nem quando havia criado raízes, mas suspeitava que não tivesse sido meramente o resultado dos indícios encontrados no túmulo de Caifás. Eles podiam ter despertado sua fé, o que certamente não tinha sido mau. Entretanto, Rand percebeu que sempre teve indícios suficientes... mas apenas recentemente havia conseguido enxergá-los, com os olhos da fé. Ele estava convicto de que isso é que tinha feito diferença.

De repente lembrou-se de que Carlos e Tracy continuavam esperando uma resposta. Olhou para o rapaz e para a filha e depois, bruscamente, concordou balançando a cabeça, decidido:

— Sim. É isso que gostaria de fazer.

Carlos desceu do sofá e apoiou-se com um joelho no chão, ao lado de Rand. Depois pousou a mão esquerda no ombro de Rand.

— Você confessa que é pecador e seus pecados o afastaram de Deus?

— Sim, com certeza — disse Rand.

Carlos assentiu com um aceno de cabeça, deu um leve sorriso antes de continuar:

— Você se arrepende de seu pecado? Em outras palavras, está disposto a abandonar seus pecados e aprender uma nova forma de viver com seu rabi, Jesus?

— Sim.

— Você compreende que, como Jesus morreu na cruz, você precisa somente pedir-lhe para receber o perdão por todos os seus pecados, ficar livre da culpa e do castigo que seus pecados mereciam e obter a vida eterna?

— Sim.

— Você pretende seguir Jesus Cristo em todos os aspectos de sua vida e servi-lo de todo o coração como seu rabi e Senhor?

— Sim — respondeu Rand, com mais veemência ainda que antes.

— Você acha que seria capaz de fazer uma oração dizendo tudo isso, pedindo a Deus para aceitar a oferta de seu coração e de sua vida?

— Está querendo dizer, agora? — perguntou Rand.

— Sim, é isso que quero dizer — respondeu Carlos, sorrindo.

— Não sou muito de orar — explicou, olhando de Carlos para Tracy.

— Não vai falar com a gente — disse o rapaz.

— Eu... eu preciso fechar os olhos?

— Se quiser — disse Carlos. — Isso ajuda algumas pessoas a se concentrarem melhor.

— Então está bem — concordou Rand, fechando os olhos e respirando fundo. — Jesus, sabe que não sou muito bom nisso. Mas acredito de verdade que você ressuscitou dos mortos. Acredito que é quem disse que era. Portanto, estou pronto a acreditar piamente. — Fez uma pausa. — Vejamos. Pode ser que eu não saiba orar direito, mas estou arrependido de meus pecados, especialmente pelo tipo de pai que tenho sido. Detesto não ter sido o pai que Tracy precisava todos esses anos. — Sua voz ficou trêmula de emoção. — Venho agindo como um egoísta e sei que isso é dizer pouco. Estou arrependido. Por favor, me perdoe. Entre no meu coração e me renove, como Carlos disse, de dentro para fora. Dou-lhe minha vida. Daqui por diante eu o seguirei por onde quer que seja.

Rand abriu os olhos. Tracy estava olhando para ele e para Carlos com um enorme sorriso e lágrimas nos olhos.

— Amém — disse Carlos.

— Isso — disse Rand. — Isso mesmo. Amém. Esqueci isso. — Começou a rir e a chorar, e o casal começou a rir como se nunca mais fosse parar.

114

31 d.C.
Cidade Alta, Jerusalém

As últimas semanas tinham sido um pesadelo para Caifás. Andavam circulando rumores de que Yeshua, o rabi de Nazaré, tinha sido visto vivo de fato, não só por um indivíduo, mas também por multidões inteiras na Galileia. Os comentários tinham sido repassados a Caifás primeiro por intermédio de Malco, que andava com uma expressão completamente diferente no rosto desde o Pessach. Parecia que ele havia amadurecido repentinamente, deixando de ser um servo inexpressivo, agora cumprindo os deveres sorrindo e às vezes até mesmo cantando.

Conforme a Festa da Colheita se aproximava, pior Caifás se sentia. Não tinha conseguido, desde o Pessach, comer direito nem dormir bem. Estava sentindo uma dificuldade imensa de se concentrar. Várias vezes, ao conversar com alguém, a atenção se dispersava enquanto o outro ainda falava. Durante dias, ultimamente, vinha tendo uma forte ronqueira no peito que lhe causava dificuldade de respirar, e por isso temia ser vítima de uma maldição enviada por Deus.

Finalmente, reclinado em um divã, sob uma oliveira do pátio, Caifás chamou Malco:

— Tenho algo a te perguntar, Malco.

O servo concordou, cheio de boa vontade.

— Perguntas sobre o galileu — acrescentou, observando atentamente o rosto do servo.

Malco concordou, com um sorriso.

— Tu pareces estar bem-informado — disse Caifás, tendo um acesso violento de tosse durante alguns momentos. Após o acesso, Caifás recompôs-se e continuou: — Pareces estar bem-informado sobre os acontecimentos das últimas semanas. Tu te tornaste um deles?

— Um deles? — repetiu Malco.

— Um seguidor do galileu.

Malco hesitou um pouco antes de responder:

— Sim.

— Tu o viste ser preso.

— Vi.

— Tu o viste pendurado num madeiro.

— Sim.

— Sabes que ele morreu e foi enterrado.

— Sim.

— E assim mesmo tu te tornaste um dos talmidim *do falecido rabi?*

— Não — respondeu Malco.

— Não? — repetiu Caifás. — Mas disseste...

— Não sou seguidor de um rabi morto. Eu vi o Messias ressuscitado com os próprios olhos.

Caifás piscou. Sua boca pareceu ficar instantaneamente seca. Perguntou:

— Tu o viste?

Malco confirmou com um aceno de cabeça.

— Conta-me como foi.

Um sorriso ávido surgiu no rosto de Malco quando declarou:

— Fui até o monte Tabor com Andrônico e Júnias. Centenas tinham se reunido lá a pedido de Yeshua. Ele sentou-se, passou-nos vários ensinamentos e nos disse que toda a autoridade nos céus e na terra lhe tinha sido dada e que nós devíamos divulgar seus ensinamentos e fazer dos povos de todas as nações seus seguidores.

— Quando foi isso?

— Há duas semanas.

— E tu o viste? Tu o viste.

Malco confirmou:

— Com estes olhos. Na companhia de mais de quinhentos outros que também o viram.

— Onde está ele agora?

— Dizem, os Onze, que ele subiu aos céus diante de seus olhos há poucos dias.

Outro ataque de tosse sacudiu o peito de Caifás e ele contorceu-se de dor no seu divã. Depois de vários minutos tossindo sem parar, conseguiu respirar novamente e perguntou:

— Como pode ser isso?

— Sempre soubemos que quando o Messias viesse ele daria muitos sinais e faria maravilhas. Poderia ele fazer alguma coisa maior do que esta: ressurgir dos mortos?

— Mas ele foi pendurado num madeiro — argumentou Caifás, sem precisar se explicar; ele e Malco conheciam as palavras da Lei de Moisés, declarando "Maldito todo aquele que for pendurado num madeiro".

— Como a serpente no deserto — contrapôs Malco. — Ele foi erguido entre o céu e a terra para curar o seu povo... e o mundo.

Caifás descansou a cabeça no encosto do divã e fechou os olhos:

— É demais. É difícil demais de aceitar. — O chiado no peito do sumo sacerdote ameaçou várias vezes transformar-se em novo ataque de tosse, mas ele ficou o mais quieto que pôde. — É simplesmente difícil demais — repetiu.

— Naamã quase recusou a cura porque parecia fácil demais. Talvez "difícil demais" seja uma bênção.

Caifás abriu os olhos e olhou fixamente para Malco, como se o enxergasse pela primeira vez:

— Desde quando te tornaste sábio?

— Sou apenas um servo — disse, sorrindo — de um mestre sábio.

Ele escrutinou o rosto do criado, mas não encontrou nenhum traço de ironia ou zombaria. Não soube distinguir se ele se referia a Caifás... ou a outro. Provavelmente, ao galileu.

— Seria absurdo que o Cohen Gadol de Israel se tornasse seguidor de um simples rabi de aldeia.

— Talvez... mas seria muito apropriado que o sumo sacerdote de Israel reconhecesse o Messias de Deus, o Ungido.

— Tu... — Uma tosse súbita ameaçou apoderar-se dele, mas Caifás conseguiu controlá-la rapidamente. — Tu estás tentando me convencer?

O sorriso de Malco desapareceu, e ele sustentou o olhar do sacerdote ao falar:

— Não é preciso. Acho que já credes; embora ainda não tenhais começado a segui-lo.

— Como posso fazer isso, Malco? — O tom de voz de Caifás era sincero, até mesmo suplicante. — Sou o Cohen Gadol. Não posso fazer o que fizeste. Comigo as coisas são mais complicadas.

— Talvez. Mas quem sabe — respondeu ele, usando uma frase familiar e significativa para ambos — se não vos tornastes Cohen Gadol justamente para uma ocasião como essa?

Caifás observou o rosto de seu fiel servo. Estranhamente lembrou-se da túnica manchada de sangue que Malco usava no dia em que o galileu tinha sido preso, e de repente compreendeu que ele tinha dito a verdade sobre os acontecimentos daquela noite. Deu um profundo suspiro e declarou:

— Gostaria de ter alguém com quem falar. — Malco era um simples servo. Ele precisava de alguém... — Como Nicodemos. — Sentou-se. — Sim. Nicodemos. Irei visitá-lo. Tu irás antes de mim, para anunciar minha visita.

Alguma coisa na reação do servo chamou a atenção de Caifás.

— O que foi?

— Dizem que ele não está bem. Faz semanas que não sai e dizem que pode ser até que morra.

— Nicodemos?

Malco confirmou com a cabeça.

— O que tem ele?

Algo na atitude do servo informou a Caifás que ele não queria responder. O sacerdote deixou isso passar no momento.

— José, então — disse. — Leva-me até José de Arimateia.

Novamente Caifás notou alguma hesitação da parte de Malco.

— O que é? — ordenou. — O que está acontecendo?

— José — respondeu o servo —, dizem que precisou fugir da cidade.

— Fugir da cidade? O que isso significa?

— Pode não ser seguro eu dizer.

Um furioso ataque de tosse sacudiu o corpo de Caifás, até que ele teve que se sentar novamente no divã.

— Conta-me — ordenou. — Por que José teve que abandonar a cidade?

Malco lançou um olhar aflito a Caifás. Fez uma espécie de careta e depois obedeceu:

— Ele acha que sua vida está em perigo.

— Da parte de quem?

— Alguns dizem que são os mesmos que causaram a doença de Nicodemos.

— Causaram sua doença? — indagou Caifás. — Estás insinuando que ele foi envenenado?

Malco confirmou, quase imperceptivelmente.

— Mas por quem? — perguntou Caifás, tendo um acesso de tosse seca.

Malco baixou o olhar e esperou até a crise passar. Mesmo assim, contudo, mal se pôde ouvir sua resposta:

— Pela família do sumo sacerdote.

115

Mea she'arim, Jerusalém

Quando o ataque de riso diminuiu, a alegria e a energia continuaram presentes. Rand deu praticamente um pulo do sofá e começou a andar de um lado para o outro.

— É fantástico. É disso que o mundo todo está precisando. Todo mundo devia se sentir assim.

O rosto radiante de Tracy trazia ainda mais alegria a seu coração. Parecia que ela ia explodir de felicidade, e isso o fazia ficar ainda mais feliz, só de vê-la assim. Carlos estava ao lado, quase tão radiante quanto ela.

— Talvez eu estivesse vendo as coisas da forma errada — disse Rand, ainda andando de um lado para o outro. — Estava mais ou menos esperando que os jornais e as revistas do mundo publicassem a notícia sobre o papiro de Nicodemos. Porém, ninguém entende o seu significado, e quanto mais penso sobre o assunto, mais concluo, por que deveria? Essas pessoas não experimentaram o que estou experimentando neste instante, certo? Portanto, talvez eu esteja errado em esperar que elas compreendam o quanto isso tudo é importante. Talvez eu estivesse errado ao recusar entrevistas ao Vaticano, à fundação Agapé e a todo o resto. Talvez só precise espalhar a notícia o máximo que puder e não me preocupar com o resto.

— Até Jesus — acrescentou Carlos — dirigiu muitas de suas palavras "àqueles que tinham ouvidos para ouvir".

— O que isso significa? — perguntou Rand, curioso.

Carlos deu de ombros.

— Acho que Jesus usava essa frase para afirmar que, ao ouvir suas palavras, nem todos seriam capazes ou estariam dispostos a compreendê-las. Mas, mesmo assim, continuava falando.

— Sei — disse Rand. — Está me dizendo que não tenho que escolher a quem devo contar a história nem direcionar as coisas.

— Sim, certo. Porque imagino que se deve contar a história a todos, sem exceções.

— Certo — concordou Rand. — Claro. Divulgar a história. De todas as formas possíveis. Certo? — Então seus olhos semicerraram-se ligeiramente, quando ele pensou ter percebido algum tipo de comunicação estranha entre Tracy e Carlos. — Ainda estamos falando do papiro?

— Sim — respondeu Carlos, dando um enorme sorriso.

— Mas... também estamos falando de algo mais além disso.

— Sim. — Carlos lançou um olhar para Tracy e ambos trocaram sorrisos.

— Papai. Carlos também me ajudou com o compromisso de seguir Jesus.

Rand fitou a filha e Carlos e declarou:

— Não acredito.

— Aconteceu há pouquíssimo tempo — disse ela. — Bem depois do almoço. Logo antes de virmos para casa.

— Está brincando — repetiu Rand indo até a filha. Ele a abraçou e rodopiou com ela nos braços. — Que maravilha!

O trio começou a rir novamente e quando o riso diminuiu, Rand segurou o ombro de Carlos e confessou:

— Não sei o que dizer. Você... tanto para mim como para minha filha, você... Não sei o que dizer. Não sei como posso te agradecer.

Carlos deu uma olhada para Tracy e depois para Rand.

— Espero que seja verdade — disse Carlos, rindo, nervoso, enquanto falava. — Porque eu tenho mais uma coisa para te dizer.

Rand soltou a mão que apertava o ombro de Carlos e disse, ainda sorrindo.

— Tudo bem. E o que é?

— Amo demais a sua filha e gostaria de pedir sua permissão para torná-la minha esposa.

116

31 d.C.
Cidade Alta, Jerusalém

José de Arimateia tinha desaparecido.

Nicodemos estava gravemente enfermo.

De acordo com Malco, os seguidores do galileu, embora tivessem visto Yeshua ressuscitado com os próprios olhos, tinham se escondido, amedrontados, atrás de portas fechadas e portões trancados, com medo da família do sumo sacerdote.

— Mas eu sou o sumo sacerdote! — ponderou Caifás enquanto apreciava o pôr do sol em seu pátio, sentado no divã. Entretanto, ele sabia que, ultimamente, havia acontecido uma mudança. O idoso sogro, Anás, tinha reunido forças suficientes para voltar, pelo menos parcialmente, a exercer poder sobre os líderes da nação. E Jônatas, filho de Anás, obviamente tinha se posicionado de forma a tornar-se sumo sacerdote... quando a necessidade, ou até mesmo a oportunidade, Caifás tinha certeza, se apresentasse.

A Festa das Primícias ainda nem chegara e, pelo visto, Anás e Jônatas já haviam começado a apertar o cerco em torno do pequeno contingente que dizia ter visto o rabi ressuscitado, a começar pelos piores transgressores — Nicodemos e José, membros do Grande Sinédrio, que tinham demonstrado lealdade ao galileu no momento de sua maior humilhação. Caifás sabia que Anás e Jônatas só iriam descansar depois de terem silenciado todas as testemunhas da ressurreição de Yeshua. Ele sabia que, mesmo que José tivesse fugido para Damasco ou Antioquia — ou até para a própria Roma —, eles enviariam delegações para encontrá-lo e prendê-lo.

Se fosse verdade — e ele sabia que era —, como Anás e Jônatas reagiriam se alguém soubesse que José bar Caifás, o Cohen Gadol, líder do Sinédrio, tinha realmente aceitado como verdade a ressurreição do galileu dos mortos? Porque Malco tinha razão. Caifás já tinha começado a crer, embora ainda não tivesse começado a seguir. Mas iria. Ia se arrepender da incredulidade anterior e de suas horríveis consequências para ele e para toda a nação. E depois iria produzir frutos, manifestando o arrependimento. Seria um verdadeiro seguidor do rabi ressuscitado.

Porém, precisaria ter extrema cautela e uma excessiva paciência. Estava numa situação incerta. As próximas semanas e meses certamente iriam exigir mais cuidado e sagacidade do que qualquer outra época do seu mandato como sumo sacerdote. Mas ele iria em frente. Descobriria uma saída. De alguma forma, conduziria a nação a reconhecer seu Messias, e a terra se encheria do conhecimento da glória do Senhor, assim como as águas cobrem o mar.

117

Mea she'arim, Jerusalém

— Sua esposa? — Rand repetiu a pergunta de Carlos. O sorriso desapareceu e ele olhou para Tracy. — Do que... do que ele está falando?

Tracy olhou o pai nos olhos. Quando falou, a voz saiu suave e firme:

— Papai, Carlos me pediu em casamento, e eu aceitei.

Rand piscou os olhos e se sentou. De repente se lembrou daquele dia, vários meses antes, quando pensou que havia perdido Tracy e que tinha jurado que isso nunca mais aconteceria.

— Mas acabei de... E ainda nem comecei — declarou, sem se dirigir a ninguém em particular.

— O quê? — perguntou Tracy.

— Prometi a você — disse ele — que me esforçaria muito para ser seu pai e aprender a ser o pai que você precisa. Mas me sinto como se nem tivesse começado ainda. Desperdicei a maior parte dos últimos meses, e sei que foi por culpa minha... mas agora devo dar a minha permissão para você se casar?

Sentada ao lado dele no sofá, Tracy argumentou:

— Você também me pediu para ajudá-lo, lembra?

Ele franziu a testa e fez que sim com a cabeça.

— Você disse que queria que o ajudasse a ser um pai melhor, que dissesse a você o que eu precisava que fizesse, certo?

Novo aceno de cabeça.

— Não tenho feito isso muito bem nesses últimos meses — disse ela. — Mas neste momento não preciso que você me diga que sou jovem demais, nem que Carlos e eu nos conhecemos há poucos meses, ou que nós viemos de mundos muito diferentes; sei disso tudo. Não preciso que me diga que não será fácil ou que teremos que cuidar de coisas como vistos e cidadanias, onde iremos nos casar e morar. Ou que não posso desistir da faculdade. Sei disso tudo também. Nós sabemos de tudo isso. Acho que estou querendo dizer é que não preciso que você me *diga* nada, preciso é que você mostre que me apoia, que me ama e confia em mim, e estará ao meu lado quando eu tiver dúvidas ou precisar de ajuda.

Então se levantou do sofá e segurou o braço de Carlos:

— Acontece, papai, que eu amo este homem, e, mais que qualquer outra coisa no mundo, quero me casar com ele agora mesmo. E o que mais quero depois disso, o que mais *necessito* da parte de meu pai, é o amor e o apoio que me farão acreditar que posso tomar todas as decisões, enfrentar quaisquer obstáculos e dificuldades que apareçam nos próximos meses, porque meu pai estará presente para me ajudar... e ajudar o meu noivo. — Sua voz tremeu e os olhos se encheram de lágrimas. — Você me pediu para dizer, portanto, estou dizendo: é isso que preciso que meu pai faça por mim neste momento.

Carlos soltou o braço que Tracy segurava e o passou em torno da cintura dela. Rand levantou-se bem devagar. Ele sabia que esta era a mesma menina que ele e Joy tinham trazido do hospital, porém parecia impossível. Desejou do fundo do coração reverter todas as tolices e negligências dos anos passados e reviver os primeiros passos dela, o primeiro dia de escola, os jogos de *softball*, os bailes de formatura. Desejou poder novamente contar uma história ou comprar algodão-doce para a filha. Desejou, de todo o coração, redimir-se de todas as falhas como pai e começar tudo de novo com a única filha que teria na vida.

Foi então, exatamente como naquela noite em Ramat Rachel, que um pensamento se formou em sua mente. Desta vez, contudo, parecia que vinha de dentro dele, como se fosse de Deus. E dizia: "Comece daqui. Comece agora mesmo."

Levantou-se do sofá e dirigiu-se para Carlos e Tracy. Segurou o ombro da filha com uma das mãos e o de Carlos com a outra. Olhou bem fundo nos olhos dela e perguntou:

— Você tem certeza de que é isso o que precisa de mim?

Ela sorriu e balançou a cabeça, concordando, enquanto as lágrimas escorriam. Ele sentiu os olhos também se encherem de lágrimas.

— Você tem certeza de que este é o homem com quem quer se casar?

Com os olhos ainda marejados, ela voltou a concordar, sempre fitando o pai. Depois ele falou com Carlos.

— Você vai cuidar da minha filha muito melhor do que eu? Será o homem que ela merece?

Ele respondeu com voz trêmula e com determinação.

— Ela merece muito mais do que eu, mas darei tudo de mim a ela.

Passou-se um momento antes que Rand pudesse se recompor. Ao se levantar de manhã, ninguém sabe o que o dia lhe reserva — em termos de alegria ou tristeza, sofrimento ou cura, culpa ou salvação, remorso ou esperança. Muito menos que um simples dia pode lhe trazer todas essas coisas... nem como se portar diante delas.

Rand não tinha certeza de como iria agir, até que agiu. Abraçou os dois, a filha e o futuro genro. Engoliu em seco e lutou contra as emoções durante alguns instantes, antes de responder:

— Então, está bem. Eu dou a minha bênção a vocês.

118

31 d.C.
Cidade Alta, Jerusalém

Malco esperou pacientemente que o novo acesso de tosse do sumo sacerdote passasse.

— Acho que estou melhorando — brincou Caifás. Tentou rir, o que lhe causou novos espasmos. Finalmente, entregou ao servo um fino papiro, em um envoltório de couro.

Malco agarrou o rolo, porém o sacerdote não o largou. Cada homem ficou segurando o documento por uma extremidade enquanto Caifás dizia:

— Precisas tomar muito cuidado. Ninguém, a não ser Nicodemos, pode ver isto. Compreendes?

— Sim — disse Malco, e sua expressão confirmava que ele compreendia perfeitamente.

— Deves esperar pela resposta dele e trazê-la imediatamente para mim e somente para mim. Compreendes?

— Sim.

Caifás soltou o papiro e ficou observando enquanto Malco o ocultava entre as dobras da túnica.

— Vai — ordenou Caifás.

Malco virou-se para sair. Caifás gemeu e tornou a reclinar-se no divã que havia se tornado seu leito ultimamente. Antes de fechar os olhos, ele viu a mulher, a filha de Anás, observando-o com óbvio interesse, da janela de casa.

EPÍLOGO

37 d.C.
Vale de Hinom, Jerusalém

Malco esperou que as mulheres — as esposas de Teófilo e Matias, dois dos filhos de Anás — completassem o ritual do segundo sepultamento, já praticado pelos judeus na área de Jerusalém havia mais de um centenário. Aproximadamente depois de um ano, tempo bastante para que o corpo se decompusesse, o túmulo era aberto, o falecido era exumado e, seus ossos, colocados em um ossário para que os nichos mortuários ficassem disponíveis para mais enterros.

Todos estavam de pé, calados, dentro do jazigo profusamente decorado, onde a família inteira de Anás — incluindo genros e noras — seria enterrada. As mulheres retiraram um a um os ossos de Caifás da mortalha em que fora enterrado, limparam-nos e os colocaram no rebuscado ossário, começando pelos membros da perna e terminando com o crânio.

Muita coisa havia mudado durante os anos transcorridos desde a morte de Yeshua Maschiach. Seu amo, José bar Caifás, tinha se correspondido brevemente com Nicodemos, antes da morte do fariseu. Malco sabia que Caifás acreditava que a morte de Nicodemos não tinha sido acidental, nem tampouco o apedrejamento ilegítimo de Estevão fora dos muros da cidade fora espontâneo. Aliás, de acordo com Caifás, a família de sua mulher — Anás, que ainda era vivo, e os filhos — tinha repetidamente (embora sem sucesso) tramado a morte de Saulo, o fariseu, que se tornara seguidor de Yeshua.

Depois que Nicodemos morreu, só Malco e Júnias sabiam a verdade sobre a fé do sumo sacerdote em Yeshua. Porém, Malco acreditava que a família de Anás tinha, de alguma forma, descoberto; desconfiava que a doença que havia incapacitado Caifás durante os últimos anos — e talvez até mesmo sua morte, quase um ano atrás — tinha ocorrido por causa da sua crença em Yeshua. Nem mesmo a máxima cautela e a paciência de Caifás conseguiram salvar sua vida, e agora que o cunhado Jônatas tinha sido nomeado sumo sacerdote em seu lugar, não parecia haver possibilidade de que alguém viesse a tomar conhecimento de sua conversão. A verdade seria, literalmente, enterrada com Caifás.

Portanto, quando as mulheres acabaram de pôr os ossos na caixa e iam pegar a pesada tampa de calcário, Malco deu um passo à frente e declarou:

— Deixem que eu faço isso. Vou pôr a tampa para vós e o ossário no nicho.

As mulheres entreolharam-se, concordando, e se dirigiram para a porta do túmulo. De costas para elas, Malco introduziu a mão entre as dobras da túnica e tirou delas o papiro, o perigoso documento escondido por Caifás durante todos aqueles anos. O servo o colocou contra a parede interna do ossário e depois, vagarosamente, levantou a tampa e a apoiou no topo do objeto e depois empurrou a urna fechada bem para o fundo do nicho encimado por um arco na parede.

NOTAS HISTÓRICAS

PRÓLOGO

A descoberta do sepulcro de Talpiot durante a construção da Floresta da Paz ocorreu em 1990.

Capítulo 1

Tel Mareshah é um sítio arqueológico real que agora faz parte do Parque Nacional Beit Guvrin, de mais de 500 hectares, que se encontra na planície da Judeia, a uma distância de uma hora a sudoeste de Jerusalém.

Capítulo 5

Valério Grato era governador romano na Judeia e foi quem depôs Anás e indicou Caifás para sucedê-lo no posto de sumo sacerdote em 18 d.C.

Capítulo 7

Tanto Shimon quanto Gamaliel (filho e neto, respectivamente, do Grande Hillel) faziam parte do Sinédrio durante o mandato de Caifás como sumo sacerdote.

A palavra hebraica *Hashem* (o Nome) é usada pelos judeus como sinônimo do nome de Deus, considerado santo demais para ser pronunciado.

Nem todos os acadêmicos concordam de forma unânime que os sumos sacerdotes eram ungidos após o exílio.

Capítulo 9

As descrições físicas do sepulcro são autênticas.

Capítulo 11

As descrições da Cesareia, aqui e em outros pontos do texto, baseiam-se em provas históricas e arqueológicas.

Capítulo 12

As leis de Israel com relação ao segundo sepultamento de restos mortais humanos mudam frequentemente, uma vez que as autoridades procuram encontrar um equilíbrio aceitável entre as considerações religiosas e científicas.

Capítulo 14

A New Deli, no endereço Efek Refaim, número 44, é uma das duas lojas dessa cadeia de restaurantes em Jerusalém. A outra fica na rua Hillel.

Capítulo 15

O historiador judeu Josefo registra que as vestimentas do sumo sacerdote eram guardadas na Fortaleza Antonia, primeiro sob a autoridade de Herodes, e depois sob a custódia dos romanos. Segundo Josefo, as vestimentas foram devolvidas à custódia dos judeus por Vitélio, governador da Síria de 35 a 39 d. C.

Capítulo 17

De acordo com o livro *The Temple: Its Ministry and Services*, de Alfred Edersheim, o grande filósofo judeu Maimônides (entre outros) enumerou 140 circunstâncias ou condições que permanentemente desqualificariam um candidato para o sacerdócio (e 22 desqualificações temporárias para o serviço).

Edersheim menciona a prática de ungir os sumos sacerdotes traçando sobre a testa deles a letra grega χ em *The Temple*. "Essa coincidência é certamente curiosa", diz o autor no livro.

Capítulo 25

Lúcio Aélio Sejano, como prefeito, foi o homem mais poderoso em Roma durante o exílio voluntário do imperador Tibério na ilha de Capri.

Marco Ambívulo e Ânio Rufo precederam Valério Grato como procuradores da Judeia. Marco Ambívulo ficou no cargo de 9 a 12 d.C. e Ânio Rufo, de 12 a 15 d.C.

Pôncio Pilatos, que sucedeu Valério Grato como procurador, foi para a Judeia acompanhado por sua esposa, Cláudia Procla, neta de Augusto e filha de Cláudia, terceira esposa de Tibério. Era incomum a esposa de um procurador acompanhá-lo até a província; em geral elas preferiam ficar no conforto de suas mansões romanas.

Capítulo 27

As descrições físicas dos dois ossários deste capítulo e em outros trechos do livro correspondem a duas das mais importantes urnas encontradas no túmulo de Talpiot.

Capítulo 29

Conforme descrevemos neste capítulo, um dos primeiros atos de Pilatos como governador da província da Judeia foi transferir a coorte Augusta e os estandartes que a simbolizavam para Jerusalém, onde os habitantes e autoridades judaicos certamente os considerariam uma idolatria (ver Josefo, em *Antiguidades*, XVIII, III, 1 e *Guerras*, II, IX, 2-3). Os historiadores não têm certeza se Pilatos fez isso por ignorância ou arrogância.

Capítulo 34

As inscrições descritas neste capítulo estão gravadas nos ossários descobertos na cripta de Talpiot. Embora não se mencione neste romance, outros ossários foram encontrados na cripta, com os nomes de Shimon e Salomé, bem como mais um com o nome de família "Qafa" ou Caifás.

Capítulo 36

O Evangelho de João relata um incidente no qual um servo do sumo sacerdote, chamado Malco, foi ferido.

O relato de como Hanun tratou mal os emissários de Davi ao rei amonita se encontra narrado no Primeiro Livro de Crônicas, capítulo 19.

Capítulo 37

A moeda descrita neste capítulo foi encontrada no crânio do esqueleto, dentro do ossário de Myriam, no túmulo de Talpiot.

Capítulo 44

O relato da serpente de bronze (mencionado por Caifás neste capítulo) encontra-se nos Números 21,4-8; a narrativa da destruição da serpente de bronze por Ezequias aparece no Segundo Livro de Reis, capítulo 18, versículo 4.

Josefo registrou a construção da águia de ouro por Herodes, o Grande, acima do templo, no seu livro *Antiguidades*, XVIII, VI, 2-3.

Josefo registra o incidente das insígnias, incluindo a ameaça de Pilatos no teatro de assassinar o povo que tinha viajado até lá para protestar contra a presença dos estandartes, assim como sua disposição de morrer, como motivos para sua decisão de ceder e retirar os símbolos de Jerusalém (ver *Antiguidades*, XVIII, III, 1 e *Guerras*, II, IX, 2-3). Não há indícios históricos, porém, de que Caifás tenha feito essa visita a Pilatos.

Capítulo 45

Catálogo de ossários judeus de Levanon é um nome fictício. Porém, existem de fato outras listas de ossários (com conteúdo e descrições) descobertos em Israel.

Capítulo 51

A tradução de "Hinei Ma Tov" , a canção que Tracy ouviu, é "Como é bom e agradável quando amigos convivem em paz". A canção baseia-se no Salmo 133.

Capítulo 55

Os eventos e o diálogo deste capítulo e do capítulo 58 baseiam-se nas descrições dos Evangelhos.

Capítulo 64

A rebelião de Judas, o Galileu, é mencionada no Evangelho de Lucas e nas obras de Josefo.

Capítulo 71

Uma tradição bastante antiga marca o local da igreja católica romana de São Pedro em Galicantu como o local da casa de Caifás. Um local alternativo próximo, descoberto mais recentemente, encontra-se ao longo da rua pavimentada de pedras que teria atravessado a Cidade Alta de Jerusalém.

Capítulo 73

A Taverna Armênia, no número 79 da Estrada do Patriarcado Armênio Ortodoxo, é na realidade um dos melhores restaurantes da Cidade Velha de Jerusalém.

Capítulo 75

A cura do homem na Piscina de Betesda encontra-se no Evangelho de João, capítulo 5, versículos de 1 a 16.

Capítulo 80

As palavras de Yeshua neste capítulo baseiam-se por alto nos versículos 17- 47 do capítulo 5 do Evangelho de João.

Capítulo 86

Os eventos deste capítulo e uma parte do diálogo baseiam-se em João, capítulo 7, versículos de 37-52.

Embora o fariseu chamado Saulo não seja mencionado nos relatos bíblicos desta cena, no livro dos Atos dos Apóstolos, capítulo 22, lemos que Saulo (cujo nome depois foi mudado para Paulo) foi criado em Jerusalém e era protegido de Gamaliel. Além disso, o próprio Paulo diz, na Epístola aos Filipenses, capítulo 3, versículos 5-6, que não só era fariseu, como perseguia a Igreja com fervor. Embora as palavras de Saulo neste capítulo sejam tiradas diretamente do Evangelho de João, e não haja provas de que Saulo as tenha declarado (fora Nicodemos, os fariseus que falam no capítulo 7, versículos de 37-52, não são identificados), elas certamente são coerentes com o ardor mostrado por Paulo ao perseguir a Igreja (e depois em defender o Evangelho).

Capítulo 88

Os eventos deste capítulo e uma parte do debate entre os membros do Sinédrio baseiam-se em João 11, 45-57.

Capítulo 91

Os eventos deste capítulo baseiam-se em uma passagem curta do Evangelho de Mateus, capítulo 26, versículos 3-5.

Capítulo 96

Todos os quatro Evangelhos registram a prisão de Jesus e o ataque ao servo do sumo sacerdote, que João identifica como Malco (João 18,10)

Capítulo 99

Os eventos deste capítulo e parte do debate entre os integrantes do Sinédrio foram tirados principalmente dos Evangelhos de Mateus e Lucas.

As palavras da Lei que Benjamin cita são de Deuteronômio 13,5.

As palavras da Lei que Eleazar cita são de Deuteronômio 17,12.

Depois que o sumo sacerdote "intimou" Jesus a responder a essa pergunta, como se encontra registrado em Mateus 26,63, a recusa de respondê-la seria uma violação do mandamento registrado em Levítico 5,1. E, por isso, segundo creem vários estudiosos, Jesus foi obrigado a responder à pergunta.

Capítulo 102

Os Evangelhos não especificam o envolvimento de Caifás em nenhum dos eventos do julgamento e crucificação depois do julgamento na casa de Caifás.

As palavras de Mordecai à rainha Ester se encontram no capítulo 4,14 do livro de Ester. Claro que não há provas de que Caifás tenha usado essa frase, mas ele certamente a conhecia.

O arrependimento de Judas e a tentativa de devolver as trinta moedas de prata ao sumo sacerdote encontram-se em Mateus 27, 3-10.

Capítulo 105

Todos os Evangelhos sinópticos (Mateus, Marcos e Lucas) registram que o véu do templo se rasgou ao meio; Mateus registrou o terremoto.

Capítulo 110

Os eventos deste capítulo foram tirados de acontecimentos descritos em Mateus 28,11-15.

Capítulo 115

O Novo Testamento registra (na primeira epístola aos Coríntios, capítulo 15, versículo 6) que Jesus certa ocasião apareceu a mais de quinhentas pessoas de uma só vez, depois da ressurreição. Não se registra onde isso aconteceu, mas é possível que tenha sido no monte Tabor.

Capítulo 116

Não há menção de Nicodemos nem de José de Arimateia nas escrituras, depois do sepultamento de Jesus. Diz a tradição que Nicodemos sofreu martírio no primeiro século d.C., e várias lendas contam que José de Arimateia viajou para a Inglaterra depois da ressurreição. No mínimo é curioso que nenhum dos dois seja mencionado como membro do Sinédrio, nem como pertencente aos primeiros cristãos depois da ressurreição.

As palavras finais deste capítulo são uma citação de Habacuc, capítulo 2, versículo 14: "Pois a terra se encherá do conhecimento da glória do Senhor, como as águas cobrem o mar."

Epílogo

A única menção de Caifás depois do julgamento de Jesus na Bíblia ocorre nos Atos dos Apóstolos 4, onde se diz que ele estava presente (com João, Alexandre e outros parentes de Anás) no julgamento de Pedro e João perante o Sinédrio. Esse julgamento resultou na libertação de Pedro e João.

José bar Caifás foi deposto do cargo de sumo sacerdote em 36 ou 37 d.C., sendo substituído pelo cunhado Jônatas, filho de Anás. Não se sabe quando, nem como ele morreu.

Este livro foi composto na tipologia Adobe Garamond Pro,
em corpo 11/14,7, e impresso em papel off-white
no Sistema Cameron da Divisão Gráfica
da Distribuidora Record.